Los inocentes

LOS INOCENTES

David Baldacci

Traducción de Mercè Diago y Abel Debritto

GRUPO ZETA

Barcelona • Madrid • Bogotá • Buenos Aires • Caracas • México D.F. • Miami • Montevideo • Santiago de Chile

Título original: *The Innocent*
Traducción: Mercè Diago y Abel Debritto
1.ª edición: enero 2015

© 2012 by Columbus Rose, Ltd.
© Ediciones B, S. A., 2015
 Consell de Cent, 425-427 - 08009 Barcelona (España)
 www.edicionesb.com

Printed in Spain
ISBN: 978-84-666-5501-9
DL B 23641-2014

Impreso por LIBERDÚPLEX, S.L.
Ctra. BV 2249, km 7,4
Polígono Torrentfondo
08791 Sant Llorenç d'Hortons

*Para Mitch Hoffman, mi editor y también amigo,
lo cual es más importante.*

1

Will Robie había observado con detenimiento a todos y cada uno de los pasajeros del corto vuelo entre Dublín y Edimburgo y había llegado a la conclusión de que dieciséis de ellos eran escoceses que regresaban a su país y que cincuenta y tres eran turistas.

Robie no era ni escocés ni turista.

El vuelo duraba cuarenta y siete minutos. Primero se cruzaba el mar de Irlanda y luego gran parte del territorio escocés. El trayecto en taxi desde el aeropuerto le robó quince minutos más de tiempo. No se alojaba en el hotel Balmoral ni en el Scotsman ni en ninguno de los establecimientos hoteleros distinguidos de la zona antigua de la ciudad. Tenía reservada una habitación en la tercera planta de un edificio de fachada sucia situado a nueve minutos a pie del centro de la ciudad entre calles empinadas. Le entregaron la llave y pagó una noche en efectivo. Cargó la pequeña bolsa de viaje hasta la habitación y se sentó en la cama, que crujió bajo su peso y se hundió varios centímetros.

Crujido y hundimiento era lo que cabía esperar de un precio tan bajo.

Robie medía poco más de metro ochenta y pesaba ochenta y un kilos duros como una piedra. Poseía una musculatura compacta que dependía más de la rapidez y la resistencia que de la fuerza bruta. Le habían roto la nariz en una ocasión, por un error que había cometido. Nunca se la había arreglado porque no había querido olvidar ese error. Tenía una muela postiza, algo que había acompañado a la nariz rota. Tenía el pelo oscuro y abundante por naturaleza pero Robie prefería llevarlo muy corto, sin llegar al rape. Tenía las facciones bien definidas pero acababa pasando inadvertido porque casi nunca miraba a nadie a los ojos.

Lucía tatuajes en un brazo y en la espalda. Uno de ellos era un diente enorme de un gran tiburón blanco. El otro era un corte rojo que parecía un relámpago en llamas. Cubrían bien las viejas cicatrices que nunca habían acabado de curar. Y todas guardaban algún significado para él. La piel dañada había supuesto un reto para el tatuador, pero el resultado había sido satisfactorio.

Robie tenía treinta y nueve años y cumplía cuarenta al día siguiente. No había acudido a Escocia para celebrar una fecha tan señalada. Estaba allí para trabajar. De los trescientos sesenta y cinco días del año, él trabajaba o viajaba por motivos laborales la mitad de ellos aproximadamente.

Robie inspeccionó la habitación. Era pequeña y sencilla, pasable, y estaba situada de forma estratégica. No necesitaba gran cosa. Tenía pocas pertenencias y menos necesidades aún.

Se levantó y se acercó a la ventana, presionó el rostro contra el cristal frío. El cielo estaba encapotado, algo habitual en Escocia. Un día entero de sol en Edimburgo era motivo de agradecimiento y sorpresa para sus habitantes.

A su izquierda, bastante lejos, se encontraba el palacio de Holyrood, la residencia oficial de la reina en Escocia. Desde ahí no lo veía. A su derecha, lejos también, se alzaba el castillo de Edimburgo. Tampoco veía aquella vieja fortaleza pero sabía exactamente dónde estaba.

Consultó su reloj. Faltaban todavía ocho horas.

Su reloj interno lo despertó al cabo de varias horas. Salió de la habitación y fue andando hasta Princes Street. Pasó junto al majestuoso hotel Balmoral que dominaba el centro de la ciudad.

Pidió un almuerzo ligero y bebió agua del grifo sin prestar atención a la amplia selección de cervezas negras que se ofrecían en un mostrador situado por encima de la barra. Mientras comía, estuvo un rato observando a un artista callejero que hacía malabarismos con cuchillos de carnicero encaramado a un uniciclo mientras entretenía al público contando historias divertidas con un acento escocés pulido. Luego estaba el tipo vestido de hombre invisible que se hacía fotos con los transeúntes por dos libras.

Después de comer, fue caminando hasta el castillo de Edimburgo. Lo veía a lo lejos mientras andaba. Era grande, imponente y ni una sola vez lo habían tomado por la fuerza, sino mediante subterfugios.

Subió a lo alto del castillo y se asomó para atisbar por encima de la grisácea ciudad escocesa. Pasó la mano por cañones que no volverían a disparar. Giró a la izquierda y admiró la vasta extensión de mar que había hecho de Escocia un puerto tan importante siglos atrás, cuando los barcos iban y venían, descargaban unas mercancías y cargaban otras. Estiró las tensas extremidades, notó un crujido y luego un pequeño chasquido en el hombro izquierdo.

Cuarenta años.

Mañana.

Pero antes tenía que sobrevivir hasta el día siguiente.

Consultó la hora.

Faltaban tres horas.

Salió del castillo y bajó por una calle lateral.

De repente empezó a caer una lluvia fría y se cobijó bajo el toldo de una cafetería donde se paró a tomar un café.

Más tarde pasó junto al anuncio de una visita a las zonas habitadas por fantasmas organizada por Underground Edimburgh. Era solo para adultos y se realizaba cuando la oscuridad lo invadía todo. Ya casi era la hora. Robie había memorizado cada paso, cada giro, cada movimiento que tendría que hacer.

Para vivir.

Como cada vez, tenía que confiar en que bastara con aquello.

Will Robie no quería morir en Edimburgo.

Un poco más tarde pasó junto a un hombre que le dedicó un asentimiento de cabeza. Fue apenas una ligera inclinación, nada más. Luego el hombre desapareció y Robie entró por la puerta que el hombre acababa de dejar libre. La cerró con llave detrás de él y se adentró en el lugar acelerando el paso. Llevaba suelas de goma. No emitían ningún sonido en contacto con el suelo de piedra. Cuando había avanzado unos dieciocho metros vio la puerta a la derecha. La abrió. Un viejo hábito de monje colgaba de una percha. Se lo enfundó y se puso la capucha. Había otras cosas para él, todas necesarias.

Guantes.

Gafas de visión nocturna.

Una grabadora.

Una pistola Glock con silenciador cilíndrico.

Y un cuchillo.

Esperó y fue consultando la hora cada cinco minutos. Su reloj estaba sincronizado a la perfección con el de otra persona.

Abrió otra puerta y cruzó el umbral. Se agachó, tocó una rejilla en el suelo, la levantó y bajó con agilidad y rapidez por una serie de pasamanos metálicos clavados en la piedra. Llegó al suelo sin emitir ningún ruido, se desplazó hacia la izquierda y contó los pasos. Edimburgo quedaba por encima de él. Por lo menos la zona «nueva».

Estaba en el subsuelo de Edimburgo, donde se organizaban distintas visitas a pie relacionadas con los fantasmas. Se pasaba por las bóvedas de debajo de South Bridge y partes del viejo Edimburgo como Mary King's Close, entre otros. Se deslizó por los pasadizos de ladrillo y piedra. Las gafas de visión nocturna le permitían verlo todo con gran nitidez. En las paredes había lámparas eléctricas a intervalos bastante regulares pero de todos modos seguía estando muy oscuro.

Casi le parecía oír las voces de los muertos a su alrededor. Según las leyendas locales, la aparición de la peste en el siglo XVII asoló zonas pobres de la ciudad, como Mary King's Close, con especial dureza. Y la ciudad reaccionó tapiando aquí a la población para evitar que se propagara la epidemia. Robie no sabía si era cierto o no. Pero no le extrañaría que lo fuera. Eso era lo que a veces hacía la civilización en caso de amenazas, reales o supuestas. Las colocaban entre muros. Nosotros contra ellos. La ley del más fuerte. Unos mueren para que otros sobrevivan.

Consultó la hora.

Faltaban diez minutos.

Se desplazó con mayor lentitud, adaptando el paso para llegar segundos antes de la hora acordada. Por si acaso.

Los oyó antes de verlos.

Eran cinco, sin contar al guía. El hombre y los secundarios.

Irían armados. Estarían preparados. Los secundarios pensarían que era el lugar perfecto para una emboscada.

Estarían en lo cierto.

Era una estupidez que el hombre bajara allí.

Realmente lo era.

La zanahoria tenía que ser lo bastante grande.

Realmente lo era.

Grande también como estupidez. De todos modos, había ido porque no se le ocurría nada mejor. Lo cual hacía que Robie se planteara lo realmente peligroso que era aquel hombre. Pero aquello no era asunto suyo.

Faltaban cuatro minutos.

2

Robie dobló una última curva. Oyó hablar al guía, soltando el rollo memorizado con una voz misteriosa y fantasmagórica. «El melodrama vende», pensó Robie. Y de hecho la singularidad de la voz era esencial para el plan de esa noche.

Se acercaba a un giro hacia la derecha. El grupo se dirigía a él.

Robie también pero desde la dirección contraria.

El tiempo estaba tan bien calculado que no había margen de error.

Robie contó los pasos. Sabía que el guía estaba haciendo lo mismo. Habían ensayado incluso la longitud de los pasos que daba, para coreografiarlos a la perfección. Al cabo de siete segundos, el guía, que tenía la misma altura y constitución física que Robie y llevaba un reloj idéntico al suyo, dobló la esquina apenas cinco pasos por delante de su grupo. Llevaba una linterna. Aquello era lo único que Robie no podía copiar. Por motivos obvios debía tener libres ambas manos. El guía giró a la izquierda y desapareció por una grieta de la roca que conducía a otra sala con otra salida.

En cuanto Robie vio lo que hacía, se volvió y quedó de espaldas al grupo de hombres que iban a doblar la esquina al cabo de un momento. Una mano se deslizó hasta la grabadora que llevaba en el cinturón bajo el hábito y la puso en marcha. La voz dramática del guía resonó con la continuación de la historia que había interrumpido unos instantes para girar.

A Robie no le gustaba estar de espaldas a nadie pero no había otra manera de que el plan funcionara. Los hombres tenían linternas. Se darían cuenta de que no era el guía. Que no era quien hablaba. Que llevaba gafas de visión nocturna. La voz seguía retumbando. Se dispuso a caminar hacia delante.

Aminoró el paso. Le alcanzaron. Le iluminaron la espalda con las linternas. Oyó la respiración colectiva. El olor. Sudor, colonia, el ajo que habían tomado en la comida. Su última comida.

«O la mía, dependiendo de cómo vaya.»

Había llegado el momento. Se volvió.

Con una cuchillada profunda liquidó al hombre que iba en cabeza, que cayó al suelo e intentó sujetarse los órganos afectados. Robie disparó al segundo hombre en la cara. La bala silenciada sonó como un bofetón. Resonó contra las paredes de piedra y se mezcló con los gritos del hombre moribundo.

Entonces los demás reaccionaron. Pero no eran verdaderos profesionales. Se aprovechaban de los débiles y de los poco habilidosos, pero Robie no pertenecía a ninguna de esas categorías. Eran tres hombres pero solo dos le plantearían alguna dificultad.

Robie lanzó el cuchillo y el extremo acabó clavado en el pecho del tercer hombre. Se desplomó con el corazón casi partido en dos. El hombre que iba detrás disparó, pero Robie ya se había movido y utilizó al tercer hombre como escudo. La bala fue a dar contra el muro de piedra. Una parte se quedó en el muro y otra rebotó y acabó encontrando cobijo en el muro opuesto. El hombre volvió a disparar un par de veces más, pero erró el tiro porque la adrenalina le había subido de forma brusca, había afectado a su motricidad fina y le había hecho fallar la puntería. A continuación disparó una ráfaga a la desesperada y vació el cartucho. Las balas rebotaban en la roca. Una de ellas alcanzó al primer hombre en la cabeza. No le mató porque ya se había desangrado y los muertos no pueden morir dos veces. El quinto hombre se había arrojado al suelo cubriéndose la cabeza con las manos.

Robie lo había visto todo. Se tiró al suelo y disparó en la frente al hombre número cuatro. Aquellos eran los nombres que les había puesto. Números. Anónimos. Así resultaba más fácil matarlos.

Ahora solo quedaba el hombre número cinco.

Cinco era el único motivo por el que Will Robie había viajado hasta Edimburgo ese día. Los demás eran colaterales y sus muertes no revestían ninguna importancia dentro del plan global.

El número cinco se levantó y retrocedió en cuanto Robie se puso en pie. Cinco no tenía arma. No había considerado necesario llevarla. Las armas no eran dignas de una persona como él. Sin duda estaba replanteándose esa decisión.

Suplicó. Imploró. Pagaría. Una cantidad ilimitada. En cuanto le apuntó con la pistola se inclinó por las amenazas. Lo importante que era. Lo poderosos que eran sus amigos. Lo que le harían a Robie. El gran daño que Robie sufriría. Él y toda su familia.

Robie no hizo ningún caso. Había escuchado lo mismo en otras ocasiones.

Disparó dos veces.

A la derecha y a la izquierda del cerebro. Siempre es mortal. Igual que esta noche.

El número cinco besó el suelo de piedra y con su último aliento lanzó un insulto a Robie que ninguno de los dos oyó.

Robie se volvió y se internó por la misma grieta que el guía turístico.

Escocia no le había matado.

Se sentía agradecido por ello.

Robie durmió como un tronco después de matar a cinco hombres.

Se despertó a las seis y desayunó en una cafetería cerca de donde se alojaba.

Luego fue caminando hasta Waverly Station, que estaba al lado del hotel Balmoral, y tomó un tren con destino a Londres. Llegó a la estación de King's Cross más de cuatro horas después y cogió un taxi hasta Heathrow. El vuelo 777 de British Airways despegó a última hora de la tarde. Con un ligero viento en contra, el avión aterrizó siete horas después en el aeropuerto de Dulles. En Escocia estaba nublado y hacía frío, pero en Virginia hacía calor. Hacía rato que el sol había empezado a descender hacia el oeste. En las horas más calurosas del día se habían ido acumulando nubes pero no habría tormenta dada la falta de humedad. Lo único que la madre naturaleza podía hacer era adoptar una apariencia amenazadora.

Un coche le esperaba al salir de la terminal del aeropuerto. No había nombre en el cartel.

Un todoterreno negro.

Matrícula oficial.

Subió, se ciñó el cinturón de seguridad y levantó un ejemplar del *Washington Post* que había en el asiento. No dio instrucciones al conductor. Ya sabía adónde tenía que ir.

El tráfico por la autopista de peaje de Dulles era sorprendentemente fluido.

A Robie le vibró el teléfono. Miró la pantalla.

Una palabra: «Felicidades.»

Volvió a guardar el teléfono en el bolsillo de la chaqueta.

«Felicidades» no le parecía la palabra adecuada. «Gracias» tampoco sería lo correcto. No tenía muy claro cuál era la palabra apropiada por haber matado a cinco personas.

Quizá no la hubiese. Quizá bastara con el silencio.

Llegó a un edificio situado en una travesía de Chain Bridge Road, en el norte de Virginia. No habría explicaciones tras la misión. Era mejor que no quedara constancia de lo sucedido. Si se iniciaba una investigación, nadie descubriría un informe que no existía.

Pero si la cosa salía mal, Robie no gozaría del respaldo oficial.

Caminó hasta el despacho, que no era oficialmente suyo aunque lo utilizaba de vez en cuando. Aunque era tarde había gente trabajando. No le dirigieron la palabra a Robie. Ni siquiera lo miraron. Sabía que ellos no tenían ni idea de lo que hacía pero también evitaban interactuar con él.

Se sentó a un escritorio, pulsó algunas teclas del ordenador, envió unos cuantos mensajes de correo electrónico y miró por una ventana que en realidad no era una ventana. No era más que una caja con luz del sol simulada, porque una ventana de verdad podía considerarse un orificio por el que otras personas podían colarse.

Al cabo de una hora, apareció un hombre rechoncho y de tez

pálida que vestía un traje arrugado. No se saludaron. El hombre le dejó un dispositivo USB encima del escritorio. Acto seguido, se volvió y se marchó. Robie se quedó mirando el objeto plateado. La siguiente misión ya estaba preparada. En los últimos años se las asignaban cada vez más seguidas.

Se guardó el dispositivo en el bolsillo y se marchó. Esta vez se colocó al volante de un Audi que estaba estacionado en una plaza del parking adyacente. Se sintió cómodo al sentarse. El Audi era suyo y hacía cuatro años que lo tenía. Pasó por el control de seguridad. El guarda tampoco lo miró.

El hombre invisible de Edimburgo. Robie sabía lo que era sentirse así.

En cuanto llegó a la vía pública, cambió de marcha y aceleró.

Su teléfono volvió a vibrar. Comprobó la pantalla.

«Feliz cumpleaños.»

No le hizo ninguna gracia, por eso soltó el teléfono en el asiento de al lado y pisó el acelerador a fondo.

No habría ni pastel ni velas.

Mientras conducía, Robie pensó en el túnel subterráneo de Edimburgo. Cuatro de los hombres muertos eran guardaespaldas. Eran hombres duros y desesperados que supuestamente habían matado por lo menos a cincuenta personas a lo largo de los últimos cinco años, incluidos niños. El quinto hombre que había acabado con dos tiros en la cabeza era Carlos Rivera. Gracias al narcotráfico y a la trata de jóvenes para la prostitución, era inmensamente rico y había ido a Escocia de vacaciones. Sin embargo, Robie sabía que, al parecer, Rivera había viajado a Edimburgo para mantener una reunión de alto nivel con otro mafioso de Rusia con el objetivo de fusionar sus negocios. Hasta a los criminales les gusta globalizarse.

Robie había recibido la orden de matar a Rivera, pero no por traficar con drogas y personas. Rivera tenía que morir porque Estados Unidos se había enterado de que planeaba un golpe de Estado en México con la ayuda de varios generales de alto rango mexicanos. El gobierno resultante no habría sido afín a Norteamérica, por lo que no podía permitirse. La reunión con el mafioso ruso había sido un montaje, el señuelo. Los generales mexicanos problemáticos también estaban muertos, asesinados por hombres como Robie.

Después de llegar a casa, Robie caminó por las calles oscuras durante dos horas. Se animó a acercarse al río y contempló las luces de la orilla de Virginia rasgando la noche. Un barco patrulla se deslizó por la tranquila superficie del Potomac.

Observó el cielo gris y sin luna; un pastel sin velas.

«Feliz día de mi cumpleaños.»

3

Eran las tres de la madrugada.

Will Robie llevaba dos horas despierto. La misión encomendada en el dispositivo USB que le habían dado le obligaría a viajar mucho más allá de Edimburgo. El objetivo era otro hombre bien protegido con más dinero que sentido de la ética. Robie llevaba casi un mes trabajando en el asunto. Había infinidad de detalles y el margen de error era incluso menor que con Rivera. La preparación era ardua y había pasado factura a Robie. No podía dormir y tampoco comía mucho últimamente.

Pero ahora intentaba relajarse. Estaba sentado en la pequeña cocina de su apartamento, situado en una zona acomodada donde abundaban las viviendas lujosas. El edificio de Robie no era una de ellas. Era viejo, de diseño funcional y con cañerías ruidosas, olores raros y moqueta chabacana. Los inquilinos eran variados y muy trabajadores pues la mayoría de ellos acababa de incorporarse al mercado laboral. Se marchaban temprano por la mañana para ocupar su puesto en bufetes de abogados, oficinas contables y empresas de inversiones desperdigadas por la ciudad.

Algunos habían elegido la vía del sector público y tomaban el metro o el autobús, o incluso iban caminando hasta los grandes edificios gubernamentales que albergaban organizaciones como el FBI, la Agencia Tributaria y la Reserva Federal.

Robie no conocía a ninguno de ellos aunque los veía a todos de vez en cuando. Le habían facilitado información sobre todos ellos. Todos eran reservados y ambiciosos y se dedicaban al máximo a su profesión. Robie también era discreto. Se preparó para el siguiente trabajo. Se empollaba los detalles porque era la única manera de sobrevivir.

Se levantó y se puso a mirar por la ventana, hacia la calle por donde solo circulaba un coche. Robie llevaba ya doce años viajando por el mundo. Y allá donde iba alguien moría. Ni siquiera recordaba el nombre de todas las personas a cuya vida había puesto fin. No le importaban cuando las mataba y no le importaban ahora.

El hombre que había precedido a Robie en el cargo había trabajado durante una época especialmente intensa para la agencia clandestina para la que actuaba. Shane Connors había liquidado a un treinta por ciento más de objetivos que Robie en el mismo periodo de tiempo. Connors había sido un mentor bueno y competente para el hombre que le sustituiría. Después de su «jubilación», a Connors se le había asignado un trabajo de oficina. Robie había tenido poco contacto con él durante los últimos cinco años. Pero había pocos hombres que Robie respetara más. El hecho de pensar en Connors hizo que Robie cavilara un poco sobre su propia jubilación. Era inevitable que le llegara al cabo de unos años.

«Si sobrevivo.»

El tipo de trabajo de Robie era cosa de jóvenes. Incluso con cuarenta años, Robie sabía que no podría seguir desempeñándolo doce años más. Perdería demasiadas facultades. Alguno de sus objetivos sería mejor que él, y entonces...

Moriría.

Volvió a pensar en Shane Connors, sentado detrás de su escritorio.

Robie supuso que aquello también era morir, aunque recibiera otro nombre.

Se acercó a la puerta principal y volvió a mirar por la mirilla. El hecho de no conocer personalmente a todos los vecinos no significaba que no sintiese curiosidad por ellos. En realidad, era bastante fisgón. No costaba entender por qué.

Llevaban una vida «normal».

No era el caso de Robie.

Ver cómo se ocupaban de sus quehaceres diarios era la única manera que tenía de mantenerse en contacto con la realidad.

Incluso se había planteado empezar a hacer vida social con alguno de ellos. El intento de congeniar con los demás no solo le ofrecía una buena tapadera sino que también le ayudaría a prepararse para el día en el que dejara su ocupación actual. Cuando llevara una vida normal, más o menos.

Entonces, como de costumbre, sus pensamientos volvieron a centrarse en la misión que tenía entre manos.

Un viaje más.

Un asesinato más.

Sería difícil pero todos lo eran.

Tenía muchas posibilidades de morir.

Pero siempre era así.

Era consciente de que se trataba de una manera curiosa de vivir la vida.

Pero era su manera.

4

Aquel día la Costa del Sol hacía honor a su nombre.

Robie llevaba un sombrero de ala estrecha de color paja, camiseta blanca, chaqueta azul, vaqueros descoloridos y sandalias. Lucía barba de tres días en el rostro bronceado. Estaba de vacaciones o al menos eso era lo que parecía.

Robie embarcó en el transbordador grande y aparatoso que cruzaba el estrecho de Gibraltar. Volvió la vista hacia las montañas que bordeaban la imponente y escarpada costa española. El contraste entre el gran peñón y el azul del Mediterráneo resultaba cautivador. Lo admiró durante unos segundos, se volvió y olvidó la imagen con igual rapidez. Tenía otros asuntos en los que pensar.

El ferry rápido se dirigía a Marruecos. Cabeceaba y se balanceaba como un metrónomo al salir del puerto de Tarifa en dirección a Tánger. En cuanto ganó velocidad y llegó a alta mar, el movimiento se suavizó. La panza del ferry estaba llena de coches, autobuses y camiones articulados. El resto iba repleto de pasajeros que comían, jugaban a los videojuegos en un salón recreativo y compraban cigarrillos y perfumes a mansalva en la tienda libre de impuestos.

Robie se sentó a admirar la vista, o al menos es lo que fingió hacer. El estrecho no tenía más que quince kilómetros de ancho y el trayecto duraba unos cuarenta minutos. No había demasiado tiempo para contemplar nada. Lo pasó mirando las aguas del Mediterráneo y observando al resto de los pasajeros por turnos. La mayoría eran turistas, ansiosos por decir que habían estado en

África, aunque Robie sabía que Marruecos no se correspondía demasiado con la idea que la mayoría de la gente solía tener sobre el continente africano.

Desembarcó del ferry en Tánger. Autobuses, taxis y guías turísticos aguardaban a las multitudes. Robie los esquivó y dejó el puerto a pie. Se internó en las calles principales de la ciudad y enseguida le acosaron los vendedores ambulantes, mendigos y tenderos. Los niños le tiraban de la chaqueta para pedirle dinero. Bajó la mirada y siguió caminando.

Pasó por el abarrotado mercado de especias. En una esquina estuvo a punto de pisar a una anciana que parecía haberse quedado dormida sujetando unas cuantas hogazas de pan que tenía a la venta. Probablemente se había dedicado toda la vida a eso, pensó Robie. Aquella esquina y unas cuantas hogazas de pan que vender. Llevaba la ropa y la piel sucias. Era frágil pero regordeta aunque estaba desnutrida, lo cual era habitual. Se agachó y le puso unas cuantas monedas en la mano. Ella las agarró con fuerza en la mano nudosa.

Ella le dio las gracias en su idioma y él le dijo que «de nada» en el de él. Los dos se entendieron a su manera.

Robie siguió caminando y apretó el paso, subiendo todas las escaleras con las que se encontró de dos en dos o de tres en tres. Pasó junto a encantadores de serpientes que colocaban reptiles de colores exóticos y desdentados alrededor del cuello de los turistas quemados por el sol. No les quitaban las serpientes de encima a no ser que pagaran cinco euros.

Un buen negocio si es que uno era capaz de hacerlo, pensó Robie.

Se dirigía a una habitación situada encima de un restaurante que prometía gastronomía local auténtica aunque Robie sabía que era un timo para los turistas. Los guías de los autocares llevaban a los inocentes turistas allí y luego se marchaban corriendo a comer mucho mejor en otro sitio.

Subió por las escaleras, abrió la puerta de la habitación con la llave que le habían dado con anterioridad y cerró la puerta detrás de él. Miró alrededor. Cama, silla, ventana. Todo lo que necesitaba.

Dejó el sombrero encima de la cama, miró por la ventana y consultó la hora. Eran las once de la mañana, hora local.

Hacía tiempo que había destruido el dispositivo USB. El plan estaba en marcha y los movimientos se habían ensayado en unas instalaciones simuladas en Estados Unidos que eran la copia exacta de su objetivo. Ahora solo tenía que esperar, la parte más difícil del asunto.

Se sentó en la cama, se masajeó el cuello e intentó aliviar el entumecimiento después del largo viaje en avión y barco. En esta ocasión el objetivo no era un idiota como Rivera. Era un hombre prudente con activos profesionales que no dispararía a diestro y siniestro. Este sería más difícil, o por lo menos debería serlo.

Robie no había comprado nada en España porque tenía que pasar por la aduana para embarcar en el ferry. Si la policía española le encontraba una pistola en la bolsa de viaje se habría metido en un buen lío. Pero en Tánger tenía todo lo que necesitaba.

Se quitó la chaqueta, se tumbó en la cama y se dejó amodorrar por el calor del ambiente. Cerró los ojos consciente de que volvería a abrirlos al cabo de cuatro horas. Los sonidos procedentes de la calle se fueron amortiguando a medida que se dormía. Cuando se despertó, habían pasado casi cuatro horas y era la parte más calurosa del día. Se secó el sudor de la cara, volvió a acercarse a la ventana y miró al exterior. Vio grandes autocares turísticos maniobrando por calles que no estaban pensadas para vehículos tan voluminosos ni pesados. Las aceras estaban repletas de gente, lugareños y foráneos por igual.

Esperó otra hora antes de salir de la habitación. Al llegar a la calle giró hacia la izquierda y fue a paso ligero. En cuestión de segundos se perdió entre el bullicio de la zona antigua de la ciudad. Recogería lo que necesitaba y seguiría adelante. Todos los artículos serían para la misión. Había viajado a treinta y siete países y nunca había comprado ni un triste *souvenir*.

Al cabo de siete horas estaba bastante oscuro. Robie se acercó a la instalación grande y desolada desde el oeste. Llevaba colgados a la espalda un maletín rígido y una mochila con agua, un recipiente para la orina y provisiones. No tenía previsto marcharse de ahí en los tres días siguientes. Miró a su alrededor, asimilando los olores de un país del Tercer Mundo. La amenaza de lluvia también pesaba en el ambiente. No le molestaba. Aquella misión era de puertas adentro.

Consultó la hora y oyó un vehículo que se acercaba. Se agachó detrás de una serie de barriles. El camión pasó junto a él y se paró. Robie se acercó por detrás. Con tres zancadas se colocó debajo del mismo y se agarró al metal que sobresalía de la parte inferior. El camión se puso en marcha y volvió a parar. Se oyó un fuerte sonido metálico. Se puso en marcha de nuevo con una sacudida que a punto estuvo de hacer caer a Robie.

Quince metros más adelante, el camión volvió a parar. Se abrieron las puertas y unos pies se posaron en el suelo. Las puertas se cerraron con estrépito. Unos pasos se alejaron. Volvió a oírse un tirón metálico. Los cierres reforzados volvieron a su sitio. Se hizo el silencio salvo por las pisadas de la patrulla del perímetro que estaría ahí de forma ininterrumpida por lo menos durante los tres días siguientes.

Robie calculó sus movimientos de forma que salió de debajo del camión y se alejó corriendo justo cuando los ruidos metálicos dejaron de oírse. Estrictamente hablando, la instalación había pasado por los controles de seguridad pertinentes. Aquella era la única oportunidad que Robie tenía para entrar. Misión cumplida, al menos esa parte.

Subió los escalones de tres en tres mientras el maletín rígido le golpeaba en la espalda.

A continuación le tocaba hacer una carrera a contrarreloj.

Llegó a lo alto, cogió la viga y se desplazó como los monos, una mano detrás de otra, hasta el lugar deseado. Se balanceó hacia la izquierda y luego hacia la derecha y entonces saltó.

Aterrizó casi silenciosamente sobre el metal y se desplazó con agilidad y rapidez hacia un punto situado a veinticinco metros de distancia, en uno de los rincones más oscuros del lugar.

Lo hizo en cinco segundos menos de los necesarios.

Las luces se apagaron y activaron las alarmas. El espacio quedó de inmediato entrecruzado por haces de luz que resultaban invisibles a simple vista. Pero si algo con pulso los tocaba, las alarmas se dispararían. Todos los intrusos que se encontraran serían ejecutados. Era ese tipo de sitios.

Robie se volvió en el suelo y se colocó de cara al techo.

Tenía por delante tres días, o setenta y dos horas.

Daba la impresión de que toda su existencia era una cuenta atrás interminable.

5

Había llegado la hora.

Sacaron las esterillas para rezar. Los hombres se arrodillaron y todas las cabezas se dirigieron al este antes de bajarlas para situarlas cerca de las rodillas. Abrieron la boca y brotaron los cánticos habituales.

La Meca se encontraba a dos mil quinientas millas marinas, a unas cinco horas en avión.

Para los hombres de las esterillas estaban mucho más cerca.

Una vez pronunciadas las oraciones, cumplida la obligación, enrollaron las esterillas y las guardaron. Alá también quedó en un segundo plano en la mente de sus fieles seguidores.

Era demasiado temprano para comer pero no demasiado pronto para beber.

En Tánger había lugares que aceptaban aquello, abstemios según el rito musulmán o no.

Las dos docenas de hombres se fueron a un establecimiento de esos. No caminaron por la calle. Viajaban en una caravana de coches formada por cuatro Hummer, blindados siguiendo los estándares del ejército de Estados Unidos, capaces de repeler todo tipo de balas y la mayoría de los ataques de mísil. Al igual que los autocares, esos vehículos parecían demasiado grandes para las calles estrechas. El hombre más importante iba en el tercer Hummer, para tener la parte delantera y la trasera cubiertas.

El hombre se llamaba Jalid bin Talal. Era un príncipe saudí, primo del rey. Por ese único vínculo tenía el respeto garantizado en todos los rincones del mundo musulmán y cristiano.

No venía a Tánger con frecuencia. Esa noche había venido por negocios. Estaba previsto que se marchara a primera hora de la mañana en su jet privado que había costado más de cien millones de dólares. Una cantidad desorbitante para prácticamente cualquiera pero que suponía menos del uno por ciento de su fortuna. En general, los saudíes eran aliados de Occidente y de Estados Unidos en concreto, al menos de cara al público. El flujo constante de petróleo favorecía las buenas amistades. El mundo se movía a gran velocidad y los hombres de un país en medio del desierto donde pocos cultivos crecían podían costearse aeronaves de esos precios.

Sin embargo, este príncipe saudí no era uno de esos amigos. Talal odiaba Occidente y sobre todo a los americanos. Resultaba peligroso adoptar esa postura abiertamente contra la única superpotencia mundial que quedaba.

Talal era sospechoso de haber secuestrado, torturado y asesinado a cuatro militares raptados en un club de Londres. Sin embargo, no se podía demostrar y el príncipe no había sufrido las consecuencias. También era sospechoso de haber financiado tres atentados terroristas en dos países distintos que habían causado la muerte de más de cien personas, entre ellas una docena de americanos. Tampoco podía probarse nada y los atentados no habían tenido repercusiones para él.

Pero esos actos habían acabado colocando a Talal en una lista. Y el precio de estar en esa lista estaba a punto de abonarse con la complacencia de los líderes saudíes. Sencillamente se había convertido en un hombre demasiado molesto y ambicioso como para dejarlo sobrevivir.

Las personas con las que había venido a reunirse aquí tampoco eran muy partidarias de Occidente ni de los americanos. Ellas y Talal tenían mucho en común. Imaginaban un mundo en el que no mandaban las barras y estrellas. El encuentro tenía por objetivo decidir cómo conseguir ese mundo. Aquella reunión era un secreto muy bien guardado.

Su error había sido que ese secreto tan bien guardado dejara de ser un secreto.

Al club se accedía por una puerta metálica con un teclado numérico. El jefe de los guardaespaldas de Talal introdujo el código de diez dígitos que se cambiaba a diario. La puerta hidráulica de veinte centímetros de grosor se cerró detrás de ellos. En ubicaciones estratégicas había muros a prueba de explosiones. El perímetro interior estaba cercado por guardas armados. Se trataba de medidas de seguridad de alto nivel para las pocas personas que podían costeárselas.

El príncipe y su grupo se sentaron a una gran mesa redonda en una zona acordonada oculta tras cortinas y situada encima de una plataforma elevada de madera de teca. El príncipe no paraba de mover los ojos para escudriñar el entorno. Había sobrevivido a dos intentos de asesinato, uno organizado por un primo y el otro por los franceses. El primo estaba muerto, así como el mejor asesino a sueldo de Francia.

Talal no se fiaba de nadie. Sabía que los americanos no se quedarían de brazos cruzados ahora que su aliado francés había fallado. Sus guardaespaldas eran profesionales contrastados y leales y formaban un grupo muy unido que no admitía a personas desconocidas. No había ningún blanco, ni negro ni hispano en su círculo más íntimo. Iba armado. Era buen tirador. Siempre llevaba puestas unas gafas de sol de espejo incluso en el interior. Nadie sabía adónde miraba. Las lentes también tenían un diseño especial. El grado de ampliación le permitía ver cosas imperceptibles a simple vista. Pero no tenía ojos en la nuca.

El camarero uniformado se le acercó solo con servilletas, sin bebidas. El príncipe llevaba sus vasos y licores. Ser envenenado no entraba dentro de sus planes. Se sirvió su Bombay Sapphire y añadió la tónica. Dio un sorbo, sin dejar de mirar a un lado y a otro con la mente centrada en parte en la reunión inminente. Estaba preparado para cualquier contingencia.

Salvo la hiperplasia benigna de próstata.

Se trataba de un fastidio que ni siquiera podía combatir con su riqueza. No era posible hacer que alguien orinara por él.

Sus hombres se aseguraron de que en el baño no hubiera ni enemigos ni explosivos y de que solo hubiera una puerta de acceso.

Un asistente le limpió el lavabo, el servicio y el compartimento con un espray antibacteriano. La realeza multimillonaria no está acostumbrada a los urinarios.

Talal fue al urinario una vez que estuvo limpio, cerró la puerta detrás de él y pasó el cerrojo usando un pañuelo. Había descartado su atuendo habitual antes de venir aquí. Llevaba un traje hecho a mano que costaba diez mil libras esterlinas. Tenía cincuenta trajes como aquel y no recordaba dónde estaban todos puesto que se encontraban desperdigados por sus múltiples propiedades alrededor del mundo. Nunca había viajado en un avión de pasajeros. Contaba con varios criados en cada una de sus propiedades. Cuando se alojaba en un hotel, siempre era de los más lujosos y reservaba una planta entera para no tener que soportar cruzarse con un simple mortal cuando se dirigía a su habitación. Siempre se desplazaba con rapidez en una caravana de coches o en helicóptero. Los ricos como él no se quedaban retenidos en un atasco de tráfico. Su vida de lujos exclusivos resultaba inimaginable. Y a él ya le parecía bien porque, en su interior, se consideraba distinto al común de los mortales.

Soy mejor. Mucho mejor.

De todos modos, tenía que bajarse la cremallera para hacer sus necesidades, igual que los demás hombres, ya fueran ricos o pobres. Observó la pared que tenía delante, los grafitis y las obscenidades ahí escritas. Acabó apartando la mirada asqueado. Estaba plenamente convencido de que la influencia occidental era la que había traído esas cosas. En ese mundo, las mujeres conducían, votaban, trabajaban fuera de casa y se vestían como putas. Aquello estaba llevando al mundo a la perdición. Incluso en su país se decía ahora que las mujeres tenían derecho al voto y a hacer otras cosas que solo debían estar permitidas a los hombres. El rey estaba loco y, lo que era peor, era una marioneta de Occidente.

Apretó la palanca del inodoro con la suela del zapato, se subió la cremallera de los pantalones y descorrió el pestillo del compartimento. Mientras se lavaba las manos, contempló su imagen en el espejo. Un hombre de cincuenta años le devolvió la mirada: una barba entrecana y un vientre bastante abultado. Su patrimonio superaba los doce mil millones de dólares, lo cual lo convertía en el sexagésimo primer hombre más rico del mundo según la revista *Forbes*. Había utilizado el capital del petróleo y lo había inyectado en muchas operaciones rentables valiéndose de su olfato para los negocios y sus contactos a escala internacional. En la lista figuraba entre un oligarca ruso que había empleado tácticas gansteriles tras la caída de la Unión Soviética para hacerse con activos estatales por un precio ridículo y un rey de la tecnología de veintipocos años cuya empresa nunca había obtenido ni un centavo de beneficios.

Salió del baño y regresó a la mesa mientras sus guardaespaldas se colocaban en forma de diamante a su alrededor. Había copiado la táctica de los servicios secretos de Estados Unidos. Su médico personal viajaba con él, igual que hacía el presidente de Estados Unidos. ¿Por qué no emular a los más fuertes?, pensaba él.

En su mente, se consideraba tan importante como el presidente de Estados Unidos. De hecho, le habría gustado sustituirle como líder *de facto* del mundo libre. Aunque el mundo no sería ni mucho menos tan libre con él al mando, empezando por las mujeres.

Una vez terminadas las bebidas, pasaron a la cena en un restaurante que se había alquilado en su totalidad para que el príncipe pudiera cenar tranquilo sin temer la interrupción de desconocidos. Después se enfundó su vestimenta habitual y regresó a su jet, ubicado en un hangar seguro en un aeropuerto privado situado en las afueras de la ciudad. Los Hummer cruzaron las puertas abiertas del hangar y se detuvieron delante del impresionante jet. Si bien la mayoría de los aviones estaban pintados de blanco, este era todo negro. Al príncipe le gustaba ese color. Le parecía masculino y poderoso, aparte de transmitir cierto aire peligroso.

Igual que él.

Las puertas del hangar se cerraron antes de que saliera del Hummer.

Quería evitar disparos con rifles de largo alcance entre las puertas abiertas del hangar.

Subió las escaleras y resolló ligeramente al acercarse a lo alto.

Las puertas del hangar volverían a abrirse cuando el avión estuviera listo para el despegue.

La reunión se celebraría en el avión, mientras estaba en tierra, y tendría una duración de una hora. El príncipe controlaría la reunión.

Estaba acostumbrado a controlar las situaciones.

Pero eso estaba a punto de acabar.

6

Había dos guardas al pie de la escalera que conducía al jet. El resto de los miembros del cuerpo de seguridad estaba en el avión, rodeando lo que sería el principal objetivo en caso de ataque. La puerta del fuselaje estaba cerrada a cal y canto. Era como una cámara acorazada. Una cámara muy cara pero, como ocurre con todas las cámaras, presentaba ciertas flaquezas.

El príncipe estaba sentado en el centro de la mesa en la parte principal de la cabina. El interior era obra suya. El avión contaba con casi 700 metros cuadrados de mármol y maderas exóticas, alfombras orientales además de esculturas y cuadros exquisitos de artistas ya fallecidos dignos de exponer en un museo para que él los admirara a 41.000 pies y a novecientos kilómetros por hora. Talal era un hombre que se gastaba el dinero como forma de disfrutar de su riqueza.

Echó un vistazo alrededor de la mesa. Había dos visitantes. Uno era ruso y el otro palestino. Una asociación poco habitual que tenía intrigado al príncipe.

Le habían prometido que por el precio adecuado serían capaces de conseguir algo que prácticamente cualquiera, incluido el príncipe, habría considerado imposible.

El príncipe se aclaró la garganta.

—¿Estáis seguros de poder hacerlo? —preguntó con incredulidad en la voz.

El ruso, un hombre corpulento con una buena barba pero calvo, lo cual le otorgaba un aspecto desequilibrado, y con un culo prominente, asintió lentamente pero con firmeza.

—Siento curiosidad por cómo es posible, porque me han dicho que es totalmente inútil siquiera intentarlo.

—La cadena más resistente queda inutilizada por el eslabón más débil —declaró el palestino. Era un hombre menudo pero con más barba que el ruso. Eran como un remolcador y un acorazado pero quedaba claro que el hombre menudo era el líder de la asociación.

—¿Y cuál es el eslabón más débil?

—Una persona. Pero esa persona está al lado de la que quieres. Somos dueños de esa persona.

—No veo cómo puede ser eso posible —objetó el príncipe.

—No solo es posible sino que es un hecho.

—Pero aun así, ¿el acceso a las armas?

—El trabajo de la persona permitirá el acceso al arma necesaria.

—¿Y cómo es posible que seáis dueños de esa persona?

—Ese detalle no es importante.

—Para mí es importante. Entonces esta persona está dispuesta a morir, no hay otra manera.

El palestino asintió.

—Esa condición se cumple.

—¿Por qué? Los occidentales no hacen esas cosas.

—Yo no he dicho que sea un occidental.

—¿Un infiltrado?

—Han sido décadas de preparación.

—¿Por qué?

—¿Por qué las personas hacemos lo que hacemos? Creemos en ciertas cosas. Y debemos emprender acciones para materializar tales creencias.

El príncipe se recostó en el asiento. Se le veía intrigado.

—Los planes están hechos —informó el palestino—. Pero como bien sabes, para una cosa así se necesita una cantidad de dinero considerable. La mayoría después. Nuestra persona está protegida, por ahora. Pero eso podría cambiar pronto. Hay ojos y oídos por todas partes. Cuanto más esperemos, más posibilidades hay de que la misión se vaya al traste antes de tener la posibilidad de que se realice con éxito.

El príncipe recorrió la madera tallada de la mesa con los dedos mientras miraba por la ventana. Las ventanas eran extragrandes porque le gustaba disfrutar de las vistas desde las alturas.

La bala subsónica le alcanzó de lleno en la frente y le reventó el cerebro. Cayó hacia atrás contra el asiento de cuero y luego fue deslizándose poco a poco hacia el suelo. El otrora hermoso interior del avión quedó cubierto de materia gris, sangre, huesos y tejidos corporales.

El ruso dio un salto pero no tenía arma. Se la habían confiscado en la puerta. El palestino se quedó ahí sentado, paralizado.

Los guardas reaccionaron. Uno señaló hacia la ventana hecha añicos del avión.

—¡Ahí fuera!

Corrieron a la puerta.

Los dos guardas del exterior del avión habían desenfundado las armas y disparado hacia el lugar de donde había procedido el disparo mortal.

Las balas golpeteaban alrededor de Robie. Apuntó y disparó. El primer centinela cayó con un disparo mortal en la cabeza. El segundo se desplomó al cabo de unos momentos con una bala alojada en el corazón.

Desde la posición elevada en la que se encontraba, Robie apuntó la boca del rifle hacia la puerta del avión. Disparó cinco veces por el centro y destruyó el mecanismo de apertura. Giró en redondo y destrozó la ventana de la cabina y con ella los mandos de la aeronave. El gran pájaro se quedaría en tierra durante bastante tiempo. Era una suerte para la misión que el material blindado fuera demasiado pesado y grueso para un avión. Eso lo convertía en una cámara acorazada de cien millones de dólares con un talón de Aquiles muy grande.

Así había acabado con la matanza pero ahora llegaba la parte más difícil.

La huida.

Caminó por encima de la viga hasta llegar a una pared situada en el extremo opuesto del hangar. Empujó para abrir la ventana, sujetó el cable a la anilla de refuerzo que había atornillado la noche anterior e hizo rápel muro abajo. Tocó el asfalto con los pies y corrió en dirección este para alejarse del hangar y del príncipe muerto. Escaló una verja, cayó al otro lado. Oyó gritos detrás de él. Unos haces de luz rasgaron la oscuridad. Dispararon en su dirección pero todos erraron el tiro. Sabía que aquello podía cambiar.

El coche aceleró. Lanzó su equipo al asiento trasero, subió de un salto y el vehículo salió disparado antes incluso de que cerrara la puerta. Robie no miró al conductor y el conductor tampoco lo miró a él. El coche recorrió unos pocos kilómetros hasta las afueras de Tánger antes de detenerse. Robie salió discretamente, se internó en un callejón, recorrió otros doscientos metros y entró en un pequeño patio donde le esperaba un Fiat azul. Se situó en el asiento del conductor, sacó las llaves de debajo de la visera y puso el vehículo en marcha. Revolucionó el motor y salió del patio. En cinco minutos llegó cerca del centro de Tánger. Cruzó la ciudad y estacionó el coche en el puerto. Abrió el maletero y extrajo una pequeña bolsa de viaje llena de ropa y otros artículos de primera necesidad, incluyendo la documentación para viajar y moneda local.

No embarcó en el ferry rápido de vuelta a España que había tomado para llegar hasta allí sino el ferry lento que iba de Tánger a Barcelona. Se tardaban veinticuatro horas en ir de Barcelona a Tánger y tres horas más en la dirección contraria.

Su jefe había tirado la casa por la ventana y le había reservado un camarote de tres plazas en vez de una simple butaca. Se dirigió a él, guardó la bolsa, cerró la puerta con llave y se tumbó en la cama. Al cabo de unos minutos el ferry empezó a alejarse del puerto.

Robie entendía la lógica. Nadie imaginaría que un asesino huiría en un barco que tardaba más de un día entero en llegar a su destino. Controlarían los aeropuertos, los transbordadores rápidos, las autopistas y las estaciones de tren. Pero no la vieja bañera pesada que tardaba más de veinticuatro horas en recorrer unos cuantos cientos de kilómetros Mediterráneo arriba. En realidad llegaría al cabo de dos días puesto que era casi medianoche.

Robie había llevado un cono de vigilancia de largo alcance que le había permitido escuchar la conversación del avión entre el príncipe y los otros dos hombres. Acceso a las armas. Décadas de preparación. Una cantidad de dinero considerable para el periodo posterior. Habría que hacer un seguimiento, pero aquello no era su trabajo. Él había cumplido su objetivo. Presentaría su informe y otros se encargarían del tema a partir de entonces. Estaba convencido de que hasta la familia real saudí se sentiría aliviada por el asesinato de su oveja negra. Condenarían tal acto de violencia en su declaración oficial. Exigirían una investigación plena. Harían poses, echarían humo por las orejas y gimotearían. Se produciría un intercambio tenso entre diplomáticos. Pero en privado brindarían por los autores del asesinato. Es decir, brindarían por los americanos.

Había sido una operación limpia. Robie había tenido al príncipe en el punto de mira desde el momento en que había salido del todoterreno. Podría haberlo abatido entonces, pero quería esperar a que el príncipe y sus guardas estuvieran en el interior del avión. Tendría más tiempo para escapar si los guardaespaldas estaban atrapados dentro de la aeronave. Había perdido de vista al príncipe durante medio minuto justo después de que embarcara, pero lo había vuelto a localizar mientras caminaba por el pasillo y se sentaba a la mesa.

Robie había apuntado a la cabeza de Talal aunque fuera un disparo más difícil por algo que había visto por el objetivo. Cuando el príncipe se había inclinado hacia delante estando sentado, Robie le había visto los tirantes bajo la túnica. Llevaba chaleco antibalas. El chaleco antibalas no se ponía alrededor de la cabeza.

Robie se había pasado tres días con sus correspondientes noches encaramado a una viga, orinando en un bote y comiendo barritas energéticas mientras esperaba a su objetivo en unas instalaciones que supuestamente estaban cerradas a cal y canto y eran totalmente seguras.

Ahora el príncipe estaba muerto.

Sus planes morirían con él.

Will Robie cerró los ojos y durmió mientras el ferry surcaba lenta y suavemente las plácidas aguas del Mediterráneo.

7

Aquel era distinto.

Era cerca de casa.

Tan cerca, que era «en casa».

Habían transcurrido casi tres meses desde Tánger y la muerte de Jalid bin Talal. Había refrescado y el cielo estaba un poco más gris. Robie no había matado a nadie durante ese tiempo. Era una temporada extraordinariamente larga de inactividad para él pero no le importaba. Daba paseos, leía libros y hacía algunos viajes en los que no tenía que morir nadie. Es decir, llevaba una vida normal.

Pero entonces había aparecido el dispositivo USB y Robie había tenido que dejar de ser normal y coger la pistola de nuevo. Había recibido el encargo de la misión hacía un par de días. No había demasiado tiempo para prepararse, pero, según el contenido del lápiz de memoria, la misión era prioritaria. Y cuando el lápiz de memoria hablaba, Robie actuaba.

Estaba sentado en una silla del salón de su casa, café en mano. Era temprano y llevaba levantado varias horas. A medida que se acercaba el momento de su próxima misión, le costaba más conciliar el sueño. Siempre le había pasado, no tanto por culpa de los nervios sino por el deseo de estar preparado al máximo. Cuando estaba despierto, una parte de su mente se dedicaba a perfeccionar el plan, a encontrar errores y remediarlos, algo que no podía hacer mientras dormía.

Durante el paro técnico, había seguido su plan original de hacer más vida social e incluso había aceptado una invitación a la fiesta informal que celebraba uno de sus vecinos en su apartamento del tercer piso. Solo habían asistido una docena de personas, algunas de las cuales también vivían en el edificio. El vecino había presentado a Robie a varios de sus amigos. Sin embargo, Robie enseguida se había fijado en una mujer joven.

Había alquilado un apartamento en el edificio recientemente y a las cuatro de la mañana se marchaba en bicicleta a la Casa Blanca. Robie sabía dónde trabajaba porque había recibido un informe sobre ella. Sabía que salía tan temprano para ir al trabajo porque muchas veces la había observado por la mirilla.

Era mucho más joven que Robie, guapa e inteligente, por lo menos por lo que había visto. Habían intercambiado alguna mirada en varias ocasiones. Robie tenía la impresión de que tenía tan pocos amigos como él. También presentía que a ella no le habría importado que él iniciara una conversación con ella. Vestía una minifalda negra y una blusa blanca. Llevaba el cabello recogido en una cola de caballo. Sujetaba una bebida en la mano y, de vez en cuando, miraba en dirección a Robie, sonreía y apartaba la vista al tiempo que continuaba conversando con otra persona que Robie no reconocía.

Robie pensó en abordarla en varias ocasiones. Sin embargo, se había marchado de la fiesta sin hacerlo. Al salir se había girado para mirarla. Ella se estaba riendo de un comentario que alguien había hecho y no llegó a mirar en su dirección. Probablemente fuera mejor así, había pensado él. Porque, a decir verdad, ¿qué sentido habría tenido?

Robie se levantó y miró por la ventana.

Había llegado el otoño. Las hojas del parque habían empezado a cambiar de color. Por la noche refrescaba. La humedad del verano seguía haciendo acto de presencia de vez en cuando pero con una intensidad mucho menor. El tiempo actual no estaba mal para una ciudad construida sobre un pantano, y que seguía siendo un pantano a decir de mucha gente, al menos la zona donde anidaban los profesionales de la política.

Robie había hecho el reconocimiento correspondiente en el poco tiempo asignado. Los ensayos, más difíciles desde el punto de vista logístico en este caso, se habían llevado a cabo de todos modos.

Y aun así no le gustaba.

Pero no era asunto suyo.

La ubicación no exigía que Robie bajara de un avión o tren. Pero el objetivo también era distinto. Y no necesariamente mejor.

A veces iba a por personas que suponían una amenaza a nivel global, como Rivera o Talal. O a veces iba sencillamente a por un problema.

Cada uno era libre de elegir la etiqueta que más le gustara, pero, al fin y al cabo, todas significaban lo mismo. Su jefe decidía quién de entre los que estaban vivitos y coleando consistía un objetivo. Y entonces recurrían a hombres como Robie para que los vivos dejaran de colear.

Lo justificaban diciendo que así el mundo era un lugar mejor.

Como lanzar el ejército más potente del planeta contra un loco en Oriente Medio. La victoria militar estaba garantizada desde el comienzo. Lo que no podía preverse del todo era lo que sucedía después de la victoria. Como un caos que se va transformando y del que no se puede escapar.

Atrapado en una trampa de fabricación propia.

La agencia para la que Robie trabajaba tenía una política clara con respecto a los agentes apresados durante una misión. No habría reconocimiento alguno de que Robie trabajaba siquiera para Estados Unidos. No adoptarían ninguna medida para salvarlo. Era lo contrario al lema de los marines de Estados Unidos. En el mundo de Robie todos se dejaban atrás.

Así pues, en cada misión Robie había urdido un plan de huida que solo él conocía en caso de que la operación fracasara. Nunca había tenido que recurrir a su plan B personal porque ninguna de sus misiones se había ido al traste. Todavía. El día siguiente no era más que otro día en el que algo podía fallar.

Shane Connors era quien le había enseñado aquello a Robie. Le había dicho que en una ocasión había tenido que recurrir a su plan B, en Libia, cuando la operación, por culpa ajena, había fracasado.

—Eres el único que te cubrirá las espaldas, Will —le había dicho Connors. Robie había tenido aquel consejo muy presente durante todos estos años. Nunca lo olvidaría.

Robie contempló el apartamento. Llevaba allí cuatro años y le gustaba bastante. Había restaurantes cerca. La zona resultaba interesante y tenía muchas tiendas especializadas que no pertenecían a grandes cadenas. Robie comía fuera a menudo. Le gustaba sentarse a la mesa y observar a la gente que pasaba. En cierto modo era un estudioso de la humanidad. Por eso seguía vivo. Calaba a las personas, a menudo tras observarlas apenas unos cuantos segundos. No se trataba de un talento innato. Era una aptitud que había ido desarrollando con el tiempo, como ocurría con la mayoría de las aptitudes.

En el sótano del edificio había un gimnasio donde iba a hacer ejercicio, tonificar los músculos, incrementar su capacidad motora y practicar técnicas que necesitaba ensayar. Era el único que utilizaba aquellas instalaciones. Para los entrenamientos con armas y otras herramientas necesarias para su profesión iba a otros lugares. Con otras personas con las que trabajaba.

A sus cuarenta años no podía decirse que cada vez le resultara más fácil.

Movió el cuello adelante y atrás y se vio recompensado con un chasquido satisfactorio.

Oyó que una puerta se abría y se cerraba en el rellano. Se acercó a la mirilla y vio a la mujer bajar la bicicleta por el vestíbulo.

Era la mujer de la fiesta, la que trabajaba en la Casa Blanca. A veces vestía vaqueros para ir al trabajo y se suponía que se enfundaba la ropa formal al llegar allí. Siempre era la primera en salir del edificio por la mañana a no ser que Robie ya se hubiera marchado por algún motivo.

«A. Lambert.»

Ese era el nombre que figuraba en el buzón de la entrada. Sabía que la A significaba Anne. Era el nombre que aparecía en el informe sobre sus antecedentes.

En su buzón no ponía más que «Robie». Ninguna inicial. No tenía ni idea de si la gente se planteaba cómo se llamaba. Probablemente no.

Rondaba la treintena, alta, pelo largo y rubio, delgada. Cuando se había mudado al edificio la había visto en pantalones cortos.

Era un poco patizamba pero tenía unas facciones elegantes y un lunar bajo la ceja derecha. La había oído durante una discusión con otro inquilino en el vestíbulo que no estaba de acuerdo con el administrador de la finca. Ella había replicado con severidad y con conocimiento de causa. A Robie le había impresionado.

En su interior había empezado a referirse a ella como «A».

Robie se separó de la puerta en cuanto ella desapareció en el ascensor con la bicicleta.

Se trasladó a otra ventana que daba a la calle. Al cabo de un minuto, la mujer salió del edificio, se colgó la mochila a la espalda, se subió en la bicicleta y se marchó. Él la observó hasta que dobló una esquina y las franjas reflectoras de la mochila y el casco desaparecieron de su vista.

Próxima parada: 1600 Pennsylvania Avenue.

Eran las cuatro y media de la mañana.

Se colocó de espaldas a la ventana y observó su vivienda. En el apartamento no había nada que indicara a alguien que lo registrara a qué se dedicaba. Tenía un cargo oficial que quedaría totalmente respaldado en caso de que alguien lo interrogara. Pero, de todos modos, su apartamento era anodino y prácticamente no contenía nada de interés personal. Prefería eso a dejar que otros le inventaran un pasado, le colocaran fotos de gente que ni siquiera conocía por el apartamento y les hiciera pasar por parientes o amigos. «Decorar» una residencia con raquetas de tenis, esquís o álbumes de sellos o un instrumento musical era un procedimiento estándar. Él había rechazado todas esas ofertas. Había una cama, unas cuantas sillas, algunos libros que sí había leído, lámparas, mesas, un lugar para comer, un lugar para ducharse y un lavabo.

Alzó los brazos hacia la barra de flexiones que tenía encima del umbral de la puerta que conducía a su dormitorio e hizo veinte rápidamente. Le gustaba sentir sus músculos en movimiento, levantando su peso hasta la barra con relativa facilidad. Podía dejar tirados en el suelo a la mayoría de los veinteañeros. Seguía teniendo una fuerza y una capacidad motora excelentes. De todos modos, ya tenía cuarenta años y ya no era lo que había sido. No tenía más remedio que compensar el inevitable desgaste de facultades y condición física con la cada vez mayor experiencia sobre el terreno.

Se tumbó en la cama pero no se tapó con nada. Mantenía el apartamento a una temperatura fría. Necesitaba dormir.

La noche siguiente sería movida.

Y distinta.

8

Robie estaba en el gimnasio del sótano de su edificio. Eran casi las nueve de la noche pero el local estaba abierto las veinticuatro horas del día, todos los días de la semana, para los inquilinos. Solo se necesitaba la llave magnética para entrar. En cierto modo, la rutina de ejercicios de Robie nunca variaba. Nunca hacía lo mismo dos veces seguidas. No se centraba en la fuerza, la resistencia, la flexibilidad, el equilibrio o la coordinación o la agilidad. Se centraba en todos ellos. Cada uno de los ejercicios que hacía ponía a prueba al menos dos de esas capacidades y a veces todas.

Se colgó boca abajo de la barra de flexiones. Hizo abdominales y luego ejercitó los músculos oblicuos mientras sostenía una pelota medicinal. El ejército de Estados Unidos había ideado un régimen de entrenamiento físico funcional que imitaba lo que los soldados hacían sobre el terreno, los grupos de músculos y las capacidades necesarios en el campo de batalla.

Robie era fiel a ese concepto y ejercitaba lo que necesitaba para sobrevivir ahí fuera. Embestidas, empujones y explosividad de las pantorrillas hacia arriba. Trabajaba con todo su cuerpo en sinergia. La parte superior del cuerpo y la inferior llevando el centro más allá del límite. Tenía un cuerpo escultural pero nunca se quitaba la camiseta. Nunca le verían pavoneándose por ahí luciendo su tableta de chocolate a no ser que fuera requisito indispensable para una misión.

Practicó yoga durante media hora hasta que estuvo empapado de sudor. Sostenía una cruz de hierro en la barra de flexiones cuando se abrió la puerta.

A. Lambert se lo quedó mirando.

Ni sonrió ni le saludó. Cerró la puerta detrás de ella, se dirigió a un rincón y se sentó con las piernas cruzadas en una esterilla de ejercicios. Robie sostuvo la cruz durante treinta segundos más, no porque quisiera impresionarla dado que ni siquiera lo estaba mirando, sino porque tenía que llevar su cuerpo más allá del límite al que estaba acostumbrado, de lo contrario lo único que haría sería perder el tiempo.

Se soltó y se dejó caer con suavidad en el suelo. Cogió la toalla y se secó la cara.

—Creo que eres el único que utiliza el gimnasio.

Deslizó la toalla hacia abajo y se encontró con la mirada de la mujer.

Llevaba vaqueros y una camiseta blanca, ambos ceñidos. No había lugar para ocultar un arma. Robie siempre se cercioraba de ello antes que nada, independientemente de que estuviera delante de hombre, mujer, joven o viejo.

—Tú estás aquí —dijo.

—No he venido a hacer ejercicio —repuso ella.

—¿Y entonces a qué?

—He tenido un día duro en la oficina. Me estoy relajando.

Robie miró alrededor de la pequeña sala mal iluminada. Olía a sudor rancio y a moho.

—Debe de haber lugares mejores donde relajarse —dijo.

—No esperaba encontrarme con nadie aquí —repuso ella.

—Aparte de mí, quizá. Por lo que acabas de decir, sabías que yo sí que utilizo esta sala.

—Lo he dicho porque te veo aquí esta noche. Nunca te he visto aquí anteriormente ni a ninguna otra persona, la verdad.

Robie sabía la respuesta pero de todos modos preguntó:

—Así que un día duro en la oficina. ¿Dónde trabajas?

—En la Casa Blanca.

—Eso es algo que impresiona.

—Hay veces que no parece tan impresionante. ¿Y tú?

—Inversiones.

—¿Trabajas en una de las grandes empresas?

—No. Voy por libre, siempre lo he hecho así. —Robie se colocó la toalla alrededor de los hombros—. Bueno, supongo que es mejor que deje que te relajes. —Sin embargo, en realidad todavía no quería marcharse. Tal vez ella lo intuyera.

—Me llamo Annie —se presentó después de levantarse—. Annie Lambert.

—Hola, Annie Lambert.

Se dieron la mano. Ella tenía los dedos largos, suaves y sorprendentemente fuertes.

—¿Tienes nombre? —preguntó ella.

—Robie.

—¿De nombre o de apellido?

—De apellido. Está en el buzón.

—¿Y el nombre de pila?

—Will.

—Ha costado más de lo que debería. —Ella le dedicó una sonrisa que le desarmó.

Él le devolvió la sonrisa sin ser consciente de ello.

—No soy el hombre más dicharachero del mundo.

—Pero te vi el otro día en la fiesta del tercero.

—Fue algo extraordinario para mí. Hace mucho tiempo que no me tomaba un mojito. A lo mejor algún día podemos quedar para tomar algo. —Robie no tenía ni idea de por qué había pronunciado esas palabras.

—Vale —dijo ella en tono informal—. Suena bien.

—Buenas noches —dijo Robie—. Espero que te relajes bien.

Cerró la puerta detrás de él y subió a su planta en el ascensor.

Inmediatamente realizó una llamada de teléfono. En realidad no tenía ningunas ganas de hacerla pero tenía que informar de cualquier contacto como aquel. Robie no pensaba que hubiera nada de qué preocuparse con respecto a Annie Lambert, pero las reglas estaban claras. Annie Lambert sería investigada con mayor profundidad. Si surgía algo, se lo notificarían a Robie y se tomarían las medidas pertinentes.

Mientras se sentaba en la cocina, Robie se preguntó si realmente tenía que haber hecho esa llamada. Ya no era capaz de ver nada bajo el prisma de la normalidad. El hecho de que alguien fuera amable con él suponía una posible amenaza. Tenía que notificarse. Tenía que informar de una mujer «que se relajaba» y que se le presentaba.

«Vivo en un mundo que ya no tiene nada de normal, si es que alguna vez lo ha tenido. Pero no será siempre así. Y no hay ninguna norma de la agencia que prohíba salir a tomar algo con alguien.»

Así que a lo mejor lo hacía. Algún día. Salió del edificio y cruzó la calle. Desde el rascacielos de enfrente se disfrutaba de una vista perfecta de su edificio y precisamente de eso se trataba. En el cuarto piso había un apartamento vacío del que Robie tenía una llave. Entró en el apartamento y fue directamente a la habitación del fondo. Ahí se había instalado un telescopio de vigilancia considerado uno de los mejores del mundo. Lo accionó y dirigió el objetivo hacia su edificio. Pulsó y tiró de distintos cuadrantes para corregir los ajustes hasta ver cierta parte de su edificio con gran nitidez.

Su planta, tres puertas en el rellano. La luz estaba encendida, las persianas subidas tres cuartos. Esperó. Diez minutos. Veinte minutos. A Robie le daba igual.

La puerta delantera de Annie Lambert se abrió y se cerró. Caminó por el pasillo. Fue girando el objetivo con movimientos mesurados, siguiéndola. Annie se paró en la cocina, abrió el frigorífico y sacó una Coca-Cola *light*. Con su objetivo era capaz de leer la etiqueta con claridad. Cerró el frigorífico con un golpe de cadera. Llenó la mitad de un vaso con el refresco y la otra mitad con ron que sacó de un armario situado encima de los fogones.

Caminó por el pasillo. Antes de llegar al dormitorio, se bajó la cremallera de los pantalones, se los quitó y los lanzó al cesto de la ropa. Dejó la bebida en el suelo mientras se quitaba la camiseta. Llevaba ropa interior de color rosa. No era de las de llevar tanga y las bragas le cubrían las nalgas en su totalidad.

Robie no había visto todo aquello. Había desviado el telescopio cuando se había empezado a bajar la cremallera de los pantalones. El telescopio costaba casi 50.000 dólares. No pensaba utilizarlo para hacer de *voyeur* patético.

Robie regresó a su edificio y tomó el ascensor hasta la última planta.

Una puerta de acceso que estaba cerrada con llave conducía a la azotea. El cerrojo no era complicado para él. Robie subió un tramo de escaleras corto hasta lo más alto del edificio. Se acercó al borde y contempló las vistas de la ciudad.

Washington D.C. le devolvía la mirada.

De noche era una ciudad preciosa. Los monumentos iluminados presentaban un aspecto especialmente magnífico en contraste con la oscuridad. En opinión de Robie, Washington D.C. era la única ciudad de Estados Unidos que no tenía nada que envidiar a las grandes capitales europeas en cuanto a ornamentación oficial.

Pero también era una ciudad llena de secretos.

Robie y la gente como él eran uno de esos secretos.

Robie se sentó con la espalda apoyada en la pared del edificio y alzó la vista.

A. Lambert se había convertido oficialmente en Annie Lambert. Saberlo gracias al informe no era lo mismo que oírlo en persona.

Y él había dado parte de ella por el mero hecho de que había sido amable con él, con toda probabilidad.

Un día duro en la oficina. Lo único que necesitaba era un lugar para relajarse.

Robie sabía perfectamente de qué iba aquello. Él también tenía días duros en la oficina. También le iba bien encontrar un lugar donde relajarse.

Pero eso nunca sucedería.

Se duchó y se puso ropa limpia. Entonces cogió el arma. Había llegado la hora de ir al trabajo.

9

Otra casa de acogida en la que no quería estar. ¿Cuántas llevaba ya? ¿Cinco? ¿Seis? ¿Diez? Suponía que tampoco importaba tanto.

Escuchó los gritos procedentes de la planta de abajo del dúplex que había llamado hogar durante las tres últimas semanas. El hombre y la mujer que estaban gritándose eran sus padres de acogida. Lo cual era algo más que un chiste, pensó. Era un delito. Eran un delito. Tenían a varios niños acogidos en su casa y les hacían robar carteras y trapichear con drogas.

Ella se había negado a robar y a traficar con drogas. O sea que esa sería su última noche en la casa. Ya había guardado sus cosas en la mochila. Había otros dos niños acogidos que compartían dormitorio con ella. Los dos eran más jóvenes y odiaba dejarlos allí.

Les hizo sentarse en la cama.

—Voy a pedir ayuda para vosotros. Voy a informar a los Servicios Sociales de lo que pasa aquí, ¿de acuerdo? Vendrán y os sacarán de aquí.

—¿No puedes llevarnos contigo, Julie? —preguntó la niña hecha un mar de lágrimas.

—Ojalá pudiera, pero no puedo. Pero voy a sacaros de aquí, os lo prometo.

—No te creerán —dijo el niño.

—Sí que me creerán. Tengo pruebas.

Les dio un abrazo a cada uno, abrió la ventana y saltó al exterior deslizándose por el tubo de desagüe hasta el tejado plano del garaje adyacente, bajó por el poste de apoyo, llegó al suelo y se alejó corriendo en la oscuridad.

Tenía una idea en mente.

«Me voy a casa.»

Su casa era un dúplex incluso más pequeño que el que acababa de dejar atrás. Cogió el metro, luego un autobús y después caminó. Por el camino sacó un sobre, subió las escaleras de un gran edificio gubernamental de ladrillo visto y deslizó el sobre por la ranura del buzón de la puerta principal. Estaba dirigido a la mujer que coordinaba la asignación de casas de acogida para ella y los otros dos niños que se habían quedado en el dúplex. Era una señora agradable, bienintencionada, pero estaba totalmente desbordada de niños que daba la impresión que nadie quería. El sobre contenía una tarjeta fotográfica con imágenes que mostraban a la pareja abusando de los niños acogidos, inmersos en actividades claramente ilegales y sentados colocados en el sofá con pipas para fumar crack y montones de pastillas a la vista. Si con aquello no bastaba, pensó ella, entonces no había nada que hacer.

Llegó a la casa al cabo de una hora. No entró por la puerta delantera. Hizo lo que siempre había hecho cuando llegaba a casa tan tarde. Utilizó una llave que guardaba en el zapato para entrar por la puerta de atrás. Intentó encender una luz pero no pasó nada. Aquello no la sorprendió. Solo significaba que habían cortado la luz por falta de pago. Fue palpando las paredes y se sirvió de la luz de la luna que se filtraba por la ventana para llegar a su dormitorio de la segunda planta.

Su habitación estaba igual que siempre. Era una pocilga pero era «su» pocilga. Una guitarra y partituras, libros, ropa y revistas por todas partes. En el suelo había un colchón que le servía de cama pero no resultaba fácilmente visible bajo todos los demás trastos. Llegó a la conclusión de que sus padres no habían limpiado la habitación porque sabían que volvería.

Tenían problemas. Muchos problemas.

La mayoría de las personas los veía como unos fracasados drogadictos y patéticos.

Pero eran sus padres. La querían.

Y ella a ellos.

Quería cuidar de ellos.

Con catorce años a menudo hacía de padre y de madre y sus padres parecían los hijos. Ellos eran su responsabilidad, no al contrario. Pero a ella no le importaba.

Ella sabía que a esas horas deberían de estar durmiendo. Con un poco de suerte, sin estar colocados.

En realidad la situación estaba mejorando. Su padre trabajaba en un muelle de carga y ya llevaba dos meses con un contrato remunerado. Su madre trabajaba de camarera en un café donde una propina de dos dólares era la excepción más que la regla. Era cierto que su padre y su madre eran drogadictos en proceso de rehabilitación, pero se levantaban todos los días para ir a trabajar. Lo que pasaba era que los problemas con las drogas y las temporadas pasadas en la cárcel habían hecho que las autoridades a veces no los consideraran aptos para tener la custodia de su hija.

Por eso estaba desterrada al sistema de familias de acogida.

Pero no era para ella. Ya no. Ahora estaba en casa.

Tocó el trozo de papel que llevaba en el bolsillo de la chaqueta. Era una nota de su madre. Se la había enviado al colegio y la habían dejado en la secretaría. Sus padres tenían pensado marcharse de la zona y empezar de cero. Y, por supuesto, querían que su única hija les acompañara. Hacía mucho tiempo que Julie no estaba tan contenta.

Fue al dormitorio de sus padres situado al otro lado del pasillo para ver cómo estaban pero se lo encontró vacío. Su cama era como la de ella, nada más que un colchón en el suelo. Pero la habitación no estaba desordenada. Su madre la había recogido. La ropa estaba guardada en cestas. No tenían ni cómodas ni armarios. Se sentó en la cama y cogió una foto de los tres que estaba colgada de la pared. En la oscuridad no la veía demasiado bien pero sabía exactamente quién estaba en ella.

Su madre era alta y delgada. Su padre, más bajo e incluso más delgado. No era de extrañar que presentaran un aspecto enfermizo. Los años de drogadicción les habían pasado factura, problemas crónicos, unas vidas que serían más cortas de lo normal. Sin embargo, siempre habían sido buenos con ella. Nunca la habían maltratado. Se habían ocupado de ella cuando habían podido. Le habían dado de comer, le habían proporcionado calor y seguridad, también cuando habían podido. Nunca llevaban los problemas a casa. Los abusos que habían cometido se habían producido fuera de allí, algo que ella agradecía. Y cada vez que la habían llevado a una casa de acogida, habían hecho todo lo posible para recuperarla.

Dejó la foto en la pared y sacó la nota que su madre había enviado al colegio. La volvió a leer. Las instrucciones estaban claras. Estaba emocionada. Aquello podía ser el comienzo de algo positivo. Ellos tres en una nueva vida lejos de allí. Lo único que le preocupaba era el plan de emergencia que su madre había incluido en la nota, si por algún motivo no se reunían con su hija. Bueno, no había motivos por los que sus padres no pudieran encontrarse con ella. Supuso que se marcharían por la mañana.

Se dirigió a la puerta para regresar a su habitación y recoger las cosas que no se había llevado a la casa de acogida.

Y entonces se quedó quieta.

Oyó ruidos, lo cual no le sorprendió demasiado puesto que sus padres a veces llevaban un horario intempestivo. Debían de estar llegando a casa.

El siguiente sonido que oyó borró el resto de sus pensamientos.

Era una voz de hombre. No la de su padre.

Gritaba. Estaba enfadado. Preguntaba a su padre qué es lo que sabía. Cuánto le habían contado.

Había oído a su padre gimoteando como si estuviera herido.

Entonces Julie oyó la voz desesperada de su madre. Pidiendo a la persona que los dejara en paz.

Julie bajó a hurtadillas por la escalera, temblando.

No tenía teléfono móvil, de lo contrario habría llamado a la policía. En la casa no había teléfono fijo. Sus padres no podían costeárselo.

Cuando oyó el disparo se quedó paralizada antes de bajar las escaleras corriendo. Al llegar a la planta baja, vio a su padre desplomado contra la pared en la oscuridad. Un hombre le apuntaba con una pistola. Su padre tenía una mancha oscura en el pecho que se iba agrandando. Tenía el rostro pálido. Cayó al suelo moviendo los brazos como un molinillo, por lo que derribó una lámpara.

El hombre de la pistola se volvió y la vio. Le apuntó con el arma.

—¡No! —chilló su madre—. Ella no sabe nada.

Aunque apenas pesaba cincuenta kilos, golpeó al hombre en la parte posterior de las piernas y este cayó al suelo del dolor y la pistola le salió disparada.

—¡Corre, cariño, corre! —gritó su madre.

—¡Mamá! —gritó ella—. ¡Mamá, pero qué...!

Su madre volvió a gritar.

—¡Corre! ¡Ya!

Se volvió y subió corriendo las escaleras mientras el hombre se daba la vuelta y asestaba un golpe demoledor a su madre en la cabeza.

Llegó a su habitación, cogió la mochila, corrió hacia la ventana y se agarró a un espaldar metálico en el que alguien había plantado hiedra hacía mucho tiempo. Bajó tan rápido que se le soltó la mano y cayó los últimos dos metros. Se levantó, se colgó la mochila a la espalda y se marchó corriendo.

Al cabo de unos segundos se oyó un segundo disparo procedente de la casa.

Cuando el pistolero salió corriendo al exterior, la adolescente ya no estaba a la vista.

Pero el hombre se paró a escuchar. Oyó el sonido de unas pisadas. Fue en dirección oeste, sin prisa.

10

La mujer caminó hasta su coche. Probablemente estuviera pensando en un millón de cosas distintas mientras dejaba el maletín en el asiento trasero del Toyota, justo al lado de los asientos infantiles. Profesional ajetreada, madre, ama de casa... la lista era interminable, como sucede con muchas mujeres.

El traje negro que llevaba era un modelo de confección barata, como la mayoría de su ropa. Estaba un poco mugriento después de un largo día y los tacones estaban rayados en varios puntos. No era rica pero el trabajo que hacía era importante para su país. Aquello compensaba un sueldo que era inferior del que podía haber conseguido trabajando en el sector privado.

Tenía unos treinta y cinco años, 1,75 m de altura y más de doce kilos de sobrepeso por culpa de su último embarazo y de no tener tiempo de remediarlo. Tenía dos hijos, uno de tres años y otro de menos de un año. Estaba en trámites de divorcio. Ella y quien pronto sería su ex marido tenían la custodia compartida de los niños. Una semana cada uno. Ella quería la custodia plena pero era difícil de conciliar con el trabajo que tenía.

Esa noche había habido un cambio de turno. Tenía una parada que hacer antes de dirigirse a casa. Se marchó en el coche mientras los pensamientos relacionados con el trabajo sumado a las exigencias de dos niños activos se agolpaban en su mente. No había espacio para ella. Pero era algo intrínsecamente ligado a la maternidad, supuso.

Robie alzó la vista hacia el edificio de apartamentos de cinco plantas. Parecía su casa. Viejo, decrépito. Pero él vivía en una zona agradable de la capital de la nación. En aquella parte de Washington D.C. se producían muchos crímenes violentos. Sin embargo, aquel barrio en concreto iba ganando en seguridad. Se podía sacar adelante una familia sin preocuparse en exceso de que un hijo muriera mientras volvía a casa del colegio porque el fuego cruzado de las bandas de traficantes de drogas que luchaban por la supremacía de las calles lo pillara en medio.

Aquí no había portero. La entrada exterior estaba cerrada con llave y se necesitaba un pase para entrar. Él lo tenía. No había cámaras de vigilancia. Costaban dinero. La gente que vivía ahí no se las podía permitir. Ni tampoco un portero.

Robie había ido de jefes de cártel a príncipes saudíes. El informe sobre el objetivo de hoy era especialmente liviano. Mujer negra de treinta y cinco años. Tenía su foto y su dirección. No le habían informado del motivo concreto por el que debía morir aparte de que estaba vinculada a una organización terrorista y trabajaba de incógnito. Si Robie se viera obligado a clasificarla, probablemente la pondría en la categoría de «problema» que su jefe a veces utilizaba para justificar matar a alguien. Le costaba imaginar que alguien que viviera allí constituyera una amenaza global. Solían empadronarse en una dirección más elegante u ocultarse de la ley en algún país sin acuerdo de extradición con Estados Unidos. Pero a los miembros de grupos terroristas se les adiestraba para que pasaran desapercibidos. Por lo que parecía, ella debía de ser uno de esos. En cualquier caso, el motivo por el que tenía que morir estaba por encima de la escala salarial de Robie.

Consultó la hora. Era un bloque de apartamentos pero menos de la mitad estaban ocupados. Tras el colapso financiero, el cincuenta por ciento de los inquilinos había sido embargado. Otro diez por ciento había perdido el trabajo y había sido desahuciado. La mujer vivía en el cuarto piso. Estaba de alquiler y nunca podría permitirse pagar una hipoteca en ese lugar, independientemente de que se la otorgaran. En esa planta solo vivían dos personas más: una anciana ciega y sorda y un guarda de seguridad que trabajaba en el turno de noche y que en ese momento se encontraba a veintitrés kilómetros de distancia. Los apartamentos situados encima y debajo de la mujer también estaban vacíos.

Se abotonó la trenca a la altura del cuello y sintió el chasquido. Se encasquetó la capucha.

El plan estaba hecho. No había botón de retirada que apretar. El cohete tenía combustible y el lanzamiento estaba a punto de empezar.

Consultó la hora. Su observador la había visto salir del edificio sola hacía varias horas, con una bolsa de la compra en una mano y el maletín en la otra. El observador le había informado de que se la veía cansada. En comparación con lo que estaba por venir, aquello debía de equivaler a tener buen aspecto.

En momentos como ese, Robie se planteaba lo que haría con el resto de su vida. No le suponía ningún problema matar a capos de los cárteles o a jeques ricos y megalómanos del desierto. Pero esa noche Robie tenía un problema. Introdujo la mano enguantada en el bolsillo y notó la pistola. Normalmente le resultaba tranquilizador tocar el arma.

Esta noche no.

La mujer estaría acostada. El apartamento estaba a oscuras. A esas horas estaría durmiendo.

Por lo menos ella no sentiría nada. Se aseguraría de que el disparo le causaba la muerte en el acto. La vida continuaría sin ella. Ricos o pobres, importantes o no, así era la vida. Saldría por la escalera de incendios. Desembocaba en un callejón, como la mayoría de los edificios. Estaría de vuelta en su casa a eso de las tres de la mañana. Justo a tiempo de acostarse.

Para olvidar lo ocurrido esa noche.

«Como si fuera posible.»

11

Robie deslizó la tarjeta por el lector y la puerta se abrió con un clic. Se envolvió incluso mejor con la capucha. Los pasillos estaban poco iluminados. Los fluorescentes se encendían y parpadeaban. La moqueta estaba manchada y pelada en algunos puntos. La pintura de las paredes estaba levantada.

Abrió la puerta del hueco de la escalera y subió. El ambiente estaba dominado por el olor a distintas comidas que, mezcladas en el aire, no formaban un aroma agradable. Contó las plantas. En la cuarta salió del hueco de la escalera y cerró la puerta detrás de él.

El pasillo tenía el mismo aspecto que el de la primera planta. Buscaba el número 404.

La señora ciega y sorda vivía al final del pasillo, a la izquierda. El guarda de seguridad, ausente, vivía en el 411. La cerradura del 404 era de pestillo, que probablemente su objetivo habría corrido esa noche. Robie se había fijado en que la mayoría de las puertas de los demás apartamentos tenía cerraduras sencillas. El pestillo significaba que a la mujer le preocupaba su seguridad. Sin embargo, tardó treinta segundos en vencer aquel cerrojo con la ayuda de dos alambres finos.

Cerró la puerta detrás de él y se puso las gafas de visión nocturna. Barrió la pequeña sala de estar con la mirada. Había una luz nocturna enchufada en una clavija que proporcionaba un poco de iluminación. Daba igual. Robie había recibido el plano del apartamento y había memorizado todos los detalles relevantes.

Sujetó entre los dedos la pistola que llevaba en el bolsillo;

el silenciador ya enroscado en la boca. No había tiempo que perder.

En un rincón de la sala había una mesa de conglomerado circular sobre la que se encontraba un portátil y pilas de papel. Daba la impresión de que la mujer se había traído trabajo a casa. Había una pequeña estantería con libros. No había moqueta, solo alfombras gastadas en algunas zonas.

En una esquina había un parque plegable. En dos de las paredes había trozos de papel enganchados con celo. Había una silueta en forma de palo que representaba a unos niños y otra silueta también en forma de palo con el cabello alborotado. En letras infantiles ponía «Yo» y la palabra «mamá» separada por un corazón pintado a grandes trazos. En una esquina había varios juguetes apilados.

Todo aquello dio que pensar a Robie.

«Estoy aquí para matar a una joven madre. El lápiz de memoria no decía nada de niños.»

Entonces oyó la voz por el auricular.

—Ya deberías estar en el dormitorio.

Aquello también suponía un cambio para la misión de esa noche. Llevaba una cámara de apertura diminuta que transmitía imágenes en tiempo real y un pinganillo a través del cual podía recibir instrucciones para hacer su trabajo de forma más eficaz.

Robie recorrió la sala y se detuvo ante la puerta cerrada del dormitorio.

Acercó el oído a la madera barata durante unos instantes y oyó lo que esperaba oír: respiración lenta, ronquidos ligeros.

Sujetó el pomo con la mano enguantada, empujó la puerta para abrirla y entró.

La cama estaba colocada junto a la ventana. Justo en el exterior se encontraba la escalera de incendios. En muchos sentidos, aquello era demasiado fácil, como un plató de cine con la iluminación adecuada y en espera de que los actores representaran una escena crucial.

Estaba oscuro pero de todos modos veía a la mujer acostada en la cama doble. Su cuerpo pesado formaba una joroba considerable bajo la ropa de cama. Buena parte de su peso se concentraba en las caderas y en las nalgas. Robie se dio cuenta de que costaría levantar su cuerpo y dejarlo en la camilla en cuanto fuera declarada muerta. Los agentes de policía buscarían pistas pero no habría ninguna. Normalmente Robie limpiaba su latón, pero esta noche tenía en la recámara balas dum-dum, expandibles, por lo que lo más probable era que quedaran alojadas en el interior de la mujer. Y, si era el caso, el forense las encontraría durante la autopsia, pero lo que nunca tendría sería la pistola de la que había procedido el disparo.

Se sacó la Glock del bolsillo y avanzó.

Cuando la intención era asegurarse de que bastaba con un disparo, había varios sitios idóneos.

Para evitar que la lluvia de sangre y tejidos le cayera encima, lo cual era habitual en caso de disparar a bocajarro, Robie había optado por disparar el tiro mortal desde cierta distancia. Dispararía una vez al corazón y luego, para asegurarse, dispararía a la aorta, que tenía el ancho de una manguera de jardín y discurría en vertical hacia el corazón. Había otros órganos delante de la aorta, pero si se sabía dónde disparar y cuál era el ángulo correcto, el disparo cortaba la aorta nueve de cada diez veces. El sangrado hacia el exterior disminuiría rápido. Y si las balas la atravesaban, probablemente quedarían encajadas en el colchón.

Rápido, limpio.

Se situó en la parte frontal de la cama y levantó la pistola. La mujer estaba tumbada boca arriba. Apuntó al corazón en la mira. En vez de al objetivo, en su mente vio los juguetes, el parque, el dibujo que decía «Yo quiero a mamá». Meneó la cabeza para despejarse. Volvió a centrarse. El dibujo volvió a aparecérsele. Meneó la cabeza otra vez. Y...

Robie se sobresaltó ligeramente cuando vio la pequeña joroba al lado de la mujer. La cabeza con el pelo grueso y rizado que sobresalía. Había quedado oculta bajo las mantas. No apretó el gatillo.

Oyó la voz al oído.

—Dispara.

12

Robie no disparó, pero debió de emitir algún sonido.

La cabeza de pelo rizado se movió. A continuación el pequeño bulto se incorporó. El niño se frotó los ojos, bostezó, abrió los ojos y se quedó mirando fijamente a Robie, que estaba allí de pie apuntando con la pistola a su madre.

—Dispara —dijo la voz—. ¡Dispárala!

Robie no disparó.

—Mamá —dijo el niño con voz asustada sin apartar la mirada de Robie ni un solo instante.

—Dispara —repitió la voz—. Ahora mismo.

El hombre sonaba histérico. Robie no era capaz de ponerle cara a la voz porque no conocía a su contacto en persona. Era un procedimiento estándar en la agencia. Así nadie podía identificar a nadie.

—¿Mamá? —El niño empezó a llorar.

—Dispara también al niño —dijo el contacto—. Ahora mismo.

Robie podía disparar y largarse. Un par de tiros al pecho. Uno grande y otro pequeño. Un dum-dum disparado al niño le reventaría las entrañas. No tendría ninguna posibilidad de sobrevivir.

—Dispara ya —insistió la voz.

Robie no disparó.

La mujer empezó a moverse.

—¿Mamá? —El niño la pinchaba con el dedo pero seguía mirando a Robie. Las lágrimas le resbalaban por las mejillas delgadas. Empezó a temblar.

Ella fue despertándose lentamente.

—¿Sí, cariño? —dijo con voz adormecida—. No pasa nada, cielo, solo es una pesadilla. Con mamá no te pasará nada. No hay nada de que asustarse.

—¿Mamá?

El niño le tiró del camisón.

—Vale, cariño, vale. Mamá está despierta.

La mujer vio a Robie. Y se quedó petrificada, pero solo un instante. Entonces tiró del niño para que se colocara detrás de ella.

Gritó.

Robie se llevó un dedo a los labios.

Ella volvió a gritar.

—Dispárales —ordenó el contacto con voz histérica.

—Cállate o disparo —dijo Robie a la mujer.

Ella no dejó de gritar.

Robie disparó una bala a la almohada que estaba al lado de la mujer. El relleno salió disparado y la bala rebotó en los muelles del colchón y perforó el suelo de debajo de la cama.

La mujer dejó de gritar.

—¡Mátala! —bramó el contacto al oído de Robie.

—No te muevas —dijo Robie a la mujer.

Ella se puso a sollozar mientras abrazaba a su hijo.

—Por favor, señor, no nos haga daño, por favor.

—No os mováis —insistió Robie. El contacto seguía gritándole al oído. Si el hombre hubiera estado en la habitación, Robie le habría pegado un tiro solo para que se callase.

—Llévese lo que quiera —masculló la mujer—. Pero, por favor, no nos haga daño. No le haga nada a mi niño.

Ella se volvió y abrazó a su hijo. Lo levantó hasta que lo tuvo cara a cara. El niño dejó de llorar y tocó el rostro de su madre.

Robie se dio cuenta de una cosa y algo se encogió en su interior.

El contacto ya no gritaba. En el pinganillo solo recibía silencio.

Debería haberse percatado antes.

Robie se abalanzó hacia delante.

La mujer, que pensó que iba a atacarles, volvió a gritar.

El cristal de la ventana quedó hecho añicos.

Robie observó que la bala de rifle atravesaba la cabeza del niño y acto seguido penetraba en la madre. Los dos murieron en el acto. Era un disparo envidiable realizado por un tirador con una habilidad fuera de lo común. Pero Robie no estaba pensando en eso.

La mujer tenía la vista clavada en Robie cuando su vida terminó. Tenía una expresión sorprendida. Madre e hijo cayeron juntos de costado. Ella lo seguía teniendo entre sus brazos. En todo caso parecía que, en la muerte, incluso había apretado con más fuerza a su hijo inerte.

Robie se quedó ahí de pie, con el arma bajada. Miró por la ventana.

Allí fuera estaba el seguro por si algo fallaba y, obviamente, con una línea de visión nada despreciable.

Entonces actuó por instinto. Robie se agachó y rodó en dirección contraria a la ventana. En el suelo vio otra cosa que no había esperado ver aquella noche.

Al otro lado de la cama, en el suelo, había un portabebés, dentro del cual había un bebé profundamente dormido.

—Mierda —masculló Robie.

Se arrastró hacia delante sobre el vientre.

El pinganillo volvió a sonar.

—Sal del apartamento —le ordenó el contacto—. Por la escalera de incendios.

—Vete a la mierda —dijo Robie—. Se arrancó la cámara estenopeica y el pinganillo, los apagó y se los guardó en el bolsillo.

Agarró el portabebés y lo deslizó hacia él. Esperaba un segundo disparo. Pero no tenía ninguna intención de ponérselo fácil al tirador. Y Robie era consciente de que el hombre que estaba al otro lado de la línea de tiro no dispararía si no lo tenía en el punto de mira. En otras ocasiones había sido él el que sostenía el rifle ahí afuera en la oscuridad.

Se apartó de la ventana y se levantó sosteniendo el portabebés detrás de él. Era como arrastrar una gran mancuerna. Tenía que salir del edificio, pero era obvio que Robie no podía salir tal como estaba planeado. Echó un vistazo a su alrededor. Tenía que coger una cosa antes de marcharse.

Sacó al niño de la habitación y escudriñó la sala de estar con un lápiz óptico. Vio la cartera de la mujer. Dejó el portabebés, registró la cartera y sacó el carné de conducir de la mujer. Le hizo una foto con el móvil. A continuación fotografió su documento de identidad. El carné de identidad del gobierno.

«¿Pero qué...? Ese hecho no constaba en el lápiz de memoria.»

Por último, vio el artículo azul cuadrado que estaba medio oculto bajo una pila de papeles. Lo cogió.

Un pasaporte estadounidense.

Hizo fotos de todas las páginas, que mostraban los lugares a los que había viajado la mujer. Dejó en su sitio el carné de conducir, el de identidad y el pasaporte y cogió el portabebés.

Abrió la puerta delantera del apartamento y miró a derecha e izquierda.

Salió y llegó al rellano en cuatro zancadas. Bajó corriendo un tramo de escaleras. La disposición del edificio le zumbaba en la cabeza. Había memorizado cada apartamento, cada vivienda, cada posibilidad. Pero nunca para un objetivo como el que tenía entonces: huir de su propia gente.

Número 307. Una madre con tres hijos, recordó. Fue para allá con alas en los pies, apenas tocando ligeramente la moqueta gastada.

Milagrosamente, el pequeño seguía durmiendo. Lo cierto es que Robie no había mirado al niño desde que lo había recogido. Entonces bajó la mirada.

Tenía el pelo grueso y rizado como el de su hermano. Robie sabía que el niño nunca recordaría a su hermano, ni a su madre. A veces la vida no solo es injusta sino más trágica de lo que uno es capaz de imaginar.

Dejó el portabebés delante del apartamento 307. Robie llamó tres veces. No miró en derredor. Si alguien miraba desde otro apartamento, solo le verían la espalda. Volvió a llamar y miró de nuevo al bebé que empezaba a moverse. Oyó que alguien se acercaba a la puerta y entonces se marchó.

El bebé sobreviviría aquella noche.

Robie estaba prácticamente convencido de que él no lo conseguiría.

13

Robie bajó otra planta hasta el segundo piso. Tenía dos opciones.

La parte trasera del edificio estaba descartada. El francotirador estaba allí. El hecho de que su contacto le hubiera dicho que huyera por la escalera de incendios indicó a Robie todo lo que necesitaba. Si cometía la estupidez de salir por ahí, recibiría un balazo en la cabeza.

La parte delantera del edificio también estaba descartada por un motivo similar. Bien iluminado, una entrada —más le valía pintarse una diana en la frente cuando el equipo de apoyo apareciera al cabo de un minuto para hacerse cargo del desaguisado—. Aquello le dejaba con los dos laterales del edificio. Eran sus dos opciones pero Robie tenía que reducirlas a una. Sin tiempo que perder.

Se movía mientras iba pensando: 201 o 206. El primero estaba a la izquierda del edificio, el segundo a la derecha. El tirador de la parte posterior del edificio podía desplazarse a izquierda o derecha y así cubrir la parte de atrás y un lado de forma simultánea.

Así pues... ¿izquierda o derecha?

Robie se movió y pensó.

El contacto estaría ayudando al francotirador, informándole de dónde creía que Robie iría. ¿Izquierda o derecha? Hizo un esfuerzo para recordar la composición de la zona. Había un edificio alto. El callejón de atrás. Un bloque con pequeños negocios, gasolinera, centro comercial. Al otro lado, otro edificio alto que a Robie le había parecido abandonado al hacer el reconocimiento inicial. El tirador debía de estar ahí. Era la única línea de tiro que funcionaba. Y si el edificio estaba abandonado, el tirador tendría espacio para deambular por él, recolocarse y apuntar con su mira a Robie.

«¿Qué lado será? ¿Izquierda o derecha?»

Su objetivo original, el 404, estaba más cerca de la izquierda del edificio. El contacto quizá pensara que Robie iría hacia allí porque estaba más próximo a ese lado. El contacto no sabía que Robie había ido al tercer piso a dejar al otro niño y luego había bajado otra planta. Pero el contacto se imaginaría que Robie acabaría bajando tarde o temprano. No había traído nada para bajar haciendo rápel por el lateral del edificio.

Robie caviló al respecto. Visualizó en su interior al tirador deslizándose hacia la derecha —la izquierda de Robie—, colocando el bípode, ajustando la mira y esperando que apareciera.

Pero Robie todavía no había aparecido aunque la velocidad fuera esencial. El tirador lo tendría en cuenta. Era consciente de que Robie pretendía adelantarse a sus movimientos. Hacer zig cuando esperaba zag. O sea, que a la derecha en vez de a la izquierda. Aquello explicaría el tiempo que había transcurrido hasta ahora. No el hecho de haber dejado al segundo niño.

Robie deslizó entonces en su mente al tirador hacia la izquierda, la derecha de Robie, en el tablero de ajedrez que se había montado en la cabeza.

El tiempo para pensar había terminado.

Corrió pasillo abajo hacia el lado izquierdo del edificio.

El número 201 estaba vacío. Otro embargo. Ciertos milagros pequeños y personales surgen a veces de grandes desastres económicos. Al cabo de diez segundos estaba dentro. Todos los apartamentos presentaban la misma distribución. No necesitaba gafas de visión nocturna para orientarse. Llegó al dormitorio de la parte de atrás, abrió la ventana y saltó al exterior.

Se agarró al alféizar de la ventana, miró hacia abajo, calculó la distancia hasta el suelo y se soltó.

Tres metros más abajo impactó contra el suelo y rodó para amortiguar el golpe. De todos modos, sintió dolor en el tobillo derecho. Esperaba recibir un disparo en cualquier momento.

No recibió ninguno. Había hecho las suposiciones correctas. Se alejó corriendo del edificio formando un ángulo, se escondió detrás de un contenedor de basuras durante unos instantes, adaptó los sentidos al nuevo entorno. Se puso de pie enseguida, saltó una verja y esprintó calle arriba al cabo de cinco segundos.

Probablemente no le habían visto salir del edificio, de lo contrario estaría muerto. Pero para entonces ya debían de saber que se había marchado. Un equipo de respuesta emprendería su búsqueda. Centímetro a centímetro. Robie sabía cómo actuaba. Solo que ahora iba a por él.

Desde el momento en que había empezado a dedicarse a lo que se dedicaba, Robie había sido consciente de que lo ocurrido esa noche era una posibilidad. No una posibilidad remota sino algo con lo que había que contar. Al igual que en todas sus otras misiones, tenía pensado un plan alternativo de salida. Había llegado el momento de ponerlo en práctica. El consejo que Shane Connors le había dado por fin entraba en juego.

—Eres el único que realmente te cubre la espalda, Will.

Caminó diez manzanas más. Su destino estaba más arriba. Comprobó la hora. Le quedaban veinte minutos si el horario no había cambiado.

La empresa de autobuses Outta Here, de un año de antigüedad, había adquirido una antigua terminal de Trailways cerca de Capitol Hill. Era obvio que la empresa no contaba con mucho capital inicial y la estación seguía pareciendo cerrada. Los autobuses de la compañía allí estacionados no tenían pinta de pasar favorablemente ni siquiera una inspección rutinaria. No cabía la menor duda de que todo el viaje sería en tercera clase.

Robie había utilizado un nombre falso para reservar un billete en un autobús que salía en veinte minutos con destino a la ciudad de Nueva York. Pagó el billete en efectivo. En cuanto llegara a Nueva York llevaría a cabo el segundo paso de su plan alternativo, que suponía dejar el país. Tenía pensado poner tanta tierra o mar por medio entre su gente y él como le fuera posible.

Esperó en el exterior de la terminal. Aquel lugar no era muy seguro, sobre todo a las dos de la mañana. Pero era mucho más seguro que la situación que Robie acababa de dejar atrás. Era capaz de lidiar con delincuentes callejeros. Los asesinos profesionales con rifles de largo alcance eran harina de otro costal.

Observó a los pasajeros que esperaban la llegada del autobús que los conduciría a la Gran Manzana y contó a treinta y cinco personas, incluido él. La capacidad del autobús era de casi el doble, así que tendría espacio de sobra. Los asientos no estaban numerados, por lo que intentaría sentarse en un lugar que quedara aislado de los demás. La mayoría de la gente llevaba bolsas, almohadas y mochilas. Robie no llevaba nada aparte de las gafas de visión nocturna, la cámara estenopeica y la pistola Glock en un compartimento interno de la capucha con cremallera.

Volvió a recorrer con la mirada la hilera de gente. Dedujo que la mayoría eran pobres, de clase obrera o en situación desfavorecida. Era fácil llegar a esa conclusión. Llevaban ropa vieja, andrajosa, los abrigos deshilachados, expresión cansada y abatida. La mayoría de las personas ni que fuera con recursos económicos limitados probablemente descartaría viajar a Nueva York a las tantas de la noche en un autobús destartalado y llevando su propia almohada.

El autobús llegó al parking formando un arco amplio y se paró cerca de ellos con un frenazo que sonó oxidado. Todos formaron una fila. Fue entonces cuando Robie se fijó en ella. Ya la había contado entre los treinta y cinco pasajeros pero la observó con detenimiento.

Era joven. De unos doce años o quizá ni siquiera eso. Era bajita y delgada y vestía unos vaqueros descoloridos con agujeros en las rodillas, una camiseta de manga larga y un chaleco de esquiar azul oscuro. Llevaba unas zapatillas de deporte sucias y rozadas y el pelo oscuro y lacio recogido en una cola de caballo bien prieta. Sujetaba una mochila en una mano y tenía la vista clavada en el suelo. Daba la impresión de que respiraba con dificultad y Robie se fijó que llevaba restos de tierra tanto en las manos como en las rodillas.

Robie buscó con la mirada la pequeña forma rectangular en los bolsillos de los vaqueros pero no la encontró, ni en los delanteros ni en los traseros. Todos los adolescentes llevaban teléfono móvil, sobre todo las chicas. Pero, a diferencia de otros jóvenes, quizá lo llevara en el bolsillo del chaleco. En todo caso, no era asunto suyo.

Miró a su alrededor pero no vio a nadie que pudieran ser sus padres.

Fue avanzando poco a poco en la cola. No era descabellado pensar que lo encontraran allí antes de la salida del autobús. Sujetó la pistola que llevaba en el bolsillo y mantuvo la cabeza gacha.

Cuando subió al autobús se dirigió a la parte trasera. Era el último y la mayoría de los pasajeros había ido ocupando las plazas de la parte delantera. Se sentó en la última fila, cerca del servicio. En aquella fila no había nadie más. Tomó asiento al lado de la ventana. Desde ahí podía pasar desapercibido pero ver si se acercaba alguien por el hueco que quedaba entre los dos asientos que tenía delante. Los cristales de las ventanas estaban tintados. Aquello impediría acertar un tiro desde el exterior.

La adolescente se sentó tres filas por delante de él al otro lado del pasillo.

Robie alzó la vista cuando un hombre subió rápidamente al autobús justo antes de que el conductor cerrara la puerta.

Enseñó el billete y se dirigió a la parte de atrás. Cuando se acercó a la chica, miró hacia otro lado. Era el pasajero trigésimo sexto y el último en subir.

Robie se hundió todavía más en el asiento y se rodeó la cara mejor con la capucha. Sujetó la pistola que llevaba en el bolsillo y movió la boca hacia arriba y hacia abajo para que apuntara al punto por el que el hombre tenía que cruzar si seguía en dirección a Robie. Tenía que dar por supuesto que de alguna manera habían averiguado su plan alternativo y habían enviado a aquel hombre a acabar el trabajo.

Pero el tipo se paró una fila por detrás de la adolescente y se sentó en el asiento que quedaba justo detrás de ella. Robie relajó la mano ligeramente alrededor de la pistola pero siguió observando al hombre a través del hueco.

La muchacha se levantó y colocó la bolsa de viaje en el compartimento superior. Cuando se puso de puntillas para llegar, se le subió la camiseta y Robie vio que llevaba un tatuaje en la cintura.

El autobús se puso en marcha con un rechinar de los frenos y el conductor se dirigió hacia la calle pavimentada que tomaría hacia la interestatal y de ahí a Nueva York. A aquella hora había poco tráfico. Los edificios estaban a oscuras. La ciudad se despertaría en unas pocas horas. Washington D.C. no era como Nueva York en ese sentido. Sí que dormía. Pero madrugaba.

Robie volvió a centrar la mirada en el hombre. Tenía la edad y la envergadura de Robie. No llevaba bolsa de viaje. Vestía unos pantalones anchos de color negro, chaqueta gris. Robie se fijó entonces en las manos del hombre. Las llevaba enguantadas. Robie se miró sus propias manos, enguantadas también, y acto seguido miró al exterior. No hacía tanto frío. Vio que el hombre manipulaba la palanca para reclinar el asiento. Se acomodó.

Pero Robie tenía la corazonada de que no sería por mucho tiempo.

Ese hombre no estaba en el autobús con la única intención de viajar a Nueva York.

14

Los asesinos a sueldo eran un grupo excepcional.

Es lo que iba pensando Robie mientras el autobús circulaba. La suspensión del vehículo era un asco, por lo que el viaje también resultó serlo. Tendrían que soportar trescientos kilómetros así, pero Robie no prestaba demasiada atención a eso. Observaba a través del hueco, a la espera.

Cuando uno tenía una misión se fijaba en cosas que a los demás pasan desapercibidas. Como las vías de entrada y de salida. Siempre hay que tener por lo menos dos de cada. Ángulos de tiro, posiciones desde las que otros pueden atacar. Calar a los adversarios sin que lo parezca. Intentar averiguar las intenciones a través del lenguaje corporal. No dejar nunca que otro se dé cuenta de que le observas.

Robie estaba realizando todas aquellas acciones en ese preciso instante. Y no guardaba relación alguna con el apuro en el que se encontraba. Estaba claro que había gente que iba a por él. Pero estaba igual de claro que había alguien que iba a por la chica. Y Robie era consciente de que no era el único asesino a sueldo a bordo de aquel autobús.

Estaba mirando al segundo.

Se sacó la Glock del bolsillo con sigilo.

La chica estaba leyendo. Robie no veía el qué pero era una edición de bolsillo. Estaba enfrascada en la lectura, ajena a todo lo demás. Aquello no era demasiado bueno. Los jóvenes constituían un blanco fácil para los depredadores. La juventud se quedaba enganchada a la pantalla del teléfono, sin parar de teclear y enviar mensajes trascendentales, como el estado en Facebook, el color de la ropa interior de ese día, problemas con las chicas, problemas con el pelo, estadísticas deportivas, el lugar de celebración de la próxima fiesta. También llevaban siempre auriculares. Con la música a todo volumen, no oían nada hasta que el león atacaba, y entonces era demasiado tarde.

Presa fácil. Y ni siquiera eran conscientes de ello.

Robie apuntó entre el hueco del asiento.

El otro hombre se inclinó hacia delante en el asiento.

Solo llevaban unos minutos de viaje. Estaban pasando por una zona incluso más ruinosa de la ciudad.

No había nadie sentado al lado de la chica en el asiento de la ventana. No había nadie al otro lado del pasillo. La persona que tenía más cerca era una mujer mayor que ya se había quedado dormida. La mayoría de los pasajeros se había acomodado para dormir, aunque apenas habían recorrido un kilómetro.

Robie sabía cómo lo haría. Cabeza y cuello. Tirón hacia la derecha, tirón hacia la izquierda, el mismo método que enseñaban los marines de Estados Unidos. Como el objetivo era casi una niña no hacían falta armas. Ni tampoco derramamiento de sangre. La mayoría de la gente moría en silencio. No había una secuencia de muerte melodramática. Las personas dejaban de respirar, borboteaban, se retorcían y luego morían en silencio. La gente de al lado no tenía ni idea. Pero es que la mayoría de la gente no tenía ni idea.

El hombre se puso tenso.

La chica movió el libro un poco para que el haz de luz proveniente de la parte superior iluminara mejor la página.

Robie se movió hacia delante. Comprobó su pistola. El silenciador estaba apretado al máximo. Pero en el espacio limitado de un autobús era imposible silenciar una pistola. Ya se preocuparía por dar explicaciones más adelante. Esa noche ya había visto perder la vida a dos personas, y una de ellas un niño. No tenía intención de que fueran tres.

El hombre se puso de puntillas. Levantó las manos y las colocó de una forma determinada.

«Tirón-tirón», pensó Robie. Cabeza a la izquierda, cuello a la derecha. Cuello partido.

Tirón-tirón.

Chica muerta.

Pero no esa noche.

15

Robie era capaz de extraer mucha información a partir de muy poco. Pero lo que ocurrió a continuación no era algo que se hubiera esperado para nada.

El hombre se puso a gritar.

A Robie también le entraron ganas ya que el espray de pimienta picaba como un demonio cuando llegaba a los ojos.

La chica seguía sujetando el libro en la página que tocaba. Ni siquiera se había dado la vuelta. Se había limitado a accionar el espray por encima de su cabeza hacia atrás con una mano y había alcanzado de pleno a su agresor en la cara.

Sin embargo, el hombre seguía avanzando, incluso mientras gritaba y se arañaba los ojos con una mano. Dirigió la otra mano al cuello de la chica en el preciso instante en que Robie le golpeó con la pistola en el cráneo y lo dejó tumbado en el suelo del autobús.

La chica se volvió para mirar a Robie cuando la mayoría de los demás pasajeros, que se habían despertado, se los quedaron mirando. Entonces dirigieron la vista al hombre caído. Una mujer mayor que llevaba una gruesa bata de color amarillo empezó a gritar. El conductor paró el autobús de forma súbita y se volvió para mirar a Robie, que estaba ahí de pie.

—¡Eh! —le gritó.

El tono y la expresión indicaron a Robie que el conductor creía que él era el origen del problema. El conductor, un hombre fornido de raza negra de unos cincuenta años, se levantó y se dispuso a recorrer el pasillo.

Cuando vio la pistola de Robie, se paró y extendió las manos delante de él.

La misma mujer mayor gritó y se agarró la bata.

—¿Qué coño quieres? —espetó el conductor a Robie.

Robie bajó la mirada hacia el hombre inconsciente.

—Ha agredido a la chica. Y yo le he parado los pies. —El hombre miró a la chica para que le corroborara la información, pero la joven guardó silencio—. ¿No quieres contárselo? —la instó Robie.

Ella no dijo nada.

—Ha intentado matarte. Lo has inmovilizado con espray de pimienta.

Robie estiró el brazo y, antes de que ella consiguiera impedírselo, le arrebató el aerosol de las manos y lo mostró.

—Espray de pimienta —dijo con tono de confirmación.

Entonces el resto de los pasajeros centraron su atención en la chica.

Ella les devolvió la mirada, impertérrita.

—¿Qué está pasando aquí? —preguntó el conductor.

—El tío ha agredido a la chica. Ella lo ha rociado con el espray de pimienta y yo lo he rematado al ver que él no se amilanaba.

—¿Y por qué llevas pistola? —quiso saber el conductor.

—Tengo licencia de armas.

Robie oyó sirenas a lo lejos.

¿Era por los dos cadáveres del edificio que había dejado atrás?

El hombre que estaba en el suelo gimió y empezó a moverse. Robie le puso un pie en la espalda.

—Quédate ahí —ordenó. Miró otra vez al conductor—. Mejor que llames a la policía. —Se volvió hacia la chica—. ¿Tienes algún problema al respecto?

A modo de respuesta, la chica se levantó, cogió la mochila del compartimento superior, se la colgó al hombro y caminó por el pasillo hacia el conductor.

El conductor volvió a alzar las manos.

—No puede marcharse, señorita.

La chica extrajo algo de la chaqueta y se lo enseñó al hombre. Como Robie estaba detrás de la chica, no vio de qué se trataba. El conductor se echó hacia atrás de inmediato con aspecto aterrado. La mujer mayor volvió a gritar.

Robie se arrodilló y utilizó el cinturón del hombre caído para atarle las manos y los tobillos a la espalda, con lo cual quedó totalmente inmovilizado. A continuación siguió a la chica por el pasillo. Cuando pasó por el lado del conductor, dijo:

—Llama a la policía.

—¿Quién eres? —gritó el conductor tras Robie.

Robie no respondió porque difícilmente podía decirle la verdad.

La chica había accionado la palanca para abrir la puerta del autobús y apearse de él.

Robie la alcanzó en cuanto la muchacha llegó a la calle.

—¿Qué le has enseñado? —preguntó él.

Ella se volvió y le mostró la granada.

Robie ni se inmutó.

—Es de plástico.

—Bueno, él no parece haberse dado cuenta.

Eran las primeras palabras que pronunciaba. Tenía una voz más suave de lo que Robie se había esperado. Más adulta. Se alejaron del autobús.

—¿Quién eres? —preguntó Robie. Ella siguió caminando. Las sirenas se acercaron y luego empezaron a sonar más lejanas—. ¿Por qué quería matarte ese tío?

Ella aceleró el paso y se le adelantó.

Llegaron al otro lado de la calle. Ella se deslizó entre dos coches estacionados. Robie hizo lo mismo. Ella aligeró el paso calle abajo. Él la siguió a buen ritmo y la agarró del brazo.

—Oye, te estoy hablando.

No recibió ninguna respuesta.

La explosión los derribó a los dos.

16

Robie fue el primero en recobrar el conocimiento. No tenía ni idea de cuánto tiempo había estado inconsciente, pero no podía ser mucho. No vio policías ni equipo de respuesta. Solo estaban él y un autobús que ya había desaparecido. Lanzó una mirada al armazón de metal quemado que había sido un gran vehículo de transporte y pensó que, al igual que un avión que chocaba con el morro contra la tierra desde una gran altura, era imposible que hubiera supervivientes.

Esa zona de Washington D.C. estaba desértica a esa hora y no había viviendas cerca. Quedaba claro que las únicas personas que rondaban por ahí para ver qué pasaba eran unos sintecho.

Robie observó a un hombre mayor, vestido con vaqueros raídos y una camiseta que se había ennegrecido de vivir en la calle, que se asomaba a la acera desde el umbral de su casa hecha con cartones y bolsas de basura. Contempló la hoguera en la que se había convertido el autobús con pasajeros en su interior y gritó a través de la dentadura podrida:

—Joder, ¿alguien tiene algo bueno para asar a la parrilla?

Robie se levantó poco a poco. Estaba magullado y dolorido y lo estaría más al día siguiente. Miró a su alrededor a ver si veía a la chica y la encontró a tres metros de donde él había aterrizado.

Yacía al lado de un Saturn aparcado cuyas ventanillas laterales habían quedado hechas añicos por culpa de la explosión. Robie corrió hacia ella y le dio la vuelta con mucho tiento. Le buscó el pulso, se lo encontró y respiró aliviado. Le hizo un reconocimiento. Nada de sangre, unos cuantos arañazos en la cara porque había caído contra el asfalto áspero. Sobreviviría.

Al cabo de unos momentos, la muchacha abrió los ojos.

Robie contempló la granada que seguía sosteniendo en la mano.

—¿Dejaste una de verdad en el autobús? —Ella se incorporó lentamente y miró hacia el autobús destrozado. Robie esperaba que la imagen provocara algún tipo de reacción en ella, pero no dijo nada—. Alguien tiene muchas ganas de verte muerta —dijo él—. ¿Tienes idea de por qué?

La muchacha se levantó, divisó la mochila a un par de metros y la recogió. Le sacudió el polvo y se la colgó al hombro. Alzó la vista hacia Robie, que le sacaba unos cuantos palmos.

—¿Dónde está tu pistola? —preguntó ella.

Aquello le pilló desprevenido. No sabía adónde había ido a parar el arma. Echó un vistazo a su alrededor, se agachó y miró debajo de unos cuantos coches aparcados en la calle. Había una alcantarilla. Quizás hubiera caído por allí en el momento de la explosión.

—Yo de ti la buscaría.

Él la miró. Ella le observaba desde un metro de distancia.

—¿Por qué?

—Porque probablemente vayas a necesitarla.

—¿Por qué? —insistió él.

—Porque te han visto conmigo.

Robie se levantó. Oyó más sirenas. Por fin alguien había llamado a la policía porque cada vez se oían más fuerte. Un equipo de respuesta ante emergencias se dirigía hacia allí. El sintecho estaba bailando alrededor de la hoguera gritando que quería «algo para la parrilla».

—¿Y por qué es importante? —quiso saber Robie.

Ella lanzó una mirada al autobús destrozado.

—¿Qué? ¿Eres imbécil?

Robie dejó de buscar la pistola y se acercó a ella.

—Tienes que ir a la policía. Te protegerán.

—Sí, ya.

—¿No te lo crees?

—Yo en tu lugar, me largaría de aquí.

—En ese autobús no queda nadie con vida que pueda contar a la policía lo que pasó.

—¿Tú qué crees que pasó? —preguntó ella.

—Más de treinta personas acaban de perder la vida en ese autobús, incluido un tipo que intentaba matarte.

—Esa es tu teoría. ¿Qué pruebas tienes?

—Las pruebas están en el autobús. En parte. El resto se supone que está en tu cabeza.

—Esa es tu teoría, insisto.

Se volvió y se dispuso a marcharse.

Robie la observó durante unos instantes.

—No puedes enfrentarte a esto tú sola, ¿sabes? —dijo—. Ya has metido la pata o te han delatado.

La muchacha se volvió.

—¿A qué te refieres? —Por primera vez parecía interesada en lo que él le decía.

—Te siguieron hasta el autobús o te esperaron allí. Si es el último caso, te tendieron una emboscada. Tenían información privilegiada. Sabían cuál sería el autobús, el horario, todo. O sea que o la cagaste y permitiste que, de alguna manera, te siguieran, o alguien de confianza te delató. O una cosa o la otra. —Ella observó por encima del hombro la masa en llamas de metal y carne—. ¿Cómo viste al tipo del autobús? A mí me pareció que tenía un ángulo perfecto para matarte.

—El reflejo en la ventana. El cristal tintado, la luz superior del interior y la oscuridad del exterior forman una especie de espejo. Nociones básicas de ciencia.

—Estabas leyendo un libro.

—Fingía leer un libro. He visto que el tío se sentaba detrás de mí. Pasó al lado de tres filas vacías. Me dio que pensar, ¿sabes? Además le vi subir. Hizo todo lo posible para que no me fijara en él.

—¿Para que no le reconocieras?

—Quizá.

—Yo también estaba detrás de ti.

—Demasiado atrás para que me importara.

—¿O sea que también te has fijado en mí?

Ella se encogió de hombros.

—Una se acostumbra a estas cosas.

—O sea que te siguió hasta el autobús. ¿Te persiguió? Me he fijado en la tierra que tienes en las manos y en las rodillas. Da la impresión de que te caíste antes de subir al autobús. —La muchacha se miró las rodillas pero no respondió—. De todos modos, no puedes enfrentarte a esto tú sola.

—Sí, eso ya lo has dicho. ¿Qué propones, entonces?

—Si no piensas ir a la policía, puedes venir conmigo.

La joven retrocedió un paso.

—¿Contigo? ¿Adónde?

—A algún lugar más seguro que este.

Ella lo observó con frialdad.

—¿Por qué no te quedas a hablar con la poli? —Robie se la quedó mirando y se dio cuenta de que las sirenas se acercaban peligrosamente—. ¿Tiene algo que ver con la pistola y el hecho de que estuvieras en el autobús a esa hora? —Ella lo miró con fijeza—. Estabas un poco fuera de lugar, ¿no?

—¿A qué te refieres?

—No tienes pinta de tener que tomar un autobús cutre a las tantas de la madrugada para ir a Nueva York. Ni tampoco el tío que estaba sentado detrás de mí. Ese fue su otro error. Hay que vestirse para el papel.

—Si quieres ir sola, ve. Estoy seguro de que podrás evitarlos durante unas cuantas horas, pero tarde o temprano tendrás que lidiar con ellos.

La joven volvió a mirar por encima del hombro a la masa ardiente.

—Yo no quería que muriera nadie más —dijo ella.

—¿Nadie más? ¿Quién más ha muerto?

Robie tenía la sensación de que la chica estaba a punto de convertirse en un mar de lágrimas.

—¿Y tú quién eres? —preguntó ella de todos modos.

—Alguien que se topó con algo y no quiere dejarlo.

—No me fío ni de ti ni de nadie.

—No me extraña, yo tampoco me fiaría.

—¿Adónde quieres ir?

—A algún lugar seguro, como he dicho.

—No sé si existe ese lugar —dijo con una voz que, por primera vez, sonó infantil. Como la de un niño asustado.

—Yo tampoco —reconoció Robie.

17

Robie no solo contaba con un plan B en caso de que algo fallara en una de sus misiones. También tenía un piso franco. Ahora que iba con alguien más había optado por el plan C.

Por desgracia, el plan C se estaba complicando por momentos.

Robie barrió con la mirada el extremo del callejón. Se había puesto las gafas de visión nocturna. Apenas lo había atisbado pero se aferró a él, porque sabía que era importante: luz que rebotaba en la mira de un rifle.

Se quitó las gafas, volvió a situarse en la penumbra y bajó la mirada hacia la chica.

—¿Cómo te llamas?

—¿Por qué?

—Pues para llamarte de algún modo. No hace falta que sea tu verdadero nombre —añadió.

Ella vaciló.

—Julie.

—Vale, Julie. Puedes llamarme Will.

—¿Es tu verdadero nombre?

—¿Julie es tu verdadero nombre?

Ella guardó silencio, miró más allá de él, hacia la oscuridad. Habían recorrido unas diez manzanas, se habían alejado tanto que de hecho las sirenas sonaban muy lejanas. Ella no se había comprometido a ir con él. Habían acordado de forma tácita alejarse de la zona de la explosión girándose sin más y caminando juntos en la dirección contraria.

Robie imaginaba la actividad que rodeaba al autobús. Los primeros en llegar estarían intentando determinar la causa de la explosión. ¿Un depósito de combustible defectuoso? ¿O un atentado terrorista? Pero enseguida volvió a centrarse en aquel destello.

—Hay alguien ahí —dijo a Julie en voz baja.

—¿Dónde? —inquirió ella.

Robie señaló por encima del hombro al tiempo que la recorría con la mirada.

—¿Existe la posibilidad de que lleves un dispositivo de rastreo encima? Porque a mí se me da bien esfumarme y nos han localizado muy rápido.

—Quizá sean mejores que tú.

—Esperemos que no. ¿Dispositivo de rastreo? ¿Qué me dices del móvil? No he visto que llevaras ninguno en el bolsillo. Pero ¿llevas alguno? ¿Y tienes activado el GPS?

—No tengo móvil —repuso ella.

—¿Acaso no tienen uno todos los niños?

—Supongo que no —dijo con rigidez—. Y no soy una niña.

—¿Cuántos años tienes?

—¿Cuántos años tienes tú?

—Cuarenta.

—Uy, qué mayor.

—Créeme, me siento así. ¿Años?

Ella volvió a vacilar.

—¿Puedo mentir? —preguntó—. ¿Como con el nombre?

—Pues claro. Pero si me dices que tienes más de veinte probablemente no me lo crea.

—Catorce.

—Vale.

Robie miró por donde habían venido. Algo en su interior le decía a voz en grito que no volvieran allí.

—¿Qué has visto que te hace pensar que hay alguien ahí fuera? —preguntó.

—Un reflejo, igual que tú en la ventana del autobús.

—Podría ser cualquiera.

—Una luz que rebota en la mira de un rifle. Resulta bastante inconfundible.

—Oh.

Robie observó las paredes que tenían a ambos lados y entonces alzó la mirada.

—¿Te asustan las alturas?

—No —respondió enseguida, demasiado rápido quizá.

Robie se acercó a un contenedor de escombros situado en el callejón y rebuscó en el interior. Extrajo varios trozos de cuerda y rápidamente los unió con nudos. También encontró un trozo de contrachapado. Lo colocó de forma que quedara apoyado encima del borde del contenedor y les sirviera de plataforma a la que subirse.

—Cíñete bien la mochila al cuerpo.

—¿Por qué?

—Haz lo que te digo.

Ella se ciñó bien las tiras y lo miró con expresión expectante.

—¿Qué estamos haciendo?

—Trepar.

Robie la levantó y la colocó encima del conglomerado y luego se elevó él también.

—¿Y ahora qué?

—Como he dicho, trepamos.

Julie observó la superficie enladrillada del edificio.

—¿Eres capaz de hacerlo?

—Ya lo averiguaremos. —Le hizo una señal—. Vamos, tienes que ponerte encima de mis hombros. —Señaló hacia arriba—. Vamos hacia allí.

Era una escalera de incendios que en posición elevada y cerrada acababa muy por encima del nivel de la calle.

—No creo que llegue.

—Podemos intentarlo. Mantén las piernas rígidas.

Él la alzó y se la colocó sobre los hombros y entonces, sujetándola por los tobillos, la empujó hacia arriba al estilo militar. Incluso con los brazos totalmente extendidos ella quedaba a unos treinta centímetros del objetivo. La volvió a dejar en el suelo.

Robie cogió la cuerda que había cogido del contenedor y la lanzó hacia el peldaño inferior de la escalera. Cogió un extremo, hizo un nudo en forma de lazo y pasó el otro extremo por el medio. Sujetó la cuerda y rápidamente subió por la escalera, soltó la cuerda y le pasó el extremo a ella.

—No se me da muy bien eso de trepar por una cuerda. Cateé educación física —dijo con expresión dubitativa.

—No necesitas ninguna aptitud especial. Sujeta la cuerda alrededor de las cintas de la mochila. Asegúrate de que el nudo esté bien fuerte. —Ella siguió sus instrucciones—. Ahora cruza los brazos y presiónalos con fuerza contra el cuerpo. Así evitarás que se te caiga la mochila.

Ella le obedeció y él se dispuso a alzarla.

En cuanto ella llegó a la misma altura que Robie, este se dio cuenta de que estaban metidos en un lío. El sonido de gente que corría nunca auguraba nada bueno.

—Trepa ahora mismo, lo más alto que puedas —dijo con voz apremiante.

Ella subió como pudo por la escalera de incendios mientras Robie se giraba y se centraba en lo que estaba por venir.

18

El hombre apareció en el callejón, se paró, abrió camino con la mirada y avanzó. Al cabo de diez metros volvió a pararse, miró a izquierda y a derecha y luego hacia delante. Siguió moviéndose mientras el rifle se le balanceaba formando movimientos precisos y controlados. Repitió la acción dos veces más. Era bueno pero no lo suficiente porque todavía no había mirado hacia arriba.

Cuando por fin miró, se encontró con que la planta de los pies de Robie se le echaba encima.

Los pies del 46 de Robie le golpearon en la cara e hicieron caer el resto de su cuerpo sobre el duro asfalto de forma violenta. Robie acabó encima del hombre, rodó y se levantó adoptando una postura de ataque. Apartó el rifle de una patada y bajó la mirada. No sabía si el hombre estaba muerto. Pero sin duda estaba inconsciente. Dedicó unos segundos a registrarle.

No llevaba documentación.

Ni teléfono.

No era ninguna sorpresa.

Pero tampoco credenciales oficiales. Ninguna insignia de oro.

Lo que sí encontró fue un dispositivo electrónico con una luz azul parpadeante en el bolsillo del hombre. Lo pisoteó y lo tiró al contenedor. Palpó la zona contigua al tobillo del hombre y extrajo una S&W del calibre .38. Se la guardó en el bolsillo de la chaqueta, se volvió y saltó encima de la chapa de conglomerado. Cogió la cuerda, ascendió por ella, enganchó el peldaño de la escalera y soltó y se guardó la cuerda en el bolsillo antes de trepar.

Julie ya estaba casi en lo alto del edificio cuando la alcanzó.

—¿Está muerto? —preguntó, mirando hacia abajo.

Era obvio que había estado observando.

—No lo he comprobado. Vámonos.

—¿Adónde? Estamos en lo alto.

Robie señaló hacia arriba, hacia el tejado. Estaba unos tres metros más arriba.

—¿Cómo? —inquirió ella—. La escalera no llega tan lejos. Acaba en la última planta.

—Espera aquí.

Encontró un asidero en un alféizar y otro en una grieta del enladrillado. Trepó. Al cabo de un momento se puso de pie en el tejado. Se tumbó boca abajo, desenrolló la cuerda y se la fue dando a ella.

—Átatela a las cintas de la mochila, como antes, vuelve a juntar los brazos y cierra los ojos.

—No me sueltes —dijo ella con pánico en la voz.

—Ya te he levantado una vez. No pesas nada.

Al cabo de un momento ella ya estaba en el tejado con él.

Robie la condujo por el terreno llano y cubierto de grava hasta llegar al otro lado y entonces miró primero hacia abajo y luego a su alrededor. En aquel lado había otra escalera de incendios. Se sirvió de la cuerda para bajar a Julie, luego se deslizó hacia un lado, se quedó colgando del edificio durante unos segundos y se dejó caer. Cayó en el metal de la escalera de incendios y le tomó de la mano para que fueran bajando.

—¿No tendremos el mismo problema si hay alguien ahí? —dijo Julie.

—Lo tendríamos si fuéramos hasta abajo.

Llegaron a la tercera planta del edificio y Robie se paró a mirar al interior. Empleó un cuchillo que llevaba en una tobillera para burlar el sencillo mecanismo de cierre.

Subió la ventana.

—¿Y si vive alguien aquí? —siseó Julie.

—Entonces nos marcharemos educadamente —repuso Robie.

El apartamento estaba vacío.

Lo recorrieron con sigilo y fueron por el pasillo hasta la escalera interior. Al cabo de un momento bajaron por la calle en la dirección contraria a la que habían venido.

Al final Robie se paró y dijo:

—Te han seguido el rastro. Debes de llevar un dispositivo encima.

—¿Cómo lo sabes?

—Por el aparato que llevaba el tío. Me lo he cargado pero tenemos que acabar con la fuente. Abre la mochila.

Julie obedeció y Robie la registró rápidamente. Llevaba ropa limpia, un neceser, una cámara pequeña, unos libros de texto, un iPod Touch, un pequeño portátil, libretas y bolis. Retiró la cubierta trasera del iPod y examinó el portátil pero no encontró nada sospechoso. Los bolis tampoco tenían nada extraño. Robie examinó los artículos de tocador uno por uno pero no encontró nada. Cerró la mochila y se la devolvió.

—Nada.

—A lo mejor eres tú quien lleva el aparatito —dijo.

—Es imposible —replicó Robie.

—¿Seguro?

Quiso insistir que sí pero se quedó quieto un momento. Extrajo la cámara estenopeica que se había guardado en el bolsillo. Retiró la tapa y debajo encontró la segunda luz azul parpadeante de la noche.

—¿Lo ves? Eras tú, tenía razón —se jactó Julie.

Arrojó la cámara, el pinganillo y la unidad de alimentación a un cubo de la basura.

—Sí, tenías razón —reconoció.

No vieron a un solo taxi. De hecho, en esos momentos lo que querían no era un taxi. No quería que una tercera persona susceptible de ser interrogada supiera dónde estaba su piso franco.

Robie forzó sin problemas la cerradura de una vieja camioneta estacionada delante de una gasolinera y encendió el motor. Se colocó al volante. Julie no le siguió. Él la miró desde el otro lado del asiento del copiloto.

—¿Has decidido ir por libre? —preguntó. Ella no respondió. Jugueteó con las cintas de la mochila. Robie se sacó un objeto del bolsillo y se lo tendió. Era el espray de pimienta—. En tal caso, quizá necesites esto.

Ella lo aceptó, pero entonces subió a la camioneta y cerró la puerta con determinación.

Robie puso el vehículo en marcha y maniobró lentamente. El chirrido de neumáticos podía llamar la atención de madrugada y era lo último que quería o necesitaba.

—¿Por qué has cambiado de opinión? —preguntó.

—Los tipos malos no devuelven las armas. —Hizo una pausa—. Y me has salvado la vida. Dos veces.

—Buena respuesta.

—O sea que alguien va a por mí. ¿Quién va a por ti? —preguntó ella.

—A diferencia de ti, sé quiénes son —reconoció Robie—. Pero no tengo por qué decírtelo y no te lo diré. No sería bueno para tu futuro.

—De todos modos no sé si tengo mucho futuro.

Julie se recostó en el asiento y guardó silencio con la vista fija en lo que tenía delante.

—¿Estás pensando en alguien? —preguntó Robie con voz queda.

Ella parpadeó para ahuyentar las lágrimas.

—No, y no me lo vuelvas a preguntar, Will.

—De acuerdo.

Robie fue aumentando la velocidad.

Por increíblemente mala que había sido la noche, no le cabía la menor duda de que no iba más que a empeorar.

19

Robie hizo una parada en una tienda abierta las veinticuatro horas para comprar algo de comer. Al cabo de media hora los faros de la camioneta iluminaron la fachada de una pequeña casa de campo. Robie detuvo el vehículo y miró a Julie.

La joven tenía los ojos cerrados. Daba la impresión de estar dormida, pero después de haberla visto defendiéndose de su agresor en el autobús, Robie ya no daba nada por supuesto. No tenía ganas de recibir una rociada de espray de pimienta así que no la meneó.

—Ya hemos llegado —se limitó a decir.

Ella abrió los ojos de inmediato. No bostezó, ni se desperezó ni se frotó los ojos, como habrían hecho muchas personas. Se despertó y punto.

Robie estaba impresionado. Porque él se despertaba exactamente del mismo modo.

—¿Dónde estamos? —preguntó, mirando a su alrededor.

Había conducido por un camino de grava flanqueado por un bosque cuyos árboles empezaban a cambiar de color. El camino terminaba delante de la casa de tablones de madera blanca. La puerta de entrada estaba pintada de negro, dos ventanas delanteras, un pequeño porche. En la parte trasera se alzaba un granero por encima del vértice de la casa.

—En un lugar seguro —respondió—. O lo más seguro posible dadas las circunstancias.

Julie se fijó en el granero.

—¿Esto era una granja o algo así?

—O algo así. Hace mucho tiempo. El bosque ha ganado terreno a los campos.

Aquello era como un dispositivo de seguridad para Robie en caso de que todo lo demás fallara. Su jefe ofrecía otros pisos francos para Robie y gente como él. Pero aquel lugar era de él. Era su propietario en virtud de una empresa ficticia que no había forma de relacionar con él.

—¿Dónde estamos?

—Al suroeste de Washington D.C., en Virginia. El término más adecuado sería «el quinto pino».

—¿Es tuya?

Robie volvió a poner en marcha la camioneta y se dirigió al granero. Paró, bajó del vehículo, abrió las puertas del granero y aparcó en el interior. Volvió a salir, cogió la bolsa de comida y dijo:

—Vamos.

Julie le siguió a la casa. Contaba con un sistema de alarma. El pitido se silenció cuando Robie introdujo el código. Se cuidó de que ella no viera los números que tecleaba.

Cerró la puerta con llave.

Ella miró a su alrededor mientras sujetaba la mochila con fuerza.

—¿Adónde voy?

Robie señaló hacia el tramo de escaleras rectas situado a un lado del pequeño vestíbulo.

—Habitación de invitados, segunda puerta a la derecha. El baño está al otro lado del pasillo. ¿Tienes hambre?

—Prefiero dormir.

—De acuerdo. —Alzó la vista hacia las escaleras como si la instara a subir—. Buenas noches.

—Buenas noches.

—Y procura no rociarte con el espray de pimienta. Escuece mucho en la piel.

Julie bajó la mirada hacia la mano con la que ocultaba el bote.

—¿Cómo lo sabes?

—He visto que lo tenías apuntando en mi dirección durante todo el trayecto. No me extraña. Que duermas bien.

Julie se puso en marcha. Robie la vio subir fatigosamente las escaleras. Oyó cómo se abría la puerta del dormitorio y que ella la cerraba y corría el pestillo.

«Una chica lista.»

Robie fue a la cocina, guardó la comida y se sentó en la mesa circular situada frente al fregadero. Dejó la .38 encima de la mesa y sacó el teléfono móvil. No llevaba chip para el GPS. Era una política de la empresa porque el chip funcionaba en ambos sentidos. Pero la había cagado con la cámara.

Y probablemente sospecharan que no dispararía a la mujer esa noche. Le habían puesto el rastreador por si les daba esquinazo.

Un montaje desde un buen principio. Ahora tenía que averiguar por qué. Pulsó unas cuantas teclas del teléfono y miró las fotos que había hecho en el apartamento de la difunta.

Según el carné de conducir se llamaba Jane Wind y tenía treinta y cinco años. La mujer seria de la foto devolvió la mirada a Robie. Sabía que pronto yacería en la mesa metálica del médico forense y que no solo estaría seria sino que tendría la cara muy desfigurada por culpa del disparo. A su hijo también se le practicaría una autopsia. Teniendo en cuenta que se había llevado la mayor parte de la energía cinética de la bala, el niño ni siquiera tendría ya cara.

Robie observó las fotos de las páginas del pasaporte. Agrandó la imagen para ver a qué países había viajado. Había varios países europeos, incluido Alemania. Aquello era normal. Pero luego Robie vio Irak, Afganistán y Kuwait, lo cual no era tan normal.

A continuación contempló la identificación del gobierno.

«Oficina del Inspector General, departamento de Defensa de Estados Unidos.»

Robie se quedó mirando la pantalla.

«La he cagado. La he cagado hasta el fondo.»

Utilizó el móvil para acceder a Internet y navegó por sitios de noticias en busca de información acerca de la muerte de Wind o de la explosión del autobús. No encontró nada acerca de Wind. Quizá todavía no la hubieran encontrado. Pero la noticia de la explosión del autobús sí se había publicado. Sin embargo, había pocos detalles. Obviamente, Robie sabía más que cualquiera de los periodistas que intentaban averiguar lo sucedido. Por el momento, según las noticias, las autoridades no descartaban que la explosión se hubiera debido a una causa mecánica.

«Y en eso se quedará», pensó Robie, a no ser que encontraran pruebas de lo contrario. Hacer explotar un viejo autobús en plena noche y matar a unas pocas decenas de personas no parecía ser una de las prioridades de los yihadistas.

Su contacto no había vuelto a intentar comunicarse con él. A Robie no le extrañaba. Tampoco habrían esperado que respondiera dadas las circunstancias. Por ahora estaba seguro. ¿Mañana? Vete a saber. Echó una mirada en dirección a las escaleras. Él era un fugitivo y no estaba solo. Solo podría haber tenido alguna posibilidad, pero ¿ahora?

Ahora tenía a Julie. Tenía catorce años, más o menos. No se fiaba ni de él ni de nadie. Y ella también huía de algo.

Con lo cansado que estaba, tanto física como mentalmente, Robie era incapaz de pensar en nada más que hacer. Así que hizo lo más sensato. Subió al dormitorio que estaba enfrente del de ella, cerró la puerta detrás de él con pestillo incluido, se colocó la .38 sobre el pecho y cerró los ojos.

Dormir era importante en esos momentos. No estaba seguro de cuándo volvería a tener la oportunidad de hacerlo.

20

La ventana se abrió y las sábanas atadas juntas se deslizaron por el lateral de la casa. Julie enrolló el otro extremo alrededor de los pies de la cama y tiró de él para asegurarse de que aguantaría el peso. Salió por la ventana, bajó silenciosamente por la cuerda improvisada, tocó el suelo y salió disparada en la oscuridad.

No sabía exactamente dónde estaba pero había seguido la trayectoria de la camioneta mientras fingía estar dormida. Imaginó que podría llegar a la carretera principal y seguir por ahí hasta una gasolinera o una tienda donde podría llamar a una compañía de taxis para que fueran a recogerla. Comprobó la cantidad de dinero que llevaba y la tarjeta de crédito. Tenía suficiente.

La oscuridad no la asustaba. A veces la ciudad daba más miedo durante el día. Pero siguió adelante sigilosamente porque por muy bueno que Will le hubiera parecido, sabía que de todos modos podían haberles seguido. Ideó el plan en su interior y decidió que era la mejor opción dadas las circunstancias.

Sabía que sus padres estaban muertos. Tenía ganas de tumbarse en el suelo, hacerse un ovillo y llorar sin parar. Nunca volvería a ver a su madre. Nunca volvería a oír la risa de su padre. Luego su asesino había ido a por ella. Y después había hecho saltar el autobús por los aires.

Pero no podía hacerse un ovillo y echarse a llorar. Lo último que sus padres habrían querido era que ella también muriera.

Iba a sobrevivir. Por ellos. E iba a descubrir por qué los habían matado. Aunque el asesino estuviera muerto. Necesitaba saber la verdad.

La carretera no estaba mucho más lejos. Aceleró el paso.

No tuvo tiempo de reaccionar. Pasó y ya está.

—¿Sabes qué? Pensaba hacerte el desayuno —dijo la voz. Ella soltó un grito ahogado, se volvió y se encontró con Robie, sentado en el tocón de un árbol, mirándola fijamente—. ¿He dicho algo que te haya molestado?

Ella dirigió la mirada hacia la casa. Ya había recorrido la distancia suficiente como para apenas distinguir un destello de luz por entre la maraña de árboles y arbustos.

—He cambiado de opinión —dijo—. Sigo adelante.

—¿Adónde?

—Eso es asunto mío.

—¿Estás segura de lo que estás haciendo?

—Por completo.

—De acuerdo. ¿Necesitas dinero?

—No.

—¿Quieres otro bote de espray de pimienta?

—¿Tienes más?

Robie se sacó uno del bolsillo y se lo lanzó. Julie lo cogió al vuelo.

—De hecho, este es más potente que el tuyo. Contiene un ingrediente paralizador. Dejará inmovilizado a cualquier agresor durante al menos media hora.

Julie se lo guardó en el bolsillo.

—Gracias.

Robie señaló hacia la izquierda.

—Por ahí hay un atajo que lleva a la carretera. Sigue el sendero. Cuando llegues a la carretera, gira a la izquierda. Hay una gasolinera a menos de un kilómetro. Tienen un teléfono público, quizá sea el último que queda en Estados Unidos.

Robie se volvió para regresar a la casa.

—¿Ya está? ¿Me dejas marchar?

Robie se dio la vuelta.

—Tal como has dicho, no es asunto mío. Tú decides. Y, a decir verdad, yo ya tengo unos cuantos problemas. Buena suerte.

Robie se dispuso a marcharse otra vez.

—¿Qué ibas a prepararme para desayunar?

Robie se paró pero no la miró.

—Huevos, beicon, gachas de maíz, tostadas y café. Pero también tengo té. Dicen que el café es perjudicial para el crecimiento de los niños. Pero claro, tú ya no eres una niña.

—¿Huevos revueltos?

—Como los quieras. Pero hago unos huevos duros para chuparse los dedos.

—Puedo marcharme por la mañana.

—Como quieras.

—Es el plan que tengo.

—De acuerdo.

—No es nada personal —puntualizó ella.

—Nada personal —repuso él.

Regresaron juntos a la casa aunque Julie iba un metro y medio por detrás de Robie.

—He sido muy silenciosa al salir de la casa. ¿Cómo te has dado cuenta?

—Me dedico a esto.

—¿A qué?

—A sobrevivir.

«Yo también», pensó Julie.

21

Al cabo de tres horas, Robie levantó la cabeza de la almohada. Se duchó, se vistió y se dirigió a la escalera. Oyó unos suaves ronquidos procedentes del cuarto de invitados. Pensó en llamar pero decidió dejar dormir a Julie.

Bajó las escaleras con sigilo y entró en la cocina. Dejó la alarma encendida. No la desactivaría hasta que no dejase el piso franco. Además de la alarma, contaba con alertas perimetrales diseminadas por la finca. Una de ellas se había disparado cuando Julie había huido. Le había resultado muy fácil tomar un atajo por el bosque e interceptarla.

Una parte de él se alegraba de que hubiera decidido regresar. Otra parte no deseaba aumentar sus responsabilidades. Pero se alegraba más de lo que lo lamentaba.

«¿Se trata de un sentimiento de culpa por haber dejado morir a un niño delante de mis narices? ¿Intento así enmendarme la plana, salvando a Julie de quienquiera o lo que sea que va a por ella?»

Al cabo de un rato oyó una puerta que se abría y unos pies que caminaban con suavidad por el pasillo. Luego, el sonido de la cisterna del inodoro y el agua del lavamanos que empezó a correr. Continuó así durante un rato. Probablemente se estuviera lavando sus partes.

Cuando Julie bajó al cabo de veinte minutos, el desayuno ya estaba prácticamente listo.

—¿Café o té? —preguntó él.

—Café, solo —respondió ella.

—Está aquí, tú misma. Las tazas están en el armario que hay junto a la nevera, en el estante de arriba.

Robie comprobó el estado de las gachas y luego abrió una caja de huevos.

—¿Fritos, revueltos o pasados por agua?

—¿Hay alguien que tome todavía huevos pasados por agua?

—Yo.

—Revueltos.

Batió los huevos en un cuenco y alzó la vista hacia el pequeño televisor situado encima de la nevera.

—Mira a ver qué dan.

Julie se colocó el cabello húmedo tras las orejas y alzó la mirada mientras daba sorbos al café. Se había cambiado de ropa. En el exterior todavía estaba medio oscuro. Pero con la luz de la cocina parecía más joven y esquelética que la noche anterior.

Por lo menos ya no llevaba el espray de pimienta. Tenía ambas manos ahuecadas alrededor de la taza de café. Llevaba la cara lavada, pero Robie se fijó en que tenía los ojos rojos e hinchados. Había estado llorando.

—¿Tienes cigarrillos? —preguntó, evitando someterse al escrutinio de él.

—Eres demasiado joven —repuso él.

—¿Demasiado joven para qué? ¿Para morir?

—Capto la ironía, pero no tengo cigarrillos.

—¿Antes fumabas?

—Sí, ¿por qué?

—Das el tipo.

—¿Y qué tipo es ese?

—El «hago las cosas a mi manera».

El volumen del televisor estaba bajo pero la escena de la pantalla era claramente elocuente. El autobús todavía humeante reducido a un armazón de metal. Prácticamente habían desaparecido todos los objetos inflamables: asientos, neumáticos, cuerpos.

Robie y Julie miraban la pantalla con atención.

Robie sabía que el autobús llevaba medio depósito lleno para el viaje hasta Nueva York. Había ardido como el infierno. No, era el infierno. En ese vehículo quedarían treinta y pico cuerpos carbonizados, o por lo menos en parte.

Su crematorio.

El forense tendría trabajo más que de sobra con este caso.

—¿Puedes subir el volumen? —pidió Julie.

Robie cogió el mando y subió el volumen.

El presentador del informativo, un hombre de expresión adusta, miraba a la cámara y decía:

—El autobús acababa de partir hacia la ciudad de Nueva York. La explosión se produjo aproximadamente a la una y media de la pasada madrugada. No hay supervivientes. El FBI no descarta que haya sido un atentado terrorista aunque en estos momentos no está claro por qué el autobús podría haber sido un objetivo.

—¿Cómo crees que ocurrió? —preguntó Julie.

Robie la miró.

—Comamos antes.

Pasaron los siguientes quince minutos masticando, tragando y bebiendo.

—Están buenos, los huevos —declaró Julie. Apartó el plato, volvió a llenarse la taza de café y se sentó de nuevo. Contempló el plato casi vacío y luego lo miró a él—. ¿Podemos hablar ahora del tema?

Robie cruzó el cuchillo y el tenedor sobre su plato y se recostó en el asiento.

—El tío que iba a por ti quizá lo provocara.

—¿Quién era? ¿Una especie de terrorista suicida?

—Tal vez.

—¿No habrías visto si llevaba una bomba encima?

—Probablemente. La mayoría de los paquetes bomba son bastante grandes. Cartuchos de dinamita alineados juntos, cables, batería, conmutadores y el detonador. Pero yo lo dejé atado, así que es imposible que accionara nada.

—O sea que no pudo ser él.

—No necesariamente. No hace falta gran cosa para hacer explotar un autobús. Podía llevar algo escondido encima. Un poco de C-4 o Semtex y el depósito lleno de combustible se encarga del resto. Algún vapor explosivo en el depósito y un suministro continuo de combustible para el fuego. Además, se podía detonar a distancia. De hecho, si eso es lo que ocurrió, seguro que utilizaron un sistema remoto, dado que el tío estaba atado. La mitad de los terroristas suicidas de Oriente Medio no aprieta el gatillo personalmente. Los envían cargados con las bombas y sus contactos las detonan desde una distancia prudencial.

—Entonces supongo que los contactos hacen el trabajo fácil.

Robie pensó en su propio contacto, que desde una distancia prudencial había insistido para que disparara.

—Pues sí.

—¿Y si el tipo no fue quien provocó la explosión?

—Entonces algo alcanzó el autobús.

—¿Como por ejemplo?

—Una posibilidad es disparar una bala incendiaria al depósito. Incendia el vapor y entonces ¡pum! El fuego avivado por el petróleo se encarga del resto.

—¿Oíste algún disparo? Yo no.

—No, pero puede haberse producido tan cercano a la explosión que quizá no lo oyéramos.

—¿Y por qué iban a hacer explotar el autobús?

—¿Cómo crees que te encontró el tipo del autobús?

—Llegó rápido y fue el último —dijo ella, que adoptó un tono analítico mientras lo miraba.

Robie agradeció aquel tono; él lo empleaba a menudo.

—O recibió el encargo en el último momento y te persiguió, o lo más probable es que te perdieran el rastro y luego te volvieran a encontrar. —Hizo una pausa—. ¿Qué crees que es más probable?

—Ni idea.

—Estoy seguro de que alguna idea tienes. Al menos puedes aventurar algo.

—¿Y el tío del callejón con el rifle?

—Iba a por mí.

—Sí, eso ya lo sé. Tú llevabas el dispositivo de rastreo. Pero ¿por qué iba a por ti?

—No puedo hablar de ello. Ya te lo he dicho antes.

—Pues entonces esa también es mi respuesta —espetó Julie—. ¿Y ahora qué?

—Puedo llevarte en coche a la gasolinera. Puedes llamar a un taxi. Coger otro autobús a Nueva York. ¿O qué me dices del tren?

—Los billetes de tren son nominales.

—Pues en el tuyo solo pondrá Julie.

—Y en el tuyo, Will —repuso—. Pero me parece que no basta, ¿verdad?

—No.

Se quedaron sentados mirándose el uno al otro.

—¿Dónde están tus padres? —preguntó Robie.

—¿Quién ha dicho que los tenga?

—Todo el mundo tiene padres. Es una especie de requisito.

—Me refería a padres vivos.

—¿Entonces los tuyos están muertos?

Julie apartó la mirada mientras jugueteaba con el asa de la taza.

—Lo más probable es que esto no funcione.

—¿Vamos a la policía?

—¿Servirá en tu situación?

—Me refería a ti.

—No, la verdad es que no.

—Si me cuentas qué pasa, a lo mejor puedo ayudarte.

—Ya me has ayudado y te lo agradezco. Pero, siendo realista, no sé muy bien qué más puedes hacer.

—¿Por qué ibas a Nueva York?

—Porque no es aquí. ¿Por qué ibas tú?

—Porque me convenía.

—Pues a mí no me convenía.

—O sea que te viste obligada a ir. ¿Por qué?

—¿Te hace falta saberlo? —dijo ella.

—¿Cómo? ¿Eres una espía juvenil o algo así?

Robie echó un vistazo a la tele porque algo le llamó la atención por el rabillo del ojo. Estaban sacando dos cuerpos tapados con una sábana en unas camillas de un bloque de apartamentos. Un cuerpo era grande y el otro muy pequeño.

Había otra reportera delante del edificio hablando con una portavoz del departamento de policía de Washington D.C.

La portavoz habló:

—Las víctimas, una mujer y su hijo pequeño han sido identificadas pero no facilitaremos esa información hasta que se informe a sus parientes más cercanos. Estamos siguiendo distintas pistas y pedimos a cualquiera que viera algo que se ponga en contacto con nosotros de inmediato para colaborar en la investigación.

—Se ha informado de que el FBI encabeza la investigación, ¿es cierto? —preguntó la reportera.

—La difunta era empleada federal. La implicación del FBI es el procedimiento estándar en este tipo de situaciones.

«No, no lo es», pensó Robie. Seguía teniendo la vista clavada en la pantalla, ávido de más información. Le parecía haber huido hacía un año de ese edificio que ahora estaba rodeado de policías y agentes federales.

—¿Y había otro niño? —preguntó la reportera mientras sostenía el micrófono delante de la cara de la portavoz.

—Sí, ha salido ileso.

—¿Encontraron al niño en el mismo apartamento?

—Esto es todo lo que puedo decir por el momento. Gracias.

Robie se volvió y se encontró con que Julie lo miraba fijamente.

Tenía los ojos como el ácido, capaz de corroerle toda defensa o fachada que quisiera erigir.

—¿Has sido tú? —Robie no dijo nada—. ¿Madre e hijo, eh? ¿Y qué? ¿Me ayudas para compensar?

—¿Te apetece comer algo más?

—No, lo que quiero es marcharme.

—Puedo llevarte en coche.

—No, prefiero ir andando.

Julie subió a su habitación y bajó en un momento con la mochila.

Mientras él desactivaba la alarma y le abría la puerta de entrada, le dijo:

—Yo no maté a esas personas.

—No te creo —se limitó a decir ella—. Pero gracias por no matarme. Ya tengo suficiente mierda que tragar tal como están las cosas.

Robie la observó mientras se marchaba corriendo por el sendero de grava y acto seguido fue a buscar el abrigo.

22

Robie se puso un casco, quitó la funda de cuero de la Honda urbana, la puso en marcha y la sacó del granero. Dejó la moto parada, cerró el granero con llave y se subió de nuevo en la motocicleta de 600 cc plateada y azul.

Llegó a la carretera a tiempo de ver a Julie subiéndose en el asiento delantero de un viejo Mercury enorme conducido por una mujer mayor cuya cabeza quedaba apenas por encima de la parte superior del volante.

Robie soltó el gas y se colocó detrás del Merc, a unos cincuenta metros por detrás. No se extrañó cuando el coche grande giró en la gasolinera que le había mencionado a Julie. Pasó de largo a toda velocidad, cortó por una calle lateral y volvió sobre sus pasos. Paró la moto y apagó el motor. Observó que Julie salía y se acercaba a la cabina por entre unos setos situados junto a la carretera. Pulsó tres teclas.

Probablemente fuera el 411, dedujo.

Insertó unas cuantas monedas y marcó otro número.

La compañía de taxis.

Habló, colgó, entró en la gasolinera, pidió la llave del baño y dobló la esquina.

Tendría que esperar al taxi, y Robie también.

Le sonó el teléfono. Miró la pantalla y tomó aire rápidamente.

El número de identificación se conocía como llamada «azul». Procedía de lo más alto de su agencia. Era la primera vez que Robie recibía una de esas. Pero había memorizado el número. Tendría que responder. Pero eso no implicaba que tuviera que cooperar especialmente.

Pulsó la tecla de respuesta.

—Esta llamada no se puede rastrear. Ya lo sabes.

—Tenemos que reunirnos —dijo el hombre.

No era su contacto. Robie sabía que él no le llamaría. Las llamadas azules no procedían de los contactos sobre el terreno.

—Anoche tuve una reunión. Me parece que no puedo sobrevivir a otra.

—No habrá represalias para ti. —Robie no dijo nada. Dejó que el silencio transmitiera la absurdidad de la declaración—. Tu contacto se equivocó.

—Me alegro de saberlo. Pero yo no cumplí la misión.

—La información también estaba equivocada. —Robie no dijo nada. Tenía cierta idea de adónde podía ir a parar aquello pero no estaba convencido de querer ir a ese lugar—. La información estaba equivocada —repitió el hombre—. Lo sucedido fue una lástima.

—¿Una lástima? Estaba previsto que la mujer muriera. Encima era ciudadana estadounidense. —Entonces fue el otro hombre quien no dijo nada—. Oficina del Inspector General —dijo Robie—. Me dijeron que pertenecía a una célula terrorista.

—Lo que te dijeron resulta irrelevante. Tu trabajo consiste en cumplir la orden.

—¿Aunque esté equivocada?

—Si está equivocada no te corresponde a ti lidiar con ello. Me corresponde a mí.

—¿Y tú quién coño eres?

—Ya sabes que es una llamada azul. Estoy por encima de tu contacto. Muy por encima. Dejémoslo así hasta que podamos reunirnos.

Robie se dio cuenta de que Julie volvía del servicio y entraba en la gasolinera para devolver la llave.

—¿Por qué era un objetivo?

—Oye, Robie, la decisión acerca de ti puede cambiar. ¿Es eso lo que quieres?

—Dudo que importe lo que yo quiero.

—Pues lo cierto es que sí. No queremos perderte. Te consideramos un activo valioso.

—Gracias. ¿Dónde está mi contacto?

—Se le ha asignado otra cosa.

—¿Quieres decir que también está muerto?

—No entramos en esos juegos, Robie, lo sabes perfectamente.

—Por lo que parece, no sé nada de nada.

—Las cosas son como son.

—Sigue diciéndotelo. A lo mejor te lo acabas creyendo.

—Estamos haciendo una valoración de los daños, Robie. Tenemos que trabajar juntos en esto.

—A mí no me apetece mucho volver a trabajar con vosotros.

—Pero tienes que superarlo. De hecho, resulta imperativo que lo hagas.

—Vayamos por partes. ¿Anoche enviasteis a alguien a que me matara? ¿A un tío con un rifle en un callejón? ¿Un tío que tiene las huellas de mis zapatos en la cara? A lo mejor sigue inconsciente en el callejón...

—No era uno de los nuestros, te lo prometo. Dame la ubicación exacta y lo comprobaremos.

Robie no le creía pero daba bastante igual. Le dijo al tipo dónde había sucedido aquello y lo dejó correr.

—¿Qué queréis de mí? ¿Más misiones? No me apetece. A lo mejor en la próxima me toca cargarme a un *boy scout*.

—Hay una investigación en curso en relación con la muerte de Jane Wind.

—Sí, ya me lo figuro.

—Está encabezada por el FBI.

—Me imagino.

—Queremos que actúes como intermediario de la agencia con el FBI.

A pesar de las muchas hipótesis que Robie había barajado, aquella ni se le había pasado por la cabeza.

—Debes de estar de broma. —Silencio—. No pienso acercarme a nada de todo esto.

—Necesitamos que seas nuestro contacto. Y tienes que jugar del modo que te indiquemos. Eso es imprescindible.

—La primera duda que me planteo es ¿por qué necesitamos un contacto en este caso?

—Porque Jane Wind trabajaba para nosotros.

23

Se concretó un lugar y una hora para la reunión y Robie se guardó el teléfono lentamente. Por el hueco de entre los setos vio el taxi entrando en el aparcamiento de la estación de servicio. Julie salió de la gasolinera con un paquete de cigarrillos y una botella de zumo.

«Tiene un documento de identidad en el que figura que tiene 18 años.»

La joven subió al taxi y este partió de inmediato.

Robie también se puso en marcha y se situó a unos cincuenta metros por detrás entre el tráfico.

No le preocupaba perderla. Le había introducido un biotransmisor digerible en los huevos revueltos. Serviría durante veinticuatro horas y luego su organismo lo asimilaría. Robie llevaba el control de rastreo sujeto a la muñeca. Lo miró y aminoró la velocidad todavía más. No tenía sentido que ella sospechara que la seguían si no hacía falta arriesgarse. Julie ya le había dejado bien claro que poseía unas dotes de observación fuera de lo común. Era joven pero no había que infravalorarla.

El taxi entró en la Interestatal 66 y fue en dirección este hacia Washington D.C.

A esa hora el tráfico era intenso. El trayecto matutino hasta D.C. desde el oeste era pésimo por regla general. Se conducía hacia allí con el sol en los ojos y se conducía para salir de allí del mismo modo al atardecer junto con miles de trabajadores cabreados.

El hecho de ir en la Honda permitía una mayor agilidad que yendo en coche y por ello no perdió de vista el taxi. Siguió por la

66, cruzó el puente de Roosevelt y se desvió a la izquierda en la bifurcación, que llegaba hasta Independence Avenue. Rápidamente pasaron de la zona turística y monumental de Washington D.C. a las áreas menos vistosas de la capital.

El taxi se detuvo en una intersección en la que había varias casas adosadas viejas. Julie salió pero debió de decirle al taxista que esperara. Caminó calle abajo mientras el taxi la seguía lentamente. Se paró ante una de las casas, extrajo su pequeña cámara y le hizo unas cuantas fotos. También hizo fotos de la zona circundante, luego subió de nuevo al taxi y este salió a toda velocidad.

Robie tomó nota de la dirección de la casa y se dispuso a seguirla una vez más. Al cabo de diez minutos Robie se dio cuenta de adónde se dirigía aunque en parte le costaba de creer. Sin embargo, otra parte de él sí que lo entendía.

Se dirigía al lugar donde había explotado el autobús.

El taxi tuvo que dejarla a un par de manzanas de su destino porque las calles estaban cortadas por las barricadas de la policía. Robie miró en derredor y vio a policías y a agentes federales por doquier. La explosión había pillado por sorpresa a todo el mundo. Robie imaginó que las bocas federales se estaban atiborrando de antiácidos por toda la ciudad.

Aparcó la moto, se quitó el casco y se dispuso a seguirla a pie. Ella le llevaba una manzana de ventaja. No miró atrás ni una sola vez. Aquello le hizo sospechar, pero Robie siguió adelante. Ella giró y él giró. Ella volvió a girar y él también. Ahora estaban en la misma calle en la que el autobús había dejado de existir como tal. La manzana más allá también estaba cortada para los peatones. La policía no quería que la gente pateara su campo de pruebas. Robie vio lo que quedaba del autobús aunque la policía estuviera erigiendo grandes armazones metálicos provistos de cortinas para protegerlo de las miradas del público.

Robie contempló el punto al que había ido a parar tras la explosión. Seguía sin tener ni idea del paradero de su pistola. Aquello resultaba preocupante. Miró hacia arriba, a las esquinas de los edificios. ¿Habrían apostado cámaras de vigilancia? Tal vez en algunos semáforos. Buscó cajeros automáticos, que llevaban cámaras incorporadas. Había un banco al otro lado de la calle. No les habría grabado ni a él ni a Julie al salir del autobús porque la cámara estaba enfocada hacia el lado contrario de la calle. En esos momentos nadie sabía que eran los únicos supervivientes de la explosión.

Espió a una mujer de treinta y muchos años que llevaba cortavientos y gorra de béisbol del FBI. Pelo oscuro, cara bonita. Medía aproximadamente 1,75 metros y era esbelta, con las caderas estrechas y la espalda ancha de un atleta. Llevaba el calzado de trabajo del FBI, pantalones negros y guantes de látex. Lucía insignia y pistola en el cinturón.

Robie vio que tanto agentes especiales como policías uniformados hablaban con ella. Notó la deferencia cuando se dirigían a ella. Quizá fuera la agente especial asignada al caso. Robie se retiró a la penumbra de un umbral y siguió observando, primero a la agente del FBI y luego a Julie. Al final Julie se volvió y se alejó de los restos del autobús. Robie aguardó unos momentos antes de seguirla.

24

Julie se encaminó a un hotel que ofrecía habitaciones a precios de ganga y que estaba encajado entre dos edificios vacíos. Entró. Robie paró la moto y observó por una ventana del hotel. Julie se registró en el establecimiento con una tarjeta de crédito. Robie se preguntó quién sería el titular de la misma. Si estaba a su verdadero nombre, podía dejar constancia a quienquiera que fuera a por ella de su ubicación.

Al cabo de un momento la chica subió en el ascensor. Robie dejó de vigilarla en ese momento, aunque todavía no daba por concluido el asunto. Entró en el hotel y se acercó a la recepción. El hombre que la atendía parecía tener más ganas de alquitranar una carretera en pleno agosto que de dedicarse a su trabajo.

—Mi hija acaba de registrarse —dijo Robie—. La he dejado para hacer unas prácticas en el Capitolio. Quería que utilizara la tarjeta American Express porque la tarjeta que le di está bloqueada, pero creo que se ha olvidado. He intentado llamarla pero supongo que tiene el teléfono desconectado.

El hombre mayor adoptó una expresión disgustada.

—Acaba de llegar. ¿Por qué no se lo pregunta personalmente?

—¿En qué habitación está?

El hombre sonrió.

—No puedo darle esa información. Es privada.

Robie fingió enfadarse, como habría hecho cualquier padre.

—Mire, ¿tan difícil es ayudarme? Lo último que me hace falta es que algún ciberpirata me desplume por culpa de que mi hija utiliza la tarjeta equivocada.

El hombre miró los registros que tenía delante.

—Tengo que hacer un gran esfuerzo.

Robie exhaló un fuerte suspiro y extrajo la cartera. Le tendió un billete de veinte dólares.

—¿Ayudará esto a aminorar el «esfuerzo»?

—No, pero dos billetes seguro que sí.

Robie sacó otros veinte dólares que el hombre cogió rápidamente.

—Bueno, la tarjeta utilizada ha sido una Visa. El nombre del titular es Gerald Dixon.

—Eso ya lo sé. Yo soy Gerald Dixon. Pero resulta que tengo dos tarjetas Visa. ¿Puedo ver el número?

—Por veinte pavos más.

Tras mostrar una profunda exasperación, Robie accedió a la petición. Miró la tarjeta y memorizó los números, ahora Gerald Dixon era suyo.

—Fantástico —dijo Robie—, es la tarjeta problemática.

—Ya la he pasado, tío. No puedo hacer nada —añadió el hombre con malicia.

—Gracias por nada —dijo Robie.

Se volvió y se marchó. Averiguaría quién era Gerald Dixon. Pero tenía que dar por supuesto que por el momento Julie estaba a salvo. Ahora tenía que ponerse en marcha.

Regresó a su apartamento en moto y comprobó la parte delantera y posterior de su edificio antes de entrar. Fue por las escaleras en vez de tomar el ascensor. No se cruzó con nadie. A aquella hora del día todo el mundo estaba en el trabajo. Abrió la puerta de su apartamento y asomó la cabeza al interior. Estaba todo tal como lo había dejado.

Tardó cinco minutos en cerciorarse de que el piso estaba vacío. Utilizaba pequeñas trampas —un trozo de papel encajado en el recorrido de una puerta, un hilo que se rompería al abrir un cajón— para saber si alguien entraba de forma subrepticia y registraba el lugar. Ninguna de las trampas había saltado.

Se cambió de ropa y se enfundó unos pantalones anchos, una chaqueta deportiva y una camisa con el cuello blanco. Abrió una caja fuerte empotrada en la pared que estaba detrás del mueble de la tele. Ahí tenía sus credenciales. Hacía mucho tiempo que no las usaba. Se las guardó en el bolsillo de la chaqueta y se marchó.

La reunión se celebraría en un lugar público por insistencia de Robie.

El Hay-Adams Hotel estaba situado al otro lado de la calle del Lafayette Park que, a su vez, se encontraba enfrente de la Casa Blanca, en Pennsylvania Avenue. La zona más protegida de la tierra. Robie imaginó que hasta a su agencia le costaría matarle allí y no pagar por ello.

El Jefferson Room, un restaurante caro situado a unos pocos escalones por encima del vestíbulo del hotel, era el punto de reunión. Robie llegó antes de la hora acordada para ver si alguien se le había adelantado.

Entonces esperó. Un minuto antes de la hora prevista entró un hombre de unos sesenta años. Llevaba un traje de precio moderado, corbata roja, zapatos bien lustrosos y lucía el porte y la seriedad de una vida dedicada al servicio público que le había hecho acumular mucho más poder que riqueza. Le acompañaban dos hombres altos y jóvenes.

Cachas. Los bultos del pecho denotaban las armas. Los pinganillos y los cables revelaban los sistemas de comunicación.

Le siguieron hasta el Jefferson Room pero no se sentaron con él. Tomaron posiciones en el perímetro mientras recorrían el recinto con la mirada en busca de amenazas. No permitieron que el hombre se sentara en la línea de ninguna ventana.

Uno de los hombres extrajo un dispositivo delgado y lo colocó en el piano que estaba situado en uno de los rincones del restaurante. Lo encendió. Emitía una especie de zumbido.

«Ruido blanco con un distorsionador de frecuencias», Robie lo sabía porque había utilizado uno en su trabajo. «Si hay dispositivos electrónicos de vigilancia aquí, la grabación resultará indescifrable.»

Robie no apareció hasta entonces. Se dejó ver pero no se acercó hasta que el hombre mayor lo vio y asintió, confirmando así a los guardas que Robie era con quien había concertado la cita.

La sala estaba vacía aunque fuera la hora del almuerzo. Robie sabía que no era casualidad. El personal de servicio resultaba casi imperceptible. De hecho habían cerrado el restaurante. Robie tendría que almorzar después si es que tenía hambre. Dudaba que la comida estuviera incluida en el orden del día.

Robie se sentó en diagonal al hombre, de espaldas también a una pared.

—Me alegro de que hayas podido venir —dijo el hombre.

—¿Tienes nombre?

—Bastará con Hombre Azul.

—Credenciales, Azul, más que nada para confirmar.

El hombre se introdujo la mano en el bolsillo y dejó que Robie viera la insignia, la foto y el cargo especificado en la tarjeta de identidad pero no así el nombre.

Aquel tipo estaba bien arriba en la jerarquía de la agencia. Mucho más arriba de lo que Robie había imaginado.

—Bueno, hablemos, ¿Jane Wind? Dijiste que era una de los nuestros. Comprobé su documento de identidad. Pertenecía al DCIS. Servicio de Investigación Criminal del Departamento de Defensa.

—¿Viste también su pasaporte?

—Viajes a Oriente Medio, Alemania. Pero el DCIS tiene oficinas en todos esos lugares.

—Por eso era la tapadera perfecta.

—Así pues, ¿era abogada?

—Sí, pero era más que eso.

—¿Qué hacía exactamente para ti?

—Ya sabes que no tienes acceso a esa información.

—¿Entonces para qué estoy aquí?

—He dicho que no tienes acceso pero ahora mismo te lo voy a dar oficialmente.

—De acuerdo.

—Pero antes necesito saber exactamente qué pasó anoche.

Robie se lo contó. Se figuró que a esas alturas no tenía sentido guardarse nada. Sin embargo, no dijo nada acerca de Julie ni de la explosión del autobús. Para él, aquello era un asunto totalmente distinto.

Hombre Azul se recostó en el asiento y asimiló toda la información. No le interrumpió y Robie tampoco a él. Imaginó que

Hombre Azul tenía más que decirle que lo que Robie se había guardado.

—La agente Wind trabajó sobre el terreno durante años. Como he dicho, era una buena agente. Después de tener hijos cambió de puesto y pasó a la oficina de IG en el Departamento de Defensa, pero seguía colaborando muy de cerca con el DCIS en todas sus líneas de investigación. Y, por supuesto, siguió trabajando para nosotros.

—¿Cómo acabó en una lista negra en la que no tenía por qué estar? —preguntó Robie—. ¿Y cómo es posible que pase una cosa así? Ya sé que somos una organización clandestina pero también formamos parte de una agencia que dispone de un sistema de control.

—Los agentes de bolsa sin escrúpulos pierden miles de millones de dólares de dinero institucional constantemente. Y esas organizaciones están más y mejor financiadas que nosotros. Y aun así, estas cosas pasan. Si una persona, o más probablemente, un pequeño grupo de personas, tienen la determinación suficiente, pueden conseguir lo imposible.

—La vi entrar esa noche en el edificio. No iba con los niños.

—Por lo que parece estaban con una canguro a la que había recurrido en otras ocasiones que vive en el edificio. La canguro los llevó al apartamento en cuanto la agente Wind regresó a casa.

—Entendido. ¿Con qué se topó Wind que hizo que la mataran?

Hombre Azul adoptó una expresión de curiosidad.

—¿Cómo sabes que se «topó» con algo?

—Vivía en un piso cutre con dos niños pequeños. En la mesa del salón de su casa había documentos legales. Uno no puede llevarse a casa material confidencial y dejarlo por ahí. O sea que su trabajo no era confidencial. Según el pasaporte, su último viaje al extranjero fue hace dos años. No era agente de campo, por lo menos ya no, según tú. El hijo pequeño ni siquiera tenía un año. Probablemente dejara la actividad sobre el terreno debido a eso. Pero había retomado algún tema en concreto, algo que se consideraba rutinario. Encontró algo y por eso acabó en la lista negra. Dudo que estuviera directamente relacionado con su trabajo.

Hombre Azul asimiló sus palabras y asintió con expresión aprobatoria.

—Eres un buen analista, Robie. Estoy impresionado.

—Y tengo un montón de interrogantes. ¿Sabes qué encontró?

—No, no lo sabemos. Pero, igual que tú, no creemos que guardara relación con sus obligaciones oficiales.

—¿Por qué queréis que actúe de intermediario con el FBI? El riesgo es enorme, sobre todo si descubren a lo que me he dedicado durante los últimos doce años.

—Lo cual no descubrirán.

—Como bien has dicho, una persona o un grupo pueden conseguir lo imposible con la suficiente determinación.

—Cuéntame tu teoría.

—Alguien averiguó lo que había descubierto y la delataron. Tenemos un topo en nuestro bando, tal como ponen de manifiesto las acciones de mi contacto y otros, por lo que el asesinato se llevó a cabo. No estaban seguros de si yo apretaría el gatillo y por eso tenían refuerzos. No tuvieron ningún miramiento para cargarse a la madre y a su hijo. Y me dijiste que mi contacto había recibido otro encargo. Eso es mentira. No necesito mentiras.

—¿Por qué crees que es mentira?

—Me ordenó que matara a Wind. Dijiste que eso no estaba autorizado. O sea que el tío es un traidor. A los traidores no se les reasigna otra misión. Si lo habéis detenido no hace falta que yo te cuente lo que pasó y teorice sobre los motivos. Esto significa que el contacto ha desaparecido. Junto con quienquiera que estuviera trabajando con él. ¿De cuántas personas estamos hablando?

Hombre Azul exhaló un suspiro.

—Creemos que por lo menos hay tres personas más implicadas pero podría haber más.

Robie se lo quedó mirando.

Hombre Azul bajó la vista y jugueteó con la cuchara chapada en plata del impoluto mantel blanco de lino.

—No pinta bien, la verdad.

—El eufemismo del año. ¿Qué quieres que haga exactamente?

—Tenemos que vigilar de cerca la investigación sin que lo parezca. Así pues, oficialmente serás un agente del DCIS aunque en realidad me rendirás cuentas a mí. Te suministraremos toda la protección y credenciales que necesites. En estos momentos lo están dejando en tu apartamento.

Robie ensombreció el semblante.

—Dices que por lo menos hay cuatro traidores. ¿Y si hubiera más? ¿Y si uno de ellos está ahora mismo en mi apartamento?

—Estos agentes han sido escogidos de un departamento totalmente distinto. No han tenido relación con tu contacto. Su lealtad queda fuera de toda duda.

—Ya. Perdóname pero todo eso me parece una gilipollez.

—En algún momento hay que dejar de desconfiar, Robie.

—Pues yo no. ¿Y a todo el mundo le parece bien que me sume a la cacería?

—El DCIS está con nosotros. ¿Quieres hablar con el asesor de Seguridad Nacional? ¿O con el director adjunto de la CIA?

—Ahora mismo me daría igual lo que dijeran. Pero ¿por qué yo?

—Porque, por irónico que suene, no apretaste el gatillo. Confiamos en que harás lo correcto, Robie. Ahora mismo no hay mucha gente de la que se pueda decir lo mismo.

A Robie se le había ocurrido otro motivo por el que querían implicarle en aquel asunto.

«Yo estaba allí, así que me convertiré en el chivo expiatorio perfecto si todo esto se va al garete.»

—De acuerdo —dijo Robie de todos modos.

Su motivación era clara: prefería trabajar en el caso personalmente y encontrar algún tipo de resolución y sentido de la justicia en vez de esperar que lo hicieran otros y, tal vez, la cagaran irremediablemente.

«Si caigo, caeré por mis propios medios.»

Hombre Azul se levantó y le tendió la mano.

—Gracias. Y buena suerte.

Robie no le estrechó la mano.

—La suerte casi nunca tiene nada que ver. Los dos lo sabemos. —Se volvió y salió del Hay-Adams para internarse en un mundo que le pareció un poco más desconocido y desalentador que cuando había entrado en el hotel.

25

Se lo encontró todo preparado cuando regresó al apartamento, lo cual no le resultó nada reconfortante.

«No ha saltado ninguna de las trampas.»

Echó un vistazo al archivo, las credenciales y los antecedentes del caso.

Tenía que acelerar la marcha en este caso, pero las prisas en un asunto como aquel no eran buenas consejeras y podían inducir a error.

«Y seguro que se cometerán errores.»

Luego la cuestión era cuánto duraría el apoyo que Hombre Azul le brindaba.

«Se esfumará más rápido que el partido y el apoyo económico de un candidato cuyos resultados en los sondeos cae en picado.»

Así funcionaban las cosas en aquella ciudad.

El nombre Will Robie le devolvía la mirada desde las credenciales. Por irónico que pareciera, para aquel tipo de cometido lo más seguro era utilizar su nombre verdadero.

Robie cogió la placa y la documentación y se las guardó en la chaqueta. También le esperaba una Glock G20 reluciente y una pistolera de hombro. Se alegró de librarse de la .38. Se colocó la pistolera y se abotonó la chaqueta.

Al salir, Robie miró pasillo abajo y vio que ella abría la puerta. Annie Lambert se volvió hacia él. Vestía un traje chaqueta negro y zapatillas de deporte con calcetines tobilleros de color blanco.

—Hola, Will —saludó.

—No suelo verte por aquí a estas horas —dijo él.

—Olvidé una cosa. Hasta la hora de comer no he podido venir a buscarla. ¿Cómo es que vas tan elegante?

—Voy a una reunión. ¿Qué tal fue la sesión de relajación?

—¿Qué? Oh, fue bien.

La investigación acerca de Lambert instigada por el contacto que había mantenido con Robie había acabado en nada. No era de extrañar. Para trabajar en la Casa Blanca había que tener unos antecedentes impecables.

—Siento haberme marchado de repente. Es que estaba cansado —se disculpó él.

—No importa. Yo también lo estaba, la verdad. —Lambert vaciló antes de decir en un tono más tenue—: Pero a lo mejor algún día podemos ir a tomar algo.

—Sí, estaría bien —repuso Robie, que estaba pensando en todo lo que le esperaba.

—Vale —dijo ella de forma vacilante.

Robie se dispuso a marcharse pero entonces se paró porque se dio cuenta de que había vuelto a ser demasiado brusco con ella. Se volvió hacia la mujer.

—Agradezco la oferta, Annie, de verdad que sí. Y sí que me apetece salir a tomar algo contigo.

Ella se animó.

—Sería fantástico.

—A ver si quedamos pronto. Muy pronto.

—¿Por qué? ¿Te marchas a algún sitio? —preguntó ella.

—No. Pero tengo intención de empezar a salir más. Y me gustaría salir contigo.

Annie desplegó una sonrisa.

—Pues llámame.

Robie se marchó y se preguntó por qué de repente aquella mujer le había impresionado tanto. Era encantadora y, por supuesto, lista y quizás estuviera perdidamente enamorada de él. Pero en el pasado todo aquello no le había importado. Se volvió y volvió a mirar hacia el apartamento de su vecina. Annie ya había entrado pero él se había quedado con la imagen de ella con las zapatillas de deporte y el traje chaqueta. Sonrió.

Robie fue en su Audi hasta la escena del crimen. Gracias a sus credenciales pudo aparcar dentro del perímetro de seguridad. De camino había comprobado el dispositivo de seguimiento al pasar junto al hotel en el que Julie se había alojado. La muchacha seguía estando allí.

Fue caminando hasta la entrada del bloque de apartamentos y se sintió sumamente incómodo. Iba a ayudar a investigar un asesinato del que él había sido testigo ocular.

En el vestíbulo del edificio había un grupo de policías y de hombres trajeados. Robie se acercó a ellos pensando en saludar y presentarse ante quienes llevaban el caso. El grupo empezó a dispersarse en cuanto él se acercó. Del centro salió la misma agente especial del FBI que había visto en la explosión del autobús.

Se aproximó a él con expresión inquisidora. Robie sacó sus credenciales: primero la placa y luego la tarjeta de identidad. Ella hizo lo mismo con sus credenciales, según las cuales era la agente especial del FBI Nicole Vance.

—Agente Robie, bienvenido al espectáculo. Tengo varias preguntas para ti —dijo.

—Estaré encantado de trabajar contigo en este caso, agente Vance.

—He recibido una llamada de mi supervisor acerca de ti —explicó ella—. Te vamos a dejar colaborar en este caso, pero meramente para disponer de antecedentes sobre la difunta y cualquier otra información que nos ayude a resolver el caso. Pero el FBI lleva la iniciativa, es decir, yo llevo la iniciativa.

—No pretendía insinuar lo contrario —reconoció Robie con voz queda.

Dio la impresión de que Vance lo observaba con mayor detenimiento.

—De acuerdo —dijo con prudencia—. Más que nada para que sepamos las reglas básicas.

—¿En qué quieres que os ayude?

—Información sobre la víctima.

Robie extrajo un dispositivo USB del bolsillo de la chaqueta.

—El archivo con la información sobre sus antecedentes está aquí dentro.

Ella cogió el lápiz y se lo tendió a uno de sus colaboradores.

—Haz que lo lean y lo resuman lo antes posible. —Se volvió hacia Robie—. Íbamos a volver a revisar la escena del crimen. ¿Nos acompañas?

—Te lo agradezco. Mis superiores quieren saber que me gano el sueldo.

El comentario arrancó una sonrisa a la mujer.

—Supongo que todas las agencias federales funcionan igual —reconoció.

—Supongo que sí.

Mientras se dirigían al ascensor, Vance preguntó:

—¿Te has enterado de lo de la explosión del autobús?

—Lo he visto en las noticias —dijo Robie—. Tengo entendido que el FBI lo está investigando.

—En concreto, yo lo estoy investigando.

—No te falta trabajo —comentó él.

—Podría haber un buen motivo para unir las investigaciones.

—¿Cómo es eso?

—Encontramos una pistola en la escena de la explosión del autobús.

Robie siguió mirando hacia delante aunque se le había acelerado el pulso.

—¿Una pistola? —preguntó.

—Sí, y ya hemos hecho las pruebas de balística. La Glock que encontramos concuerda con una bala que encontramos en el suelo del apartamento en el que vivía la difunta. Así que, para mí, los dos casos están claramente relacionados. Ahora solo nos falta averiguar de qué manera.

—Quizás el asesino arrojara la pistola durante la huida. Tal vez sea una casualidad que la encontraran cerca de donde explotó el autobús.

—Yo no creo en las casualidades. Por lo menos no en las de ese estilo.

Cuando salieron del ascensor y se dirigieron al apartamento donde dos personas habían sido asesinadas delante de sus narices, Robie, a pesar del aire frío, se secó una gota de sudor de la frente.

Prefería mil veces a cien príncipes saudíes megalómanos y a jefes de cártel sanguinarios que aquello.

26

El apartamento había cambiado desde la última vez que Robie había estado en él. Los agentes de policía estaban llevando a cabo un registro exhaustivo y los residuos de polvo para revelar huellas dactilares, los marcadores de pruebas y los disparos de las cámaras réflex de 35 mm resultaban evidentes por todas partes en aquel espacio tan reducido.

Robie vio una caja de pruebas sellada en la mesa de conglomerado.

—¿Estos son los documentos del trabajo de la agente Wind? ¿El portátil?

Vance asintió.

—Sí. Lo hemos sellado, estamos a la espera de la revisión por parte de tu agencia. Tengo vía libre en cosas como esta pero no quería meterme en tu terreno.

—Te lo agradezco.

—Pero tendremos que estar informados. Si hay algo en esos documentos que provocó que la mataran, el FBI tiene que saberlo.

—Entendido. Puedo pedir que hagan hoy mismo la revisión y te informen justo después.

Vance esbozó una sonrisa cauta.

—Nunca he conocido a un enlace entre agencias que esté tan dispuesto a cooperar. Me vas a malacostumbrar.

—Haré todo lo que esté en mi mano —declaró Robie.

«Hasta que deje de cooperar», pensó Robie.

—La cerradura de la puerta de entrada estaba forzada —dijo

Vance—. Las marcas eran sutiles, o sea que la persona sabía lo que estaba haciendo. Sígueme.

Entraron en el dormitorio.

Robie miró a su alrededor. Habían retirado los cadáveres pero en su mente seguía viéndolos en la cama, con la cabeza destrozada.

—Encontraron a Wind y a su hijo Jacob en la cama. Ella lo abrazaba. Un solo disparo los mató a los dos. —Señaló la ventana hecha añicos—. Hemos estudiado la trayectoria. El disparo procedía de ese edificio alto, situado a unos trescientos metros de distancia. Estamos precisando la habitación exacta. El edificio está abandonado, por lo que es poco probable que alguien viera algo. Pero seguimos la pista. Con un poco de suerte, el tirador se dejó algo.

«No caerá esa breva», pensó Robie.

—Pero dijiste que habíais encontrado la bala de una Glock en el suelo. ¿Cómo se relaciona eso con un disparo desde esa distancia? No los mató una bala de pistola. Tuvo que ser una bala de rifle.

—Lo sé. Por eso resulta tan desconcertante. Si tengo que especular, diría que hubo dos personas implicadas. La persona que estuvo anoche en esta habitación disparó a la cama. La bala la atravesó y quedó alojada en el suelo. Aquella bala concuerda con la pistola que encontramos debajo de un coche al lado de donde explotó el autobús. Pero el disparo letal entró por la ventana, alcanzó a Jacob, le atravesó la cabeza y abatió a su madre. Los dos murieron en el acto. O por lo menos es lo que dijo el forense.

Robie recordó la expresión de Jane Wind y se preguntó lo «en el acto» que había sido la muerte.

—¿Entonces había dos tiradores? No tiene mucho sentido —dijo Robie.

—No tiene ningún sentido —reconoció Vance—. Pero eso es porque no disponemos de hechos suficientes. Cuando hayamos recabado información suficiente, tendrá sentido.

—Agradezco tu optimismo. —Robie se colocó delante de una de las camas, casi en el lugar exacto desde el que había disparado el arma la noche anterior—. O sea que el tirador que supuestamente entró de forma subrepticia en el apartamento disparó a la cama. ¿Dónde encontraron la bala?

Vance indicó a uno de los técnicos que apartara la cama. Robie vio el marcador de pruebas junto a un orificio en el suelo de madera.

Robie alzó una pistola imaginaria. Apuntó e hizo clic con el dedo bajo la atenta mirada de Vance.

—Debía de estar por aquí más o menos —dijo Robie, que por supuesto lo sabía a ciencia cierta—. El colchón y el somier parecen muy finos. Dudo que desviaran la trayectoria de la bala, no desde tan cerca.

—Yo he llegado a la misma conclusión —dijo Vance.

—¿No había más heridas en los cuerpos? ¿La bala que se disparó al colchón no les alcanzó?

—Negativo. No había residuos humanos en ella y ninguna otra herida en las víctimas.

—Entonces ¿por qué disparó al colchón? ¿Para llamarles la atención?

—Tal vez —contestó Vance.

—¿Estaban despiertos cuando los mataron?

—Eso parece. La postura en la que cayeron en la cama me lleva a creer que estaban despiertos cuando los mataron.

—O sea que dispara pero no le da. Lo hizo para llamarles la atención o para que se callaran. ¿Alguien oyó gritos?

Vance exhaló un suspiro.

—Cuesta de creer pero la única persona que vive en esta planta y estaba aquí anoche es una anciana sorda y ciega. Por supuesto, no oyó nada. El único otro inquilino estaba trabajando en Maryland a esa hora. Los pisos situados justo encima y debajo de este están vacíos.

«Oh, me lo creo», pensó Robie.

—Pero los mató la bala procedente del exterior —dijo él. Se acercó a la ventana hecha añicos y la examinó. Miró hacia fuera, más allá del edificio, a la zona que la noche anterior no había podido ver. El callejón estaba allá abajo. El que supuestamente tenía que haber utilizado para huir. Había otros edificios que separaban los dos bloques altos pero eran todos de una sola planta. El tirador habría tenido despejada la línea de tiro.

—Bueno, un pistolero dentro y un francotirador en el exterior. El pistolero dispara a la cama. El francotirador mata a la agente Wind y a su hijo. —Robie se volvió de nuevo hacia Vance—. Wind tenía dos hijos.

—Esa es la otra parte desconcertante de este rompecabezas. Su otro hijo tiene menos de un año. Se llama Tyler, por cierto. Lo encontró una mujer en la segunda planta.

—¿Cómo lo encontró?

—Es una locura, Robie. Alguien llamó a la puerta poco después de que mataran a los Wind. Por lo menos, según la hora de muerte estimada que nos dio el forense. La mujer abrió la puerta y ahí estaba Tyler en el portabebés durmiendo como un angelito. Se dio cuenta de que era el hijo de Wind e intentó telefonearla y luego subió a su apartamento. Nadie respondió y por eso llamó a la policía. Entonces encontraron los cadáveres.

—¿Tienes una teoría para esto?

Ella negó con la cabeza.

—Sé que suena increíble, pero quizá quienquiera que entró en el apartamento de Wind bajara al niño.

—¿Por qué?

—¿Por qué matar a un bebé? No puede testificar en contra de nadie.

—No tuvieron reparos en matar al otro hijo —replicó Robie.

—Ya lo he pensado. Mira el agujero de la ventana y luego mira la cama. Si Wind hubiera cogido a su otro hijo, para protegerlo quizá del intruso, habría estado a la izquierda, es decir, de cara a la ventana.

Robie terminó aquella hipótesis por ella.

—El tirador dispara con la intención de alcanzar a Wind, pero el disparo alcanza primero al niño y luego a ella. Quizás el plan fuera matarlos a los dos, o por lo menos quería matar a Wind, y si el niño se puso en medio, mala suerte.

—Así lo veo yo —convino Vance—. Eso abre una posibilidad interesante.

—¿Qué posibilidad?

—¿Qué me dices de esta teoría? El intruso aparece, un ladrón normal y corriente. Acaba despertando a Wind y a su hijo sin querer. Dispara a la cama para que se callen. Al mismo tiempo, sin que ni él ni Wind lo sepan, claro está, un francotirador la tiene en el punto de mira desde el otro edificio en ese mismo momento. Dispara y la mata a ella y a su hijo. El intruso se queda atónito. Quizá se agacha pensando que puede ser el próximo y entonces ve al otro niño en el portabebés, lo coge y, mientras huye, lo deja en otro apartamento. Entonces se marcha.

—Pensaba que no creías en las casualidades —dijo Robie.

Ella esbozó una débil sonrisa.

—Lo sé. Es como el colmo de las casualidades, ¿no?

«También es exactamente como ocurrió», pensó Robie.

27

Estaban en el otro edificio, desde el que se había disparado el tiro mortal. Estaba abandonado, sucio, lleno de escombros y era fácil de entrar y salir de él. Es decir, resultaba perfecto.

Robie y Vance habían repasado varias habitaciones que podían haber servido como santuario al tirador. Cuando entraron en la quinta, Robie dijo:

—Es aquí.

Vance se quedó inmóvil y lo miró con los brazos en jarras.

—¿Por qué?

Robie se acercó a una de las ventanas.

—La ventana está ligeramente abierta. Ninguna de las demás lo estaba. La línea de visión es perfecta. —Señaló hacia el alféizar—. Y el polvo se ha movido. Mira los restos. Hay una marca de boca de rifle. —Señaló una mancha oscura del tamaño de una moneda de un céntimo en el alféizar—. Residuos de la descarga. —Bajó la mirada hacia el suelo de cemento—. Hay marcas de unas rodillas en la mugre. Utilizó el alféizar como punto de apoyo, apuntó y disparó.

Se arrodilló, extrajo su pistola, apuntó por la ventana, alineando la mira de hierro con la ventana en la que estaba el orificio al otro lado.

—Hay una batería de luces en ese edificio más alto al otro lado de la calle en la que vivía Wind. Por la noche, esas luces están encendidas. Un tirador las tendría justo de frente y eso le haría errar el tiro a la cuarta planta. Salvo desde este punto. El ángulo es perfecto. —Robie se levantó y dejó la pistola—. Es aquí.

Vance estaba impresionada.

—¿Has pertenecido a las fuerzas especiales?

—Si así fuera, no podría decírtelo.

—Venga ya. Conozco a un montón de ex Delta y SEAL.

—No lo dudo.

Vance miró por la ventana.

—También conozco a varias personas del DCIS. Les envié un SMS acerca de ti. Nadie ha oído hablar de ti.

—Acabo de regresar al país —dijo Robie pasando a la historia que le servía de tapadera—. Si quieres saber más de mí, llama al DCIS. Puedo darte el teléfono directo de mi superior.

—De acuerdo, lo haré —afirmó ella—. O sea que mi teoría acerca de un ladrón y un tirador distinto no resulta tan descabellada. No veo la manera de que el tío que entró anoche en el apartamento supiera de la existencia del francotirador de ahí.

«Tienes razón, no lo sabía», pensó Robie.

Vance continuó:

—Pero ahora la pregunta es: ¿por qué matar a Wind? ¿En qué estaba trabajando para vosotros? Necesito saberlo.

—Preguntaré a los míos. Pero quizá se deba a algo con lo que se topara —apuntó Robie.

—¿Con lo que se topó? ¿Qué sentido tiene eso?

—No digo que lo tenga, solo digo que hay que tenerlo en cuenta. El hecho de que trabajara para el DCIS no significa que ese sea el motivo por el que la mataron.

—De acuerdo, pero discúlpame si como hipótesis de trabajo asumo que su muerte guarda relación con su actividad laboral.

—Estás en tu derecho. ¿Su ex ha sido informado? —preguntó Robie.

—Estamos en ello. Su hijo está en los Servicios Sociales.

—¿A qué se dedica su ex marido?

—¿No lo sabes? —dijo ella sorprendida.

—No sin consultar el archivo, no. Me acaban de asignar este caso, agente Vance. Dame un respiro.

—De acuerdo, lo siento. Rick Wind. Es militar retirado pero tiene otro trabajo. Ahora mismo estamos intentando localizarlo.

—¿Intentando localizarlo? Seguro que ha visto las noticias. Ya tenía que haber dado señales de vida.

—Créeme, Robie. Ya lo he pensado.

—¿Tienes su dirección?

—Maryland. Mis agentes ya han estado allí. Está vacío.

—Dices que tiene un trabajo. ¿Dónde?

—Es propietario de una casa de empeños en el noroeste de Washington D.C. Bladensburg Road. El establecimiento se llama Premium Pawnshop. No es la mejor zona de la ciudad pero no suele haber casas de empeños al lado del Ritz, ¿verdad?

—¿Premium Pawnshop? Pegadizo. ¿Alguien ha intentado localizarlo allí?

—Ahí todavía no hay nadie. Está cerrado.

—¿Dónde está el tipo?

—Si lo supiera, ya te lo habría dicho.

—Si no está en casa ni en el trabajo y no ha llamado a la policía, entonces solo quedan unas pocas posibilidades.

—O no mira la tele ni escucha la radio o no tiene amigos. O mató a su ex mujer y a su hijo y se ha dado a la fuga. O está también muerto.

—Eso es. Pero ¿crees que el tipo mató a su ex e hijo utilizando un rifle de francotirador? Los asuntos domésticos suelen zanjarse cara a cara.

—Bueno, él estuvo en el ejército. Y estaban divorciados.

—¿Y no fue un divorcio amistoso?

—No lo sé. Estoy investigando. A lo mejor me puedes ayudar en ese sentido. Al fin y al cabo trabajaba para tu agencia.

Él no le hizo ni caso.

—¿Se sabe si Wind tenía algún familiar cercano en la zona? —preguntó Robie.

Ella lo miró con expresión de duda burlona.

—¿Estás seguro de que trabajáis para la misma agencia?

—Es una agencia grande.

—No tanto. El FBI la supera con creces.

—El FBI supera con creces prácticamente a todo el mundo. Y bien, ¿parientes en la zona?

—Nadie. Ni tampoco su maridito, por lo que parece. Por lo

menos eso lo podemos averiguar. Pero llevamos trabajando en este caso menos de ocho horas.

—¿Habéis registrado su casa y la casa de empeños?

—La casa sí. Nada que nos resulte útil. La casa de empeños viene a continuación. ¿Quieres acompañarnos?

—Por supuesto.

28

Los Bucar pararon delante de la Premium Pawnshop y Robie y Vance salieron de uno de ellos, mientras que otros dos agentes del FBI se apeaban de su respectivo vehículo. Tanto en la puerta delantera como en las ventanas había unos barrotes cruzados. La puerta tenía cerraduras de un tamaño considerable. Los negocios vecinos estaban hechos polvo, con un contrachapado ennegrecido clavado en la parte delantera. La calle estaba llena de basura y Robie vio a un par de drogadictos que se tambaleaba por allí.

Vance envió a los otros dos agentes a comprobar la parte posterior del edificio mientras ella y Robie iban por delante. Vance puso la mano en forma de visera y atisbó al interior.

—No se ve nada.

—¿Puedes echar la puerta abajo o hace falta una orden judicial?

—La casa de Rick Wind fue menos problemática. Sospechamos que podía estar herido. Está claro que este sitio está cerrado.

—Podría estar dentro, herido o muerto —dijo Robie, que se puso a su lado delante de la tienda y atisbó entre los barrotes hacia el interior a oscuras—. Debería bastar.

—¿Y si encontramos pruebas de que cometió el crimen y su abogado defensor lo desestima porque se considera que el registro fue ilícito de acuerdo con la Cuarta Enmienda?

—Supongo que por eso vosotros los agentes del FBI os lleváis un montón de pasta.

—Y los grandes desbaratamientos profesionales.

—¿Qué te parece si le pego una patada a la puerta y registro el local?

—Seguiremos teniendo el mismo problema con respecto a las pruebas.

—Sí, pero entonces mi carrera es la que se desbaratará, no la tuya.

—Estoy aquí contigo.

—Les diré que lo hice yo solito, en contra de tu indicación expresa.

Robie examinó la puerta y los marcos.

—Acero sobre acero. Material duro. Pero siempre hay una manera.

—¿Qué tipo de agente federal eres tú? —preguntó ella enarcando las cejas.

—No del tipo que pierde el culo por su carrera, eso seguro.

—Robie, no puedes... —Robie sacó la pistola, disparó tres veces y el trío de cerraduras cayó en la acera—. ¡Joder! —exclamó Vance. Oyeron pasos que corrían ya que los dos agentes sin duda acudían a ver qué había pasado.

—Probablemente salte una alarma —dijo Robie con toda tranquilidad—. Quizá quieras llamar a la policía para decirles que no se preocupen. —Antes de que ella tuviera tiempo de decir algo, él abrió la puerta y entró.

No saltó ninguna alarma.

Robie no lo tomó como una señal positiva. Mantuvo la pistola fuera, buscó a tientas el interruptor de la luz, lo encontró y la casa de empeños enseguida quedó envuelta en una luz tenue. Robie había estado en otros establecimientos del mismo tipo y le pareció bastante típico. Relojes, lámparas, anillos y muchos otros artículos se apilaban de forma ordenada en bandejas o en vitrinas. Todos ellos tenían etiquetas con números escritos en ellas. Robie lo atribuyó al pasado militar del hombre, «esa meticulosidad nunca se pierde». O al menos la mayoría no la perdía.

Pero los tablones del suelo olían a orines y el techo estaba ennegrecido por culpa de la mugre acumulada durante décadas. Robie no sabía qué tipo de establecimiento había sido antes de ser una casa de empeños, pero no había envejecido bien.

Había una caja registradora en una especie de jaula. Robie se fijó en el cristal a prueba de balas. El cristal tenía rayadas y lo que parecían dos marcas de bala. Clientes enfadados o alguien que quería robar. Probablemente el ex militar Rick Wind se ocupara de ellos con sus propios medios. Robie imaginó que en esa jaula debía de haber por lo menos dos pistolas.

Miró hacia las esquinas del techo y vio la cámara instalada en una de ellas. Tenía una vista directa de la jaula. Aquello podía resultar útil.

Robie avanzó mientras barría el local con la mirada. No oyó nada aparte de los sonidos de la vida exterior. Una ráfaga de aire entró por la puerta abierta e hizo crujir las pantallas de las lámparas y levantó las etiquetas de la mercancía. Cuando oyó pasos detrás de él se volvió y se encontró con Vance con expresión de profundo fastidio.

—Eres un idiota —siseó ella.

—Te he dicho que te quedaras fuera —le susurró como respuesta.

—Tú a mí no me dices lo que tengo que hacer. A no ser que quieras que te pelen el culo...

Robie le selló los labios con un dedo. Ya lo había oído antes. Un chillido. Y luego otro.

Robie señaló hacia la trastienda. Ella asintió. Su expresión enfadada había desaparecido.

Robie iba en cabeza, caminó por un pasillo y llegó a un par de puertas basculantes con un hueco en medio. Las puertas se movían ligeramente pero el chillido no había venido de allí.

Miró a Vance, se señaló a sí mismo y luego la puerta, y después hizo un gesto hacia la derecha. Ella asintió para demostrarle que entendía y se colocó en su flanco derecho.

Robie alzó un pie, abrió de una patada una de las puertas y se abalanzó al interior al tiempo que describía arcos con la pistola preparado para disparar cuando se apartó hacia la izquierda. Vance le seguía a la derecha y controlaba esa parte de la estancia.

Nada.

Vance bajó la mirada e hizo una mueca cuando el bicho gris fue correteando hacia una esquina oscura.

—Ratas.

Robie miró hacia abajo y vio la cola del animal antes de que desapareciera de su vista.

—Me parece que las ratas no chillan de esa manera —declaró Robie.

—¿Entonces qué? —preguntó ella.

—Eso.

Señaló una esquina oscura en el lado izquierdo de la sala.

Vance miró hacia allí y se le cortó la respiración.

El hombre colgaba boca abajo desde una viga vista.

Se acercaron. El cuerpo se balanceaba ligeramente. Y la cuerda crujía contra la viga de madera. Robie miró la rendija situada entre las dos puertas basculantes.

—Ha hecho de embudo al abrir la puerta delantera —dijo—. Con el viento de fuera ha hecho que el cuerpo se balancee un poco.

Vance miró al hombre muerto. Era negro.

Y verde. Y púrpura.

—¿Es Rick Wind? —preguntó Robie.

—¿Y yo qué coño sé? —espetó Vance—. Lleva muerto bastante tiempo.

—No se suicidó. Tiene las manos atadas. No se ahorcó. —Tocó el brazo del hombre—. Y tampoco mató a su mujer e hijo. El estado del cadáver indica que murió antes que ellos. Hace tiempo que ha pasado el rígor mortis.

Robie se inclinó hacia él y miró la boca abierta del hombre.

—Y hay algo más.

—¿Qué?

—Parece ser que le cortaron la lengua.

29

Robie había dejado que la agente Vance se hiciera cargo del nuevo cadáver de la casa de empeños. Habían confirmado que se trataba de Rick Wind. La causa de la muerte no estaba clara y probablemente hubiera que practicarle una autopsia. Habían comprobado la cámara de vigilancia de la tienda. Alguien había extraído el DVD. En esos momentos Robie estaba sentado en su apartamento tecleando en el ordenador. No estaba trabajando en los asesinatos de Jane Wind y su ex marido. Tenía la mente en otro tema, al menos por el momento.

Tecleó el nombre de Gerald Dixon. Obtuvo demasiados resultados porque era un nombre demasiado habitual. Cambió de táctica y pasó de Google a una base de datos más exclusiva a la que tenía acceso. Los resultados que obtuvo eran un poco más manejables. Restringió la búsqueda empleando otras bases de datos. Al final se redujo a un solo nombre. Robie consultó la dirección. No coincidía con la del lugar al que Julie había ido en el taxi.

Pero una línea del registro del nombre le llamó la atención. «Servicios de acogida.»

El hombre y su mujer acogían niños de los Servicios Sociales.

Anotó la dirección y luego comprobó el dispositivo de rastreo. Tenía suficiente alcance para llegar hasta allí. Julie no se había movido del hotel cutre, lo cual le parecía raro a no ser que temiera que la vieran. En todo caso, ya no parecía interesada en marcharse de la ciudad.

Se preguntó qué le había hecho cambiar de opinión. ¿Era la

casa en la que se había parado? Robie pensaba averiguarlo. Pero antes tenía otro sitio adonde ir.

Gerald Dixon vivía en un dúplex de dos plantas de un barrio cutre. Cuando Robie llamó a la puerta, tardó un buen rato en recibir respuesta y oyó ruidos en el interior que denotaban una actividad frenética. Cuando por fin se abrió la puerta, Robie advirtió las mejillas enrojecidas, los ojos inyectados en sangre y el olor a elixir bucal que era como un cañonazo que le salía de la boca.

«Este imbécil se ha dado unas cuantas bofetadas para ponerse sobrio y ha tomado Listerine para no apestar a alcohol. Los criterios de los servicios de acogida deben de estar cayendo en picado en este país.»

—¿Sí? —preguntó el hombre con un tono poco amistoso.

—¿Gerald Dixon?

—¿Quién pregunta?

Robie enseñó la placa.

—Soy de Asuntos Internos de D.C.

Dixon retrocedió un paso. Era un poquito más bajo que Robie pero de una delgadez enfermiza. Había perdido casi todo el pelo aunque superaba por poco la barrera de los cuarenta años. Tenía la piel pálida y translúcida y los gestos bruscos de alguien cuyo cuerpo y cuya mente habían abusado tanto de las drogas que ya no había vuelta atrás.

—Asuntos Internos... ¿eso no es para la poli?

—Es para muchas cosas —repuso Robie—. Incluida tu situación. ¿Puedo pasar?

—¿Por qué?

—Para hablar de Julie. —Robie tenía la corazonada de que había utilizado su nombre verdadero.

Dixon hizo una mueca de desagrado.

—Si la encuentras, dile que más le vale que vuelva. Si no está aquí, no cobro.

—¿O sea que ha desaparecido?

—Eso es.

—¿Puedo entrar?

Dixon se mostró contrariado, pero asintió, retrocedió y dejó pasar a Robie.

El interior de la casa no estaba en mejor estado que el exterior. Se sentaron en unas sillas desvencijadas. Había cestas de ropa sucia por todas partes pero Robie tuvo la sensación de que antes de llamar a la puerta, la ropa había estado desperdigada por el suelo. También se fijó en unos papeles y en el borde de una lata de cerveza que sobresalía de debajo de un sillón. Se preguntó qué más podía haber ahí debajo. La silla en la que estaba era muy dura y no le pareció que fuera por culpa del cojín.

Una mujer menuda y voluptuosa con unos vaqueros ceñidos y una blusa incluso más ajustada apareció desde la parte trasera secándose las manos en los pantalones. Aparentaba como mucho treinta años. Tenía el pelo castaño, iba muy maquillada y presentaba el aspecto de alguien totalmente desconectado de la realidad. Encendió un cigarrillo y miró a Robie.

—¿Quién es ese?

—Un tío de Asuntos Internos —repuso Dixon con un gruñido.

Robie abrió la funda de la placa.

—He venido a hablar de Julie. Y fumar delante de nuestros niños está prohibido —añadió.

La mujer enseguida apagó el cigarrillo en un tablero.

—Perdón —dijo, sin sonar para nada a disculpa—. Se ha ido. Se ha escapado. Esa mocosa de mierda nunca agradeció lo que le dábamos.

—¿Y tú quién eres? —preguntó Robie.

—Patty. Gerry y yo estamos casados.

—¿A cuántos niños tenéis en régimen de acogida actualmente?

—Dos sin contar a la mierdosa de Julie.

—Sería de agradecer que no te refirieras a uno de los niños que está bajo vuestra responsabilidad en esos términos —advirtió Robie con firmeza.

Patty lanzó una mirada a su esposo.

—¿Es de los Servicios Sociales?

—Me dijo Asuntos Internos —respondió Gerald como si se sintiera traicionado.

—Soy del Gobierno —explicó Robie—. Es lo único que necesitáis saber. ¿Dónde están los otros niños?

Patty adoptó un tono cariñoso y maternal.

—En el colegio —dijo, sonriendo—. Enviamos a los angelitos a la escuela todos los días, tal como se supone que debemos hacer.

Robie oyó ruidos en la planta de arriba.

—¿Tenéis hijos propios? —preguntó, mirando hacia arriba.

Gerald y Patty intercambiaron una mirada nerviosa.

—Tenemos dos, pequeños. Todavía no van al colegio. Están arriba, leyendo, probablemente. Están muy adelantados para su edad.

—Vale. Hablemos de Julie. —Abrió una libreta que se sacó del bolsillo. Gerald Dixon abrió unos ojos como platos al ver que iba armado.

—Llevas pistola.

—Así es —reconoció Robie.

—Pensaba que esto era por los servicios de acogida —dijo Patty.

—Esto va de lo que yo diga. Y si queréis evitar problemas graves, más os vale que cooperéis plenamente.

Robie había decidido que se había acabado la amabilidad con aquel par de idiotas. No tenía ni tiempo ni ganas.

Gerald se irguió más en el asiento y Patty se acomodó a su lado.

—Habladme de Julie —instó Robie.

—¿Se ha metido en algún lío? —preguntó Gerald.

—Habladme de ella —repitió Robie con firmeza—. Nombre completo, historial, cómo llegó aquí. Todo.

—¿Es que no lo sabes? —preguntó Patty.

Robie la miró con expresión muy dura.

—Estoy aquí para confirmar la información de la que disponemos. Y por favor, no olvides que he pedido cooperación y piensa en las posibles consecuencias de la falta de colaboración.

Gerald le dio un codazo a su mujer y espetó:

—Cállate la boca y deja que me encargue de esto. —Se dirigió a Robie—: Se llama Julie Getty. Llegó aquí hará unas... tres semanas.

—¿Edad?

—Catorce años.

—¿Por qué estaba dentro del programa de acogida?

—Sus padres no podían ocuparse de ella.

—Sí, a eso llego. ¿Por qué no podían ocuparse de ella? ¿Están muertos?

—No, creo que no. ¿Sabes? La gente de la agencia no nos da tanta información sobre todo eso. Te dan a los niños y tú los cuidas.

—Como si fueran tuyos —se apresuró a añadir Patty.

—Ya. Como has dicho, sin contar a la mierdosa de Julie.

Patty se sonrojó y bajó la mirada.

—Bueno, no quería decir exactamente eso.

—Lo cierto es que Julie es de lo que no hay. Para mi gusto habla sin rodeos demasiado a menudo.

—¿Entonces ya no está aquí?

—Se largó de madrugada.

—Estamos muy preocupados —añadió Patty.

—Supongo que habéis notificado su desaparición, ¿no?

Gerald y Patty intercambiaron una mirada.

—Bueno, teníamos la esperanza de que regresara.

—Por eso esperábamos —adujo Patty.

—¿Se ha escapado en otras ocasiones?

—Esta vez no, aparte de anoche.

Robie alzó la vista de sus notas.

—¿Esta vez? ¿La habíais tenido en acogida otras veces?

—Tres veces.

—¿Qué pasó en aquellas ocasiones?

—No lo sabemos exactamente —reconoció Gerald—. Creo que sus padres la recuperaron. Recuerdo que la asistenta social me dijo que los padres de Julie iban a recuperar su custodia, pero luego volvía a estar en el programa de acogida.

—¿Cuándo la visteis por última vez?

—Anoche, justo después de servirle una cena deliciosa —dijo Patty con un tono empalagoso que hizo que a Robie le entraran ganas de sacar la pistola y de pegarle un tiro justo por encima de la cabeza.

—¿Y cuándo os disteis cuenta de que había desaparecido?

—Esta mañana, al ver que no bajaba.

—¿O sea que por la noche no comprobáis que vuestros queridos «tutelados» están bien?

—Ella era muy celosa de su intimidad —se apresuró a decir Gerald—. No nos gustaba entrometernos.

Robie sacó la lata de cerveza vacía de debajo del sillón.

—Ya lo veo. —Hizo un gesto con la mano—. No sería mala idea abrir un poco las ventanas, así no olerá a porro.

—No tomamos drogas —dijo Gerald, fingiendo sorpresa.

—Y no sé de quién es eso —añadió Patty señalando la lata de cerveza.

—Claro —dijo Robie con ademán escéptico—. ¿Habéis tenido noticias de Julie desde que se marchó? —Los dos negaron con la cabeza—. ¿Algún motivo para creer que alguien quisiera hacerle algún daño?

A los Dixon esta pregunta sí que les sorprendió de verdad.

—¿Por qué? ¿Le ha ocurrido algo? —preguntó Gerald.

—Responded a la pregunta. ¿Ha venido alguien por aquí que no conocierais? ¿Algún coche sospechoso?

—No, nada de eso. ¿En qué coño se ha metido? ¿Bandas? —dijo Gerald.

Patty se llevó una mano al pecho prominente.

—¿Piensas que corremos algún peligro?

Robie cerró la libreta.

—La verdad es que yo no descartaría esa posibilidad. A algunos tipos no les importa a quién hacen daño. —Tuvo que contener una sonrisa.

Se levantó, y apartó el cojín del asiento. Extrajo una bolsita de cocaína, unas ampollas que contenían un líquido marrón, dos jeringuillas con funda y dos tiras elásticas para que los vasos sanguíneos se noten más en la superficie y facilitar así la inyección.

—La próxima vez intentad ubicar el botiquín en algún lugar más discreto.

Los dos se quedaron mirando las drogas y accesorios varios sin decir nada.

Mientras Robie iba caminando por la calle, vio a una mujer que llevaba un sobre e iba acompañada de dos agentes de policía.

—¿Se dirige a casa de los Dixon? —preguntó en cuanto la mujer estuvo cerca.

—Sí. ¿Quién es usted?

—Alguien que quiere que se asegure de que no vuelvan a tener niños en acogida.

La mujer blandió el sobre.

—Pues sus deseos acaban de verse cumplidos.

Siguió caminando con rapidez seguida por los agentes.

Robie prosiguió su camino. Notó un pitido en la muñeca. Miró hacia el rastreador.

Julie Getty por fin se había puesto en marcha.

Y Robie estaba prácticamente seguro de adónde se dirigía.

30

Julie trepó por la parra y entró por la ventana de su dormitorio. Se puso en cuclillas en el suelo para escuchar. Lo único que oía eran los latidos de su corazón. Bajó las escaleras con piernas temblorosas, apoyándose en la pared para no caer. Dobló el recodo, cerró los ojos y luego los abrió.

Hizo un esfuerzo titánico para no gritar.

Robie le devolvía la mirada.

—Echa un vistazo —dijo él.

Ella miró rápidamente a su alrededor. No había nada aparte de los muebles.

—¿Esperabas encontrar algo más? —preguntó él, acercándose a la joven.

Ella dio un paso atrás.

—¿Cómo has llegado hasta aquí? —preguntó.

—Te he seguido.

—Eso es imposible.

—En realidad no hay nada imposible. Esta es tu casa, ¿verdad?

Ella no dijo nada, se lo quedó mirando, con más curiosidad que miedo.

Robie miró una foto que había en una mesa auxiliar.

—Tus padres se ven agradables. Y ahí estás tú en el centro. Tiempos felices, por lo que parece.

—Qué sabrás tú —espetó Julie.

—Perdona, sé algunas cosas. Como que corres peligro. Hay gente que te busca. Gente que tiene mucho dinero, poder y contactos.

—¿Cómo lo sabes?

—Porque han encubierto dos asesinatos aquí mismo.

Julie abrió unos ojos como platos.

—¿Cómo lo sabes?

Robie señaló la pared al lado de donde ella estaba.

—Recién pintada. Pero solo ahí. La pintaron para tapar algo. —Señaló el suelo—. Aquí había un recuadro de moqueta. Se ve donde la madera está más clara. Ha desaparecido. Es otra forma de encubrir algo.

—¿Cómo sabes que es por un asesinato? Podía tratarse de otra cosa.

—No, no es otra cosa. Las paredes se pintan y las moquetas se retiran para eliminar pruebas. Sangre, tejidos, otros fluidos corporales. Y se dejaron una mancha de sangre en el zócalo de ahí. ¿Esperabas encontrar los cadáveres aquí? Habrían olido, ¿sabes? Es un olor inconfundible.

—¿Pasas mucho tiempo en compañía de cadáveres? —preguntó ella con recelo.

—Desde que estamos juntos.

—Nosotros no estamos juntos de ninguna de las maneras.

—Estoy al corriente de lo de tus padres de acogida, aunque llamarlos «padres» escapa a toda lógica.

—No me gusta que hayas estado husmeando en mi vida —se quejó.

—Los Servicios Sociales los han pillado —dijo—. A estas horas ya se habrán llevado a los otros niños. Creo que tú tuviste algo que ver con ello.

La expresión enfadada de Julie se disipó.

—No se merecían ese trato, ningún niño lo merece.

—Ahora cuéntame qué pasó aquí.

—¿Por qué?

—Ya te dije que quiero ayudarte.

—¿Por qué?

—Llámame buen samaritano.

—Ya no quedan de esos —declaró convencida.

—¿Ni siquiera tus padres?

—Deja a mis padres tranquilos —dijo con brusquedad.

—¿Viste cómo murieron? ¿Por eso huías?

Julie retrocedió hasta situarse contra la pared. Por un momento Robie pensó que iba a salir corriendo. Y no estaba seguro de cómo reaccionaría él en tal caso.

—¿Estaban metidos en alguna situación insostenible? —preguntó—. ¿Drogas?

—Mi padre y mi madre no le harían daño ni a una mosca. Y no, esto no tiene nada que ver con las drogas.

—¿Entonces los mataron? Me basta con que asientas ligeramente.

Julie movió la cabeza hacia delante apenas unos milímetros.

—¿Viste cómo ocurría?

Otro asentimiento.

—Entonces tienes que ir a la policía.

—Si voy a la policía, me volverán a poner en el programa de acogida. Y entonces esa gente me encontrará.

—El tipo del autobús, ¿fue él?

—Eso creo.

—Julie, dime exactamente qué ocurrió. Es de la única forma que podré ayudarte. Después de lo de anoche, por lo menos te habrás dado cuenta de que sé sacar las castañas del fuego.

—¿Y esa gente de la tele? ¿Los mataste? ¿Una madre y su hijo? Dijiste que no habías sido tú pero quiero saber la verdad.

—Pues si los maté, de ninguna de las maneras lo reconocería. Pero si fui yo, ¿por qué iba a estar aquí intentando ayudarte? Dame un motivo.

Julie exhaló un largo suspiro mientras jugaba con las tiras de la mochila.

—¿Me juras que no los mataste?

—Te juro que no los maté. Ahora mismo estoy colaborando con el FBI para intentar averiguar quién lo hizo. —Sacó la insignia y se la enseñó.

—Vale, supongo que sirve. Anoche me escapé de casa de los Dixon y vine aquí. No llevaba mucho tiempo en casa cuando oí que entraba alguien. Pensé que eran mis padres, pero había alguien más con ellos. El hombre les gritaba. Les pedía cosas.

Robie se le acercó unos pasos.

—¿Qué les pedía? Intenta ser lo más precisa posible.

Julie hizo una mueca y se paró a pensar.

—El hombre dijo: «¿Cuánto sabes? ¿Qué te han contado?», algo así. Y luego, y luego...

—¿Hizo daño a alguno de los dos?

Julie tenía el rostro surcado de lágrimas.

—Oí un disparo. Corrí escaleras abajo. El tío me miró. Mi padre estaba ahí, contra la pared. Todo ensangrentado. El tío me apuntó con la pistola pero mi madre le golpeó y el hombre cayó. Yo no quería marcharme. Quería quedarme a ayudarla. Pero ella me dijo que saliera corriendo. —Julie cerró los ojos pero las lágrimas le seguían brotando desde debajo de los párpados—. Regresé a mi habitación y salí por la ventana. Entonces oí otro disparo. Y corrí con más fuerza. Fui una cobarde. Sabía que aquel disparo significaba la muerte de mi madre. Pero seguí corriendo. Me comporté como una cabrona. La dejé aquí muriéndose.

Abrió los ojos y se puso tensa al ver que Robie estaba de pie a su lado.

—Y si no te hubieras ido corriendo, estarías muerta —dijo él—. Y eso no habría beneficiado a nadie. Tu madre te salvó la vida. Sacrificó su vida por la tuya. Así que hiciste lo correcto porque hiciste lo que tu madre quería que hicieras. Seguir con vida.

Robie le tendió un pañuelo de papel de una caja que había en la mesa. Julie se secó las lágrimas y luego se sonó la nariz.

—¿Y ahora qué? —preguntó ella.

—¿Crees que algún vecino oyó los disparos?

—Lo dudo. La casa de al lado está vacía. Igual que el dúplex de enfrente. Este barrio solía estar bien pero luego la gente se fue quedando en el paro.

—¿Incluidos tus padres?

—Trabajaban en lo que podían. Mi madre tenía estudios universitarios —añadió orgullosa—. Mi padre era buena persona. —Bajó la mirada—. Lo que pasa es que a veces se desanimaba. Tenía la sensación de que todo el mundo estaba en su contra.

—¿Cómo se llamaban?

—Curtis y Sara Getty.

—¿Ninguna relación con los Getty del petróleo, no?

—Si la había, nadie nos lo dijo.

—Bueno, mi plan es el siguiente: averiguamos quién mató a tus padres y por qué —dijo Robie.

—Pero si fue el tipo del autobús queda claro que está muerto.

—¿Saliste de esta casa anoche y fuiste directamente a la parada del autobús?

—Sí.

—Entonces el tío no estaba solo. No pudo vigilar el sitio, librarse de los dos cadáveres y llegar hasta el autobús. Tiene que haber más implicados.

—Pero ¿por qué mis padres? Yo los quería, pero no puede decirse que fueran importantes ni nada de eso.

—¿Estás segura de que no estaban metidos en tráfico de drogas o en bandas o algo por el estilo?

—Mira, si eran narcos, ¿tú te crees que habrían estado viviendo en este sitio?

—¿Y ningún enemigo?

—No. Por lo menos que yo sepa.

—¿Dónde trabajaban?

—Papá en un almacén en el sureste. Mamá en un restaurante barato a unas cuantas manzanas de aquí.

—¿O sea que es probable que tu padre fuera allí a comer a menudo?

—Sí. Yo también pasaba mucho tiempo allí. ¿Por qué?

—Intento recabar información.

—Quiero marcharme de aquí. Ahora mismo. Este ya no es mi hogar.

—De acuerdo. ¿Adónde quieres ir?

—Tengo un sitio donde alojarme.

—Sí, te seguí hasta allí. Y fue una tontería robarle la tarjeta de crédito a Dixon y utilizarla. Te trincarán por eso. Además, te pueden seguir el rastro.

—¿Cómo has...? —Se calló y puso cara de fastidio—. Tengo dinero en efectivo.

—Guárdatelo por ahora.

—¿Y adónde vamos? No vamos a volver a tu piso franco. Está demasiado lejos de la ciudad.

—No, tengo otro sitio. Coge lo que necesites y vámonos.

31

Robie esperó hasta bien entrada la noche. Pasaron el rato hasta entonces yendo a buscar algo de comida a un restaurante familiar de la calle H. Robie hizo más preguntas a la joven, tanteándola con delicadeza. Ella se replegaba. Robie pensó que serviría para agente de policía. Su tendencia a revelar lo mínimo posible resultaba extraordinaria, sobre todo en una generación acostumbrada a publicar los detalles más íntimos en Facebook.

Robie llevó en coche a Julie a su barrio de Rock Creeks Park. Pero no la llevó a su edificio sino a su puesto de observación situado al otro lado de la calle. Al igual que la casa de campo, nadie aparte de Robie sabía de su existencia.

Entraron, desactivó la alarma y ella miró a su alrededor.

—¿Esta es tu casa?

—Más o menos.

—¿Eres rico?

—No.

—Pues a mí me lo pareces.

—¿Por qué?

—Tienes un coche y dos casas. Eso es de ricos. Sobre todo hoy en día.

—Supongo que sí. —En realidad tenía otra vivienda justo enfrente, pero no hacía falta que ella lo supiera.

Robie le enseñó a utilizar la alarma y luego le dejó echar un vistazo. Eligió una habitación de las dos que había. Soltó la mochila y una segunda bolsa que había llenado con cosas de su casa encima de la cama y siguió recorriendo el apartamento.

—¿Para qué es el telescopio? —preguntó.

—Para mirar las estrellas.

—No es un telescopio de astronomía. Y aquí no hay ningún ángulo para apuntarlo al cielo.

—¿Sabes de telescopios?

—Voy al instituto, ¿sabes?

—Me gusta observar cosas —dijo—. Sobre todo para ver si hay gente que me observa.

—Entonces... ¿vamos a estar aquí juntos? —Parecía nerviosa ante la perspectiva.

—No, yo vivo en otro sitio. Pero está cerca.

—¿O sea que tienes tres casas? —preguntó incrédula—. ¿A qué te dedicas? Creo que debería dedicarme a lo mismo.

—Deberías tener todo lo que necesites. —Se sacó un teléfono móvil del bolsillo—. Es para ti. Tiene mi número en la opción de marcaje rápido. Es imposible de rastrear, así que no dudes en llamarme cuando sea.

—¿Estarás muy lejos?

—Pensaba que te ponía nerviosa el hecho de estar aquí juntos.

—Mira, ya sé que no eres un tío de esos a los que les van las menores de edad, ¿verdad?

—¿Cómo lo sabes?

—Porque he tenido que lidiar con esos tipejos en más de una ocasión. Ya sé cómo identificarlos. Tú no tienes pinta.

—¿Aprendiste eso en los hogares de acogida? —preguntó Robie con voz queda.

Ella no respondió. Y Robie pensó en Gerald Dixon y se preguntó si no debía haberle pegado un tiro cuando se le presentó la oportunidad.

—Deberías tener todo lo que necesites —insistió—. La semana pasada aprovisioné la cocina. Para cualquier otra cosa, llámame.

—¿Y el instituto?

Aquello pilló desprevenido a Robie. «Demuestra lo buen padre que sería.»

—¿A qué instituto vas?

—A un programa de G y T en el noroeste de Washington D.C.

—¿G y T? Suena a cóctel.

—No tiene nada que ver con el *gin-tonic*. Es para jóvenes con talento.

—Tienes catorce años, ¿o sea que vas a segundo de secundaria?

—Tercero.

—¿Cómo es eso?

—Salté un curso.

—Pues debes de ser muy lista, entonces.

—Para algunas cosas. Para otras puedo ser bastante imbécil.

—¿Como por ejemplo?

—No me gusta destacar mis debilidades.

—Teniendo en cuenta lo que les ocurrió a tus padres, no estoy seguro de que te convenga volver al instituto. Quienquiera que los mató, sabrá adónde vas. O será fácil de averiguar.

—Puedo usar el móvil para enviar un mensaje a la coordinadora del programa y meterle algún rollo.

—¿Te crees más lista que todos los adultos?

—No. Pero soy lo bastante lista para saber mentir y hacer que parezca verdad. —Lo miró fijamente—. Me parece que a ti también se te da bastante bien.

—Los de los Servicios Sociales también te estarán buscando.

—Lo sé. No es la primera vez. Irán a casa de mis padres. Pensarán que se han marchado de la ciudad y que me han llevado con ellos. Entonces irán al instituto, se enterarán del mensaje que le habré enviado a la coordinadora, supondrán que estoy bien y se encontrarán en un callejón sin salida. Tienen a muchos niños de los que ocuparse como para dedicarme más tiempo.

—Te adelantas a los acontecimientos. Eso está bien. ¿Sabes jugar al ajedrez?

—Sé jugar a vivir.

—Ya.

—Entonces, ¿estarás cerca? —preguntó ella de nuevo.

—Muy cerca.

—No pienso quedarme aquí sentada con los brazos cruzados. Voy a ayudarte a encontrar a los asesinos de mis padres.

—Eso me lo puedes dejar a mí.

—¡Y una mierda! Si no dejas que te ayude, no estaré aquí cuando regreses.

Robie se sentó en una silla y se la quedó mirando.

—Vamos a dejar una cosa clara. Eres una chica lista. Sabes espabilarte. Pero la gente que va a por ti está a un nivel muy distinto. Matarán a cualquiera que se entrometa en su camino.

—Parece que conoces muy bien a ese tipo de gente —espetó ella. Al ver que Robie no decía nada, continuó—: ¿El tío del autobús? ¿La forma como nos libraste del tipo del callejón? ¿La forma como analizaste la escena del crimen en casa de mis padres? ¿El modo como me seguiste el rastro? Y dijiste que trabajas con el FBI. No eres un tío que esté encerrado en un cubículo de nueve a cinco. Tienes pisos francos y armas y teléfonos imposibles de rastrear y telescopios que apuntan a vete a saber qué. —Hizo una pausa antes de añadir—: Y apuesto algo a que también matas a gente.

Robie siguió sin decir palabra.

Julie miró por la ventana.

—Mis padres eran lo único que tenía. Salí corriendo cuando me podía haber quedado a ayudar. Ahora están muertos. Ya sé que soy joven, pero puedo ayudarte si me das una oportunidad.

Robie también se puso a mirar por la ventana.

—De acuerdo. Lo haremos juntos, pero será complicado.

—Bueno, pues ¿por dónde empiezo? —preguntó ella con avidez.

—¿Llevas papel y boli en la mochila?

—Sí. Y tengo el portátil que me dieron en el instituto.

—¿Cuándo viste a tus padres por última vez?

—Hace una semana más o menos.

—Vale. Anota todo lo que recuerdes acerca de las últimas dos semanas. Quiero que intentes recordar todo lo que viste, oíste o sospechaste. Cualquier cosa que dijeran tus padres. Por insignificante que parezca. Y cualquier otra persona presente o con la que hablaran.

—¿Esto es para tenerme entretenida o es realmente importante?

—Ninguno de los dos tiene tiempo que perder. Necesitamos esta información.

—Vale, lo haré. Empezaré esta noche. —Robie se levantó para marcharse—. ¿Will?

—¿Sí?

—Seré una buena compañera, ya lo verás.

—No me cabe la menor duda, Julie.

Sin embargo, no estaba nada contento. Prefería con creces trabajar solo. No le gustaba que otra persona dependiera de él.

32

—Robie ¿tienes tiempo para tomar un café?

Era Nicole Vance al teléfono.

Robie había respondido a la llamada mientras bajaba por el ascensor después de dejar a Julie. Le había dado a la adolescente la llave del apartamento pero le había pedido que no saliera sin antes decírselo a él. También le había dicho que activara la alarma.

—¿Alguna novedad sobre el caso? —preguntó a la agente del FBI.

—Hay un local abierto hasta tarde entre la Primera y la D, en el sureste, que se llama Donnelly's. Puedo estar ahí en diez minutos.

—Yo necesitaré diez minutos más.

—Espero no interrumpir nada.

—Nos vemos ahí.

Robie cogió el coche que tenía aparcado en la calle. A aquella hora no había mucho tráfico para cruzar la ciudad. Aparcó en la Primera y alzó la vista hacia la cúpula del Capitolio, que se alzaba a lo lejos. Quinientos treinta y cinco congresistas ejercían su profesión en distintos edificios de las proximidades bautizados en honor a políticos ya difuntos. A su vez, ellos estaban rodeados de un ejército de grupos de presión forrados cuyos miembros trabajaban de forma implacable para convencer a los funcionarios elegidos de la irrebatible rectitud de sus causas.

A pesar de la hora que era, en Donnelly's había bastante gente. La mayoría de los clientes bebía algo más fuerte que café.

Cuando Robie llegó a la puerta, Vance lo miró desde el fondo de la sala principal.

Robie se sentó frente a ella. Iba vestida de paisana porque había pasado por casa. Pantalones anchos, botas, suéter azul cielo, chaqueta de pana. Buena elección para el ambiente fresco. Llevaba la media melena suelta. Antes la había llevado recogida. El pelo largo y las escenas de crímenes resultaban a veces problemáticas. Olía a recién duchada y a un ligero toque de perfume. Debía de haberse restregado bien, pensó Robie. El hedor de la muerte penetra por los poros.

Tenía la taza de café colocada delante. Robie llamó a la camarera con un gesto de la mano y señaló la taza de Vance y luego a sí mismo.

—Aquí estoy.

—Eres difícil de localizar.

—Solo me has llamado una vez.

—No, me refiero en el DCIS. Llamé al número que me diste. Me confirmaron que trabajas ahí pero tu ficha es confidencial.

—Eso no tiene nada de extraordinario. Ya te dije que había estado fuera del país durante un tiempo. Esa información es confidencial. Ahora ya he vuelto. —Dio un sorbo al café y dejó la taza—. Por favor, dime que este no es el único motivo por el que querías que quedáramos.

—No, no lo es. No me gusta perder el tiempo, así que vamos allá.

Sacó una carpeta de papel manila del bolso que tenía al lado. Abrió la carpeta y extrajo unas cuantas fotografías y páginas.

—Información sobre Rick Wind.

Robie ojeó las fotos y el material escrito. Una de las imágenes era de Wind muerto, colgando por encima de un suelo que apestaba a orines en su casa de empeños. Las otras fotos eran de Wind con vida. Varias de ellas con uniforme militar.

—Militar, ¿eh?

—De carrera. Empezó a los dieciocho años. Se dedicó en exclusiva y luego lo dejó. Tenía cuarenta y tres años.

—Los hijos eran pequeños. ¿Empezaron tarde?

—Jane y Rick Wind estuvieron diez años casados. Muchos intentos fallidos de embarazo. Luego les tocó la lotería dos veces en tres años. Y entonces deciden poner fin a su matrimonio. Imagínate.

—Tal vez Rick Wind decidiera que no quería ser padre.

—No sé. Tenían la custodia compartida de los niños.

—¿Dónde vivía?

—En Prince George's County, Maryland.

—¿Has averiguado la causa de la muerte?

—El forense sigue trabajando en ello. No hay heridas obvias aparte de que le cortaran la lengua. —Hizo una pausa—. ¿No es eso lo que la mafia hace a los chivatos?

—¿Wind tenía relaciones con la mafia?

—No, que sepamos. Y no colaboraba en ningún caso federal o de la policía local como confidente. Pero regenta una casa de empeños en una zona problemática de la ciudad. Tal vez estuviera blanqueando dinero negro y lo pillaran con las manos en la masa.

—¿Y matan también a su mujer y a su hijo?

—Tal vez como advertencia contra futuros chivatos.

—Me parece exagerado. Sobre todo teniendo en cuenta que debían de saber que Jane Wind era agente federal y que su asesinato exigiría la implicación del FBI. Me refiero a que ¿por qué buscarse más problemas?

—Gracias por tu fe en las dotes del FBI para atajar crímenes.

—¿Hora de la muerte? —preguntó Robie.

—Hace unos tres días, según el forense.

—¿Nadie se dio cuenta de su desaparición? ¿Su ex?

—Como he dicho, tenían custodia compartida. Esta semana le tocaba a ella. Por lo que parece no se comunicaban mucho. Él trabajaba solo en la casa de empeños. Tal vez no tuviera muchos amigos.

—Vale, pero todo esto podría haber esperado a mañana.

—La pistola que encontramos cerca del autobús que explotó era la misma que disparó la bala en el suelo de la casa de Jane Wind.

—Lo sé. Ya me lo dijiste. —Robie cogió la taza y dio otro sorbo.

«No tenía que haber disparado. No tenía que haber perdido el arma.»

—¿Y la bala que mató a Wind y a su hijo? —preguntó entonces.

—Un arma totalmente distinta. De rifle. Entró por la ventana, tal como especulamos.

—Insisto en que todo esto me lo podrías haber dicho por teléfono.

—La bala del rifle era muy especial.

—¿Ah sí?

—Parece ser munición del ejército —dijo con un tono monótono.

Robie dio otro sorbo al café. Aunque el corazón le latía un poco más rápido, la mano no le temblaba ni lo más mínimo.

—¿Qué tipo de bala era en concreto? ¿Lo han averiguado o estaba demasiado deforme?

—Era encamisada. Se encontró en buenas condiciones. —Consultó sus notas—. Era una Sierra MatchKing Hollow Point Boat Tail de 175 granos. ¿Tienes suficientes detalles?

—Hay mucha munición como esa por ahí.

—Sí, pero nuestro experto en balística dijo que esta era distinta. Special Ball, largo alcance, y un pequeño residuo de un propelente extruido modificado. A decir verdad, no sé a ciencia cierta qué significa todo esto. Pero especuló que fuera del ejército de Estados Unidos. ¿Crees que es así?

—Nuestros chicos usan esa munición. Pero también la usan los húngaros, los israelíes, los japoneses y los libaneses.

—Sabes mucho de armas. Estoy impresionada.

—Pues te diré más. El ejército de Estados Unidos utiliza el sistema de armas M24. Nuestro objetivo estaba aproximadamente a trescientos metros del tirador con una única hoja de cristal en medio. Y las condiciones meteorológicas de anoche eran buenas, con muy poco viento. La bala de la que hablas también se llama 7.62 MK 316 MOD O. Los componentes de la bala de 175 granos son el proyectil Sierra, casquillo de bala de la Federal Cartridge Company correspondiente, cebo Gold Medal correspondiente y el propelente extruido modificado. Esa bala sale del cañón a más de ochocientos metros por segundo. A trescientos metros, el Sierra tiene suficiente fuerza para atravesar el cráneo de un niño con la potencia mortal para acabar con la vida de otra persona que esté cerca.

En realidad era como si Robie hubiera estado pensando en voz alta. Pero cuando vio la mirada en el rostro de Vance, deseó haberse guardado aquellas observaciones técnicas para sus adentros.

—¿Sabes mucho sobre francotiradores? —preguntó.

—Trabajo para el Departamento de Defensa. Pero el armamento de Sierra también está disponible para el público. Lástima que no tengamos la cubierta.

—Oh, pero sí que la tenemos. El tirador no hizo limpieza. O por lo menos no todo lo bien que habría cabido esperar.

—¿Dónde estaba? No la vi en la sala en la que se había colocado el francotirador y la busqué.

—Una grieta en el zócalo. La cubierta salió disparada, golpeó el cemento y probablemente rebotara y fuera a parar a la grieta. Totalmente invisible. El francotirador actuaba en la oscuridad. En ese edificio no hay electricidad. Aunque intentara buscarla antes de largarse, no la habría visto. Mis chicos la encontraron más tarde, cuando se pusieron a cuatro patas armados con láseres.

Robie se humedeció los labios.

—Vale, permíteme que te haga una pregunta. A lo mejor sabes la respuesta o a lo mejor no.

—De acuerdo.

—¿La cubierta era brillante o mate?

—No lo sé. La encontraron cuando yo ya me había marchado. Pero basta una llamada de teléfono para obtener la respuesta.

—Haz la llamada.

—¿Es importante?

—No te lo pediría si no lo fuese.

Hizo la llamada, formuló la pregunta y recibió la respuesta.

—Mate, no brillante. De hecho, mi hombre ha dicho que estaba un poco descolorida. ¿Crees que es munición vieja?

Robie se terminó el café.

Ella tamborileaba impaciente la mesa con la uña.

—No me tengas en suspense, Robie. He llamado y me han dado la respuesta. Ahora dime por qué es importante.

—Los militares no utilizan artículos defectuosos ni descartes ni munición vieja. Pero los fabricantes cobran extra para sacarle brillo a la cubierta para que se vea lustrosa y bonita. Al ejército le da igual; no tiene nada que ver con el rendimiento operativo. Una bala mate vuela tan recta y certera como una brillante. Y el ejército compra millones de balas, así que se ahorran un montón de dinero prescindiendo del brillo extra. Ahora bien, las balas civiles suelen ser brillantes porque a esa gente no le importa pagar más.

—¿O sea que estamos ante munición de calidad militar sin lugar a dudas?

—Lo cual complica más las cosas.

—¿Eso es todo lo que se te ocurre? —dijo ella con tono incrédulo.

—¿Qué quieres que diga? —repuso él con tranquilidad.

—Si se trata de un golpe del ejército de Estados Unidos contra un empleado del Gobierno, entonces no es complicado. Es una tormenta de mierda, es lo que quiero que digas.

—Vale, es una posible tormenta de mierda, ¿contenta?

—Por cierto, mi jefe se ha cabreado mucho cuando se ha enterado de que te cargaste la cerradura de la casa de empeños a tiros. Ha dicho que iba a hablar con el DCIS.

—Bien. A lo mejor me apartan del caso.

—¿De dónde demonios has salido, Robie? ¿Seguro que quieres ser investigador?

—¿Hemos acabado? —Se dispuso a levantarse.

Ella alzó la mirada hacia él.

—No sé, ¿estamos?

Robie se marchó.

Ella le siguió al exterior y le puso una mano en el hombro.

—Lo cierto es que no he acabado contigo.

Robie la sujetó por el brazo, tiró con fuerza y los dos cayeron detrás de unos cubos de basura. Al cabo de un instante una batería de fuego hacía añicos la ventana delantera de Donnelly's.

33

Robie rodó, sacó la pistola de la pistolera y apuntó a través de una grieta entre los cubos de basura que habían volcado. Su objetivo era un todoterreno negro con la ventanilla trasera entreabierta. La boca de una metralleta MP-5 resultaba visible por ahí y en esos momentos escupía una ráfaga de balas.

Justo antes de que empezara el tiroteo, Robie había empujado a Vance hacia abajo y hacia atrás. Cuando intentó levantarse, él la obligó a mantenerse agachada.

—Mantente agachada o perderás la puta cabeza.

Las balas de la metralleta hicieron pedazos los árboles, las mesas y sillas de exterior, y las sombrillas de gran tamaño, y dejaron marca en los ladrillos de la fachada del edificio.

La gente que estaba en el interior de Donnelly's y en la calle gritó, se agachó y corrió a refugiarse. A pesar del caos, Robie conservó la calma y disparó. Sus tiros eran certeros. Disparó a los neumáticos para inmovilizar el vehículo, a las ventanillas delantera y la trasera para dejar fuera de combate al tirador, y al conductor y al lateral delantero metálico para destrozar el motor.

Y no pasó nada.

La boca del MP-5 desapareció, la ventanilla subió y el todoterreno se marchó a toda velocidad.

Robie se levantó al instante, insertó rápidamente un cargador nuevo y persiguió al todoterreno calle abajo, disparó al lateral trasero y le dio de lleno en el culo. Acertó al disparar en los neumáticos traseros.

Tampoco pasó nada.

Pero entonces Robie vio que las ventanillas de un Honda aparcado en el bordillo explotaban y que la rama de un árbol caía y dejó de disparar. El todoterreno dobló la esquina y desapareció.

Robie miró el cristal hecho añicos del Honda mientras saltaba la alarma del vehículo. Y luego lanzó una mirada a la rama del árbol que había caído, probablemente a causa de su bala rebotada.

Sacó las llaves de su coche y estaba a punto de correr hacia su Audi, estacionado dos plazas más abajo que el Honda. Pero cuando vio los neumáticos tiroteados, guardó las llaves.

Oyó unos pies que corrían, se volvió hacia ellos, se arrodilló y apuntó.

—¡Soy yo! —gritó Vance, con la pistola fuera pero manteniéndola en posición de rendición.

Robie se puso en pie, enfundó el arma y se acercó a ella.

—¿Qué coño ha sido eso? —exclamó Vance.

—Pide refuerzos. Tenemos que pillar a ese todoterreno.

—Ya he llamado. Pero ¿sabes cuántos todoterrenos negros hay por aquí? ¿Has pillado la matrícula?

—Estaba oculta.

Empezaron a sonar sirenas. Oyeron más pasos apresurados. Los agentes de policía del Capitolio corrían hacia ellos con las pistolas desenfundadas.

Robie volvió a mirar hacia el restaurante. Poco a poco la gente se iba levantando. Pero no todo el mundo. Vio que un líquido oscuro formaba un charco en la calle. Oyó gritos y sollozos dentro del restaurante.

Había bajas. Muchas. Demasiadas.

—¿Cuántos? —preguntó Robie.

Ella miró donde estaba él.

—No lo sé seguro. Dos de fuera están muertos. Tres heridos. Quizá más en el interior. Había mucha gente detrás de esa ventana. He pedido ambulancias. —Vance miró el Honda que chirriaba—. ¿Tú has hecho eso?

—Balas rebotadas de mi arma —reconoció Robie.

—¿Rebotadas? ¿Del todoterreno? Las balas tenían que haber penetrado con facilidad.

—Le di un total de diecisiete veces —dijo Robie—. Neumáticos, ventanillas, carrocería. Todas rebotadas. El Honda. La rama del árbol. Probablemente haya balas mías por todas partes.

—Pero eso significa... —empezó a decir Vance, que había empalidecido.

Robie acabó la frase por ella:

—Que el todoterreno estaba blindado y llevaba neumáticos reforzados.

Ella lo miró.

—En Washington D.C. ese tipo de vehículos no abundan fuera de ciertos círculos.

—Sobre todo el de nuestro Gobierno.

—¿O sea que pretendían matarte a ti, a mí o a los dos? —preguntó Vance.

—El tirador llevaba una MP-5 puesta en automático. Lo cual tiende a ser un arma que no discrimina. Diseñada para matar todo lo que haya en una zona determinada.

Vance le miró el brazo y se estremeció.

—Robie, estás herido.

Se miró la sangre que tenía en la parte superior del brazo.

—La bala no ha entrado. No es más que un rasguño.

—Pero estás sangrando. Mucho. Llamaré a una ambulancia también para ti.

Robie habló con rapidez y dureza.

—Olvídate de la ambulancia, Vance. Necesitamos ese todoterreno.

—Ya te he dicho que ya he pedido refuerzos —replicó ella con frialdad—. Mi gente y la policía metropolitana lo están buscando. Debe de tener algunas marcas de tus balas. Quizás eso ayude.

Robie y Vance volvieron al restaurante corriendo. Dejaron a los que quedaba claro que estaban muertos y fueron de un herido a otro, estableciendo prioridades y deteniendo las hemorragias con cualquier cosa que tuvieran a mano. La policía del Capitolio se sumó a sus esfuerzos.

Cuando la ambulancia apareció y los técnicos sanitarios irrumpieron en el local, Robie les dejó los heridos y cruzó la calle para ver cómo estaba su Audi. Vio los agujeros en la carrocería. Balas de MP-5. No balas rebotadas de su pistola. Había habido otro tirador al otro lado. Aquello no pintaba bien. Eso significaba que sabían cuál era su coche.

¿Le habían seguido hasta allí? Si era el caso...

Se volvió y corrió hacia Vance, que estaba hablando con dos agentes de la policía metropolitana.

Robie les interrumpió.

—Vance, ¿me dejas tu coche?

—¿Cómo? —dijo ella, mirándole.

—Tu coche. Tengo que ir a un sitio ahora mismo. Es importante.

Ella estaba aturullada mientras que los policías miraban a Robie con recelo.

Vance debió de darse cuenta.

—Es de los míos —dijo. Sacó las llaves—. Está aparcado al doblar la esquina. Un BMW color plata descapotable. Obviamente es mi vehículo particular.

—Gracias.

—Así que ve con cuidado.

—Siempre voy con cuidado.

Ella miró con suspicacia el Audi tiroteado.

—Vale. Pero ¿cómo voy a regresar a casa?

—Volveré a buscarte. No tardaré mucho. Te llamaré cuando esté en camino.

Robie echó a correr.

—Por favor, ve a que te miren el brazo —gritó ella.

Le observó durante unos instantes hasta que uno de los policías dijo:

—Hummm, ¿agente Vance?

Ella le miró, azorada, y siguió informándole de lo ocurrido.

34

Robie se introdujo en el BMW, puso en marcha el motor y salió disparado. Mientras conducía, llamó al teléfono que le había dejado a Julie. No hubo respuesta.

«¡Mierda!»

Pisó el acelerador a fondo. Conducir a esa velocidad por la ciudad, aunque fuera tan tarde, resultaba problemático. Tráfico y muchos semáforos. Y un montón de policías.

Pero entonces se le ocurrió una idea. Vance parecía el tipo de agente muy eficiente, lo cual significaba...

Echó un vistazo al salpicadero y entonces vio la caja situada bajo la columna de dirección. Obviamente, era un extra.

«Cuánto te quiero, agente Vance.»

Accionó el interruptor. Se activaron unas luces azules en la rejilla y empezó a sonar una sirena. Se pasó cuatro semáforos en rojo y cruzó la ciudad tan rápido que habría quedado como un anuncio fabuloso para la empresa automovilística alemana. En cuestión de minutos bajó a todo gas por la calle en la que se encontraba su apartamento. En un par de ocasiones vio policías que miraban con suspicacia el BMW con las luces azules desde sus coches, pero lo dejaron circular.

Aparcó en una calle lateral, bajó rápidamente y fue a pie haciendo zigzag hasta el edificio en el que había dejado a Julie. Subió las escaleras de dos en dos. Corrió por el pasillo. Le había enviado un par de SMS por el camino y no había recibido ninguna respuesta. Observó la puerta. No estaba forzada. Sacó la pistola, introdujo la llave en la cerradura y abrió.

El salón delantero estaba a oscuras. No oyó el pitido de la alarma. Aquello no era buena señal.

Cerró la puerta detrás de él. Avanzó moviendo la pistola a un lado y a otro para formar un arco defensivo.

No llamó a Julie porque no sabía quién más podía haber en la casa.

Oyó un ruido y se desplazó con sigilo por entre las sombras.

Los pasos se encaminaban en su dirección. Apuntó con la pistola, preparado para disparar.

Se encendió la luz. Robie emergió de la oscuridad.

Julie gritó.

—¿Pero qué...? —soltó un grito ahogado y se llevó una mano al pecho—. ¿Intentas que me dé un puto ataque al corazón?

Vestía un pijama y tenía el pelo húmedo.

—¿Estabas en la ducha? —preguntó él.

—Sí. ¿Soy la única persona del mundo a la que le gusta estar limpia?

—Te he llamado y te he mandado un par de mensajes.

—He oído decir que el agua y la electrónica no combinan demasiado bien. —Cogió su teléfono de la mesa de centro—. ¿Quieres que te responda ahora?

—Estaba preocupado.

—Vale, lo siento. Pero no pretenderás que me lleve el teléfono a la ducha, ¿no?

—La próxima vez llévalo al menos al cuarto de baño. ¿Por qué no está activada la alarma?

—Bajé al vestíbulo a buscar un periódico. Pensaba activarla antes de acostarme.

—¿Un periódico? Pensaba que la gente de tu generación no leía periódicos al estilo antiguo.

—Me gusta estar informada.

—Vale, pero quiero que la alarma esté siempre conectada.

—De acuerdo. Pero ¿por qué estabas tan asustado por mí? —Se paró y le miró el brazo—. Estás sangrando.

Robie se frotó el brazo.

—Me he cortado.

—¿Y te ha atravesado la chaqueta?

—Olvídalo —dijo él de forma abrupta—. ¿Has notado algo sospechoso esta noche después de que me marchara?

Julie notó la tensión en el rostro de él y dijo:

—Cuéntame qué ha pasado, Will.

—Creo que me siguieron. Pero no sé desde dónde. Si fue desde aquí, mal asunto, por motivos obvios.

—No he visto ni oído nada sospechoso. Si alguien hubiera querido ir a por mí, lo habría tenido fácil.

Robie bajó la mirada y vio que seguía teniendo la pistola fuera. La guardó y miró a su alrededor.

—¿Todo bien? ¿Necesitas algo?

—Estoy de maravilla. He hecho los deberes, he cenado sano, me he lavado los dientes y he dicho mis oraciones. Estoy lista —añadió con sarcasmo. Sacó un trozo de papel de un bolsillo de la camisa del pijama y se lo entregó.

—¿Qué es esto?

—¿Te acuerdas de lo que me pediste? ¿Cualquier cosa rara durante las últimas dos semanas? También he anotado la dirección del lugar de trabajo de mi padre y de mi madre. Cosas que sé sobre su pasado. Amigos que tenían. Cosas que solían hacer. Me ha parecido que podía resultar útil.

Robie bajó la vista hacia la página, escrita con muy buena letra, y asintió.

—Será útil.

—¿Quién te disparó? —De forma instintiva, Robie se miró el brazo y luego a ella—. No es la primera vez que veo una herida de bala —declaró, impasible—. Es el tipo de mundo en el que me crie.

—No sé quién fue —respondió Robie—. Pero tengo intención de averiguarlo.

—¿Esto tiene que ver con la mujer y el niño que mataron?

—Probablemente sí.

—Pero tú tienes pinta de ser el tipo de tío que quizá tenga un montón de enemigos por muchas causas distintas.

—Puede ser.

—Pero, de todos modos vas a ayudarme a descubrir quién mató a mi padre y a mi madre, ¿verdad?

—Eso dije.

—De acuerdo —repuso ella—. ¿Ahora puedo irme a la cama?

—Sí.

—Puedes quedarte si quieres. Ya no me asusto.

—Esta noche tengo cosas que hacer.

—Entiendo.

—Conectaré la alarma al salir.

—Gracias.

Julie cogió el teléfono, se volvió y recorrió el pasillo. Robie oyó cómo la puerta del dormitorio se cerraba detrás de ella. Activó la alarma, cerró la puerta con llave detrás de él y se marchó.

Robie estaba cabreado.

Estaban jugando con él. Lo tenía clarísimo.

Lo malo es que no sabía quién.

35

Robie se acercó al bordillo y observó cómo Vance terminaba de lidiar con los agentes de la policía local y con algunos de sus hombres. Había ambulancias por todas partes y los técnicos ayudaban a subir a los heridos por la parte posterior de los vehículos que los trasladarían a los hospitales locales para ser atendidos.

Estos eran los afortunados. Seguían con vida. Los muertos estaban en el mismo sitio en el que habían caído mientras la policía investigaba su muerte. El único acto de intimidad y respeto era envolverlos con una sábana blanca. Aparte de eso, personas que hacía una hora estaban vivas y disfrutando de una cerveza se habían convertido en las piezas del rompecabezas que supone una investigación criminal.

Mientras Vance terminaba de hablar con el último policía, Robie hizo sonar el claxon y ella lo miró. Se acercó al BMW y lo repasó con la mirada mientras él bajaba la ventanilla del pasajero.

—Si hay un solo rasguño en este coche, vete preparando —declaró, aunque su expresión denotaba que no iba en serio.

—¿Quieres que conduzca? —preguntó—. ¿O quieres ir al volante?

Ella respondió sentándose en el asiento del copiloto.

—He dicho que lleven tu coche al garaje del FBI. Oficialmente, es una prueba.

—Perfecto, o sea que no tengo coche.

—El DCIS tiene una flota de vehículos. Coge uno de allí.

—Probablemente tengan algún Ford Pinto por ahí. Prefiero mi Audi.

—Qué vida más perra.

—¿Cuál ha sido el balance final? —preguntó Robie con voz queda.

Vance exhaló un largo suspiro.

—Cuatro muertos. Siete heridos, tres de ellos en estado grave, o sea que el número de bajas podría ser mayor.

—¿El todoterreno negro?

—Desaparecido como por arte de magia. —Se recostó en el asiento y cerró los ojos—. ¿Adónde fuiste que era tan importante?

—Necesitaba comprobar una cosa.

—¿Qué? ¿O quién?

—Una cosa.

—¿Tú necesitas información y yo no? —Abrió los ojos y se lo quedó mirando. Él no respondió. Vance dirigió la mirada a la columna de dirección.

—Entiendo que has encontrado mi extra de luces en la rejilla.

—Me ha venido de perlas.

—¿Quién eres en realidad?

—Will Robie. DCIS. Tal como dicen la placa y la documentación.

—Te has manejado bien ahí antes. Yo todavía estaba intentando coger mi pistola cuando tú ya habías vaciado el cartucho hacia los tiradores. Frío y sereno mientras las balas zumbaban por ahí.

Robie no dijo nada y siguió conduciendo. El cielo estaba despejado y se veían algunas estrellas pero Robie no las estaba mirando, tenía la vista fija al frente.

—Básicamente eso ha sido como una zona en guerra y tú como si nada. Llevo quince años en el FBI, desde que acabé la universidad. He estado exactamente en un solo tiroteo en todo ese tiempo. He visto una gran cantidad de cadáveres después. He pillado a una buena ración de tipos malos, he rellenado infinidad de documentos. He desgastado bancos de testigos en los palacios de justicia.

Robie giró a la izquierda. No tenía ni idea de adónde iba, pero seguía conduciendo.

—¿Y adónde quieres ir exactamente rememorando el pasado, agente Vance?

—Cuando te marchaste, vomité. No lo he podido evitar. Devolví en un cubo de basura.

—Eso no tiene nada de extraordinario. Ha sido bastante fuerte.

—Tú has visto lo mismo que yo y no has vomitado.

Robie volvió a mirarla.

—Has dicho que no me había afectado. Eso no lo sabes. No me ves la cabeza por dentro.

—Ojalá pudiera. Estoy convencida de que la encontraría fascinante.

—Lo dudo.

—Has tenido muy claras las prioridades con esa gente. ¿Dónde aprendiste a hacerlo?

—He ido aprendiendo truquillos con los años.

Vance dirigió la mirada hacia el brazo de él.

—Maldita sea, Robie, ni siquiera te has limpiado la herida. Se te va a gangrenar.

—¿Adónde vamos?

—Primera parada, la OCW —dijo, refiriéndose a la oficina de campo del FBI en Washington.

—¿Y después?

—Al hospital para ti.

—No.

—¡Robie!

—No.

—Bueno, podemos ir en coche a tu casa. Pero insisto en que ahí limpiemos la herida. Puedo coger algunas cosas de la oficina de campo. Luego me iré a casa e intentaré dormir un par de horas. ¿Dónde vives?

Robie no dijo nada pero giró dos veces a la derecha camino de la OCW.

—¿O sea que sabes llegar hasta la OCW?

—No, estoy haciendo una suposición con fundamento.

—¿Dónde vives? ¿O eso también es confidencial?

—Podemos separarnos en la OCW. Ya cogeré un taxi desde allí.

—¿Tienes un sitio adonde ir? —preguntó ella.

—Encontraré alguno.

—Por el amor de Dios, ¿qué pasa contigo?

—Intento hacer mi «trabajo».

El énfasis en la última palabra hizo que ella reaccionara de forma visible.

—Vale —dijo con voz queda—. Mira, después de la OCW, podemos ir a mi casa. Vivo en Virginia. Un apartamento en Alexandria. Ahí puedes limpiarte. Y si quieres, te presto el sofá.

—Agradezco la oferta pero...

—Vete con cuidado. No suelo ser tan amable con la gente, Robie. No la cagues.

Él la miró. Ella esbozaba una ligera sonrisa.

Estaba a punto de rehusar la oferta otra vez pero la aceptó. Por tres motivos. El brazo le dolía a muerte. Y estaba cansado. Muy cansado. Y realmente no tenía adónde ir.

—De acuerdo —dijo—. Gracias.

—De nada.

36

La parada en la OCW duró más de lo que Robie había imaginado. Se sentó en una silla mientras Vance trajinaba, rellenando documentos, informando a sus superiores, escribiendo mensajes por el móvil y pulsando teclas del ordenador. El cansancio iba haciendo mella en ella con cada minuto que pasaba.

Robie dio su versión oficial de los hechos y luego se dedicó a observar la actividad subsiguiente. Una parte de él se preguntaba si todo el mundo se dedicaba a correr en círculo y a hacer poca cosa de provecho.

—Yo conduzco —dijo Robie mientras se dirigían al garaje cuando por fin terminaron.

—¿No te cansas nunca? —preguntó ella con un bostezo.

—Estoy cansado. La verdad es que estoy muy cansado.

—Pues no lo parece.

—Tengo la impresión de que así las cosas funcionan mejor.

—¿Cómo?

—No mostrando lo que uno siente en realidad

Ella le indicó el camino y tomó la GW Parwkay en dirección sur para dirigirse a Alexandria.

Cuando entraron en el bloque de ella, Robie dijo:

—¿Tienes vistas al Potomac?

—Sí, y también veo los monumentos desde casa.

—Qué bien.

Subieron en el ascensor y ella abrió la puerta de su apartamento con la llave. Era pequeño pero a Robie le gustó enseguida. Líneas puras, sin estorbos, en un espacio en el que todo parecía tener una función, nada para alardear. Supuso que se correspondía con la personalidad de la propietaria.

«Nada para fardar. Lo que veo importa.»

—Me recuerda al camarote de un barco —comentó.

—Bueno, mi padre era militar de la Armada. De tal palo, tal astilla. Aunque me he pasado la mayor parte del tiempo en tierra firme. Ponte cómodo.

Robie se sentó en un sofá largo de la sala de estar mientras ella desenvolvía artículos de farmacia que había cogido de la OCW. Se quitó los zapatos planos de un puntapié y se sentó a su lado.

—Quítate la cazadora y la camisa —ordenó.

Él la miró con incomodidad pero hizo lo que le pedía. Dejó la pistola enfundada en la mesa de centro.

Cuando vio los tatuajes, Vance enarcó las cejas.

—Un relámpago rojo y ¿qué es lo otro?

—Un diente de tiburón. De un gran tiburón blanco.

—¿Y por qué eso?

—¿Por qué no?

Vance miró más de cerca y puso unos ojos como platos al ver las viejas heridas que los tatuajes ocultaban.

—¿Esto son...?

—Sí, lo son —respondió él con sequedad, cortante.

Vance se mantuvo ocupada con los utensilios médicos tras aquella ligera reprimenda, mientras Robie se miraba las manos.

—¿Cuántos años tienes, treinta y cinco?

—Cuarenta, recién cumplidos.

—Debes de haber estado en las fuerzas especiales, ¿verdad? Ranger, Delta, SEAL. Todos tienen la misma constitución que tú, aunque tú eres más alto que la mayoría de esos tipos.

Él no respondió.

Vance limpió la herida, aplicó antibiótico y luego se la vendó y la dejó bien cubierta.

—He traído unos cuantos analgésicos. ¿En pastilla o inyección?

—No.

—Venga ya, Robie. No hace falta que te hagas el macho conmigo.

—No tiene nada que ver con eso.

—¿Entonces con qué?

—Es importante saber cuál es nuestro umbral de dolor. Las pastillas y las inyecciones lo camuflan. No es bueno, podría empeorar y no me daría cuenta.

—La verdad es que no me lo había planteado.

Vance guardó los utensilios y lo miró.

—Puedes ponerte la camisa otra vez.

—Gracias por coserme. Ha sido todo un detalle.

Robie volvió a enfundarse la camisa e hizo alguna que otra mueca de dolor al ponérsela.

—Me alegro —dijo ella, mirándolo.

—¿De qué?

—De que seas humano.

—Pensaba que ya lo sabías dada mi capacidad para sangrar.

—¿Necesitas algo más? ¿Tienes hambre, sed?

—No, estoy bien. —Bajó la mirada—. ¿Este es el sofá?

—Sí, lo siento, solo tengo una habitación. Pero aunque eres alto, el sofá es extralargo.

—Fíate si te digo que he dormido en condiciones mucho peores.

—¿Puedo?

Robie dobló la cazadora sobre el brazo del sofá.

—¿Si puedes qué?

—Fiarme de ti.

—Me has invitado tú.

—No me refiero a eso y lo sabes perfectamente.

Robie se acercó a una ventana con vistas al río. Al norte veía las luces de Washington D.C. El triunvirato de los monumentos a Lincoln, Jefferson y Washington resultaba claramente visible. Y la cúpula colosal del Capitolio que se alzaba por encima de ellos.

Vance se colocó a su lado.

—Me gusta levantarme por la mañana y ver esto —reconoció—. Me imagino que es por lo que trabajo. Por lo que lucho. Defender lo que representan esos edificios.

—Es bueno tener un motivo —dijo Robie.

—¿Cuál es el tuyo? —preguntó ella.

—Algunos días lo tengo claro y otros no tanto.

—¿Qué me dices de hoy?

—Buenas noches —dijo—. Y gracias por darme cobijo.

—Sé que nos hemos conocido hoy mismo pero tengo la impresión de que hace años que te conozco. ¿Por qué será?

Robie la miró. A juzgar por su expresión, no se trataba de una pregunta frívola. Quería una respuesta.

—La búsqueda de un asesino vincula a las personas rápidamente. Y estar a punto de morir juntos estrecha todavía más los lazos.

—Supongo que tienes razón —dijo ella, aunque su tono denotaba cierta decepción.

Fue a buscar sábanas, mantas y una almohada y le preparó el sofá a pesar de que él insistiera en que podía hacerlo él perfectamente.

Robie se acercó de nuevo a la ventana y volvió a contemplar los monumentos.

Emplazamientos turísticos, en realidad. Nada más.

Pero podía haber más, si uno se paraba a pensarlo. Si uno hacía algo al respecto.

Se volvió y se encontró a Vance a su lado.

—Sí que puedes, ¿sabes? —dijo él.

—¿Puedo qué?

—Fiarte de mí.

Robie no se atrevió a mirarla mientras la mentira brotaba de su boca.

37

A la mañana siguiente se levantaron, se turnaron para ducharse y tomaron café, zumo de naranja y tostadas con mantequilla. Mientras Vance acababa de vestirse en el dormitorio, Robie envió un mensaje de una sola palabra a Julie.

«¿Bien?»

Contó los segundos que tardó en recibir respuesta: diez.

Su mensaje era igual de escueto.

«Bien.»

Estiró el brazo herido y comprobó el vendaje. Vance se había esmerado cuando se lo volvió a vendar después de la ducha.

Al cabo de unos minutos él y Vance se acomodaron en el BMW. Ninguno de los dos habló camino de Washington D.C. El tráfico estaba fatal, se oían bocinazos por todas partes y Robie se dio cuenta de que una o dos veces Vance había estado muy tentada de sacar las luces azules de la rejilla e incluso la pistola.

—Robie, te agradecería que no dijeras que has pasado la noche en mi casa. No me gustaría que la gente se hiciera una idea equivocada. Y algunos de los tipos con los que trabajo podrían hacer una montaña de un grano de arena.

—No hablo con la gente del tiempo y mucho menos de dónde paso la noche.

—Gracias.

—De nada.

Ella le lanzó una mirada.

—Espero que no pienses que te invité a venir por un motivo distinto al de ofrecerte un sitio para dormir.

—Ni se me pasó por la cabeza, agente Vance. No me pareces de esas.

—Tú tampoco me pareces de esos.

—Necesito un coche.

—¿Quieres que te deje en el DCIS?

—Hay un negocio de alquiler de coches en la calle M, cerca de la Diecisiete. Déjame ahí.

—Vaya, ¿el DCIS no es capaz de proporcionar un coche a uno de los suyos?

—Los que tienen son una mierda. Probablemente se los haya pasado el FBI. Ya me buscaré uno.

—El FBI no hace las cosas así.

—El FBI cuenta con un presupuesto que permite esas cosas, el DCIS no. Vosotros sois el gorila de cuatrocientos kilos. Nosotros somos el chimpancé desnutrido.

Vance lo llevó al establecimiento de alquiler de coches.

Robie se apeó del vehículo.

—¿Quieres que quedemos en Donnelly's? —preguntó ella.

—Ya apareceré, lo que no sé es cuándo —repuso él.

—¿Otras cosas que hacer? —dijo ella con tono sorprendido.

—Ciertos temas en los que pensar —reconoció—. Ciertas cosas que averiguar.

—¿Te importaría compartirlas?

—Una madre y un hijo asesinados. Un autobús que explota. Un tirador que intenta liquidarme a mí, a ti o a los dos. Te llamaré cuando esté de camino a Donnelly's —añadió.

Entró en la oficina de alquiler de coches y pidió un Audi. No tenían ninguno, así que se llevó un Volvo. El empleado le dijo que los Volvo eran vehículos muy seguros.

«Si los llevo yo, seguro que no», pensó Robie mientras enseñaba el carné de conducir y sacaba la tarjeta de crédito.

—¿Durante cuánto tiempo necesita el coche? —preguntó el empleado.

—Dejémoslo abierto —dijo Robie.

El hombre empalideció.

—En realidad necesitamos una fecha de devolución y el lugar donde será devuelto.

—Los Ángeles, California, dentro de dos semanas —se apresuró a decir Robie.

—¿Va a ir en coche hasta California? —preguntó el empleado—. El avión es mucho más rápido, ¿sabe?

—Sí, pero la mitad de divertido.

Al cabo de diez minutos salía a toda velocidad del garaje de la empresa de coches de alquiler con su Volvo color plata de dos puertas y muy seguro.

Lo que más miedo le había dado la noche anterior no era estar a punto de que lo mataran o ver morir a otras personas. Había sido Julie. La sensación que había tenido al pensar que le había pasado algo. Aquello no le gustaba. No le gustaba que alguien ejerciera tal poder sobre él. Se había pasado buena parte de su vida liberándose de esos vínculos y evitando establecerlos.

Condujo a gran velocidad, llevando al bonito y seguro Volvo más allá del límite en el que todo estaba bajo control.

Aquello era lo que le gustaba a Robie.

No le gustaban los límites cómodos, ni los suyos ni los de los demás.

El teléfono sonó. Miró la pantalla. Hombre Azul necesitaba quedar otra vez con él. De inmediato.

«No me extraña», pensó Robie.

38

Esta vez no fue en un lugar público. Ningún Hay-Adams con un montón de testigos.

Robie no podía hacer gran cosa al respecto. Había que cumplir ciertas normas, de lo contrario uno quedaba fuera de juego.

El edificio estaba encajonado entre otros dos en una parte de Washington D.C. que los turistas nunca pisaban. Aunque el índice de criminalidad era elevado en la zona, ninguno de los gamberros de la calle se metía en él. No valía la pena acabar con un tiro en la cabeza o pasarse veinte años en una prisión federal.

Robie tuvo que dejar el móvil antes de entrar en la sala de seguridad, pero se negó a entregar el arma.

Cuando el guardia se la pidió por segunda vez, Robie le dijo que hablara con Hombre Azul. La solución era bien sencilla. O conservaba la pistola u Hombre Azul podía reunirse con él en el McDonald's que había enfrente.

Robie entró con el arma.

Hombre Azul se sentó delante de él en la pequeña sala. Bonito traje, corbata lisa, bien peinado. Podía ser un abuelo cualquiera. Robie supuso que probablemente ya tuviera nietos.

—Para empezar, Robie, no hemos encontrado a tu contacto. Para continuar, no había ningún hombre con un rifle en el callejón que dijiste.

—Vale.

—Además —añadió Hombre Azul— ¿el intento de matarte de anoche?

—El tirador iba en un vehículo que tenía toda la pinta de pertenecer al Gobierno de Estados Unidos.

—No creo que sea una posibilidad.

Robie tamborileó la mesa con los dedos con toda la intención.

—¿No encontráis a mi contacto ni a un tirador al que dejé KO en un callejón pero te parece poco probable que alguien me dispare desde un vehículo oficial?

—¿Quién es la chica? —preguntó Hombre Azul.

Robie no parpadeó porque le habían enseñado a no hacerlo. Si parpadeas, estás perdido. Un parpadeo era como pasarle el balón a un jugador con tres defensas encima porque uno se amilana al ver que se le acerca un gorila con la intención de dejarlo tendido en el campo de juego.

Robie había sido consciente de que tarde o temprano tendría que dar explicaciones acerca de Julie. Obviamente, su puesto de observación no era del todo secreto, aunque también existía la posibilidad de que le hubieran seguido.

—Es el eje central —dijo—. Si le pasa algo, estamos jodidos. O sea que si me estás diciendo que mi contacto la descubrió, más vale que estés dispuesto a hacer algo por su seguridad.

El hombre mayor se sentó más erguido, se ajustó la corbata y luego los gemelos.

—Tendrás que explicarme todo esto, Robie. ¿El eje central de qué?

—No tardaré mucho porque no lo acabo de entender.

Dedicó unos pocos minutos a describir el asesinato de los padres de Julie, su intento de huida en el autobús, el hombre que la había intentado matar allí y la explosión del vehículo.

—¿Y perdiste la pistola en la zona de la explosión? ¿La que llevabas en el apartamento de Wind?

—No la perdí. La explosión del autobús me hizo saltar por los aires. Intenté encontrarla antes de que apareciera la policía pero no tuve suerte.

—Pero el FBI sí que la encontró. Y ahora creen que existe relación entre los dos casos.

—¿Tienen relación? —preguntó Robie.

—En realidad, no lo sabemos a ciencia cierta. Nos gustaría hablar con la chica.

—No. Lo haréis a través de mí. Sin contacto directo.

—Así no es como hacemos las cosas. Y me parece que no acabas de tener claro quién dirige esta orquesta, Robie.

El abuelo empezaba a ponerse gallito. Robie estaba impresionado, pero solo un poco.

—Hay un topo en la organización. Aunque mi contacto haya desaparecido, quizá no actuara solo. Yo de él habría dejado a alguien atrás. Si metes a la chica aquí, el topo se entera y entonces la perdemos.

—Creo que podemos protegerla.

—También pensabais que podíais proteger a Jane Wind, ¿no? —apuntó Robie.

Hombre Azul volvió a ajustarse los gemelos.

—De acuerdo, por ahora la cosa se queda como está —dijo con rigidez—. Pero quiero que me proporciones todos los datos que tengas y que me envíes informes de seguimiento.

—Los tendrás —aceptó Robie—. Y a mí me gustaría recibir lo mismo.

—¿Haces un esfuerzo especial para ponerte a la gente en contra?

—Hago un esfuerzo especial para mantenerme a mí y a la gente que se me encomienda a salvo. Igual que hago un esfuerzo especial y me extralimito en el desempeño de mis obligaciones para eliminar a las personas que se me ordena que elimine.

—No mataste a Jane Wind.

—¿Seguro que quieres atribuir eso a un error por mi parte?

—Háblame de Vance.

—Buena agente.

—Has pasado la noche en su casa.

—No tenía muchas opciones, ¿no?

—Tu casa es segura.

—¿Ah sí?

—Puedo confirmar que tu contacto no recibió esa información.

—¿Lo puedes confirmar? —insistió Robie. «Y un cojón», pensó.

—Robie, tenemos activos destinados a esta misión. Buenos activos. No te dejamos con el culo al aire. Tenemos todos los motivos del mundo para ir hasta el final. Tenemos que averiguar qué está pasando. La razón que hay detrás de esto tiene que justificar los riesgos que asumimos. Es casi imposible corromper a uno de los nuestros de este modo. La compensación debe ser descomunal. Y cuando la compensación es descomunal, el objetivo debe tener una importancia similar.

—Es lo más sensato que has dicho hasta el momento —repuso Robie.

—No albergo la falsa intención de que nuestra relación, tal como es, carezca de tensiones. Tienes motivos de peso para estar disgustado y mostrarte desconfiado y escéptico. Yo en tu lugar reaccionaría del mismo modo.

—Lo segundo más sensato que te oigo decir.

Hombre Azul se inclinó hacia delante.

—A ver si puedo dejar una cosa clara. —Puso en orden sus pensamientos—. Hay dos motivos posibles por los que la agente Wind y su esposo fueron asesinados. O tuvo que ver con ella o tuvo que ver con él.

—Tú conoces el trabajo de Jane Wind. ¿Podía estar relacionado con ella?

—Es posible. No puedo decir a ciencia cierta que no lo estuviera. Digamos que me interesa más lo que puedas averiguar sobre el historial de Rick Wind.

—Ex militar. Retirado. Propietario de una casa de empeños en una zona conflictiva de Washington D.C. Estaba colgado boca abajo y le habían cortado la lengua.

—La última parte me tiene preocupado.

—Seguro que a él también.

—Ya sabes a qué me refiero.

Robie se recostó en el asiento.

—Vance se planteó si no estaría relacionado con la mafia. Que el tipo fuera un chivato y le cortaran la lengua de forma simbólica.

—¿Eso es lo que crees?

—No, estoy pensando lo mismo que tú, probablemente.

—A un ladrón le cortan la mano.

—Y a un traidor la lengua.

—Si estamos hablando del entorno de los terroristas islámicos.

—Sí —puntualizó Robie—. Pero el tipo estaba retirado. ¿En qué iba a estar implicado?

—Las células terroristas raras veces son obvias, Robie. Al menos las más eficaces.

—¿Estuvo destinado a Oriente Medio? ¿Es posible que lo compraran y enviaran aquí como una bomba de relojería?

—¿Una bomba de relojería que cambió de opinión? Puede ser, y sí, estuvo destinado tanto en Irak como en Afganistán.

Robie pensó en algunas de las misiones que había llevado a cabo en Oriente Medio. La más reciente no se había producido allí en sentido estricto. Jalid bin Talal estaba en Marruecos cuando Robie lo había matado. Pero había muchos otros personajes del desierto que deseaban la destrucción absoluta de América. De hecho, eran demasiados como para reducir el número de candidatos con facilidad.

—Así pues, ¿por qué no me centro en ese enfoque mientras tú trabajas en el otro lado?

—Pero si se te ocurre algo o averiguas algo mientras trabajas con Vance que guarde relación con la agente Wind...

—Te lo notifico.

—Ahora nos entendemos.

Los dos hombres se pusieron en pie.

Robie lo miró y dijo:

—¿Mi casa es realmente segura? Porque me iría bien cambiarme de ropa.

Hombre Azul esbozó una extraña sonrisa.

—Ve a cambiarte de ropa, Robie. La ropa que llevas se ve bastante roñosa.

—Es que me siento bastante roñoso —reconoció Robie.

39

Robie fue en coche hacia su apartamento, aparcó a una manzana de distancia y se aproximó desde la parte posterior. Subió en un montacargas, salió, escudriñó el pasillo y avanzó.

Se topó con Annie Lambert mientras salía de su apartamento con la bicicleta. Llevaba una falda negra, una parka rosa, medias y zapatillas de deporte. Del hombro le colgaba una mochila.

—¿Vas tarde al trabajo? —preguntó Robie mientras se le acercaba.

Ella se volvió, sorprendida en un primer momento, aunque enseguida le sonrió.

—Tengo cita con el médico. Hasta los trabajadores de la Casa Blanca tenemos que visitarnos.

—No será grave, ¿no?

—No, visita rutinaria.

Robie sonrió.

—¿Estáis llevando al país a la perdición?

—La oposición respondería con un rotundo «sí», pero creo que lo estamos haciendo bien. Es una época dura. ¿Y tú qué tal? ¿Todo bien?

—Yo, bien.

Si Annie advirtió el bulto del vendaje debajo de la cazadora o el estado de su ropa, no lo puso de manifiesto.

—¿Todavía te apetece que vayamos a tomar una copa? —preguntó Robie, que pareció sorprenderse a sí mismo de la pregunta.

«Esta semana estoy aprendiendo mucho sobre mi persona», se dijo.

—Por supuesto. ¿Cómo lo tienes esta noche? Dijiste que querías que quedáramos un día de estos.

—¿El presidente te dejará ir?

Annie sonrió.

—Creo que sí. ¿Qué te parece a las ocho? ¿En el bar de la azotea del W Hotel? Las vistas son fabulosas.

—Pues entonces nos vemos luego.

Annie se marchó con su bicicleta y Robie se dirigió a su apartamento. No tenía ni idea de por qué acababa de hacer aquello. Pero se había comprometido y ahí estaría a las ocho. Era poco amigo de las distracciones mientras tenía un trabajo entre manos. Pero en cierto sentido aquella cita le apetecía.

Una vez en el apartamento comprobó las trampas contra intrusos aunque, por lo que parecía, su agencia las esquivaba sin problemas. Todo estaba igual. Quizás hubieran instalado micrófonos ocultos, pero no tenía intención de hacer llamadas desde allí. En cierto sentido estaba atrapado dentro de su casa.

Se puso ropa limpia y preparó una pequeña bolsa con otros artículos que quizá necesitara caso de no regresar durante algún tiempo.

Sintió la necesidad de comprobar cómo estaba Julie y le envió un mensaje rápido, preguntándole si le parecía bien que fuera para allá.

«Ven», fue el mensaje que recibió a los pocos segundos.

Deshizo el camino hasta el apartamento de ella y subió en ascensor. Buscó indicios de las fuerzas de seguridad de Hombre Azul pero no vio nada. Tal vez fuera buena señal, pensó.

Tal vez.

Julie abrió el cerrojo de la puerta después de ver a Robie por la mirilla. A él le satisfizo oír que también desactivaba el sistema de seguridad.

Cerró la puerta detrás de él con la llave.

—¿Así que estabas hablando con la tía de la bici? —dijo ella.

—¿Cómo?

Julie señaló el telescopio.

—Ese cacharro es potente. Funciona genial de día y de noche.

—Sí, ya, se supone. Pero no quiero que lo utilices para espiar a la gente.

—Solo observo el perímetro, tal como me dijiste que hiciera anoche.

—Vale, supongo que me lo merecía.

—¿O sea que tu otra casa está enfrente?

—Sí.

—Normalmente a la gente le gusta repartir sus residencias por el mundo, ya sabes: París, Londres, Hong-Kong.

—Yo no soy normal.

—Ya, de eso ya me he dado cuenta yo solita. Bueno, ¿qué has descubierto? He estado mirando la tele. Parece que anoche aquello fue una zona de guerra. Tienes suerte de que no te mataran. Deduzco que ahí es donde te dispararon. Nunca llegaste a decirme nada de lo del brazo.

—La suerte siempre tiene algo que ver —comentó Robie con vaguedad.

—¿Tienen alguna pista?

—Ninguna que hayan compartido conmigo.

—¿Qué tal es trabajar con el FBI?

—Es un trabajo.

—Es guapa.

—¿Quién?

—La agente Vance. Ha salido en la tele hablando con los periodistas. No te ha mencionado.

—Eso es bueno.

—¿Dónde dormiste anoche? Sé que no fue aquí enfrente. —Señaló el telescopio.

—Dormí —dijo él—. Eso es lo que necesitas saber.

—Ajá —repuso ella—. Te acostaste con ella, ¿verdad?

En esta ocasión Robie estuvo a punto de parpadear. Casi. Aquella niña le estaba empezando a sacar de sus casillas.

—¿Qué te hace pensar eso?

Ella lo miró con fijeza.

—Oh, no sé. Cierto brillo. Las mujeres siempre nos damos cuenta.

—Pues te equivocas. Ahora tengo que ponerme en marcha.

—Y nosotros ¿cuándo vamos a ponernos en marcha, Robie? —Él se la quedó mirando—. Socios, ¿te acuerdas del trato que hicimos? ¿Averiguar quién había matado a mis padres?

—Lo recuerdo, y estoy en ello.

—Ya lo sé. Pero yo también quiero estar en ello. Te di aquella lista. ¿Qué has hecho con ella hasta el momento?

—Voy a repasarla.

—Vale —dijo ella, poniéndose la capucha—. Estoy preparada para salir.

—No creo que sea buena idea.

—Pues a mí no me parece buena idea quedarme aquí de brazos cruzados mirando por un telescopio. O sea que, o voy contigo o voy sola. Sea como sea, me pongo en marcha.

Robie exhaló un suspiro y le abrió la puerta.

—Pero yo me encargo de hacer las preguntas —advirtió.

—Por supuesto —respondió Julie.

«Mentirosa», pensó Robie.

Sentados en el coche alquilado de Robie observaron el dúplex de la casa de los padres de Julie.

La joven estaba un poco nerviosa.

—¿Podrías decirme exactamente de qué nos sirve estar aquí?

—Estamos aquí para ver si aparece alguien interesante. Nos quedamos otra media hora y nos marchamos.

—Menudo frenesí, ¿no? Intentas que me aburra como una ostra para que así me dé por vencida y regrese al apartamento, ¿no?

—¿Eres siempre tan escéptica con todo el mundo?

—Bastante. ¿Vas a decirme que tú no eres escéptico?

—Dentro de un límite razonable.

—¿Qué coño quieres decir con eso?

—Olvídalo.

Robie miró por la ventanilla y observó a un gato callejero internándose rápida y ágilmente por un callejón.

—¿Cuánto tiempo llevaban tus padres viviendo aquí?

—Unos dos años. El mayor tiempo que hemos vivido en un sitio.

Robie miró hacia ella.

—Hazme un relato resumido de tu vida.

—No hay gran cosa que contar.

—Quizás ayude en la investigación.

—Me acabo de acordar de una cosa. Algo que mi madre dijo cuando apareció el tío con la pistola.

—¿Qué?

—Cuando el tipo se disponía a ir a por mí mi madre dijo: «Ella no sabe nada.»

Robie se enderezó en el asiento y sujetó el volante con más fuerza.

—¿Cómo es posible que se te olvidara contarme eso?

—No sé. El hecho de volver aquí y ver la casa me ha hecho pensar en ello.

—Ella le dijo al tipo que tú no sabías nada —repitió Robie—. Lo cual implica que tu madre sabía algo. Y antes dijiste que el tío preguntó a tu padre qué sabía.

—Entiendo adónde quieres ir a parar. O sea que ahora alguien piensa que yo también lo sé, a pesar de lo que mi madre dijo. Pero ¿y si el tipo que iba a por mí murió en la explosión?

—No importa. Se habría comunicado con quienquiera que estuviera haciendo el trabajillo con él.

—¿Y si actuaba solo?

—No creo.

—¿Por qué?

—No era de ese estilo. Se nota. Además alguien retiró los cadáveres de tus padres e hizo explotar el autobús. Y no fue él. No habría tenido tiempo ni la oportunidad.

—¿Por qué hacer explotar el autobús? Si intentaban matarme, yo ya no estaba dentro.

—Pero quizá no lo supieran. Pongamos por caso que alguien disparó una bala incendiaria al depósito que estaba en la parte contraria a la puerta. Los cristales de las ventanillas eran tintados. Quizá no supieran que habíamos bajado del autobús. Se estaban asegurando la situación por si el tipo que estaba en el autobús fallaba, que es lo que ocurrió en realidad.

—¿Crees que siguen pensando que estoy muerta?

—Lo dudo. Por lo que parece, esa gente tiene muchos recursos. Tenemos que pensar que saben que estás viva.

Julie miró por la ventana.

—¿En qué se metieron mis padres?

—Vamos a seguir sus pasos durante los últimos días y ver si aparece algo.

—¿Por dónde empezamos?

—El restaurante en el que trabajaba tu madre. Dime la dirección.

Siguiendo las indicaciones de Julie, Robie condujo hasta el restaurante, que estaba bastante cerca. Paró el Volvo junto a la acera a una manzana del lugar y al otro lado de la calle.

Apagó el motor.

—Ahí te conocen, ¿no?

—Sí, claro.

—Pues entonces no sé si es buena idea que te vean por aquí.

—¿Me quedo sentada aquí sola en el coche? Ese no era el trato.

—El plan va cambiando dependiendo de la situación sobre el terreno.

Se volvió hacia atrás y cogió la bolsa que había cogido de su apartamento. Extrajo unos prismáticos.

—El plan es el siguiente: entro y hago unas cuantas preguntas. Tú te mantienes alerta. Si tienes la impresión de que alguien me presta demasiada atención, hazle una foto con tu cámara.

—¿Qué explicación darás para hacer preguntas en el restaurante?

Volvió a introducir la mano en la bolsa y extrajo dos unidades de alimentación, un pinganillo y unos cascos. Le dio estos últimos a Julie.

—Tú eres el centro de mando. Habla por aquí, yo te oiré por aquí pero nadie más podrá, ¿vale? Y oirás todo lo que se hable ahí dentro con claridad. Si lo consideras necesario, me pasas información, ¿entendido?

Julie sonrió.

—De acuerdo, perfecto.

Él se puso el pinganillo, encendió la unidad de alimentación y se la sujetó al cinturón, donde quedó oculta bajo su chaqueta. Salió pero volvió a retroceder.

—Si algo te parece raro, si notas malas vibraciones, dime «ven» y en cinco segundos estoy aquí, ¿entendido?

—Entendido.

Robie cerró la puerta, miró a izquierda y a derecha y se encaminó al restaurante.

Julie observaba todos sus pasos a través de los prismáticos.

41

Robie se aposentó en un taburete que estaba libre y cogió una carta pringosa de un expositor situado en la barra. Enfrente tenía a una camarera con un uniforme azul deshilachado y un delantal no demasiado limpio encima. Llevaba un lápiz detrás de la oreja derecha. Tenía unos cincuenta años, era amplia de caderas y las raíces canosas le asomaban por el pelo rubio teñido.

—¿Qué te pongo? —preguntó.

—Una taza de café solo para empezar.

—Ahora mismo. Acabo de poner una cafetera.

Robie recibió la siguiente información de Julie a través del pinganillo.

—Se llama Cheryl Kosmann. Es amiga de mi madre. Es buena persona.

Robie asintió ligeramente para demostrar que había recibido la información.

Cheryl le trajo la taza de café.

—Tienes pinta de que te falta un poco de chicha en los huesos. Nuestro pastel de carne picada al horno está muy bueno. Se te engancha en las costillas. Sabe Dios la cantidad de pastel que he tomado a lo largo de mi vida. Hace veinte años que no me noto las costillas. —Se echó a reír.

—¿Es Cheryl Kosmann?

La risa se le quedó ahogada en la garganta.

—¿Quién pregunta?

Robie sacó su documentación, primero enseñó rápidamente la placa y luego la tarjeta de identidad.

Cheryl se puso rígida.

—¿Estoy metida en algún lío?

—¿Debería estarlo?

—No, a no ser que trabajar por cuatro chavos sea un crimen.

—No, no está metida en ningún lío, señora Kosmann.

—Llámame Cheryl. Ya sé que esto es un restaurante de lujo, pero intentamos ser desenfadados.

—¿Cuánto tiempo llevas trabajando aquí?

—Demasiado. Vine aquí al acabar el instituto para trabajar un verano y aquí sigo después de todos estos años. Cuando me paro a pensarlo me entran ganas de llorar. Sé adónde se fue mi vida. Directa al garete.

Robie sacó la foto de Julie y de sus padres que había cogido del dúplex.

—¿Qué puedes decirme de estas personas?

Kosmann lanzó una mirada a la foto.

—¿Te interesan los Getty? ¿Por qué? ¿Se han metido en algún lío?

—Te digo lo mismo que a ti, ¿tienes motivos para pensar que pudieran estar metidos en un lío?

—No, son buena gente que se metió en un callejón oscuro y nunca logró encontrar la salida. Su hija es una buena pieza, pero lo digo en el buen sentido de la palabra. Si tuviera media oportunidad en la vida, llegaría muy lejos. Es lista como el hambre. Saca unas notas buenísimas en el colegio. Se esfuerza mucho. Muchas veces ha estado aquí con una pila de libros. Una vez intenté ayudarla con un problema de matemáticas, pero fue como de chiste. Yo apenas soy capaz de sumar la cuenta de un cliente. Pero Julie es especial. Me encanta esa chica.

—Pero está en el programa de acogida.

—Bueno, está y no está. Sara, su madre, hace todo lo que puede para recuperarla cada vez.

—¿Y su padre?

—Curtis también la quiere, pero el hombre es un desastre. Demasiadas rayas de coca, si quieres que te sea sincera. Al cabo de un tiempo, ¿cuánto cerebro te queda? Hasta Einstein sería un gilipuertas después de tanto esnifar.

—¿Cuándo fue la última vez que has visto a alguno de ellos?

Kosmann cruzó los brazos sobre el pecho.

—Tiene gracia que lo preguntes. Sara trabajaba hoy, pero no se ha presentado. Ni ha llamado. No es propio de ella, a no ser que haya pasado algo.

—Una borrachera, ¿por ejemplo? —sugirió Robie.

—O que Curtis no pudiera levantarse de la cama y ella haya tenido que quedarse a cuidarlo. Espero que aparezca mañana.

«Pues va a ser que no», pensó Robie.

Oyó que Julie emitía un ligero gemido.

—¿El dueño lo acepta?

—El dueño es un fracasado de tomo y lomo que ha tenido mucha experiencia con las drogas. Comprende la mentalidad. La deja hacer. Pero cuando está aquí, nadie trabaja tanto como ella.

—¿Cuándo estuvo aquí por última vez?

—Anteayer. Ayer tenía el día libre. Su turno acabó a las seis. En aquel momento llevaba trabajando doce horas. Estar todo el día de pie es una putada. Curtis vino a recogerla para volver a casa andando.

—¿De su trabajo?

—Sí, de un almacén que está a unos cinco minutos de aquí. Volvían a casa a pie juntos muchas veces. A él le parecía que las calles de esta zona no son seguras y a veces no lo son. A mí me parecía todo un detalle. Él la quería mucho y ella a él igual. No tenían absolutamente nada. Vivían en un cuchitril. Sin coche, sin ahorros, sin jubilación. Pero bueno, tenían a Julie. Eso está claro. Querían lo mejor para ella. No querían que acabara como ellos. Pagaron hasta el último centavo que tenían e incluso más para que entrara en un programa para estudiantes con talento en una escuela realmente buena. Sara hacía horas extra aquí constantemente para pagar la matrícula. Hablábamos muchas veces sobre el tema cuando nuestros turnos coincidían. Y Curtis también hacía horas extra en el almacén. Era un drogata pero era capaz de trabajar duro si se lo proponía. Y por su hijita quería hacerlo.

Robie oía en la oreja la respiración rápida y fuerte de Julie.

Acercó la mano a la unidad de alimentación que llevaba en el cinturón y la desconectó.

—¿Ves mucho a Julie? —preguntó Robie.

—Oh, sí. Como he dicho, suele sentarse en un reservado o aquí en la barra y hace deberes mientras su madre acaba el turno. Luego los tres vuelven andando a casa.

—¿Cuando no está con una familia de acogida?

—Sí, ya sé que parece que pasa más tiempo con las familias de acogida.

—¿Has visto a alguien desconocido rondando por aquí durante las últimas semanas?

Kosmann frunció el ceño.

—Mira, ¿le ha pasado algo a Sara, Curtis o Julie?

—Estoy aquí para recopilar información.

—En la placa pone que eres del DCIS.

A Robie le sorprendió el comentario. La mayoría de la gente no se fijaba en lo que ponía en la placa.

—¿Conoces esta agencia?

—Algunos clientes del restaurante son veteranos. Uno trabajaba en el DCIS, por eso conozco el símbolo. Pero ¿qué relación tiene con los Getty? Ni Curtis ni Sara trabajaban para ellos, por lo menos que yo sepa.

—Como he dicho, estoy recopilando información. ¿Alguno de ellos parecía más tenso o preocupado las últimas veces que los viste?

—Les ha pasado algo, ¿verdad? —Kosmann parecía estar a punto de echarse a llorar. Varios clientes sentados a otras mesas les estaban mirando.

—Cheryl, estoy aquí para hacer mi trabajo. Y si no quieres responder a las preguntas, no pasa nada. También podemos dejarlo para otro momento.

—No, no, no pasa nada. —Se secó los ojos con una servilleta y se serenó—. Pero creo que me voy a tomar un café yo también, para templar los nervios.

Robie esperó mientras la mujer se servía una taza y volvía a situarse enfrente de él.

—¿Tensos o preocupados? —insistió Robie.

—Ahora que lo dices, sí. Por lo menos Sara. No sé si Curtis también. Él siempre está tenso y a punto de ponerse hecho una furia constantemente. Pero no es más que el efecto de las drogas.

—¿Llegaste a preguntarle a Sara qué le preocupaba?

—No, nunca le pregunté. Pensé que era por Curtis o tal vez el temor de volver a perder a Julie. Yo no podía hacer nada para ayudarla en ninguno de los dos casos.

—¿Mencionó algún nombre? ¿Recibió alguna llamada aquí que pareciera fuera de lo normal?

—No.

—¿Pasó algo inusual el último día que estuvo aquí?

—No, pero la noche anterior unos amigos de ellos vinieron aquí a cenar.

—¿Qué amigos?

—Unos colegas. Ocuparon aquel reservado de ahí. Sara no estaba trabajando y comió gratis y los demás tuvieron descuento. Cuando uno no tiene mucho dinero, todo cuenta por poco que sea.

—¿Los conocías?

—Son otra pareja. Leo e Ida Broome.

Robie dio un sorbo al café y luego anotó los nombres.

—Háblame de ellos.

Entraron varios clientes más y Robie esperó mientras Cheryl los acompañaba a un reservado y tomaba nota de las bebidas que querían. Cuando se las hubo servido y anotó lo que querían para comer, volvió a colocarse cerca de Robie, que había observado a los clientes y no había detectado nada amenazador. Mientras Cheryl hacía su trabajo, encendió la unidad de alimentación y enseguida oyó la voz de Julie.

—No lo vuelvas a apagar. No voy a ponerme a llorar, ¿vale?

Robie asintió ligeramente.

—Disculpa —dijo Cheryl.

—Tranquila. Estábamos hablando de los Broome.

—No hay gran cosa que decir, la verdad. Tienen cuarenta y pico años, son una pareja agradable. Creo que Ida trabaja en una peluquería. Y Leo hace algo para la ciudad, no sé exactamente qué. No sé cómo se conocieron. Quizás estuvieran todos juntos en una clínica de rehabilitación. Vete a saber. Solo los conozco de cuando vienen aquí a comer con Sara y Curtis de vez en cuando.

—¿Tienes su dirección o número de teléfono?

—No.

—Yo sí —le dijo Julie al oído.

—Cheryl, ¿notaste algo raro cuando estuvieron aquí juntos esa noche? —preguntó Robie.

—Yo les serví. Me tocaba el turno de noche. Pillé fragmentos de la conversación. Nada trascendente, pero todos estaban... —Robie aguardó pacientemente hasta que Cheryl encontró las palabras adecuadas—. Bueno, dio la impresión de que habían visto un fantasma.

—¿Y no les preguntaste qué les pasaba?

—No. Imaginé que sería o un asunto de drogas o que Julie volvía a estar con una familia de acogida o quizás algo relacionado con los Broome. Mira, soy camarera de un restaurante cutre, ¿sabes? Si la gente quiere hablar, yo les escucho, pero no soy de las que se meten donde no la llaman. Bastante tengo con mis problemas. Si eso me convierte en una mala persona, pues soy una mala persona.

—No eres una mala persona, Cheryl —dijo Robie. Pero también estaba pensando en otra cosa—. ¿Tienes días libres a la vista?

La pregunta sorprendió sobremanera a Cheryl.

—Me queda una semana de vacaciones.

—¿Tienes parientes fuera de la ciudad?

—En Tallahassee.

—Pues yo de ti iría a Tallahassee, a visitar a la familia.

Kosmann se lo quedó mirando mientras asimilaba las implicaciones de las palabras de Robie.

—¿Crees que... crees que estoy...?

—Cógete unas vacaciones, Cheryl. Cógetelas ya.

Robie dejó un billete de veinte dólares por el café, se levantó y se marchó.

42

Robie volvió a subir al coche, se despojó del pinganillo y de la unidad de alimentación y los guardó en la consola situada entre los dos asientos delanteros. Miró a Julie, que tenía la vista fija al frente.

—¿Estás bien?

—Estoy bien. —Julie miró hacia el restaurante—. Ese sitio era más parecido a un hogar para mí que mi verdadera casa. Sin duda más que cualquiera de las casas de acogida.

—Lo entiendo —repuso Robie.

—Me gustaba hacer los deberes ahí. Mi madre me daba tarta y me dejaba tomar café. Me sentía como una persona mayor.

—E imagino que te gustaba estar con ella.

—Me gustaba verla trabajar. Se le daba bien. Recordaba todos los pedidos. Y nunca anotaba nada. Tenía una memoria excelente.

—Quizá tu inteligencia sea genética.

—Quizá.

—La noche que tus padres fueron asesinados salieron del restaurante a eso de las seis. Pero no aparecieron en casa hasta varias horas más tarde, y con el pistolero. ¿Adónde crees que pudieron ir mientras tanto?

—No lo sé.

—¿Qué me dices de los Broome?

—Viven en un apartamento en el nordeste.

Robie puso la marcha del coche.

—¿Qué sabes de ellos?

Antes de que tuviera tiempo de responder, a Robie le sonó el teléfono. Se lo acercó a la oreja.

—Robie.

—¿Dónde coño estás?

Era Vance.

—Investigando, como te dije.

—Tienes que venir aquí.

—¿Qué pasa? —preguntó.

—Para empezar, la prensa no para de agobiarme. Para continuar, tengo a la policía local, a un equipo de lucha contra el terrorismo y a Seguridad Nacional intentando decirme cómo manejar mi investigación. Y por último, estoy cabreada.

—Vale, en una hora estoy ahí.

—¿No puedes llegar antes?

—La verdad es que no.

Colgó y giró a la izquierda, en dirección a Union Station. De repente paró y se desabrochó el cinturón de seguridad.

—¿Qué estás haciendo? —preguntó Julie.

—Un momento.

Robie salió del vehículo y cerró la puerta detrás de él. Hizo la llamada.

Le respondieron en la oficina de Hombre Azul. Le pasaron con él directamente.

Robie le dijo lo que Vance le había contado.

—Quizá convenga mover unos cuantos hilos en el Departamento de Seguridad Nacional, la brigada antiterrorista y la policía local para que dejen de agobiarla —sugirió—. De lo contrario, este asunto se va a complicar todavía más.

—Dalo por hecho —respondió Hombre Azul.

Robie regresó al coche y lo puso en marcha.

—¿Asunto confidencial? —preguntó Julie, que lo miró con cara de pocos amigos.

—No, he llamado a la tintorería.

—Entonces ¿te has acostado con ella? —preguntó Julie.

Robie mantuvo la vista fija en lo que tenía delante.

—¡Ya te he dicho que no! Y tampoco es asunto tuyo con quién me acuesto.

—Bueno, pues ella quiere acostarse contigo.

Robie la fulminó con la mirada.

—¿Cómo demonios has llegado a esa conclusión?

—Está cabreada contigo. Le he oído la voz por el teléfono. No se enfadaría tanto si le resultaras indiferente.

—Es del FBI. Probablemente haya echado la bronca a unos cuantos tíos que le dan problemas.

—Puede ser, pero esto es distinto. Lo noto. Asuntos de faldas. Los hombres no lo entienden.

—Tienes catorce años. No deberías saber sobre asuntos de faldas.

—Will, ¿en qué siglo vives? Cinco chicas de la escuela a la que iba se han quedado preñadas. Y ninguna de ellas es mayor que yo.

—Pues debo de estar anticuado.

—A veces me gustaría estar anticuada yo también. Pero no es así el mundo en el que vivo.

—Y bien, ¿los Broome? —volvió a preguntar Robie.

—Mis padres los conocen desde hace años. Como dijo Cheryl, Ida trabaja en una peluquería. He ido allí con mi madre. Ida me corta el pelo gratis y mi madre le prepara algo al horno. Mi madre cocina muy bien. —Hizo una pausa—. Cocinaba.

—¿Y su marido? —se aprestó a decir Robie para que dejara de pensar en su madre—. Cheryl dijo que trabajaba para la ciudad.

—Eso no lo sé seguro —repuso Julie.

—¿Había algo raro en ellos?

—A mí me parecían bastante normales, pero no les conocía tan bien.

—Entonces supongo que tendremos que preguntarles a ellos. —«Si es que siguen vivos», pensó—. ¿Cómo conocieron a tus padres?

—Creo que el señor Broome era amigo de papá. No sé muy bien qué relación tenían.

—¿Crees que podrían tener algo que ver con lo que les sucedió a tus padres?

—Yo diría que no. Me refiero a que ella trabaja en una peluquería y comían en restaurantes cutres. No es que sean espías internacionales o algo así.

—Que tú sepas.

—¿Me estás tomando el pelo?

—Los espías no suelen parecerlo. De eso se trata precisamente.

—Tú tienes pinta de espía.

—Eso es bueno, porque no lo soy.

—Eso es lo que tú dices.

Circularon en silencio durante unos segundos.

—¿Te acuestas con ella? —volvió a preguntar.

—¿Pero qué coño te importa?

—Es que soy curiosa por naturaleza.

—Ya, de eso me he dado cuenta. Pero aunque me acostara con ella, no te lo diría.

—¿Por qué?

—Por eso que se llama ser un caballero.

—Ahora sí que suenas como un viejo.

—Comparado contigo soy un dinosaurio —repuso Robie.

43

El bloque de apartamentos databa de los años sesenta pero lo habían rehabilitado. Robie lo notó por el toldo de la parte delantera, el ladrillo limpio y la pintura reciente en las molduras. Mientras observaba desde el coche con Julie, un hombre abrió la puerta presionando una tarjeta de acceso contra el receptor electrónico empotrado al lado de la entrada. La puerta se abrió con un clic y él entró.

La puerta se cerró detrás de él con otro clic.

Julie lanzó una mirada a Robie.

—¿Y ahora qué?

—¿Sabes el número de apartamento?

—No. Solo pasé una vez por aquí y mi madre me dijo que es donde vivían los Broome. Nunca he estado en su casa.

—Vale. Espera un momento.

Robie salió del coche y cruzó la calle esquivando el tráfico. Vio un interfono empotrado en la pared al lado de la puerta y pulsó el botón.

—¿Sí? —preguntó una voz.

—Vengo a ver a Leo e Ida Broome.

—Un momento. —La voz volvió a oírse al cabo de unos veinte segundos—: He llamado a su apartamento y no contestan.

—¿Seguro que ha llamado al apartamento correcto? ¿Al número 305?

—No, es el 410.

—Ah, vale, gracias.

Robie miró a su alrededor por si veía una cámara de vigilancia pero no vio ninguna.

Una pareja se estaba aproximando a él. La mujer llevaba una bufanda y bastón. En la mano que tenía libre cargaba una bolsa de plástico del supermercado. El hombre se desplazaba ayudado por un andador que tenía unas pelotas de tenis insertadas en el extremo de las barras delanteras.

Robie observó a la mujer mientras sacaba una tarjeta de acceso.

—¿Necesita ayuda, señora? —preguntó.

Ella lo miró con recelo.

—No, ya nos apañamos solos.

—De acuerdo. —Robie retrocedió y esperó a que la mujer abriera la puerta con la tarjeta.

Ella se quedó parada y lo miró fijamente.

—¿Puedo ayudarle en algo, joven?

Robie se disponía a contestar cuando oyó una voz femenina.

—Papá, te he dicho que me esperaras.

Robie se volvió y vio que Julie corría hacia él. Llevaba la mochila colgada al hombro. Miró a la pareja de ancianos y sonrió.

—Hola, me llamo Julie. ¿Viven en este edificio? Mi padre y yo estamos pensando en mudarnos aquí. Hemos venido a ver uno de los apartamentos. Mi madre tenía que reunirse con nosotros aquí. —Se volvió hacia Robie—. Pero ha llamado para decir que va a retrasarse. Y ella tiene la tarjeta de acceso que nos dio la agencia inmobiliaria. Tendremos que esperar fuera. —Se volvió hacia la pareja—. Será la primera vez que tenga un baño para mí sola. Me lo prometiste, ¿verdad, papá?

Robie asintió.

—Lo que sea para mi hijita.

El anciano sonrió.

—Está bien que haya un poco de sangre joven en el edificio. Me siento viejo.

—Eres viejo —puntualizó la mujer—. Muy viejo. —Miró a Julie con ternura—. ¿Desde dónde os mudáis, cielo?

—Jersey —respondió Julie enseguida—. He oído decir que aquí no hace tanto frío.

—¿De qué parte de Jersey? —preguntó la mujer—. Nosotros somos de ahí.

—Wayne —dijo Julie—. El sitio está bien, pero a mi padre lo han trasladado.

—Wayne está muy bien —confirmó la mujer.

Julie miró a Robie.

—Mamá ha dicho que tardará unos tres cuartos de hora. Está en un atasco.

—En esta zona todo el mundo acaba en un atasco —dijo el anciano—. ¡Dios mío, en esta ciudad hasta hay atascos de peatones!

—Venga, entrad con nosotros —dijo la mujer—. No tiene sentido que os quedéis aquí fuera.

Robie cogió la bolsa de la compra de la mujer y subieron en el ascensor hasta la sexta planta, donde dejaron a la pareja de ancianos. La mujer dio una galleta a Julie de la bolsa que llevaba y le pellizcó la mejilla.

—Eres igualita que mi bisnieta. Espero que nos veamos a menudo si os mudáis aquí.

Robie y Julie bajaron en el ascensor hasta la cuarta planta y salieron.

—Lo has hecho muy bien —dijo Robie—. Pero podían haberte hecho meter la pata dado que también son de Jersey.

—He estado en Wayne. Regla número uno: no digas que eres de un sitio en el que nunca has estado.

—Una regla muy acertada.

Encontraron el apartamento 410. Estaba al final de un pasillo sin ninguna otra puerta delante. Robie escudriñó el pasillo para ver si había cámara de vigilancia pero no vio ninguna. Llamó al 410 tres veces sin obtener respuesta.

—Gírate y ponte de cara al pasillo —ordenó a Julie.

—¿Vas a forzar la cerradura?

—Gírate.

Robie tardó cinco segundos. La cerradura no tenía pestillo. Bastó con una pieza de alambre fino en vez de dos.

Entraron y cerraron la puerta detrás de ellos.

—Supongo que esto nos convierte en delincuentes —dijo Julie.

—Puede ser.

La casa olía a fritura. Tenía pocos muebles, había pocas habitaciones y estaba vacía. Se situaron en el centro de la sala de estar. Robie inspeccionó la estancia.

—¿No te parece que está demasiado limpio? —dijo.

—A lo mejor son unos obsesos de la limpieza.

Robie negó con la cabeza.

—A este sitio le han dado una buena restregada.

Julie lo miró.

—¿Qué quieres decir?

—No sé si les ha ocurrido algo a los Broome, Julie. A lo mejor están bien. Pero alguien ha limpiado este sitio y quienquiera que fuera sabía qué se llevaba entre manos.

Julie miró a su alrededor.

—¿Deberíamos buscar huellas dactilares o algo así?

—Sería una pérdida de tiempo. Tenemos que averiguar a qué se dedica Leo Broome.

—Podemos ir a la peluquería y preguntar.

—Se me ocurre una idea mejor. Tú puedes ir a la peluquería y preguntar. No quiero que nadie sospeche lo que estamos haciendo. La gente no suele sospechar de los niños.

—No soy una niña. Casi tengo edad para conducir.

—Pero a ti te lo contarán todo. Te conocen, ¿no?

—Sí, he estado allí un montón de veces.

Salieron del edificio y se marcharon en el Volvo.

—Crees que los Broome están muertos, ¿verdad? —preguntó Julie.

—Teniendo en cuenta lo que les ocurrió a tus padres y el estado del apartamento de los Broome, sí, creo que probablemente estén muertos. Pero de todos modos si Ida Broome está en la peluquería, me habré equivocado.

—Espero que te equivoques, Will.

—Yo también.

44

Mientras Robie esperaba fuera en el coche, Julie entró en la peluquería. Estaba llena de clientas y recorrió el lugar con la mirada para ver qué peluqueras estaban trabajando en ese momento.

Ida Broome no se encontraba entre ellas.

El olor de los productos para el cuidado capilar y las permanentes le embargó los sentidos mientras se acercaba al mostrador de recepción. El parloteo constante también inundaba el lugar debido a los cotilleos recientes que intercambiaban clientas y estilistas.

—Eres Julie, ¿verdad? —dijo la joven que estaba tras el mostrador. Tenía unos veinte años y vestía unos pantalones negros anchos y un *top* escotado que dejaba ver el tatuaje de una flor cerca de la parte superior de su pecho izquierdo. Como cabía esperar, llevaba un corte muy moderno.

—Sí. ¿Ida trabaja hoy? Quería cortarme el flequillo.

Julie rezaba por que Ida estuviera en la trastienda o hubiera salido a fumar en el callejón que había en la parte posterior de la peluquería, pero la mujer negó con la cabeza.

—Tenía que haber llegado a las diez, pero no ha aparecido. He llamado a su casa pero nadie ha contestado. Nos ha decepcionado. Tenía siete cortes, dos permanentes y un tinte concertados para hoy. Sus clientas no se han quedado muy contentas cuando las he llamado para cancelar.

—Me pregunto qué le habrá pasado —dijo Julie.

—A lo mejor le ha surgido alguna urgencia.

—A lo mejor —convino Julie hablando despacio.

—Puedo decirle a María que te corte el flequillo. Tiene un hueco en cuanto acabe con la señora que está ahora.

—Sería fantástico.

María era una sudamericana de unos veinticinco años con el pelo corto y oscuro cortado en líneas rectas alrededor de su rostro anguloso. Saludó a Julie con una amplia sonrisa.

—Hay que ver cómo vas. Tienes que cortarte el flequillo, ¿no?

—¿Cómo lo sabes?

—Soy una profesional.

La estilista que estaba a su lado se rio entre dientes mientras recortaba el pelo ralo de un joven.

—¿Hoy no vas al cole? —preguntó María.

—Los profesores iban a un congreso.

—¿Qué tal tu madre?

Julie no parpadeó. Se imaginaba que le harían esa pregunta.

—Está bien.

Julie se acomodó en la silla y María le colocó un blusón negro encima y se lo sujetó alrededor del cuello.

—¿Sabes? Estarías monísima con un corte como el de... Zooey Deschanel. Queda muy bien con gafas.

—Yo tengo una vista perfecta —dijo Julie.

—Eso da igual. Es el *look*.

—¿Has visto a Ida últimamente? La chica de la recepción me ha dicho que hoy no ha venido.

—Sí, ya lo sé. Me ha extrañado. Nunca falta al trabajo y hoy tenía el día completo. El jefe está que trina. La crisis sigue afectándonos y todo suma.

—Pues hoy parece que el negocio está boyante.

—Sí, pero no es así cada día.

—«Apreciar todo lo bueno que viene su manera» —dijo Julie, intentando hablar español.

María se echó a reír y dio un coscorrón suave a Julie con las tijeras.

—Ya sabes que no hablo español.

—Me pregunto dónde estará Ida —dijo Julie.

—No lo sé. Anteayer estaba muy rara.

—¿Rara para bien o para mal?

—Rara para mal, sin duda. La cagó con la permanente de una clienta y le cortó cinco centímetros a otra en vez de los dos que pedía. Ya te puedes imaginar el cabreo que pilló la mujer. Ya sabes cómo somos las mujeres con el cabello. Es como una religión. Con eso y con los zapatos.

—¿Le preguntaste qué le pasaba?

—Sí, pero no quiso decir gran cosa. Solo que era algo relacionado con Leo.

—¿Su marido? ¿Se ha quedado en el paro o algo así?

—Lo dudo. Es funcionario. Esos no se quedan en el paro.

—No sé. Ahora hay recortes en muchas administraciones.

—Bueno, de todos modos, no creo que hayan puesto a Leo de patitas en la calle.

—¿A qué se dedica?

—Algo del gobierno, ya te lo he dicho.

—Sí, pero ¿qué? ¿Y qué gobierno? ¿El de la ciudad? ¿El federal?

—Vaya, pues sí que estás cotilla hoy.

—Soy curiosa por naturaleza. Igual que todos los adolescentes.

—Es verdad. Mi hermana pequeña tiene diecisiete años y no le importa nada ni nadie más que ella misma.

—Soy hija única. Tendemos a ser más observadores.

—Bueno, no sé dónde trabaja Leo. Pero una vez Ida me dijo que tenía un trabajo bastante importante. En el Capitolio o algo así.

—Entonces quizá trabaje para el Gobierno federal.

—Puede ser.

—¿O sea que Ida tampoco vino ayer?

—No, pero eso es normal. Tenía el día libre. Pero lo de hoy es otra historia.

Mientras hablaban, María había estado trabajando en ella.

—Bueno, ya estamos. Has quedado muy bien. Pero piénsate lo de las gafas, ¿vale?

Julie admiró su cabello en el espejo.

—Gracias, María.

María le quitó el blusón y Julie sacó algo de dinero. María no lo aceptó.

—No, invita la casa.

—Pero tú tienes que cobrar.

—¿Sabes qué? Cuando vengas puedes enseñarme español. Mi madre insiste para que lo aprenda.

Julie sonrió.

—Trato hecho.

45

Robie no se había quedado en el Volvo todo el rato mientras esperaba a Julie. Se puso a rondar por ahí y a observar. Sabía que desde algún sitio podían estarle espiando y quería encontrarles antes de que le encontraran.

Y tenía asuntos en los que pensar.

Tenía entre manos dos casos a la vez.

Jane Wind estaba muerta junto con su hijo pequeño. Trabajaba para el Departamento de Defensa. Había viajado a Irak y Afganistán y probablemente otras zonas conflictivas. Habían sobornado al contacto de Robie y le había ordenado que la matara. Ahora el contacto había desaparecido y Robie investigaba los asesinatos que se habían producido con él delante. Nicole Vance era lista y Robie tenía que ser muy cuidadoso para no cometer un desliz delante de ella. Habían encontrado a Rick Wind con la lengua cortada y colgando boca abajo en su casa de empeños. No había ninguna pista.

Y luego estaba con Julie Getty. Padres asesinados y la escena del crimen limpia como una patena. Un asesino en el autobús para rematar el trabajo. El autobús explota. El arma de Robie se encuentra en la escena, lo cual hace creer a los federales que los dos casos guardan relación. Y el tío que los atacó en el callejón había desaparecido. El apartamento de los Broome también estaba impoluto y Robie no sabía dónde estaban. O si seguían con vida.

Lanzó una mirada a la peluquería y vio por la ventana que Julie se disponía a salir. Si le hubiera gustado jugar, habría apostado a que Ida no estaba en el interior.

Se reunió con Julie junto al coche y los dos subieron al vehículo.

—Cuéntame —dijo él.

Julie dedicó unos minutos a transmitirle la información.

—O sea que seguimos sin saber a qué se dedica Leo —declaró.

—¿No puedes averiguarlo en alguna base de datos del Gobierno?

—Probablemente, lo intentaré.

—Lo más probable es que los Broome estén muertos —dijo Julie.

—O quizá se hayan ocultado —apuntó Robie—. Eso en el mejor de los casos.

—Si el señor Broome tiene un trabajo importante en el Gobierno, ¿crees que podría ser el motivo de todo esto?

—Sin duda es una posibilidad.

—Pero ¿por qué implicar a mis padres?

—Eran amigos. Quedaban para cenar. Quizá se le escapara algo que no debiera.

—Genial —dijo ella con la voz un poco entrecortada—. ¿Es posible que mataran a mis padres por cenar pastel de carne al horno con ese tío?

—Cosas más raras se han visto.

—¿Y ahora qué? —preguntó Julie.

—Te dejo en casa. Tengo que marcharme.

—Ya. A ver a la agente superespecial Vance.

—Con agente especial Vance basta.

—Pero estuvo súper, ¿no?

—Dale que te pego, ¿eh?

—¿Significa esto que vuelvo al apartamento y me aburro como una ostra?

—¿No tienes deberes que hacer?

—De investigar asesinatos a hacer álgebra, qué guay.

—¿Con solo catorce años ya estudias álgebra?

—Soy una chica con talento, Will. La verdad es que no me gustan mucho las mates. Pero se me dan bien.

—En la educación radica la clave del éxito.

—Hablas como un abuelo.

—¿No estás de acuerdo?

—Me lo tomo con filosofía.

—No está mal.

—Los padres de mis compañeros lo tienen todo planificado para ellos. Las mejores universidades, los mejores programas de licenciatura. Wall Street, facultad de Medicina, bufetes de abogados. El próximo Steve Jobs, el próximo Warren Buffett. Me entran ganas de vomitar.

—No tiene nada de malo abrirse camino en la vida.

—¿Te refieres a que no tiene nada de malo ganar el máximo de dinero posible a expensas de todos los demás? En el planeta viven más de siete mil millones de personas y demasiadas son pobres. Inventar un algoritmo para ganar una fortuna en Wall Street y destrozar la economía durante el proceso, lo cual a su vez hace aumentar la pobreza, no es exactamente mi objetivo en la vida.

—Pues entonces dedícate a otra cosa. Algo que ayude a la gente.

Julie lo miró de soslayo.

—¿Algo como lo que haces tú?

Robie apartó la mirada.

«No, no como yo», pensó.

46

Después de dejar a Julie, Robie lidió con el tráfico hasta que llegó a Donnelly's al cabo de unos veinticinco minutos. Los cadáveres habían desaparecido pero la calle estaba llena de coches de policía, furgonetas de forenses y vehículos del FBI. Justo en medio de la acera había un puesto de mando del FBI que probablemente ubicaran la noche anterior.

Al otro lado de las barreras policiales de madera había una legión de periodistas. Los camiones de los medios de comunicación con antenas que se alzaban hacia el cielo flanqueaban la calle detrás de los periodistas que luchaban por tomar posiciones. Robie enseñó la placa rápidamente y le dejaron cruzar la barrera mientras los reporteros con plazos de entrega y un ciclo de noticias interminable le formulaban preguntas a gritos.

Vance se reunió con él en la parte delantera. Se la veía agobiada y apurada.

A Robie no le extrañó cuando vio el caos provocado por el derecho que otorgaba la Primera Enmienda y que chocaba de bruces con el derecho del Gobierno a investigar el asesinato de varios de sus ciudadanos.

—¿Todo controlado? —preguntó él.

—No me obligues a pegarte un tiro.

La siguió al interior de Donnelly's, donde unos técnicos federales y agentes del FBI ataviados con cortavientos azul marino escudriñaban la escena del crimen con detenimiento. Por todas partes había marcadores de pruebas que indicaban la posición de las víctimas. Eran piezas de plástico coloridas con números que parecían muy poco apropiadas para simbolizar la muerte o heridas de un ser humano.

—¿Cuáles son las últimas novedades? —preguntó Robie.

—Anoche murieron dos víctimas más en el hospital —informó sombríamente—. Lo cual hace que el número de bajas ascienda a seis. Y es posible que se produzcan más muertes.

—¿Has dicho que el Departamento de Seguridad Nacional y la policía local te estaban dando la lata?

—La cosa se ha tranquilizado un poco. Han desmontado el campamento y se han ido.

—Me alegro.

Vance lo miró con severidad.

—¿Has tenido algo que ver con ello?

Robie levantó las manos.

—No tengo tantas influencias. Si el FBI no mueve la montaña, no esperes que el DCIS la mueva.

—Ya —dijo ella, no muy convencida.

—¿Alguna pista?

—Han encontrado el todoterreno negro abandonado a menos de dos kilómetros de aquí. Tenía marcas de bala. Tenías razón, estaba completamente blindado.

—¿Quién es el dueño?

—El Gobierno de Estados Unidos.

«O sea que estaba en lo cierto —pensó Robie—. Y Hombre Azul se equivocó.» Aquello no le hacía sentir mejor. De hecho, le hacía sentir peor.

—¿De qué departamento?

—Del servicio secreto. —Robie se la quedó mirando sin comprender—. Desapareció de una de sus flotas de vehículos.

—¿Cómo es posible? Esos lugares están vigilados las veinticuatro horas del día.

—Estamos investigándolo.

—No pinta bien que tengan a algún infiltrado. Protegen al presidente.

—Gracias, Robie. Suerte que me lo dices —espetó ella con ironía.

—¿Qué dice el servicio secreto? —preguntó él, haciendo caso omiso del tono de ella.

—Están preocupados. Y han endurecido las medidas de seguridad todavía más.

—¿Algo más?

—La calle está llena de casquillos de MP-5. Espero que encontremos el arma que disparó.

—¿Nadie vio nada? ¿Ningún rostro?

—Hemos estado visitando casas en la zona de día y de noche. Por ahora, nada.

—¿Estamos seguros de que nosotros éramos los objetivos? ¿No alguien que estuviera en el restaurante o pasara por la calle?

—No lo sabemos a ciencia cierta. Estamos analizando el perfil biográfico de todas las víctimas y de todas las personas que estaban en el restaurante anoche. A lo mejor tenemos suerte y una de ellas supone un motivo para tamaña carnicería.

—Pero ¿y si el objetivo éramos nosotros? —dijo Robie. En realidad pensaba «si el objetivo era yo».

Vance negó con la cabeza.

—¿Por qué perder el tiempo en liquidarnos? ¿Porque estamos investigando la explosión del autobús o el asesinato de Jane Wind? Si nos matan, otros agentes ocuparán nuestro lugar y el caso continuará. Y como has dicho antes, matar a federales provoca muchos problemas añadidos. No lo acabo de ver claro.

—¿Alguna novedad sobre Rick Wind?

—Hoy le practican la autopsia. He pedido que nos envíen los resultados lo antes posible.

—¿Y el autobús?

—Estamos repasando los cadáveres, o partes del cuerpo, mejor dicho. Tomará bastante tiempo. Estamos transportando los restos a unas instalaciones del FBI. Los analizaremos para ver si averiguamos la causa de la explosión. Hemos recurrido a la Agencia de Alcohol, Tabaco, Armas de Fuego y Explosivos para que nos ayude. Esos tipos son los mejores. Suelen encontrar el origen de la detonación. Pero todo lleva tiempo.

Robie se aclaró la garganta y formuló la pregunta que llevaba demasiado tiempo ya atormentándole.

—¿Hay alguna cámara de vigilancia en la zona? Quizá muestren lo ocurrido y faciliten el trabajo a tus chicos.

—Hay varias. Las estamos recopilando. No sé qué mostrarán pero quizá nos den algo sobre lo que trabajar.

—¿Dónde las estáis recopilando? —preguntó.

—En el puesto de mando móvil del exterior. Deberíamos tenerlas todas esta noche como máximo. Queríamos asegurarnos de ser exhaustivos y recogerlas todas. Sé que tenemos una de un cajero automático y otra que estaba situada en la esquina de un edificio, pero la línea de visión quizá quedara obstruida. Y me han dicho que hay más.

Robie asintió mientras pensaba cómo expresar lo que quería decir.

—Sé que oficialmente no se me ha asignado el caso del autobús, pero, dado que parece que ambos casos podrían estar relacionados, ¿te importa si yo también les echo un vistazo?

Vance se lo pensó durante unos instantes.

—Ya se sabe que cuatro ojos ven más que dos.

Vance liquidó con una firma varios documentos que un técnico le tendió mientras Robie miraba por la ventana hacia el centro de mando portátil.

«¿Y si aparezco en uno de esos vídeos? ¿O Julie?»

—Pagaría por saber en qué estás pensando.

Se volvió y se encontró con la mirada de Vance.

—Bueno, ¿qué puedo hacer para ayudar? —dijo, haciendo caso omiso de la pregunta.

—Puedes darle vueltas a todo esto. Y podemos seguir unas pocas pistas.

—¿Cuáles son?

—El trabajo de Wind en el DCIS, para empezar. Por supuesto, gozas de una situación privilegiada para investigarlo. Y luego está el marido. ¿Hay algo en la biografía de ella que pudiera haber propiciado su muerte?

—Teniendo en cuenta el estado del cadáver, lo mataron antes que a ella.

—Lo cual me lleva a pensar que el motivo podría estar relacionado con Rick Wind —aseveró Vance—. ¿Sabes algo más de él?

—Estuvo destinado tanto en Irak como en Afganistán mientras estuvo en el ejército —explicó Robie.

—Igual que todos los militares en los últimos diez años.

—Por lo que parece, dejó el ejército con una hoja de servicios impecable. Su esposa, por su cargo dentro del DCIS, también visitó Irak y Afganistán en varias ocasiones.

—¿A la vez que su marido?

—No, después.

—Has dicho que Wind dejó el ejército de forma impecable, pero ¿podría haber algo más? ¿Cuánto tiempo pasó en Oriente Medio? ¿Resultó herido o lo capturaron? ¿O cambió de opinión?

—¿Quieres saber si se pasó al otro bando? ¿Si se convirtió en un enemigo de su propio país?

—Sí, eso.

—No puedo responder.

—¿No puedes o no quieres?

—No sé la respuesta.

—Le cortaron la lengua.

—Lo vi con mis propios ojos, agente Vance.

—Anoche investigué un poco en el ordenador.

—Eso puede resultar peligroso.

—Y también envié un mensaje de correo electrónico a algunos de nuestros expertos en Oriente Medio. Los fundamentalistas islámicos a veces cortan la lengua de las personas que creen que les han traicionado.

—Sí, así es.

—Podría ser el caso.

—Necesitamos saber mucho más antes de confirmar tal cosa.

—Una lengua cortada, un autobús que estalla. Esto empieza a parecer terrorismo internacional, Robie.

—¿Cómo encaja aquí el autobús?

—Múltiples víctimas. Provoca histeria en el país.

—Puede ser.

—Rick Wind estaba implicado de algún modo. Se puso nervioso y cambió de opinión. Se encargaron de él. Y luego mataron a su mujer porque temían que pudiera haberle contado algo.

—Su ex mujer. Y trabaja para el DCIS. Si él le hubiera contado algo, ella nos lo habría dicho. Y sí confirmo que no nos contó nada.

—Tal vez no llegara a tener la oportunidad.

—Tal vez.

—Es una teoría viable.

Robie se rascó la mejilla.

—Supongo.

—No te veo muy convencido.

—Es que no lo estoy.

47

Robie salió al exterior al cabo de una hora tras repasar los detalles del tiroteo masivo. El aire era más cálido y el ambiente se iba caldeando todavía más con el ascenso del sol. Era uno de aquellos días claros en Washington D.C. que se sabía que no iba a durar. No en aquella época del año. La capital era como una diana en un mapa meteorológico. Los sistemas del norte, sur y oeste que cruzaban con regularidad la línea de los Apalaches y azotaban la zona, y su confluencia, provocaban condiciones meteorológicas extremas.

Sin embargo hoy hacía un día bueno, pero daba la impresión de que lo único bueno era el tiempo.

Robie lanzó una mirada a los indicadores numerados que marcaban la ubicación de los cadáveres en la acera. «Sí, el tiempo es lo único bueno.»

Caviló acerca de lo que Vance le había dicho.

La plataforma del tirador había sido un todoterreno del servicio secreto.

Había desaparecido con anterioridad.

Las cosas no desaparecían del servicio secreto.

Robie había trabajado con esa agencia hacía años para deshacer un desaguisado en un país al que nunca quería regresar. La agencia era pequeña en comparación con los mastodónticos FBI y Departamento de Seguridad Nacional. Pero contaba con un personal excelente, leal, los únicos agentes federales que se preparaban de forma sistemática para encajar una bala para salvar a su protegido.

Miró a su izquierda y vio el puesto de mando móvil del FBI.

Se acercó y dio un golpecito en la puerta. Enseñó la placa rápidamente al agente que respondió a su llamada. Pronunció el nombre de Vance y le dejaron pasar. Estaba lleno de tecnología de última generación y de equipos de investigación. Había otras cuatro personas. Robie los dividió en su interior entre agentes especiales y apoyo técnico. Los dos técnicos tecleaban en el ordenador y los datos fluían obedientemente a lo largo y ancho de varias pantallas apiladas en la larga mesa.

—Vance me ha dicho que estáis recopilando imágenes de las cámaras de vigilancia de la escena de la explosión del autobús. ¿Habéis descargado alguna ya?

El agente que le había dejado entrar al puesto de mando asintió.

—Un momento.

Envió un SMS por el móvil. Robie sabía exactamente de qué se trataba.

«Espera la aprobación de Vance para enseñarme las imágenes.»

Robie no se había esperado menos. El FBI no contrataba a gente imbécil.

Robie oyó el sonido que indicaba la llegada de un mensaje. El hombre miró la pantalla y dijo:

—Por aquí, agente Robie. —Lo condujo a una esquina y señaló una pantalla en blanco—. Esto es lo que tenemos por ahora.

El agente pulsó unas cuantas teclas y el archivo se descargó en pantalla.

Robie se sentó en una silla giratoria, cruzó los brazos sobre el pecho y esperó.

—¿Lo has visto ya? —preguntó Robie.

—Para mí también es la primera vez.

Robie notó que se le aceleraba el pulso.

Aquello podía resultar muy revelador para todo el mundo, pensó.

La puerta se abrió y vio a Vance. La cerró detrás de ella y se acercó a ellos.

—¿Llego a tiempo para el espectáculo? —preguntó.

—Sí, señora —dijo el otro agente respetuosamente.

Vance se sentó al lado de Robie y sus respectivas rodillas a punto estaban de rozarse. Ella fijó la atención en la pantalla que estaba cobrando vida.

Apareció la imagen del autobús. El vehículo recorrió unos cuantos metros. Robie se sintió aliviado al ver que la grabación no era del lado del autobús en el que estaba la puerta. Al cabo de unos segundos, el autobús explotó.

Robie volvió a ponerse tenso. Una vez destrozado el autobús, no habría nada que bloqueara la visión de la cámara hacia el otro lado de la calle, donde las siluetas pixeladas de Robie y Julie estaban moviéndose y acabarían por el suelo. Al cabo de unos segundos, los dos se levantarían y entonces...

La pantalla se quedó negra.

Robie miró al agente que controlaba el proceso.

—¿Qué ha pasado?

—La explosión debe de haber dejado la cámara inutilizada. Suele pasar. Las cámaras de los bancos no están hechas para estos fines.

Pulsó más botones en el teclado y al final llamó a un técnico, que ejecutó unos cuantos comandos más pero sin obtener ningún resultado pasados cinco minutos.

Robie aguantó otras dos grabaciones de vídeo que eran más o menos lo mismo que las dos primeras. El lado contrario del autobús y las cámaras se apagaban tras la explosión.

—¿Hay alguna cámara cerca de la estación de autobuses que muestre a los pasajeros mientras subían? —preguntó Robie. Había intentado hacer memoria pero no recordaba que hubiese ninguna cámara.

—Ninguna que podamos encontrar ahora mismo —dijo Vance—. Pero acabamos de empezar y estamos intentando localizar más grabaciones. Sobre todo desde el otro lado de la calle. Y todo el mundo lleva móvil y la mayoría de los móviles tienen cámara de fotos y de vídeo, así que estamos intentando encontrar a alguien que estuviera ahí anoche que viera o llegara incluso a fotografiar o grabar algo después. Aunque, si así fuera, a estas alturas ya estarían en todos los noticiarios o en YouTube. Voy a hacer que mis hombres comprueben si había más cámaras de vigilancia a lo largo de la ruta del autobús esta tarde, en cuanto tengamos mejor controlada esta escena del crimen.

«Lo cual significa que yo tengo que encontrarlas antes», pensó Robie.

48

Robie estaba cerca de lo que, para él, era la zona cero.

Una docena de técnicos forenses examinaban los restos del autobús mientras una furgoneta de pruebas del FBI les esperaba cerca para llevarse cualquier prueba al laboratorio. Al igual que en Donnelly's, había controles de carretera por todas partes que frenaban a los reporteros que querían verlo y saberlo todo enseguida.

Miró a izquierda y derecha, arriba y abajo. Vance estaba en lo cierto; no veía nada obvio. El vídeo del banco ubicado al otro lado de la calle ya estaba en la base de datos pero por suerte había quedado inutilizado por la detonación. Alzó la vista. Había una cámara a unos tres metros del suelo en la esquina de una intersección. Apuntaba hacia abajo y también había captado imágenes del autobús. Si hubiera estado apuntando hacia un ángulo distinto, quizás hubiera grabado imágenes de él y Julie mientras huían.

Al igual que en la mayoría de los deportes, era una cuestión de centímetros. Ciertas cosas escapan al control de uno. Y en esos casos hay que contar con la suerte.

«¿Pero cuánta más suerte voy a seguir teniendo?»

Desvió la atención hacia la parte problemática de la calle, el lado en el que habían estado Julie y él. Empezó a caminar. Dado el ángulo de cobertura de la calle que una cámara podía tener, calibró hasta qué punto podía preocuparse y añadió un diez por ciento en cada extremo para ir sobre seguro. Cubrió ese terreno de forma meticulosa.

Rápidamente se fijó en una cámara situada en un muro a unos seis metros a la izquierda de donde el autobús había explotado. Parecía apuntar directamente al lugar de la explosión. Miró el negocio allí ubicado.

«Oficina de crédito y caución.» Cómo no. En este barrio el dueño seguro que tenía un grupo de clientes fijos. Miró a través de la cristalera delantera con barras de hierro oxidadas que la cruzaban.

A la derecha de la puerta había un cartel que decía: LLAMAR AL TIMBRE.

Robie llamó al timbre.

Sonó una voz por el pequeño interfono blanco de la puerta.

—¿Sí?

—Agente federal. Necesito hablar con usted.

—Pues hable.

—Cara a cara.

Robie oyó unos pasos que se acercaban. Un hombre bajo y ancho de unos cincuenta años con más pelo blanco en el bigote que en la cabeza le miró a través del ventanal.

—Enséñeme la placa.

Robie la presionó contra el cristal.

—¿DCIS?

—Forma parte del Departamento de Defensa. El ejército.

—¿Qué quiere de mí?

—Abra la puerta.

El hombre abrió la pesada puerta. Vestía unos pantalones negros anchos y una camisa blanca con las mangas arremangadas hasta los codos. Por encima de los mocasines Robie le vio la piel rosada.

Robie cruzó el umbral y cerró la puerta detrás de él.

—¿Qué quiere? —volvió a preguntar el hombre.

—¿Sabe el autobús que explotó al otro lado de la calle?

—¿Qué pasa con él?

—Usted tiene una cámara de vigilancia.

—Sí, ¿y qué?

—¿El FBI ya ha pasado por aquí para preguntarle por este tema?

—No.

—Tendré que confiscar la película o el DVD o el soporte que use para almacenar las imágenes que graba la cámara.

—Pues es nada.

—¿Cómo?

—Hace un año que la cámara no funciona. ¿Por qué se cree que he tenido que venir al ventanal para ver quién llamaba a la puerta, listillo?

—¿Y por qué está ahí?

—Como medida disuasoria, ¿para qué va a ser? Esta zona no es muy segura que digamos.

—De todos modos, tengo que verla.

—¿Por qué?

—A los listillos nos gusta cerciorarnos de las cosas.

De todos modos, resultó ser que el hombre decía la verdad. Era evidente que el aparato estaba estropeado desde hacía tiempo y, cuando examinó la cámara, Robie vio que el cable que lo conectaba al edificio ni siquiera estaba enchufado.

Robie se marchó y continuó caminando.

Casi había llegado al final del sector que había delimitado cuando vio al sintecho de la noche que el autobús había explotado, el que se había puesto a bailotear gritando que quería algo bueno para asar en la hoguera de metal y carne humana. Daba la impresión de que él y sus colegas sintecho habían sido expulsados de la escena del crimen y estaban apiñados al otro lado de las barreras policiales. Eran tres, cada uno con su respectiva bolsa de basura llena, sin duda, con todas sus pertenencias.

El sintecho tenía pinta de llevar mucho tiempo viviendo en la calle. Tenía el cuerpo y la ropa mugrientos. Llevaba las uñas largas y ennegrecidas y los dientes podridos. Robie se dio cuenta de que los periodistas les evitaban. Se preguntó si a algún reportero se le había ocurrido que la gente de la calle podía haber visto algo esa noche. Aun así, Robie se preguntó hasta qué punto los periodistas serían capaces de sacarles información fiable.

Y luego se planteó si el FBI había intentado interrogarlos. Los hombres de Vance quizá ni siquiera supieran que estaban allí esa noche. Quizá no supieran que podían poseer información valiosa. E información también que podía resultar bastante perjudicial para Robie.

Robie dejó atrás la barrera policial y quedó rodeado de inmediato por los reporteros. No miró a ninguno de ellos y no hizo ningún intento de responder a las preguntas que le lanzaban a gritos. Se apartó micrófonos y libretas de la cara y siguió adelante hasta donde estaban los tres sintecho.

—¿Tenéis hambre? —preguntó.

El tipo de la parrilla, que tenía los ojos desorbitados y parecía haber perdido la capacidad de razonar hacía tiempo, asintió y se echó a reír.

—Siempre tengo hambre.

«Por lo menos me entiende», pensó Robie. Miró a los otros dos. Había una mujer, bajita, hinchada, ennegrecida por las calles. La bolsa de basura estaba repleta de mantas y lo que parecían trastos reciclados. Resultaba imposible calcular su edad, Robie se veía incapaz de deducir si tenía veinte o cincuenta años, dadas las capas de mugre.

—¿Tienes hambre?

Ella se limitó a mirarlo. A diferencia del hombre de la parrilla, daba la impresión de que no sabía inglés.

Los apartó todavía más de la legión de reporteros y entonces echó un vistazo a la tercera persona. Se la veía más prometedora. Aparentaba unos cuarenta años pero no daba la impresión de llevar tanto tiempo en la calle. Y su mirada denotaba inteligencia y terror a partes iguales. Robie se preguntó si la reciente crisis económica se había cebado en ella al igual que en los muchos millones que eran trabajadores o pertenecían a la clase media y habían dejado de serlo.

—¿Quieres algo de comer?

La mujer retrocedió y sujetó con fuerza el bolso de lona. Tenía logos grabados, lo cual suponía otro indicio de su origen. Los sintecho de toda la vida no llevaban ese tipo de bolsos. Con el paso de los años, se estropeaban o se los robaban.

Ella negó con la cabeza. Robie comprendía su inquietud. Lo que iba a hacer a continuación confirmaría las sospechas de Robie acerca de ella.

Sacó la placa y la mostró.

—Soy agente federal.

La mujer dio un paso hacia él con aspecto aliviado. Al hombre-parrilla se le borró la sonrisa de la cara. La otra mujer se quedó ahí plantada, mirando hacia una realidad que claramente la había dejado atrás.

Robie recibió su respuesta. Las personas que se habían quedado sin techo en épocas recientes todavía respetaban a la autoridad. De hecho, ansían la ley y el orden que han sustituido recientemente por la anarquía que les espera sobre el asfalto. La gente que lleva mucho tiempo en la calle, tras años de que les digan que se aparten, que muevan el culo, que limpien su mierda, que se larguen de allí porque no les quiere nadie, no. Temen y odian la placa.

Robie se dirigió al hombre-parrilla.

—Hay una cafetería por aquí. Voy a comprar algo de comida y os la voy a traer. Para ella también —añadió, señalando a la mujer que tenía la mirada perdida—. ¿Me esperáis hasta que vuelva?

El hombre parrilla asintió lentamente con expresión suspicaz. Robie se sacó un billete de diez dólares del bolsillo y se lo tendió para tranquilizarlo.

—¿Quieres café, bocadillo?

—Sí —dijo el hombre-parrilla.

—¿Y ella? —preguntó Robie, señalando a la otra mujer.

Robie se dirigió hacia la tercera persona sin techo.

—¿Me acompañas a la cafetería? ¿Y te esperas conmigo mientras compro la comida?

—¿Me he metido en algún lío? —preguntó. En ese momento sonó como una persona que había pasado mucho tiempo en la calle.

—No, para nada. ¿Estabais aquí la noche que explotó el autobús?

El hombre-parrilla se dio un golpe en el pecho y dijo:

—Yo.

Robie estuvo a punto de decir «ya lo sé» pero se contuvo. De hecho el hombre-parrilla empezaba a preocuparle. Parecía razonablemente cuerdo.

«¿Y si se acuerda de haberme visto?»

—¿Algún otro agente ha hablado con vosotros? —preguntó Robie, mirándolos a los tres.

El hombre-parrilla apartó la mirada cuando se empezó a oír una sirena. Frunció los labios. Daba la impresión de estar gruñendo. Entonces se puso a aullar al son de las sirenas.

—Estábamos todos ahí —dijo la segunda mujer—. Pero nos marchamos después de que se produjera. Me parece que la policía no sabe que lo vimos.

Robie se centró en ella.

—¿Cómo te llamas?

—Diana.

—¿Y de apellido? —El temor volvió a asomar a sus facciones—. Diana —dijo Robie con voz queda—, no estás metida en ningún lío, te lo prometo. Solo intentamos averiguar quién hizo explotar el autobús y me gustaría hacerte unas preguntas, eso es todo.

—Me llamo Jordison.

El hombre-parrilla lo agarró del brazo.

—¿Comida caliente?

—Enseguida. —Robie fue con Jordison a la cafetería.

En cuanto entraron, el hombre que había tras la barra empezó a ahuyentar a Jordison, pero Robie enseñó la placa.

—Ella se queda —afirmó. El hombre retrocedió y Robie hizo sentar a Jordison en una mesa del fondo—. Pide lo que quieras —indicó mientras le tendía la carta que cogió de una pila de la mesa contigua.

Robie se acercó a la barra.

—Necesito comida para llevar —dijo. Hizo el pedido. Mientras se lo preparaban, se sentó frente a Jordison. Una joven camarera se acercó a tomarles nota.

—Yo solo un café —dijo Robie. Miró a Jordison.

La mujer se sonrojó y se mostró insegura. Robie se preguntó cuánto tiempo habría transcurrido desde la última vez que había pedido algo en un café. Un acto sencillo para la mayoría de la gente pero era asombroso lo rápido que los actos sencillos se convertían en complejos cuando uno dormía en callejones, parques o encima de las rejillas de la calefacción y recogía el pan nuestro de cada día de los cubos de basura.

Robie señaló un plato de la carta.

—El Americano tiene de todo: huevos, tostadas, beicon, gachas de maíz, café, zumo. ¿Qué te parece? ¿Huevos revueltos? ¿Zumo de naranja?

La mujer tenía pinta de necesitar una buena dosis de vitamina C y proteínas.

Jordison asintió levemente y le devolvió la carta a la camarera, que parecía no estar muy interesada en aceptarla.

Robie miró a la joven camarera.

—Mi amiga tomará un Americano —dijo—. ¿Y podrías traer, por favor, el café y el zumo ya? Gracias.

La camarera se marchó a entregar el pedido. Trajo los cafés y el zumo. Robie se lo tomó solo pero Jordison le añadió leche y varios terrones de azúcar al suyo. Robie se dio cuenta de que se guardaba unos cuantos azucarillos en el bolsillo. Alzó la mirada y vio que el dueño le hacía una señal e indicaba las dos bolsas que sostenía, más un soporte con dos cafés.

—Voy a llevar la comida a los otros dos y vuelvo enseguida, ¿de acuerdo?

Robie pagó la cuenta, cogió las bolsas y salió.

49

Cuando Robie llegó adonde estaba el hombre-parrilla y la otra mujer, un reportero en el que se había fijado antes rodeaba a la pareja como un tiburón a los supervivientes de un naufragio.

El periodista miró a Robie.

—¿Haciéndote el buen samaritano? —preguntó, al ver las bolsas y las bebidas.

—Estoy dando utilidad a tus impuestos —repuso Robie. Tendió sendas bolsas y el café al hombre-parrilla y a la mujer. Esta última agarró la comida y el café, cogió sus bolsas de basura y desapareció calle abajo. Robie la dejó marchar porque no consideraba que pudiera decirle gran cosa.

El hombre-parrilla se quedó ahí sorbiendo el café.

—¿Puede responderme a unas preguntas, agente...? —dijo el reportero.

Robie sujetó al hombre-parrilla por el brazo y se marcharon.

El reportero insistió.

—Lo interpreto como «sin comentarios».

Cuando hubieron llegado a la siguiente intersección, Robie habló.

—Dime qué viste la noche que explotó el autobús.

El hombre-parrilla abrió la bolsa y le hincó el diente con avidez al sándwich de beicon, huevo y queso. Se metió un puñado de patatas fritas con cebolla en la boca y las engulló.

—Come despacio, amigo —aconsejó Robie—. No te vayas a atragantar.

El hombre tragó, dio un sorbo al café y se encogió de hombros.

—¿Qué quieres?

—Todo lo que viste u oíste.

El hombre-parrilla dio otro mordisco más pequeño al sándwich.

—Bum —dijo—. Fuego. A tomar por culo.

Dio otro sorbo al café.

—¿Algo un poco más concreto? —añadió Robie lentamente—. ¿Viste a alguien cerca del autobús? ¿Alguien que subiera o bajara?

El hombre-parrilla volvió a llenarse la boca de patatas y a masticar.

—Bum —repitió—. Fuego. A tomar por culo. —Entonces se echó a reír—. Chamuscados.

Robie llegó a la conclusión de que había acertado con la primera impresión acerca de la cordura del hombre-parrilla. No estaba en su sano juicio.

—¿No viste a nadie? —preguntó sin muchas ganas.

—Chamuscados. —Se echó a reír y se acabó el sándwich de un bocado.

—Que te vaya bien —dijo Robie.

El hombre-parrilla engulló el café caliente de un trago.

Robie lo dejó ahí y volvió a la cafetería caminando a buen ritmo.

A Jordison le habían servido la comida y daba cuenta de la misma lentamente. Carecía de la desesperación enérgica del hombre-parrilla. Robie esperó que fuera un buen presagio de que le contara algo útil, o por lo menos comprensible.

Robie se sentó frente a ella.

—Gracias por la comida —dijo Jordison con voz queda.

—De nada.

Robie observó cómo comía durante unos segundos antes de hablar.

—¿Cuánto tiempo llevas en la calle?

—Demasiado —contestó ella mientras se limpiaba la boca con una servilleta de papel.

—No estoy aquí para acribillarte a preguntas sobre eso. No es asunto mío.

—Tenía una casa, y trabajo y marido.

—Lo siento.

—Yo también. Me asombra lo rápido que todo se fue al garete. Sin trabajo, sin casa y sin marido. Nada más que facturas que no puedo pagar. Me refiero a que una oye que estas cosas pasan pero nunca piensas que te vayan a pasar a ti. —Robie no dijo nada y la dejó continuar—. Él probablemente también esté en la calle. Me refiero a mi ex. Bueno, yo le llamo mi ex. Ni siquiera se molestó en presentar la demanda de divorcio. Cogió y se marchó. Y no es que yo no pudiera pagar a un abogado para tramitarlo. —Hizo una pausa antes de añadir—: Fui a la universidad. Tengo un título.

—Estos últimos años han sido muy malos —dijo Robie.

—Trabajé duro, hice lo que tenía que hacer. El sueño americano. Ya ves.

Robie temió que se echara a llorar. La mujer dio un sorbo rápido al café.

—¿Qué quieres saber?

—¿Qué puedes decirme de la noche que explotó el autobús?

Ella asintió.

—He estado durmiendo detrás de un contenedor durante las dos últimas semanas. Por la noche todavía no hace demasiado frío. El invierno pasado fue horroroso. Pensaba que no sobreviviría. Enero fue el primer mes que pasé en la calle.

—Es duro.

—Pensaba que algo o alguien me rescataría. La mitad de mis amigos son como yo. La otra mitad no quiere saber nada de mí.

—¿Parientes?

—Ya no tengo ninguno que esté en condiciones de ayudar. Estoy sola.

—¿Dónde trabajabas?

—Soporte administrativo en una constructora. El peor trabajo posible en esta economía. No era más que un gasto, no generaba ingresos. Fui de las primeras en perder el empleo a pesar de llevar trabajando allí doce años. Ni indemnización, ni prestaciones sanitarias, nada. Dejé de cobrar un sueldo pero las facturas seguían llegando, claro. Luego dejé de cobrar el paro. Luché durante un año para conservar mi casa. Entonces mi marido se puso enfermo. Aquello acabó con los escasos ahorros que teníamos y nos dejó una tonelada de facturas. Y cuando mejora, se larga. En busca de nuevos horizontes, me dijo. ¿Qué te parece? ¿Qué fue de los votos matrimoniales «en la riqueza o en la pobreza»?

La mujer alzó la mirada con aspecto avergonzado.

—Ya sé que no quieres oír esto.

—Entiendo que tengas ganas de desahogarte.

—Pues ya he descargado mi ira con creces, gracias. —Se terminó el desayuno y apartó el plato.

Dedicó unos instantes a poner en orden sus pensamientos.

—Vi que el autobús bajaba por la calle. Era muy ruidoso y por eso me desperté. No duermo bien en la calle. El cemento no es muy cómodo. Y no es... en fin... seguro. Paso miedo.

—Lo entiendo.

—Entonces el autobús paró, ahí en medio de la calle. Recuerdo que me incorporé y asomé la cabeza desde detrás del contenedor y me pregunté por qué se habría parado. He estado en esa terminal de autobuses para rebuscar en los cubos de basura. No era un autobús local. Va hasta Nueva York. Sale a la misma hora cada noche. Lo he visto otras veces. A veces desearía viajar en ese autobús.

«Esa noche seguro que no», pensó Robie.

—¿En qué lado de la calle estabas? ¿El que da a la puerta del autobús o en el otro?

—La puerta estaba al otro lado.

—Vale, continúa.

—Bueno, pues explotó. Me llevé un susto de muerte. Vi cosas volando por todas partes. Asientos, partes del cuerpo, neumáticos. Fue horrible. Tuve la impresión de estar en medio de una zona en guerra.

—¿Viste algo que pudiera haber causado la explosión?

—Supuse que había una bomba en el autobús. ¿Acaso no fue así?

—Todavía estamos intentando averiguarlo —reconoció Robie—. Pero la cuestión es si viste algo, algo que impactara en el autobús, que pudiera ser importante. Un disparo al depósito, ¿quizá? ¿Viste u oíste algo por el estilo?

Jordison negó con la cabeza lentamente.

—Sé que no oí ningún disparo.

—¿Viste a alguien?

Robie la miraba directamente pero disimulaba la tensión que sentía.

—Después de que explotara el autobús, vi a dos personas al otro lado de la calle. Antes el autobús me bloqueaba la visión pero entonces ya no había autobús. Un hombre y alguien que parecía una chica, una adolescente, quizá.

Robie se recostó en el asiento sin apartar la vista de ella.

—¿Podrías describirlos?

«Mejor que salga ahora», pensó.

—La chica era bajita y llevaba una chaqueta con capucha, así que no le vi la cara.

—¿Qué hacían?

—Levantarse. Bueno, el hombre. La explosión debió de derribarlos a los dos. Igual se quedaron sin sentido. Supongo que yo estaba lo bastante lejos y que el contenedor hizo de barrera. Pero ellos estaban más cerca. Estaban al otro lado de unos coches estacionados.

—¿Qué ocurrió a continuación?

—El hombre se levantó primero y entonces se acercó a la chica para ayudarla a levantarse. Hablaron durante unos instantes y luego el tipo empezó a mirar a su alrededor. Fue entonces cuando el viejo empezó a cantar y a gritar sobre la parrilla. Acto seguido, el hombre y la chica se marcharon.

—¿Tienes idea de dónde habían salido?

—No.

—¿Qué aspecto tenía el hombre?

Ella lo miró con expresión significativa.

—La verdad es que se parecía mucho a ti.

Robie sonrió.

—Supongo que tengo un aspecto de lo más normal. ¿Puedes dar más detalles?

—Tengo muy buena vista. Me operaron de los ojos antes de que mi vida se desmoronara.

—Pero había llamas y humo entre tú y el hombre. Y estaba oscuro.

—Es cierto. No podría identificarlo en una rueda de reconocimiento, si te refieres a eso. Pero el fuego realmente transformó la noche en día.

—¿Pero tenía más o menos mi altura, complexión y edad?

—Sí.

—¿Estás segura de no haber visto nada que impactara contra el autobús antes de que explotara?

—Bueno, para entonces estaba bien despierta. Pero no vi ni oí nada que hubiera hecho detonar el autobús.

—Gracias, Diana. Si necesito volver a ponerme en contacto contigo, ¿estarás por aquí?

—No tengo ningún otro sitio adonde ir —reconoció, agachando la cabeza.

Robie le tendió una tarjeta.

—Veré si puedo hacer algo para sacarte de la calle.

A Jordison le tembló la voz cuando miró la tarjeta.

—Señor, sea lo que sea, lo agradeceré. Hubo un tiempo en que no aceptaba caridad. Imaginaba que podría salir de esto yo sola. Ese tiempo ya pasó.

—Entiendo.

Robie volvió en el coche a Donnelly's. Estaba bajando del vehículo cuando Vance lo vio.

—Tenemos una novedad en el caso —dijo tras acercarse a él a toda prisa.

—¿Qué?

—Los de la Agencia de Armas de Fuego y Explosivos han encontrado el origen de la detonación.

—¿Dónde? —preguntó Robie rápidamente.

—En el hueco de la rueda, en el lado izquierdo. Tenía un sensor de movimiento. El autobús se pone en marcha, activa el temporizador. Al cabo de unos minutos, ¡bum!

Robie se la quedó mirando mientras los pensamientos se agolpaban en su interior.

El tipo que iba a por Julie no se habría subido a un autobús que acababa de manipular para que explotara.

Aquello dejaba solo una explicación posible.

«Iban a por mí.»

50

Robie dedicó una hora a repasar los hallazgos de la Agencia de Armas de Fuego y Explosivos con Vance y luego desapareció discretamente para hacer una llamada a Hombre Azul.

—Se llama Diana Jordison. —Robie la describió—. Estará por la zona donde explotó el autobús. Ha sido de gran ayuda y creo que puede ser incluso más útil en el futuro. Pero hay que sacarla de la calle. Si no, es demasiado arriesgado.

Hombre Azul dijo que se encargaría del asunto y Robie tuvo que fiarse de que así sería. Por lo menos por el momento. Tenía pensado comprobarlo más adelante. Al fin y al cabo Robie ya no podía confiar en nadie.

—También quiero que encuentres el máximo de información posible sobre un tal Leo Broome. Trabaja en algún sitio del Capitolio.

—¿Cómo encaja en todo esto? —preguntó Hombre Azul.

—Pues no lo sé. Pero tengo que cubrir esa posibilidad.

—El informe, Robie. Lo quiero lo antes posible.

Hombre Azul colgó.

«Yo también quiero muchas cosas —pensó Robie—. Quiero salir de esta pesadilla.»

Al cabo de una hora estaba en su apartamento. Se duchó y se cambió de ropa. Se guardó la pistola en una pistolera del cinturón que le quedaba centrada en la espalda y subió al Volvo. Entonces envió un mensaje a Julie y recibió una respuesta al cabo de unos segundos confirmándole que estaba bien. Le envió otro mensaje diciéndole que pasaría por ahí más tarde y que probablemente se quedaría con ella en el apartamento a pasar la noche.

Cruzó la ciudad y entró en un parking situado en la esquina del Old Ebbitt Grill, un clásico de Washington situado de cara a la fachada este del edificio del Tesoro, cercano a la Casa Blanca. Encontró una plaza de aparcamiento cerca de la entrada.

Robie estaba allí para asistir a su cita de las ocho con Annie Lambert. Entró en el W Hotel y subió en el ascensor hasta el bar al aire libre de la azotea, que de hecho estaba cubierto. Desde ahí se divisaba la Casa Blanca e incluso el cementerio de Arlington, en Virginia.

Era un día laborable por lo que el local no estaba lleno, aunque había unas veinte personas acunando bebidas entre las manos, tomando tentempiés y pidiendo de la carta. Robie miró a su alrededor pero no vio a Lambert. Comprobó la hora. Había llegado unos dos minutos antes de tiempo.

Tomó asiento a una mesa cerca de la barandilla y dejó la mirada perdida en las vistas a la ciudad. Los edificios eran impresionantes. Nadie lo pondría en duda. Bueno, probablemente no la gente que se esforzaba al máximo por hacerlos saltar por los aires. El camarero se le acercó y Robie pidió un *ginger-ale*. Le fue dando sorbitos mientras miraba constantemente la puerta del bar. A la quinta consultó la hora. Eran las ocho y cuarto. A lo mejor Lambert no se presentaba. Quizás había querido llamarle pero no le había dado su número y él no tenía el de ella. Tal vez había tenido que quedarse a trabajar hasta más tarde en la Casa Blanca.

Estaba a punto de levantarse cuando apareció. Ella lo vio y se le acercó rápidamente.

—Lo siento mucho —se disculpó. Colgó el abrigo en el respaldo del asiento y se sentó, con el bolso al lado. Robie se fijó en que todavía llevaba los tacones. Probablemente llevara las zapatillas de deporte en el bolso. La melena suelta le llegaba hasta los hombros y resultaba ser un telón de fondo atractivo para su largo cuello.

—¿Has venido andando a toda prisa?

—¿Cómo lo sabes? —preguntó ella jadeando.

—No creo que vayas en la bici con los tacones y te has quedado sin aliento por un corto paseo seguido de un trayecto en ascensor.

Ella se echó a reír.

—Buenas deducciones. Sí, he dejado la bicicleta en el trabajo y he venido corriendo. Justo a las ocho menos cinco me he liado con una cosa y tenía que acabarlo. Y eso he hecho.

—Entonces te mereces una recompensa.

Robie hizo una señal al camarero y Lambert pidió un vodka con tónica. El camarero se lo trajo junto con un cuenco de frutos secos y galletas saladas que colocó entre ambos.

Robie mordió un fruto seco y dio un trago a la bebida. Lambert dio sorbos a su cóctel, cogió un puñado de *snacks* y los engulló.

—¿Tienes hambre?

—Hoy no he tenido tiempo de comer —explicó—. Ni de desayunar, la verdad.

—¿Quieres pedir algo de la carta?

Lambert pidió una hamburguesa con queso y patatas fritas mientras que él se contentaba con unos rollitos de primavera.

—No sigo la dieta más sana del mundo —reconoció—. Es una especie de riesgo laboral.

Robie se acomodó en el asiento y se preparó para mantener una conversación sobre temas triviales. Le había apetecido tomarse una copa con Lambert. Pero ahora que estaba ahí con ella, le parecía una locura teniendo en cuenta los líos en los que estaba metido.

«No puedo ser normal, por mucho que quiera serlo.»

—Lo entiendo. ¿Viajas mucho por motivos laborales? —preguntó, intentando esperar emocionado la respuesta.

—No, oficialmente no ocupo un cargo lo bastante alto en la jerarquía para que me tengan siquiera en consideración para un viajecito en el Air Force One, ni en uno de los aviones secundarios. Pero trabajo duro y me estoy forjando un nombre yo sola, y quizás algún día... quién sabe.

—Claro. ¿Y te gusta la política?

—Me gustan las «políticas» —repuso—. La verdad es que no participo en las campañas ni en las elecciones ni cosas así. Soy especialista en temas energéticos y redacto libros blancos e informes y ayudo a escribir discursos para la administración en esos ámbitos.

—¿O sea que tienes formación en ese campo?

—Soy licenciada en Ingeniería. Tengo un doctorado en bioquímica con especial hincapié en las fuentes de energía renovables. Y nos estamos quedando sin combustibles fósiles. Por no hablar del enorme perjuicio que causa el cambio climático.

Robie desplegó una amplia sonrisa.

—¿Qué? —dijo ella.

—Ahora hablas como un político.

Ella se echó a reír.

—Supongo que todo se pega.

—Me imagino.

Les trajeron la comida y ella se comió la hamburguesa con avidez seguida de varias patatas fritas inundadas de kétchup.

Robie condimentó uno de los rollitos de primavera con salsa agridulce y le dio un mordisco.

—¿Y tú? —preguntó Lambert—. Dijiste que te dedicabas a las inversiones y que eras autónomo.

—En realidad ahora hago lo menos posible.

—Pues no tienes pinta de ser de esos. Pareces demasiado enérgico para quedarte de brazos cruzados.

—No me quedo de brazos cruzados. He viajado bastante, he hecho trabajos muy interesantes y ganado lo suficiente para tomarme algún tiempo libre y eso es lo que hago ahora. Lo menos posible. Pero en algún momento esto acabará. Tienes razón, soy demasiado enérgico.

—De todos modos, suena bien. Disfrutar de la vida.

—No está mal. Pero también puede ser muy aburrido.

—No me importaría probarlo en algún momento.

—Espero que puedas.

—¿Cómo acabaste en Washington D.C.? ¿O eres de aquí?

—No he conocido a mucha gente que sea de aquí. Yo soy del Medio Oeste. ¿Y tú?

—Connecticut. Mis padres eran de Inglaterra. En realidad soy adoptada. Hija única.

—No tienes acento inglés.

—Solo viví en Inglaterra hasta los cinco años. Ahora el único acento que tengo es el de la Costa Este y no muy marcado, la verdad. ¿Tienes hermanos?

—No, solo yo. No me habría importado tener hermanos.

—Pero los niños no suelen tener voz ni voto en ese asunto.

—Creo que a ti también te habría gustado tener hermanos —comentó Robie. Miró por encima del hombro de ella al oír una sirena.

Ella lo miró con resignación.

—Da la impresión de que estamos haciendo las cosas por inercia, ¿no?

Robie no captó el significado del comentario de buenas a primeras. Cuando se dio cuenta de por dónde iban los tiros, la miró.

—¿Cómo? —dijo.

—Mira, ya sé que dijiste que querías salir más y que estaría bien tomar una copa juntos. Pero no estoy segura de que realmente estés presente. Supongo que entiendes lo que quiero decir. —Mordió una patata frita y bajó la mirada antes de continuar—: Me refiero a que yo no soy más que una experta en políticas energéticas. Nunca ganaré mucho dinero. Me pasaré la vida sentada a un escritorio redactando informes bien documentados que nadie leerá. Además, aunque los lean, los utilizarán para fines que yo nunca imaginé. Tú has ganado un montón de dinero, probablemente hayas viajado por todo el mundo. Debo de parecerte aburrida como una ostra. —Cogió otra patata con gesto nervioso pero no se la comió. Se la quedó mirando como si no estuviera segura de lo que era.

Robie se inclinó hacia delante y salió de su coraza protectora en más de un sentido. Le cogió la patata y mordió la mitad.

—Tenía ganas de tomar una copa contigo. Si no lo hubiera querido, no estaría aquí. Y si estaba obrando por inercia, te pido disculpas. Sinceramente. No me pareces aburrida.

Ella sonrió.

—¿Te ha gustado la patata?

—Sí, ¿quieres rollito?

—Pensaba que nunca me lo ibas a ofrecer.

Mientras se intercambiaban comida, Annie dijo:

—Probablemente no suelas tomar alimentos grasos. Te he visto haciendo ejercicio. ¿También corres?

—Solo cuando alguien me persigue.

Ella se echó a reír.

—Yo debo de tener un metabolismo acelerado. Como porquerías y no engordo ni un gramo.

—A mucha gente le gustaría tener ese problema.

—Lo sé. Me lo dicen algunas de las mujeres con las que trabajo. —Le tendió la hamburguesa—. ¿Quieres probarla? Está muy buena.

Robie dio un bocado y se limpió la boca con la servilleta. Cuando acabó de masticar, habló.

—Supongo que trabajar en la Casa Blanca implica trabajar muchas horas, hacer poco ejercicio, comer cuando puedes y tener un horario de locos.

—¿Has trabajado allí alguna vez? Porque lo has resumido a la perfección.

—No creo que esté hecho para trabajar en la Casa Blanca. Los mejores y los más brillantes, ya sabes.

—Seguro que la mitad del país no está de acuerdo contigo al respecto.

Robie sonrió y la observó mientras masticaba las patatas fritas. Robie admiró las vistas de la ciudad.

Lambert siguió la mirada de él.

—Aunque trabajo ahí, me sigue resultando raro ver a los francotiradores en la azotea de la Casa Blanca.

—Contra-francotiradores —dijo Robie de forma instintiva e inmediatamente se arrepintió del desliz. Sonrió—. Sigo la serie *Navy: Investigación Criminal*. Ahí es donde he aprendido esa palabra.

—Yo la grabo —dijo Lambert—. Es una gran serie.

El silencio volvió a instalarse entre ellos.

Al final Robie fue quien lo rompió.

—Siento no ser un gran conversador. No es intencionado. Suelo tener altibajos.

—A mí me pasa igual, así que a lo mejor somos muy compatibles.

—A lo mejor —dijo Robie. Pero entonces realmente le entraron ganas de hablar. Volvió a mirar hacia el exterior, en dirección al cementerio de Arlington, en el lado de Virginia, situado en lo alto de una colina—. Cuando los estados de la Unión se apoderaron de las tierras de Robert E. Lee y las convirtieron en un cementerio militar, dijeron que el general Lee podía recuperar su propiedad si pagaba los impuestos atrasados. Pero la trampa era que tenía que pagarlos en persona. Como es de imaginar, nunca aceptó la oferta de Lincoln.

—No lo había oído nunca.

—No sé si es verdad o no, pero es una buena historia.

—Y acabas de refutar tu afirmación. Sí que eres un buen conversador.

—Supongo que depende del momento.

—¿Te gusta el mundo de las inversiones?

—Antes sí —respondió—, pero al cabo de un tiempo dedicarse únicamente a ganar dinero no parece suficiente. Hay otras cosas en la vida, ya me entiendes.

—Siempre hay otras cosas en la vida aparte del dinero, Will —dijo ella—. El dinero no es más que un medio para conseguir un objetivo. No debería ser el propósito en sí.

—Para mucha gente lo es.

—Y hay mucha gente que confunde las prioridades. Sobre todo en esta ciudad.

—Otra vez hablas como los políticos —dijo él, lo cual la hizo sonrojarse—. ¿Quieres que sea tu jefe de campaña?

—Sí. Puedo presentar un programa basado en preocuparse más por los demás que por uno mismo. Supondría todo un cambio para los poderes fácticos.

—Oye, que les den. Lleva tu mensaje a la gente.

Robie la observó mientras ella se acababa la comida.

—Bueno, ¿y qué te espera después de la Casa Blanca?

Lambert se encogió de hombros.

—Casi todos los que trabajan ahí tienen planificados los siguientes cuarenta años de su vida. Saben exactamente qué quieren y cómo conseguirlo. Siempre al máximo de sus posibilidades, supongo.

—Siempre quieren ir más allá —repuso Robie. Estaba pensando en que Julie le había dado una respuesta similar al hablar del futuro.

—Y cuando trabajas en la Casa Blanca —añadió Lambert—, en realidad dedicas tu vida a otra persona, al presidente que sirves. Tu identidad está condicionada al éxito de otra persona.

—Debe de ser duro vivir así.

—A decir verdad, nunca pensé que llegaría tan lejos.

—Debes de haber hecho algo bien. ¿Estudiaste en una de las universidades de la Ivy League? ¿Contactos?

—Culpable de ambos cargos. Mis padres son gente adinerada y son activos en el mundo de la política, así que sé que movieron algunos hilos para meterme aquí.

—Creo que para entrar en la Casa Blanca necesitas méritos propios porque, a ese nivel, todo el mundo tiene hilos que mover.

—Gracias por decirlo. No suele ser lo que oigo. —Se presionó la servilleta contra los labios y lo observó con fijeza—. ¿Y qué te espera a ti?

—Tal vez un cambio de dirección. Hace demasiado tiempo que me dedico a lo mismo.

—Cambiar es bueno.

—Tal vez. A lo mejor algún día podemos seguir hablando del tema.

Ella desplegó una amplia sonrisa.

—¿Me estás pidiendo una cita?

—¿Me he saltado algún paso intermedio? ¿No se puede pasar de una copa a una cita?

—Por mí no hay problema —se apresuró a decir.

Más tarde, cuando llegó la cuenta, Robie la cogió a pesar de las protestas de ella.

—Ya tendrás oportunidad de pagar tú. —El comentario la hizo reír.

Robie la acompañó a pie hasta la Casa Blanca. Le había explicado que tenía que acabar unas cosas y recoger la bicicleta. Por el camino, Lambert entrelazó su brazo con el de él.

Cuando llegaron a la verja, ella sostuvo una tarjeta.

—La información más relevante sobre mí está aquí, incluida mi mesa en la Casa Blanca.

Robie cogió la tarjeta.

—Gracias.

—¿Puedo ponerme en contacto contigo de algún modo?

Robie le dio el número de móvil, que ella introdujo en su teléfono.

Lambert se inclinó hacia delante y le dio un beso en la mejilla.

—Gracias por esta agradable velada, Will. A ver si encontramos un momento para nuestra «cita».

—Cuenta con ello —repuso Robie.

Al cabo de unos momentos Lambert cruzaba rápidamente la verja de la Casa Blanca.

Robie se marchó intentando dejar a un lado su encuentro aunque seguía notando la calidez de su beso en la mejilla.

Una época de su vida curiosa, como poco.

51

Robie se encontraba delante de la terminal desde donde había partido el fatídico autobús. Volvió a repasar mentalmente los acontecimientos de aquella noche. No había matado a Jane Wind y el tirador de refuerzo había hecho el trabajo por él. Robie había puesto en práctica el plan de huida y se había dirigido a esa terminal de autobuses para marcharse de la ciudad. No se lo había dicho a nadie. No había dejado rastro alguno.

«Pero sí que reservé un billete de autobús para ese día y para ese autobús utilizando un nombre falso que se supone que yo soy el único que sabe que existe. Pero alguien más lo sabía. Y estaban dispuestos a matar a toda esa gente solo para acabar conmigo.»

Miró a su alrededor. Era imposible que alguien hubiera colocado esa bomba en el hueco de la rueda ahí. Había entrado en la terminal y la gente había subido a bordo. En cuanto la puerta se cerró tras el último pasajero, el autobús había salido a toda velocidad. Pero había otra gente por la terminal. Pronto partiría otro autobús en dirección al sur, a Miami. Habrían visto al terrorista. No, no colocaron aquí el explosivo del autobús.

Robie se acercó más al edificio de la terminal. Miró por la cristalera y se cercioró de que la mujer que estaba tras el mostrador no era la misma que le había vendido el billete. Con anterioridad, había confirmado que no había cámaras de vigilancia ni en el interior ni en el exterior del edificio. Probablemente la empresa no tuviera dinero para invertir en esos artilugios.

Entró en la terminal. Era igual de cutre que los autobuses que utilizaba la empresa. Se acercó al mostrador y se puso a la cola detrás de una mujer voluminosa con un bebé pegado a su pecho. Había otro niño en un cochecito que la mujer movía adelante y atrás. La imagen hizo pensar a Robie en Jane Wind y sus dos hijos.

Cuando Robie llegó al mostrador la mujer le devolvió la mirada con expresión aburrida. Eran casi las once y probablemente tuviera ganas de marcharse de ahí.

—Dime —masculló.

Robie enseñó la placa.

—Estoy investigando la explosión de uno de vuestros autobuses.

Ella se puso más erguida y se mostró más atenta.

—Ah, vale.

—Necesito saber de dónde vienen los autobuses antes de llegar aquí y cargar a los pasajeros.

—Tenemos un centro de mantenimiento y preparación a dos manzanas de aquí. El conductor ficha ahí, repasa el plan de viaje y realiza una inspección de seguridad del vehículo. Se llena el depósito y se limpia, cosas de esas.

—Dime la dirección exacta.

La joven se la escribió en un papel y se lo tendió.

—Gracias —dijo Robie—. ¿A qué hora acabas el turno?

La mujer enarcó las cejas como si pensara que quería ligar con ella y no le hizo ninguna gracia.

—A medianoche —repuso con recelo—. Y tengo novio.

—No lo dudo. ¿Estudias? —preguntó Robie.

—En la Universidad Católica.

Echó un vistazo alrededor del deprimente interior del edificio de bloques de cemento ligeros.

—Estudia mucho y nunca mires atrás.

Regresó al Volvo y fue dos manzanas hacia el sur.

La puerta de entrada del taller de mantenimiento y preparación estaba cerrada a cal y canto. Al final Robie llamó la atención de un guarda de seguridad que estaba haciendo la ronda. El hombre desconfió y no le abrió la puerta hasta que Robie le enseñó la placa.

—Ya han venido unos agentes del FBI —aseguró el hombre—.

Y también unos tipos de la Junta Nacional de Seguridad en el Transporte para ver si el autobús tenía algún problema.

—¿Y lo tenía?

—Ni idea. ¿Qué puedo hacer por ti?

—Explícame los pasos que se siguen para preparar un autobús.

—La verdad es que no sé mucho del tema. A mí me pagan para pasearme por aquí con una pistola por si hay problemas. Y en esta zona suele haberlos.

—¿Quién sabe del tema? ¿Hay alguien por aquí que sepa?

El guarda señaló hacia el viejo edificio de ladrillo visto.

—Ahí hay dos tipos. Trabajan hasta las dos de la mañana.

—¿Cómo se llaman?

—Chester y Willie.

—¿Trabajan aquí desde hace tiempo?

—Yo solo llevo un mes aquí. Ellos llevan más. Pero no sé cuánto.

—Gracias.

Robie abrió la puerta y miró alrededor de un espacio cavernoso con techos altos, hileras de fluorescentes, cinco autobuses aparcados, cajas de herramientas rodantes, generadores y focos en rejillas delanteras. El ambiente estaba impregnado del olor del aceite, la grasa y el combustible.

—¿Hay alguien aquí? —llamó.

Un hombre negro alto y delgado vestido con un mono apareció por delante de un autobús frotándose las manos en un trapo sucio.

—¿Puedo ayudarte en algo?

Robie enseñó las credenciales.

—Necesito hacerte unas preguntas.

—La poli ya ha estado por aquí.

—Pues yo no soy más que otro poli —repuso Robie—. ¿Eres Chester o Willie? El guarda de fuera me dijo los nombres —añadió cuando el hombre adoptó una expresión suspicaz.

—Willie. Chester está debajo de un autobús sacando una transmisión.

—Cuéntame cómo se revisan los autobuses.

—Entran aquí unas seis horas antes de la hora programada para la salida. Aquí los revisamos. Tenemos una lista de comprobación para el mantenimiento. Comprobamos el motor, el refrigerante, la banda de rodadura de los neumáticos, los frenos, el líquido de la dirección, limpiamos el habitáculo, recogemos toda la mierda que deja la gente. Luego lo llevamos a la parte trasera del edificio, al túnel de lavado. Limpiamos el exterior. Luego llenamos el depósito en la estación de servicio situada cerca de la entrada. Se queda ahí hasta que el chófer ficha y se lo lleva a la terminal.

—Entendido.

—Mira, enseñé a todos esos tipos los registros de mantenimiento. Ese autobús no tenía nada que lo hiciera explotar. Ya sé que parecemos unos desgraciados, pero nos tomamos el trabajo en serio. Tuvo que ser algo como una bomba.

—¿Puedes enseñarme dónde espera el autobús?

—Mira, tío, tengo un montón de trabajo que hacer con tres autobuses.

—Te lo agradecería mucho —dijo Robie, señalando la puerta.

Willie suspiró y lo condujo al exterior, alrededor del edificio. Señaló un lugar cerca de la verja.

—Se aparcan aquí hasta que aparece el chófer.

—¿Cuántos autobuses había aquí la noche que explotó aquel?

—Dos. Uno al lado del otro. El que iba a Nueva York y el que iba a Miami.

—Entendido. Si alguien quisiera colocar una bomba en un autobús en concreto. ¿Cómo sabría cuál es cuál?

—¿Me estás pidiendo que piense como un pirado?

—¿No hay nada en el exterior del vehículo que indique a dónde va?

—Oh, claro, hay un número en la parte delantera del autobús. El 112 va a Nueva York. El 97 va a Miami.

—O sea que quienquiera que puso la bomba habría sabido cuál era cuál si tenía el horario de los autobuses o si lo hubiera comprobado por Internet.

—Supongo que sí.

—O si trabaja aquí.

Willie retrocedió.

—Oye, tío, no tengo ni idea de cómo alguien puso una bomba en uno de nuestros autobuses, si es eso lo que ocurrió. Y que conste que yo no les ayudé a hacerlo. Conocía a dos de las personas que saltaron por los aires. Una era un amigo y la otra conocía a mi madre. Iba una vez al mes a Nueva York a visitar a su nieta. Iba en bata en el autobús. Antes me parecía gracioso, pero ahora ya no me hace ninguna gracia. Cuando mi madre se enteró casi le da un ataque al corazón.

Robie rememoró el viaje en autobús y recordó a la anciana de la bata que se había puesto a gritar.

—O sea que el 112 va a Nueva York. —Dirigió la mirada a la verja. Era bastante fácil saltarla. El terrorista podía haber saltado la verja cuando el guarda estaba al otro lado del recinto. Poner la bomba y largarse. En menos de un minuto.

Miró a Willie.

—Aquella noche, ¿cuánto tiempo estuvo el autobús 112 aquí antes de que apareciera el chófer?

Willie se lo pensó.

—No había gran cosa que hacerle al autobús. Llegó pronto del último viaje. Chester hizo la comprobación, aspiró el interior. Yo lo limpié por fuera, llené el depósito y lo aparqué. Quizá dos o tres horas.

Robie asintió.

—¿Te fijaste en alguien que resultara sospechoso por aquí?

—Estoy dentro la mayor parte del tiempo trabajando en los autobuses. El guarda quizá viera algo, pero no es muy probable.

—¿Por qué?

—Porque pasa más tiempo comiendo en su caseta que caminando, ya me entiendes. Por eso está tan gordo.

—Vale.

—¿Puedo volver ya al trabajo?

—Gracias por la información.

Willie lo dejó y regresó al interior del edificio.

Robie permaneció en la oscuridad y repasó de arriba abajo el lugar que había ocupado el autobús 112. El terrorista amañó el autobús. Robie subió al autobús. Robie bajó del autobús. El autobús explotó. Enviaron a un tirador al callejón para acabar el trabajo. Alguien tenía unas ganas enormes de acabar con él.

Le asaltó otra idea. «Quizá no tantas ganas.»

—¿Haciendo de sabueso en tu tiempo libre?

Se volvió y miró a través de la verja de tela metálica.

Nicole Vance le devolvía la mirada.

52

Robie salió por la puerta abierta.

—¿Dónde te habías metido? —preguntó Vance.

—Volvamos a Donnelly's —instó Robie.

—¿Por qué?

—Quiero comprobar una cosa que tenía que haber comprobado antes.

Al cabo de un cuarto de hora Robie se encontraba en el mismo lugar en que había estado la noche que una MP-5 había intentado arrebatarle la vida. Miró el punto que había ocupado el todoterreno, luego su posición defensiva detrás de los cubos y luego por encima del hombro a la cristalera hecha añicos. Caminó de un lado a otro y, en su interior, repitió la pauta que habían seguido los tiradores.

—¿Número total de víctimas mortales y heridos? —preguntó a Vance, que le estaba mirando.

—Seis muertos, cinco heridos. Uno todavía está en el hospital pero parece que sobrevivirá.

—Pero nosotros no —afirmó Robie.

—¿Cómo?

—Que no estamos muertos.

—Una deducción bastante obvia —repuso Vance con sequedad.

—¿Once personas recibieron disparos, seis mortales, y sin embargo el tirador falla con nosotros? Éramos el blanco más cercano, totalmente descubiertos. Los cubos de basura de aluminio eran lo único que nos separaba de unos cargadores de treinta balas y de una cama fría en el depósito de cadáveres.

—¿Insinúas que el tirador falló los tiros a propósito?

Robie se volvió hacia Vance y se la encontró mirándolo de hito en hito con expresión perpleja.

—¿Qué sentido tiene? —preguntó ella.

—¿Qué sentido tiene que el tío errara el tiro a bocajarro con un arma diseñada para la destrucción masiva en campos de fuego estrechos? Por lo menos debería haber ocho muertos, incluidos nosotros dos. Observa el patrón de tiro. Disparó a nuestro alrededor.

—¿Estás diciendo que mataron a esa gente para...? ¿Como advertencia? ¿Por algo relacionado con el caso Wind? ¿Con la explosión del autobús?

Robie no respondió. Los pensamientos se agolpaban en su interior y lo llevaban en una dirección a la que nunca había esperado ir.

—¿Robie?

Robie se volvió hacia ella.

—Supongo que, visto así, lo que dices tiene sentido —reconoció Vance lentamente—. Supongo que deberíamos estar muertos. Entonces tiene que ser algo relacionado con los Wind, o el autobús, o los dos casos.

—No es así.

—Pero Robie...

Se dio la vuelta y se alejó de ella para observar el lugar desde el que el todoterreno había lanzado el ataque en la calle.

«Alguien me sigue. Alguien me la está jugando. Alguien cercano está intentando minarme la moral.»

—Robie, ¿tienes más enemigos? —preguntó Vance.

—No, que yo sepa —repuso con aire ausente.

«Aparte de unos pocos cientos», pensó.

—¿Hay algo que no me has contado? —preguntó ella.

Dejó de lado sus pensamientos y se frotó la nuca.

—¿Tú me lo cuentas todo?

—¿Qué?

Robie se colocó frente a ella.

—¿Tú me lo cuentas todo? —insistió.

—Supongo que no.

—Pues ya tienes la respuesta.

—Pero me dijiste que podía confiar en ti.

—Sí que puedes, pero tienes tu agencia y yo tengo la mía. Doy por supuesto que me cuentas todo lo que puedes y yo hago lo mismo. Tengo que rendir cuentas ante otras personas y tú también. Todo tiene sus límites. Pero eso no significa que no podamos colaborar para hacer el trabajo.

Vance se miró los pies y apretó una colilla que había en el suelo con la punta del zapato.

—¿Has averiguado algo en el taller de mantenimiento de los autobuses que sí puedas contarme?

—Ese autobús estuvo ahí aparcado mucho tiempo, el tiempo suficiente para que alguien colocara una bomba en él.

—O sea que el terrorista sabía que el objetivo iba a estar en el autobús.

—¿Tenemos una lista de pasajeros?

—Parcial. De quienes pagaron con tarjeta de crédito, no de quienes pagaron en efectivo, a no ser que un pariente o un amigo nos haya comunicado que viajaban en el autobús.

—¿Cuánta gente había en el autobús?

—Treinta y seis personas más el chófer. Estamos comprobando el historial de todos los pasajeros conocidos que iban en el autobús. Son veintinueve personas. Eso nos deja con ocho que no sabemos quiénes son. Probablemente se presentaran a coger el autobús y pagaran el billete en efectivo.

«Eso incluye a Julie y al asesino a sueldo», pensó Robie.

—¿Puedo ver la lista?

Vance sacó el móvil y pulsó algunas teclas. Le mostró la pantalla.

Robie recorrió la lista con la mirada. Julie no constaba. Y por suerte Gerald Dixon tampoco, lo cual significaba que Julie no había empleado su tarjeta de crédito para pagar el billete. Pero ningún otro nombre de la lista le resultaba familiar, aparte del alias con el que él mismo había reservado el billete.

Bueno, el objetivo había sido él, no Julie. Pero en tal caso ¿por qué intentar matarlo en el autobús y luego fallar a propósito cuando el MP-5 lo había tenido en la zona de guerra?

«El plan cambió, por eso. Me querían ver muerto. Ahora me quieren vivo. Pero ¿por qué?»

—¿Robie?

Alzó la vista de la pantalla y se encontró con la mirada de Vance.

—No reconozco a nadie de esa lista. —La cantidad de mentiras que le había soltado iba en aumento.

—O sea que todavía no sabemos quién es el objetivo.

Robie no quería decirle otra mentira tan pronto, así que cambió de tema.

—¿Alguna novedad sobre Rick Wind?

—El forense le practicó la autopsia. Murió asfixiado.

—¿Cómo?

—La hemorragia petequial fue la prueba determinante. Pero al comienzo no sabía a ciencia cierta cómo se produjo. No le cubrieron con una almohada ni cosas por el estilo.

—¿Por qué ocultar el modo de matar? —preguntó Robie mientras tomaba aire con fuerza.

—Es más difícil averiguar quién fue.

—No necesariamente.

—Pero el forense acabó averiguando el método del asesinato.

Robie la miró.

—¿Y no me lo podías haber dicho desde un buen comienzo?

—Me gusta ponerle emoción al asunto.

—¿Cómo lo mataron, Vance? —preguntó Robie con sequedad.

—Le metieron la lengua cortada por la garganta y se la dejaron ahí encajada. Utilizaron su propia lengua cortada para matarlo —explicó con la misma sequedad.

—Gracias —se limitó a responder él.

—Mira, Robie. Si el asesinato de Jane Wind y su esposo y la explosión del autobús están relacionados, tiene que haber algún denominador común.

—El único motivo por el que crees que guardan relación es la pistola. Esa pistola no se utilizó para matar a Jane Wind y su hijo. Como ya dije, quienquiera que estuviera en el apartamento pudo haberla arrojado al salir del apartamento y quizá no tenga nada que ver con la explosión del autobús.

—O sí.

—¿Realmente lo crees o solo quieres tener una redada antiterrorista y una condena por asesinato en el currículum?

—Mi currículum ya está bien independientemente de este caso —espetó ella.

—Lo único que digo es que no tengo estrechez de miras en este asunto. Si los casos no están relacionados, entonces intentar ligarlos no es una muestra de inteligencia. Hacemos suposiciones y tomamos decisiones basadas en tales suposiciones que de otro modo no haríamos. Y es como intentar clavar estacas redondas en agujeros cuadrados. Si obtienes una respuesta puede que no sea la correcta. Y cabe dudar que tengas una segunda oportunidad para enmendar el error.

Vance cruzó los brazos sobre el pecho.

—De acuerdo, ¿qué harías entonces?

—Trabajar en ambos casos pero en paralelo. No cruzamos los caminos hasta que tengamos una prueba fehaciente de que están relacionados. Y eso quiere decir algo más que una pistola cerca de la escena.

—Bueno, la verdad es que tiene sentido.

Robie comprobó la hora.

—Me voy a dormir unas cuantas horas. Si surge algo, puedes despertarme.

—¿Ahora tienes un lugar donde dormir? Si no, no tengo problema en que vengas a mi casa.

Robie la miró.

—¿Estás segura?

—¿Por qué no iba a estarlo?

—Temías que la gente hablara, aunque duerma en el sofá.

—Tú no dices nada y yo no digo nada. Y aunque se supiera, todo queda dentro del ámbito profesional, así que les den. Puedo hacerte el favor.

—Tengo sitio. Si la situación cambia, te informaré. Gracias.

Robie se dirigió a su coche. Había rechazado su oferta por un motivo concreto.

En su profesión, los favores casi nunca eran gratis.

Y quería ir a ver cómo estaba Julie.

53

Robie abrió la puerta con la llave y desactivó la alarma. Cerró la puerta con llave detrás de él y volvió a conectar la alarma.

—¿Julie? —Recorrió el pasillo con la mano en la culata de su pistola—. ¿Julie?

Comprobó que todo estaba bien en tres estancias antes de llegar al dormitorio de la joven. Abrió la puerta. Julie dormía en la cama. Para asegurarse, Robie observó cómo el pecho le subía y le bajaba tres veces. Cerró la puerta y se dirigió a su dormitorio.

Se sentó en la cama pero no se desvistió. Sentía frío y calor al mismo tiempo.

Le sonó el teléfono. Al principio pensó que podía tratarse de Vance, pero no.

Era Hombre Azul.

Respondió a la llamada.

—¿Tienes algo para mí? —preguntó.

—Leo Broome trabaja para el Gobierno federal, de oficial de enlace público.

—¿Para qué agencia? ¿El Departamento de Defensa?

—No. Para el de Agricultura.

—¿Para el Departamento de Agricultura? —exclamó Robie—. Me estás tomando el pelo.

—No, va en serio.

—¿Qué más hay en su historial?

—Ahora mismo te lo están enviando por correo electrónico. Léetelo. Y a ver si hay algo que no te cuadre.

—Tiene que haber algo —dijo Robie.

—Entonces encuéntralo.

La bandeja de entrada de Robie anunció la llegada de un mensaje. Pulsó las teclas necesarias y accedió al historial laboral de Leo Broome. Lo leyó con atención. Luego lo volvió a leer y puso en orden ciertos elementos que parecían de lo más prometedor.

—¿Qué haces levantada? —dijo, sin mirarla.

Julie estaba ahí de pie con unos pantalones de chándal y una camiseta de manga larga con aspecto adormecido.

—¿Cómo has sabido que estaba aquí? No he hecho ruido.

—Todo el mundo hace ruido independientemente de lo que estén haciendo.

—Me parece que tienes ojos en la nuca, Will.

—Ojalá, la verdad.

Julie se sentó en una silla frente a él.

—¿Has descubierto algo?

—Sí. Pero no hay gran cosa que tenga sentido.

—Háblame de la parte que sí lo tiene.

—Creo que yo era el objetivo de la bomba, no tú.

—Qué consuelo. ¿O sea que solo había una persona que quería matarme?

—Leo Broome trabaja para el Departamento de Agricultura.

—¿Ahí trabajan espías?

—Lo dudo. Por lucrativas que sean, las subvenciones para el maíz no emocionan tanto a los malos.

—¿Entonces qué relación hay?

—Quizá no haya ninguna. Pero también podría haberla.

Robie alzó la pantalla del teléfono.

—Broome también estuvo en el ejército, en la primera guerra del Golfo.

—¿Y pues?

—¿Te acuerdas de la mujer y el niño que fueron asesinados? Su ex marido también apareció muerto. Él también fue militar. Quizás él y Broome se conocieran.

—Y si es así, ¿qué sabían que les costara la vida? ¿Y qué relación tiene eso con el asesinato de mis padres?

—No lo sé. Sigo barajando distintas teorías.

—Y dices que quien hizo explotar el autobús iba a por ti. ¿Por qué?

—Por motivos de los que no puedo hablar contigo.

Julie se quedó ahí sentada mirándolo. Robie no sabía cuál sería su siguiente pregunta pero dudaba poder responderla con sinceridad. Robie se dedicó a mirar los confines de la estancia. Durante un momento que se le hizo muy largo sintió una gran claustrofobia.

—¿Qué crees que hicieron con los cadáveres de mis padres?

Aquella no era una de las preguntas que Robie se había esperado pero sin duda era comprensible que la hiciera. Observó a Julie, intentando captar algo más profundo en la pregunta de lo que quizás hubiera. No era más que una niña, a pesar de la mala vida y a pesar de lo inteligente que era. Sufría por la muerte de sus padres. Quería saber dónde estaban. Robie lo entendió.

—Probablemente en un lugar que nunca encontraremos —declaró Robie—. Recuérdales tal como les conocías. No pienses en dónde están ahora, ¿vale? No te hará ningún bien.

—Es fácil de decir.

—Sí, es fácil de decir pero creo que había que decirlo.

Robie supuso que se vendría abajo y se echaría a llorar. Eso es lo que hacían los niños, o al menos es lo que le habían contado. Él nunca lo había hecho de pequeño. Pero su niñez no había tenido nada de normal.

Pero Julie no se vino abajo. Ni siquiera gimoteó. No lloró. Alzó la vista hacia él con expresión fría.

—Quiero matar a quienquiera que lo hizo.

—El tipo que lo hizo iba en ese autobús. Ha quedado reducido a cenizas. Deja de preocuparte por él. Se acabó.

—Sabes perfectamente que no me refiero a él.

—Matar a alguien no es tan fácil como parece.

—Para mí lo sería.

—Cuando matas a otra persona, una parte de ti se queda con ella.

—Parece una frase sacada de una película estúpida.

—Quizá suene a eso, pero es exactamente como te sientes.

—¿Sabes mucho de eso?

—¿A ti qué te parece? —repuso con rigidez.

Julie apartó la mirada y se frotó las palmas de las manos entre sí con gesto nervioso.

—¿Podría ser que ese tal Wind contara algo a los Broome y ellos le contaran algo a mis padres?

—Podría ser. De hecho, esa es mi línea de investigación más prometedora.

—¿Y te dedicas a ella con la superagente Vance? —Robie no le respondió—. ¿O sea que no trabajas en esto con ella?

—Trabajo con ella en parte de esto.

—Vale, ya lo pillo.

—¿Ah sí? —preguntó Robie.

—Yo también quiero participar.

—Ya participas. Me has estado ayudando.

—Pero quiero ayudar más.

—¿Te refieres a que quieres encontrar a la gente que lo hizo y matarles?

—¿No es lo que harías tú?

—Puede ser. Pero tienes que pensártelo bien.

—¿Me ayudarás a matarles? Sé que puedes.

—Tienes que volver a la cama —dijo él con voz queda.

—La niña se mete en medio, ¿no? Eso es lo que piensas, ¿verdad? ¿Me encasillas de ese modo?

—No pienso meterte en ninguna casilla, y lo último que quiero es meterte en un ataúd.

Julie se puso visiblemente tensa ante ese comentario.

—Lo que tienes que entender es que esto no es ningún juego, Julie. No es una película, ni una serie de la tele ni ninguna chorrada de la PlayStation. Quieres matarlos, muy bien, lo entiendo. Es natural, pero no eres una asesina. Les odias pero no serías capaz de matarles llegado el momento. Pero ten una cosa presente.

—¿El qué? —preguntó Julie con voz tensa.

—Ellos te quieren ver muerta. Y cuando se les presente la oportunidad, no vacilarán ni un segundo. Te matarán. Y no habrá ningún botón para volver atrás.

—¿Y si te dijera que me da igual?

—Te diría que eres joven y te crees inmortal.

—Sé que moriré algún día. La cuestión es cuándo y cómo.

—Y la respuesta debería ser dentro de ocho décadas y mientras duermes plácidamente.

—La vida no es así. Al menos no la mía.

—No es muy sabio pensar de ese modo.

—Mira quién fue a hablar. No puede decirse que tú lleves una vida cautelosa.

—Es lo que he elegido.

—A eso voy precisamente. Es una elección. Mi elección.

Julie se levantó y regresó a su habitación.

Robie se quedó ahí sentado, contemplando el lugar que ella acababa de ocupar.

54

Eran las dos de la mañana y Robie llevaba dormido una hora exactamente cuando abrió los ojos. Sabía por experiencia largo tiempo acumulada que era inútil quedarse ahí tumbado. Se levantó, entró con paso sigiloso en su segunda casa y se acercó a la ventana. Washington D.C. dormía, por lo menos los ciudadanos de a pie. Sin embargo, había un ancho mundo que nunca dormía. Eran personas muy bien preparadas, con una gran motivación, que estaban a la altura de las circunstancias por la noche para mantener a sus conciudadanos a salvo.

Robie lo sabía porque resulta que era una de esas personas. No siempre había sido el caso. Con el transcurso de los años se había acostumbrado al trabajo. Eso no significaba que le gustase.

Acercó el ojo al telescopio. Enfocó con claridad el edificio de enfrente. Movió el objetivo hasta su planta. Solo había unas luces encendidas.

Annie Lambert estaba en marcha. Robie la observó mientras iba del dormitorio a la cocina. Llevaba unas mallas negras y una camiseta de un equipo de fútbol americano que le llegaba a la mitad de los muslos. Se fijó en que la camiseta era de los New England Patriots. No era un equipo muy apreciado en Washington D.C., puesto que los Redskins eran el equipo de la ciudad. Pero ella era de Connecticut y estaba en la intimidad de su hogar.

«No tanta intimidad», pensó con sentimiento de culpa. Pero siguió observando.

Sacó un libro de una estantería de la pared, se sentó y lo abrió. Leía e iba comiendo yogur con una cuchara.

Robie no era el único que sufría de insomnio esa noche.

Se avergonzó de estarla observando. Se dijo que era por motivos profesionales aunque no fuera cierto.

Sacó la tarjeta de visita que ella le había dado. Antes de tener tiempo de replantearse la decisión, la llamó al móvil. Observó por el telescopio cómo dejaba el libro, estiraba el brazo y cogía el móvil de encima de una mesa.

—¿Diga?

—Soy Will.

La observó mientras ella se sentaba más erguida y dejaba la cuchara.

—Hola, ¿qué tal?

—No puedo dormir. Espero no haberte despertado.

—No estaba durmiendo. Estoy aquí sentada tomándome un yogur.

—¿Metabolismo rápido? ¿Ya has digerido la hamburguesa con queso?

—Más o menos.

Robie se quedó callado y la observó por el telescopio. Se estaba retorciendo un mechón de pelo con el dedo y estaba sentada encima de los pies. Notó que se le humedecían las palmas de las manos y la garganta se le secaba. Se sintió como en su época de instituto cuando estaba a punto de hablar con una chica que le gustaba.

—¿Sabes? Desde la azotea de nuestro edificio hay una buena vista. ¿Has subido alguna vez?

—Pensaba que no se podía subir. ¿No está cerrada con llave o algo así?

—Las cerraduras no suponen un problema si se tiene la llave.

—¿Tienes una llave? —preguntó ella. Su voz destilaba la alegría juvenil de quien se sabe partícipe de un secreto genial.

—¿Qué te parece si quedamos en el rellano de la escalera dentro de diez minutos?

—¿De verdad? ¡Va en serio!

—No llamo a nadie a las dos de la mañana si no va en serio.

—Hecho.

Colgó y Robie observó divertido cómo daba un salto y corría pasillo abajo, supuestamente para cambiarse de ropa.

Al cabo de nueve minutos Robie llegó a la entrada del rellano y ella se le acercó corriendo.

Se había puesto una falda larga hasta la rodilla, blusa y sandalias. También había traído un suéter porque en el exterior hacía un poco de fresco.

—Lista para trabajar, señor.

—Vamos allá —repuso Robie.

La condujo escaleras arriba. Cuando llegaron a la puerta cerrada que conducía a la azotea, Robie sacó sus herramientas para forzar cerraduras y la puerta se abrió enseguida.

—Eso no era una llave —dijo ella, sonriendo admirada ante su habilidad—. Acabas de forzar la cerradura.

—Es otra forma de abrir puertas. No me puedo poner más poético.

Lambert lo siguió por un corto tramo de escaleras y por otro umbral. La azotea era llana y estaba revestida de una capa de asfalto sellado. Irradiaba cierto calor.

Robie sacó una botella de vino del interior de la cazadora.

—Espero que te guste el tinto.

—Me encanta el tinto. ¿Vamos a beber a morro por turnos?

Robie se sacó dos copas de plástico del bolsillo.

Robie descorchó la botella y sirvió el vino.

Se situaron al borde de la azotea y apoyaron los brazos y las copas en el muro del edificio, que les llegaba a la altura del pecho.

—La vista es muy bonita —reconoció Lambert—. Supongo que nunca se me ocurrió pensar que hubiera buenas vistas desde aquí. Cuando miro por la ventana, solo veo el edificio de delante.

Robie sintió una punzada de culpabilidad al pensar en la vista privilegiada que tenía del apartamento de ella desde ese edificio.

—Todos los sitios tienen vistas —dijo con vacilación—. Solo que unas son mejores que otras.

—Oye, eso sí que es poético —dijo ella dándole un codazo.

El viento soplaba con suavidad a su alrededor mientras daban sorbos al vino y hablaban. La conversación era intrascendente, pero sin embargo ayudó a dar un poco de respiro, de paz, a Robie. No solía tener tiempo de hacer cosas como esas, lo cual era motivo suficiente para hacerlas.

—Es la primera vez que hago una cosa así —confesó Lambert.

—Yo he subido aquí otras veces, pero solo.

—Entonces me siento honrada —dijo ella. Volvió a mirar hacia la zona que los rodeaba—. Parece un buen sitio al que venir a pensar.

—Puedo enseñarte a forzar una cerradura —dijo él.

Lambert sonrió.

—Pues no sería mala idea. Siempre me dejo las llaves por ahí.

Al cabo de media hora, Robie dijo:

—Bueno, supongo que ya es hora de marcharse. —Consultó su reloj—. Teniendo en cuenta la hora ya podrías ducharte y prepararte para ir al trabajo. Supongo que no te hace falta dormir mucho.

—Vaya quién fue a hablar.

Robie la acompañó hasta su apartamento. Lambert se volvió y dijo:

—Me lo he pasado muy bien.

—Yo también.

—No he conocido a mucha gente desde que llegué.

—Cosas que pasan. Hace falta tiempo.

—Me refiero a que me alegro mucho de haberte conocido.

Lambert le dio un beso en los labios y dejó los dedos apoyados en el pecho de él.

—Buenas noches —dijo ella.

Después de que ella entrara, Robie se quedó allí plantado. No estaba seguro de lo que sentía. Bueno, quizá lo que pasaba es que no se había sentido así desde hacía mucho tiempo.

Al final se volvió y se marchó, más confuso e inseguro de sí mismo que nunca.

55

Robie llegó al otro edificio en cuestión de minutos. En parte, tenía ganas de observar a Lambert por el telescopio para ver cómo reaccionaba a la velada. Aunque probablemente su beso le decía todo lo que necesitaba saber. Imaginó que se ducharía y se prepararía para el trabajo. Pero quizás hoy pensara en él mientras se dedicaba a la importante labor que realizaba para el país.

Después de ese pensamiento Robie volvió a centrarse en lo que tenía entre manos. Para él también había llegado el momento de volver al trabajo.

Fue a ver cómo estaba Julie y se la encontró dormida como un tronco.

Se duchó, se vistió y se marchó, no sin antes conectar la alarma.

Circuló por las calles vacías. No vagaba sin rumbo. Tenía lugares adonde ir, más temas en los que pensar.

Pasó junto a un coche de la policía local que iba en la dirección contraria y cuyas luces azules lanzaban destellos en la oscuridad. Alguien tenía problemas. O estaba muerto.

La primera parada de Robie fue la casa de Julie.

Estacionó el coche a una manzana de distancia y se acercó a la casa desde la parte posterior. Al cabo de un momento estaba en el dúplex. Recorrió el interior con ayuda de una linterna en forma de bolígrafo. Sabía qué buscaba.

El asesinato de dos personas ahí había provocado la huida de Julie. Los cadáveres habían sido retirados y habían esterilizado el lugar. Pero Robie estaba allí para comprobar cuán eficientes habían sido en ese sentido. En algún momento la desaparición de los Getty llegaría a oídos de la policía, que acudiría a la casa y la encontraría vacía. Averiguarían que Julie estaba o al menos había estado a cargo de una familia de acogida. Intentarían localizarla. No lo conseguirían. Supondrían que los Getty se habían marchado juntos por algún motivo, quizá para escapar de una acumulación de deudas o de los traficantes que querían cobrar las drogas que se sabía que los Getty consumían.

La policía le dedicaría algún tiempo al caso pero no mucho. Sin pruebas de que su vida hubiera terminado de forma violenta, la investigación quedaría aparcada. Los cuerpos de policía de las grandes ciudades no podían permitirse el lujo de dedicar tiempo y recursos a casos como aquel.

Robie se agachó y observó la marca de la pared. Para él era sangre, pero la policía quizá ni se fijase. Y aunque se fijasen, no la comprobarían. Aquello implicaba papeleo, horas de técnicos y tiempo de laboratorio. Y ¿para qué?

Pero aquel pequeño borrón decía mucho a Robie.

«Mancha de sangre. Lo limpiaron todo excepto este punto. Este lugar no queda oculto. Está a la vista. Deberían haberlo limpiado o pintado por encima igual que hicieron en la otra zona.»

Robie se enderezó. Aquella marca era un mensaje.

Los Getty estaban muertos. De eso nunca le había cabido la menor duda.

Pero ¿a quién iba destinado el mensaje?

Sabían que Julie era consciente de que sus padres estaban muertos pues había presenciado su asesinato.

¿Era para alguno de los amigos de los Getty? ¿Que quizá quisiera hablar con la policía pero no lo haría si sabía que habían matado a los Getty?

Aquella hipótesis le parecía un poco forzada, pensó Robie. El amigo quizá no viera nunca aquella marca ni supiera qué era si la llegaba a ver.

«Pero yo sí que la encontraría. Sí que sabría lo que es.»

Registró el resto de la casa y acabó en el dormitorio de Julie. Fue apuntando con la pequeña linterna a su alrededor. Vio un oso de peluche en un rincón tumbado de costado. Lo cogió y lo guardó en la mochila que había traído consigo. Había una foto de

Julie y de sus padres al lado de la cama. La guardó también en la mochila.

Le daría los dos objetos a Julie cuando volviera a verla.

La siguiente parada era la casa de Rick Wind. No el local de su empresa donde le habían cortado la lengua y se la habían encajado en la garganta. Se dirigía al domicilio de Rick Wind en Maryland.

Pero no pudo llegar. Por lo menos no esa noche.

Le sonó el teléfono.

Era Hombre Azul.

—Hemos encontrado a tu contacto. Puedes venir a ver lo que queda de él.

56

No había hedor. Un cuerpo quemado no despide demasiado olor. La carne y los gases corporales, las dos principales fuentes de hedor para los forenses, habían ardido. Los restos chamuscados olían, pero no era un olor desagradable. Cualquiera que entrara en una hamburguesería o en una zona arrasada por el fuego lo había experimentado.

Robie bajó la mirada hacia la masa de hueso ennegrecido y luego dirigió la vista hacia donde estaba Hombre Azul. Llevaba la camisa blanca bien almidonada y el extremo de la corbata apuntaba exactamente a las seis en punto. Olía a loción facial de Kiehl's. Eran poco más de las cinco de la mañana y parecía preparado para hacer una presentación ante la junta de una de las 500 empresas más rentables del mundo.

Hombre Azul estaba contemplando la cáscara negra a la que había quedado reducido un hombre. Un hombre que había ordenado a Robie que matara a una mujer y a su hijo.

—Es difícil sentirlo, lo sé —reconoció Hombre Azul, que parecía estar leyendo el pensamiento de Robie.

—«Lo siento» no entra realmente en la ecuación, ¿verdad? —dijo Robie—. ¿Qué sabemos?

—Su nombre, cargo e historial profesional. No sabemos su paradero reciente, por qué se convirtió en un traidor ni quién lo mató.

Estaban en medio de un estadio en Fairfax County, Virginia. A la izquierda de Robie había un diamante de béisbol para niños y a la derecha, canchas de tenis.

—Supongo que lo tostaron y lo dejaron aquí hace poco —dijo Robie.

—Dado que anoche ningún padre denunció la existencia de esta pila de detrito mientras asistía al partido de béisbol de su hijo, supongo que podemos dar eso por supuesto —repuso Hombre Azul.

—¿Cómo lo habéis encontrado?

—Recibimos una llamada anónima con información explícita.

—¿Estamos seguros de que es él? No se puede obtener el ADN a partir de un hueso chamuscado, ¿no?

Hombre Azul señaló el meñique izquierdo del cuerpo, o al menos de donde había estado el cuerpo.

—Tuvieron el detalle de cubrir ese dedo con material de combustión lenta. Sacamos el dedo y realizamos la comparación, tanto de la huella dactilar como del ADN. Es él.

—Llamada de teléfono y meñique. Todo un detalle por su parte.

—Eso me ha parecido.

—¿Dices que no sabes por qué cambió de bando?

—Estamos comprobando los motivos obvios: cuentas bancarias secretas, amenazas a familiares, cambio de ideario político. Todavía no hay nada definitivo. Lo cierto es que quizá nunca lleguemos a saberlo.

—Se están haciendo cargo de los cabos sueltos —dijo Robie—. Cabe pensar que este tipo comprendía que sus posibilidades de sobrevivir eran básicamente nulas.

—Todos los traidores deberían ser conscientes de ello, pero de todos modos lo hacen.

—¿Se te ha ocurrido algo acerca de Leo Broome?

—Todavía no.

Hombre Azul señaló un todoterreno estacionado junto a la acera.

—Creo que ha llegado el momento de que me pongas al corriente.

—No tengo gran cosa que decir.

—Estoy despierto. Ahí hay café recién hecho. Independientemente de lo que me digas, será más de lo que sé ahora.

Mientras se dirigían al vehículo, Robie habló:

—¿Alguna vez piensas en retirarte o en dedicarte a otra cosa?

—Todos los días.

—Pero sigues aquí.

Hombre Azul abrió la puerta del todoterreno.

—Sigo aquí. Y tú también.

«Y yo también», pensó Robie.

Robie se acomodó en el asiento trasero. Quedaba un espacio entre Hombre Azul y él. Cerró la puerta y señaló dos tazas de café en el soporte que había entre ambos.

—Son dos cafés solos. No me gusta mezclar un café perfecto con leche ni azúcar.

Robie asintió.

—Opino lo mismo.

Robie alzó la taza que tenía al lado y se la acercó a los labios. Hombre Azul hizo lo mismo con la de él.

—¿Leo Broome? —preguntó Hombre Azul.

Robie podía y probablemente debía contárselo todo. Pero tenía cierta aversión natural a contarlo todo. En realidad, tenía una aversión natural a dar explicaciones.

—Mi contacto está ahí fuera chamuscado —empezó diciendo Robie.

—Yo tampoco confiaría en nadie —repuso Hombre Azul, que volvió a leerle el pensamiento—. No puedo obligarte a decirme lo que sabes.

Dejó la frase suspendida en el ambiente.

—¿Qué me dices de las técnicas de interrogatorio mejoradas?

—No creo en ellas.

—¿Es esa la postura oficial de la agencia en la actualidad?

—Es mi postura personal.

Robie caviló durante unos instantes.

—Como dije, la chica estaba en el autobús. Se llama Julie Getty. Un tipo intentó matarla. Yo lo liquidé. Salimos del autobús y entonces explotó. Perdí la pistola en la explosión. Nos zafamos del tirador del callejón y ella se aloja ahora en mi otra casa.

—¿Relación con Leo Broome?

—Amigo de los padres de Julie, Curtis y Sara. No sé por qué el tipo del autobús los mató, quizá supieran algo y hubo que silenciarlos. Necesitamos información sobre su pasado. Quienquiera que los mató probablemente pensara que Julie sabía lo mismo que sus padres. Me ha dado el nombre de los amigos de sus padres. Los Broome estaban en esa lista. Fui a su domicilio. No estaban. Y habían limpiado el lugar a conciencia.

—O sea que una de dos: o han huido o también están muertos —comentó Hombre Azul.

—Eso parece.

—Broome trabajaba en el Departamento de Agricultura. No es precisamente el epicentro del espionaje.

—También fue militar, en la primera guerra del Golfo —repuso Robie.

—Eso abre ciertas posibilidades.

Robie se echó hacia delante en el asiento lo cual hizo que el cuero chirriara ligeramente. La investigación continuaba en el exterior mientras los técnicos intentaban averiguar alguna pista acerca de quién había cogido a un ser humano y lo había convertido en un kebab. Robie no era demasiado optimista acerca de las posibilidades de éxito. Los asesinos que te guiaban hacia los cadáveres no solían dejar pistas útiles.

Dio otro sorbo al café, dejó que le calentara la garganta, que se la lubricara para seguir hablando. Normalmente, a Robie no le gustaba hablar. De nada. Pero esa noche haría una excepción. Necesitaba ayuda.

—Hay algo más —añadió Robie.

—Ya me lo parecía —respondió Hombre Azul.

—Al principio pensé que Julie era el objetivo del autobús. Ahora creo que era yo.

—¿Por qué?

—Principalmente es una cuestión de tiempo. Debieron de colocar la bomba en ese autobús antes de que partiera. Julie decidió de forma espontánea coger ese autobús después de que colocaran la bomba. Yo había reservado un asiento bajo un nombre falso, un nombre falso que alguien sabía y que no debía saber. Era imposible que supieran que Julie subiría a ese autobús. Pero sabían que yo sí. Y tuvieron que colocar esa bomba antes siquiera de que yo llegara al apartamento de Winds.

—Pero ¿por qué matarte? ¿Qué sabes que pueda perjudicarles?

Robie negó con la cabeza.

—Soy incapaz de saberlo. Al menos no todavía.

—Deberías estar muerto, ¿sabes? —dijo Hombre Azul.

—¿Por la explosión de la bomba?

—No, por el tiroteo de Donnelly's.

—Lo sé. Me dejaron vivir.

—¿O sea que te querían matar pero ahora te quieren dejar vivir?

—Cambio de planes.

—¿Por qué? ¿Acaso te necesitan para algo?

La forma como Hombre Azul formuló la pregunta hizo que Robie lo mirara de hito en hito.

—¿Crees que también me he pasado al otro bando?

Hombre Azul miró por encima del hombro de Robie, hacia donde los focos que utilizaban los técnicos forenses iluminaban los restos de un hombre.

—Bueno, si es así, ya ves que no tienes mucho futuro.

57

Robie fue en coche en dirección norte, a Prince George's County, Maryland. Era una zona de clase trabajadora y clase media principalmente, habitada en su mayor parte por policías, bomberos y mandos intermedios del Gobierno. La población vecina más acaudalada, Montgomery County, albergaba a una buena cantidad de abogados, banqueros y presidentes de empresa que vivían en casas enormes en parcelas de terreno relativamente pequeñas.

Rick Wind había vivido en una calle estrecha en un barrio en el que la gente aparcaba los coches y furgonetas en la acera y llenaba los garajes con los trastos que ya no tenían cabida en sus pequeñas casas.

Había presencia policial aunque no se había acordonado ninguna zona por la sencilla razón de que ahí no se había cometido ningún crimen. Hombre Azul había hecho una llamada y el agente de guardia dejó pasar a Robie una vez que le hubo mostrado las credenciales.

Dado que era posible que estrictamente hablando hubiera pruebas útiles en el lugar, Robie se enfundó unos guantes de látex y unas fundas para los zapatos antes de entrar en la casa. Cruzó la puerta delantera y la cerró detrás de él. Encendió las luces y miró a su alrededor. Resultaba obvio que el negocio de la casa de empeño de Wind no había ido demasiado bien. Los muebles eran viejos y cochambrosos, las alfombras manchadas y raídas. Las paredes necesitaban una capa de pintura. La casa olía a fritura. Wind no estaba allí desde hacía días, por lo que Robie dio por supuesto que esos olores impregnaban el lugar y que no desaparecerían hasta que la casa se demoliera.

Había una estantería apoyada en una de las paredes con varios libros, sobre todo *thrillers* de temática militar, y varias fotografías enmarcadas. Robie las cogió una por una y vio a Rick y a Jane Wind y los dos hijos de la pareja, de los cuales solo uno seguía con vida.

La familia se veía feliz en las fotos y Robie se dejó llevar por sus pensamientos durante unos instantes y se preguntó cuál habría sido el motivo de la ruptura de la pareja. Dejó la última foto y siguió recorriendo el lugar. Los asuntos del corazón no entraban dentro de su especialidad.

Fue revisándolo todo desde la planta baja hasta la planta superior. Y no encontró nada.

Registró el sótano y tampoco tuvo suerte. Lo único que encontró fue humedad, moho y cajas llenas de trastos.

Salió al exterior y entró en el garaje de una sola plaza por la puerta lateral. Supuso que la policía habría llevado a cabo un registro exhaustivo del interior, al igual que de la casa, pero quizá no estuvieran buscando lo más adecuado.

«Como si yo supiera lo que estoy buscando.»

Al cabo de media hora, se sentó en una tumbona en medio del garaje y miró a su alrededor. Un cortacésped sencillo, unas cajas de cartón, herramientas eléctricas, un banco de carpintero, un aparato para arrancar hierbajos, abono para césped y plantas, algo de material deportivo y un casco de combate que quedaba claro que Wind había conservado de su época en el ejército.

Del casco colgaban las placas de identificación de Wind. Robie se levantó y las cogió para leer la información. No le resultó muy útil. Volvió a dejar el casco donde estaba.

Había sido un viaje inútil. Pero al menos podía tacharlo de la lista.

Consultó la hora. Ya eran más de las ocho. Llamó a Vance.

—¿Tienes tiempo para tomar un café? —preguntó Robie—. Invito yo.

—¿Y qué quieres exactamente a cambio?

—¿Cómo sabes que quiero algo?

—Ya te he calado. Para ti no hay nada más importante que la misión.

«A lo mejor me ha calado.»

—Vale. ¿Qué me dices del informe forense sobre Rick Wind?

—¿Por qué lo quieres?

—Forma parte de la investigación.

Robie la oyó suspirar.

—¿Dónde y cuándo?

Robie eligió un punto bastante cercano para ella y no demasiado alejado para él.

Robie regresó al sur, cruzó el puente Woodrow Wilson, donde se encontró con el tráfico de hora punta pero consiguió ir avanzando. Vance ya había llegado cuando Robie apareció en el café de King Street en Old Town Alexandria.

Tomó asiento y se fijó en que ella ya le había pedido un café.

—Sé cómo te gusta —dijo ella mientras se vertía un poco de azúcar en la taza—. Por el día que te quedaste en mi casa —añadió, aunque no hacía falta.

—Gracias. ¿Tienes los resultados?

Vance extrajo una carpeta del bolso y se la pasó. Contenía fotos del cadáver de Wind desde todos los ángulos y un análisis detallado de su estado físico y causa de la muerte. Robie leyó las páginas mientras saboreaba el café.

—Tienes pinta de no haber dormido en toda la noche —espetó Vance.

—No toda la noche, buena parte.

—¿No necesitas dormir?

—Duermo tres horas seguidas cada noche, como la mayoría de la gente.

Vance resopló y dio un sorbo al café.

—¿Has encontrado algo interesante?

—No puede decirse que Wind tuviera una salud de hierro. Enfermedad coronaria y un riñón dañado, y según el informe también tenía problemas de hígado y de pulmones.

—Luchó en Oriente Medio. ¿Sabes toda la mierda que usaban ahí? Afecta a las personas.

—¿Ah sí? —preguntó Robie.

—Mi hermano mayor luchó en la primera guerra del Golfo. Murió a los cuarenta y seis. Tenía el cerebro como un queso gruyere.

—¿El síndrome de la guerra del Golfo?

—Sí. No ha recibido mucha cobertura en los medios. Hay demasiados dólares de Defensa metidos ahí. La verdad nunca saldrá a la luz.

—Siento lo de tu hermano.

Robie dejó la carpeta.

—¿Y pues? ¿Has encontrado algo útil? —preguntó Vance.

—Un tatuaje interesante en el antebrazo izquierdo.

Sacó la foto del brazo y se la enseñó.

—Ya lo sé. Me preguntaba qué era —reconoció Vance.

—Pues ya no hace falta que sigas preguntándotelo. Es un guerrero espartano en posición de batalla al estilo hoplita.

—¿Qué?

—¿Has visto la película *300*?

—No.

—Mostraba una batalla entre los griegos y los persas. Persia tenía un ejército mucho mayor pero los griegos aprovecharon un estrechamiento del terreno para repeler la fuerza superior. Un traidor fue quien dio la solución a los persas. El rey espartano hizo marchar a la mayor parte del ejército griego mientras él se quedaba con un pequeño contingente de espartanos para enfrentarse a los persas. Eran los trescientos del título de la película. Utilizaron la formación de batalla hoplita. Formación cerrada, muchas filas de profundidad, escudos en alto, lanzas hacia fuera. Los mataron a todos pero los persas tardaron mucho tiempo en conseguirlo. Para entonces el ejército griego había huido.

—Una lección de historia interesante.

—Tiene sentido que Wind llevara ese tatuaje. Estaba en la infantería. ¿Te importa si me quedo la carpeta?

—Tranquilo. Tengo copias. ¿Algo más?

—No, la verdad es que no.

El teléfono de Vance sonó.

—Vance.

La agente escuchó y Robie vio que abría los ojos de forma considerable.

Colgó y le miró.

—Creo que tenemos la oportunidad que buscábamos.

—¿En serio? —Robie dio un sorbo al café y la miró con tranquilidad.

—Alguien acaba de presentarse. Una testigo ocular de la explosión del autobús. Por lo que parece lo vio todo.

—Fantástico —dijo Robie—. Qué bien.

58

—¿Quieres seguirme? —preguntó Vance mientras se levantaba del asiento en el café.

Robie alzó la vista hacia ella.

—Tengo una reunión en el DCIS a la que no puedo faltar. ¿Dónde vas a interrogar a la mujer? ¿En la Oficina de Campo en Washington?

—Sí.

—Puedo reunirme ahí contigo más tarde. ¿Cómo se llama? ¿Qué estaba haciendo ahí? ¿Y por qué no se ha presentado hasta ahora?

Lo que Robie estaba pensando era: «¿La sintecho Diana Jordison ha pasado por delante de los hombres de Hombre Azul y ha acudido al FBI? Si es así, quizá le cuente a Vance que estuvo conmigo.»

—Se llama Michele Cohen. Todavía no dispongo del resto de la información pero la tendré enseguida. Llámame cuando estés de camino.

Se separaron en la puerta. Robie volvió a su coche y se marchó. Llamó por teléfono a Hombre Azul y le informó de las novedades.

El comentario del hombre fue tajante.

—Yo de ti me mantendría lejos de esta testigo ocular.

—A esa conclusión ya había llegado yo solito. Pero averigua lo que puedas de ella. ¿Tienes a Jordison?

—Está bien y come con ganas. Está aseada y tiene ropa nueva. ¿Nuestra ayuda incluye encontrarle un trabajo adecuado?

—Pues sí, a poder ser en algún lugar fuera de aquí. Y asegúrate de que recibe un buen aumento de sueldo con respecto a lo que ganaba.

Robie colgó y aceleró. Se le acababa de ocurrir una idea. Necesitaba hablar con Julie. Y no quería hacerlo por teléfono.

Robie abrió la puerta y se la encontró esperándole.

—No sé cuánto tiempo más soy capaz de quedarme aquí sentada sin hacer nada, Will.

Robie cerró la puerta con llave detrás de él. Se sentó frente a ella. Vestía unos vaqueros, una sudadera, unas zapatillas Converse color verde lima y se la veía exasperada.

—Estoy haciendo malabarismos —reconoció Robie—. Hago lo que puedo.

—Pues no quiero ser una de las pelotitas con las que juegas —espetó ella.

—Tengo que hacerte una pregunta. Tu respuesta quizá cambie la complejidad de todo este asunto.

—¿De qué se trata?

—¿Por qué el autobús? En concreto, ¿por qué ese autobús esa noche?

—No te entiendo.

—Es una pregunta sencilla, Julie. Podías haber salido de la ciudad de muchas maneras. ¿Por qué elegiste ese modo?

Si su respuesta era lo que él creía que era, la situación iba a complicarse todavía más. Le empezó a palpitar la cabeza ante aquella posibilidad.

—Mi madre me mandó un mensaje.

—¿Cómo? Has dicho que no tenías móvil.

—Me envió la nota al colegio. Lo hacía muy a menudo. La dejan en el buzón y envían un mensaje de correo electrónico al tutor diciendo que un alumno tiene un mensaje. Fui a la secretaría y lo cogí.

—¿Cuándo te lo envió?

—Supongo que el día que me marché de casa de los Dixon. Lo entregó en mano.

—¿Te dijo la secretaria que tu madre lo había entregado?

—No, lo supuse.

—¿Qué decía el mensaje?

—Que fuera a casa por la noche. Que mi padre y mi madre iban a hacer algunos cambios. Que iban a empezar de nuevo.

—Parece que iban a mudarse.

—Yo no estaba muy convencida pero sabía que era una posibilidad. Lo único que sé es que en cuanto recibí el mensaje me entraron ganas de marcharme de casa de los Dixon. Esa noche dejé fotos de ellos en la agencia de servicios de acogida.

—Pero ¿qué me dices del autobús?

—Eso también lo ponía en el mensaje. Mamá decía que si no estaban en casa cuando yo llegara, tenía que ir a la estación de autobuses de Outta Here y tomar el autobús 112 hasta Nueva York. Que se reunirían conmigo en la terminal de autobuses de la Port Authority a la mañana siguiente. El sobre con el mensaje contenía dinero.

—¿Reconociste la letra de tu madre?

—Estaba escrita con el ordenador.

—¿Te enviaba notas impresas a menudo?

—A veces. Utilizaba el ordenador del restaurante. También tienen impresora.

—¿Por qué no fue al colegio y habló contigo directamente?

—No lo tenía permitido. Yo estaba a cargo de los servicios de acogida. No la habrían dejado entrar para verme. Pero sí que podía dejar una nota en la secretaría.

Robie se recostó en el asiento.

Julie se lo quedó mirando de hito en hito.

—¿Crees que mi madre no escribió esa nota?

—Creo que hay muchas posibilidades de que no la escribiera.

—¿Por qué iba otra persona a mandarme esa información, junto con el dinero?

—Porque alguien quería que tomaras ese autobús. Y fue una coincidencia demasiado grande que en cuanto entraste en tu casa, el tío apareciera con tus padres y empezara a disparar. Piénsalo, Julie. El hombre que mató a tus padres, ¿de verdad crees que te habría dejado marchar?

—¿Insinúas que todo fue un montaje? ¿Y me dejó escapar? ¿Para que cogiera ese autobús?

—Sí. Nos preguntábamos dónde estuvieron tus padres desde el momento en que tu madre salió de trabajar hasta que aparecieron en casa. Creo que los raptaron y retuvieron hasta que vieron que entrabas a hurtadillas en la casa.

—Pero el autobús estaba manipulado para que explotara. Si pensaban matarme, ¿por qué no me mataron en casa?

—No creo que la bomba estuviera puesta con un temporizador de movimiento para explotar. Creo que el plan consistía en detonar la bomba a distancia si bajábamos del autobús. Si no hubiéramos bajado del autobús, la bomba no habría estallado. Podríamos haber acabado en Nueva York. Pero eso no habría pasado.

—¿Por qué?

—El hombre que mató a tus padres recibió la orden de subir a ese autobús y matarte. Obviamente no sabía lo de la bomba o de lo contrario nunca habría subido al vehículo. Una cosa es la lealtad y otra son las ganas de morir. Contaban con que yo intervendría cuando el hombre te atacó. Entonces lo más probable era que saliéramos del autobús.

«Sobre todo si sabían de qué huía yo», pensó Robie.

—Hablas de nosotros como si estuviéramos emparejados.

—Creo que eso es exactamente lo que ocurrió —repuso Robie—. Se suponía que uniríamos esfuerzos.

—Pero ¿por qué? ¿No querían vernos muertos?

—Por lo que parece, no.

—Yo podría haber ido a la policía para denunciar la muerte de mis padres. Y tú estás investigando el caso. ¿Por qué iban a querer tal cosa?

—Podrían haber llegado a la conclusión acertada de que no irías a la policía. Y quizá quieren que yo investigue.

—No tiene sentido.

—Si tengo razón, tiene sentido para alguien.

—Pero ¿no temerían que mis padres me hubieran contado algo? Si mataron a esas otras personas por eso, ¿por qué no a mí?

—Tú sola has respondido a la pregunta. Estabas en un programa de acogida, sin contacto con tus padres. Sin móvil. Cuando tu madre le dijo al tipo que no sabías nada, creo que sabían que era cierto.

Robie bajó la cremallera de la mochila y sacó su oso de peluche y la foto que había cogido de la casa. Se los tendió.

—¿Por qué has vuelto a la casa? —preguntó, bajando la mirada hacia los objetos.

—Para ver si se me había escapado algo.

—¿Y?

—Sí. Querían que viera la sangre. Querían que supiera que tus padres estaban muertos.

—Eso te lo podía haber dicho yo.

—No se trata de eso. También quieren que yo lo sepa. Están jugando conmigo.

—¿Qué me dices del tipo del callejón con el rifle? Si querían que escapáramos, ¿por qué lo enviaron a por nosotros? El autobús ya había saltado por los aires.

—Al principio pensé que habían cambiado de plan. No querían que viviera, pero luego sí. Pero ahora creo que su plan inicial era que yo consiguiera escapar. Pero sabían que sospecharía si me resultaba demasiado fácil.

—¡Fácil!

—Tengo un nivel de exigencia mayor que la mayoría de la gente, por lo menos en cuanto a la supervivencia. Tenían que enviar a alguien más a por mí. Probablemente fuera el tirador del apartamento de Wind.

—Pero si querían que vivieras y yo también, eso significa que nos necesitan por algún motivo —dijo Julie despacio.

—Eso es exactamente lo que estaba pensando.

—Pero ¿por qué?

—Nadie dedica tanto esfuerzo a algo, ni mata a tanta gente sin una razón de mucho peso.

—Y estamos justo en medio —dijo ella.

—No, estamos justo delante —puntualizó Robie.

59

Robie se había puesto en marcha con Julie. Le había hecho guardar casi todas sus cosas en la mochila sin darle demasiadas explicaciones. De vez en cuando la miraba mientras conducía el Volvo por entre el tráfico. Julie lo pilló haciéndolo más de una vez y le dijo:

—¿Por qué me estás mirando todo el rato?

«¿Por qué la estoy mirando todo el rato?», se preguntó Robie. En realidad, la respuesta era muy sencilla, aunque no le gustara. «Soy responsable de otra persona y eso me trae de cabeza.»

Le sonó el teléfono. Era Vance.

—Robie, tienes que venir —dijo.

—¿Qué pasa?

—La testigo ocular, Michele Cohen. Vio a un hombre y a una adolescente saliendo del autobús justo antes de que explotara. También dijo que el arma del hombre salió disparada y aterrizó debajo de un coche. Es la pistola que encontramos y que está relacionada con la matanza de los Wind. O sea que existe un vínculo claro. Acerté.

—¿Dónde estaba ella mientras pasó todo esto? ¿Y por qué no se ha presentado hasta ahora?

—Está casada y salía de un hotel de la zona tras pasar un rato con un hombre que no es su marido.

—Ya —dijo Robie lentamente.

—Uno de nuestros técnicos está creando una imagen digital basada en su descripción del hombre y la chica. No tardará mucho en estar lista.

—¿Vio adónde fueron?

—Se quedaron conmocionados durante unos segundos y luego huyeron por un callejón.

—¿Y la testigo se fue a casa con su maridito?

—Cohen estaba asustada, desorientada. Llegó a casa, se puso a pensar sobre el tema y al final decidió presentarse.

—¿Qué se sabe de ella?

—¿Qué más da?

—Tenemos que comprobar que lo que dice es cierto.

—¿Por qué iba a mentir acerca de una cosa así?

—No sé. Pero la gente miente. Constantemente.

—Ven aquí. Quiero que escuches su historia y quizá se te ocurran otras preguntas que yo no le haya hecho.

—Llegaré en cuanto pueda.

—¡Robie!

Ya había colgado. Volvió a guardarse el teléfono en el bolsillo. Volvió a sonar pero no le hizo ningún caso. Sabía que Vance le volvía a llamar. Y su respuesta sería la misma.

—¿Algún problema? —preguntó Julie.

—Unos cuantos.

—¿Insalvables?

—Ya veremos.

Julie cogió la carpeta que había entre ellos.

—¿Qué es esto?

—Algo que no te gustaría.

—¿Por qué? ¿Es confidencial?

—La verdad es que no. Pero es el informe de la autopsia de un hombre.

—¿Qué hombre?

Robie le lanzó una mirada.

—¿Qué más te da?

—¿Tiene relación con lo que les ocurrió a mis padres?

—Lo dudo.

—¿Pero no estás seguro?

—En estos momentos no estoy seguro de nada.

Julie la abrió y miró las fotos.

—Qué asco. Es horroroso.

—¿Qué esperabas? El tío está muerto.

A Julie empezaron a temblarle las manos.

Robie redujo la velocidad.

—No vomites en el coche. Voy a parar.

—No es eso, Will.

—¿Entonces qué?

Julie levantó una foto de la carpeta. Era un primer plano del brazo izquierdo de Rick Wind.

Robie estaba a punto de explicarle el tatuaje, pero Julie fue la primera en romper el silencio.

—Es un guerrero espartano en posición de batalla al estilo hoplita —dijo ella con voz temblorosa.

Él la miró anonadado.

—¿Cómo lo sabes?

—Porque mi padre llevaba un tatuaje exactamente igual.

60

Robie paró el coche junto a la acera y se volvió en el asiento para mirarla de frente.

—¿Estás segura de que tu padre llevaba el mismo tatuaje?

Julie levantó la foto.

—Míralo, Will. ¿Cuántos tatuajes como este crees que he visto en mi vida?

Robie le cogió la foto y la observó.

—Vale. Se llama Rick Wind. ¿Te suena de algo?

—No.

—¿Estás segura?

—Sí.

Robie volvió a mirar la foto. ¿Cuántas probabilidades había?

—¿Tu padre estuvo en el ejército?

—Creo que no.

—¿Pero no lo sabes seguro?

—Nunca dijo nada de haber sido militar. No tenía ninguna medalla ni cosas de esas en casa.

—Pero llevaba ese tatuaje. ¿Alguna vez le preguntaste dónde se lo hizo?

—Sí. Era muy raro. Me dijo que le gustaba la historia griega y la mitología antiguas. Que de ahí venía. Me explicó lo que representaba.

—¿Cuándo empezó tu padre a consumir drogas?

Julie se encogió de hombros.

—No recuerdo un antes y un después.

—Tienes catorce años. ¿Cuántos años tenía él?

—Una vez le vi el carné de conducir. Tenía cuarenta y cinco años.

—O sea que unos treinta y uno cuando tú naciste. Eso da mucho margen para que hubiera hecho otras cosas en la vida. ¿Cuánto tiempo llevaban casados tus padres?

—No lo sé. Nunca hablaban de ello.

—¿Nunca celebraban su aniversario?

—No, solo los cumpleaños. De hecho, solo el mío.

—Pero ¿estaban casados?

—Llevaban alianzas. Firmaban como señor y señora. Aparte de eso, no lo sé.

—¿Nunca viste ninguna foto de boda? ¿Nunca te hablaban de otros parientes?

—No y no. No tenían parientes cerca. Por lo menos que yo sepa. Los dos eran de California, por lo menos es lo que me dijeron.

—¿Cuándo se mudaron a Washington D.C.?

Julie no respondió. Se puso a mirar por la ventana.

—¿Qué pasa? —preguntó Robie.

—Tus preguntas hacen que me dé cuenta de que no sabía casi nada de mis padres.

—Muchos niños no saben gran cosa de sus padres.

—No mientas para intentar que me sienta mejor.

—No miento —dijo Robie con toda tranquilidad—. Yo ni siquiera conocí a mis padres.

Julie lo miró.

—¿Entonces te adoptaron?

—Yo no he dicho eso.

—Pero has dicho...

—¿O sea que no sabes si tu padre estuvo en el ejército o no? Necesito saberlo a ciencia cierta.

—¿Por qué?

—Si estuvo en el ejército y lleva el mismo tatuaje que Rick Wind es posible que sirvieran juntos. Muchos soldados de infantería de la misma unidad se hacían los mismos tatuajes. Si podemos seguir esa pista, quizá las cosas empiecen a cobrar sentido.

—¿Puedes averiguar si mi padre sirvió en el ejército? —preguntó Julie.

—No debería resultar difícil. Al Pentágono se le da muy bien llevar el registro de quien pasa por el ejército.

Robie se sacó el móvil del bolsillo, pulsó una tecla de llamada rápida y enseguida se puso a hablar con Hombre Azul. Le transmitió la petición y colgó.

—Enseguida lo sabremos —le dijo a Julie.

—¿Por qué me has preguntado cuándo empezó mi padre a tomar drogas?

—Por nada.

—Venga ya. Todo lo que haces tiene un motivo.

—Bueno, quizás empezara a tomar drogas en el ejército.

—¿Por qué? ¿Todos los soldados se drogan?

—Por supuesto que no, pero algunos sí. Mientras están en el ejército, y luego continúan cuando lo dejan. Y si sirvió en el extranjero es posible que tuviera drogas más a mano.

—¿O sea que todo esto guarda relación con las drogas?

—Yo no he dicho eso.

—No me queda claro adónde quieres ir a parar.

—¿Sabes cómo se conocieron tus padres?

—En una fiesta. En San Francisco. Y no, no creo que fuera una fiesta con drogas —añadió con amargura.

Robie volvió a poner el coche en marcha y siguió conduciendo. El teléfono le volvió a sonar. Lanzó una mirada a la pantalla. Era Vance.

Julie también lo vio.

—Parece que la superagente Vance tiene muchas ganas de que vayas a verla.

—Pues la superagente Vance tendrá que esperar —replicó Robie.

—¿Una testigo ocular de la explosión del autobús?

Robie le lanzó una mirada inquisidora.

—La superagente Vance habla muy fuerte. No he tenido que hacer ningún esfuerzo para oírla.

—Ya, ya me he dado cuenta.

—¿La testigo nos vio?

—Eso parece.

—No recuerdo haber visto a nadie por ahí esa noche.

—Yo tampoco.

—¿Crees que la persona miente?

—Es posible.

—Pero si esa persona te ve, menudo problema, ¿no?

—Eso mismo —repuso Robie.

—¿Cómo vas a evitarlo?

—Lo evitaré.

Julie dejó de mirarlo y apoyó el mentón encima de la mochila.

—Si mi padre estuvo en el ejército, ¿por qué no hablaba de ello?

—Mucha gente no habla de su paso por el ejército.

—Supongo que los héroes sí.

—No. Lo habitual suele ser que los que más hicieron sean los que menos hablan. Los fanfarrones son los que no hicieron nada.

—¿No lo dices porque sí?

—No mentiría sobre una cosa así. No tengo por qué hacerlo.

—Para hacerme sentir mejor.

—¿Te haría sentir mejor que te mintiera?

—Supongo que no.

Lanzó una mirada y se dio cuenta de que ella le observaba.

—¿Qué tal va el álgebra? Supongo que te estás retrasando en las tareas escolares.

—He utilizado el móvil que me diste para conectarme a Internet y bajarme los deberes. Los profesores los suben cada día. Descargué unos cuantos ficheros que necesitaba y envié un mensaje a dos de los profesores con algunas preguntas. Y también envié un mensaje a la secretaría para decir que tenía la gripe y que faltaría unos cuantos días pero que enviaría los trabajos por correo electrónico y seguiría las clases así.

—¿Hiciste todo eso conectándote a Internet con un teléfono?

—Pues claro. No tiene ninguna complicación. Tengo un portátil pero no tiene conexión a Internet porque cuesta dinero.

—En mi época escolar utilizábamos gomas de borrar y teléfonos fijos.

Circularon en silencio durante varios minutos.

—Si mi padre fue militar, ¿crees que quizá fuera un héroe o algo así? —preguntó Julie con voz queda.

En esta ocasión Robie no la miró. Sabía qué respuesta esperaba ella a juzgar por su tono nostálgico.

—Es posible —contestó Robie.

61

—Will, ¿adónde vas? —preguntó Julie.

Habían cruzado el Memorial Bridge y estaban en el norte de Virginia. Hacía un día fresco y claro. El sol cubría la zona con una capa de luz intensa.

—Cambio de paisaje para ti.

—¿Por qué?

—Nunca es buena idea permanecer demasiado tiempo en el mismo sitio.

Atisbó por el retrovisor igual que llevaba haciendo cada sesenta segundos.

«Es imposible que alguien me haya seguido. Y si me han seguido, no les resultará muy provechoso.»

Salió de la carretera al cabo de unos cuantos kilómetros más y llegó a una puerta. Un hombre uniformado y armado con una MP-5 colgada de una correa de cuero se acercó dando grandes zancadas al coche. Detrás de él Robie advirtió a otro hombre, armado de forma similar, que cubría a su compañero.

Robie bajó la ventanilla y le enseñó las credenciales.

—Estoy en la lista —le dijo al guarda. El hombre comprobó si era verdad haciendo una llamada por el móvil.

Mientras esperaban, aparecieron otros dos hombres armados. Uno miró hacia el interior del coche. Acto seguido inspeccionaron el maletero y la parte inferior del vehículo. A Julie le registraron el bolso y una máquina que detectaba pulsaciones detrás del metal y el cuero dio un repaso al Volvo. Confirmó que en el coche solo latían dos corazones.

La puerta se levantó y Robie avanzó, circuló por una recta y ocupó una plaza de parking vacía.

Se desabrochó el cinturón de seguridad pero Julie se quedó ahí sentada.

—Vamos —le instó.

—¿Adónde? —dijo ella—. ¿Dónde estamos?

—Un lugar seguro. Para ti. Es todo lo que necesitas saber.

—¿Esto es como la CIA?

—¿Has visto algún letrero en que ponga que lo es?

—No van a poner un letrero, ¿no? Me refiero a que es secreto.

—Si no ponen un letrero, ¿cómo van a encontrarlo los espías?

—No tiene ninguna gracia —espetó ella.

—No, esto no es la CIA. No te traería a Langley. De hecho, no podría llevarte a Langley sin meterme en un buen lío. Este lugar está un par de escalafones por debajo pero es seguro.

—¿O sea que me vas a dejar aquí?

—Venga ya —dijo Robie—. No tenemos más remedio que hacer esto, Julie.

Julie lo siguió por el parking y entraron por las puertas de cristal de un edificio de dos plantas después de llamar por el portero electrónico. Un guarda armado los recibió en el vestíbulo y los condujo hacia una sala de reuniones larga y estrecha.

Julie se sentó mientras Robie caminaba de un lado a otro.

—¿Estás nervioso? —acabó preguntando ella.

Robie la miró y por fin se dio cuenta de que estaba asustada. ¿Y por qué no iba a estarlo?, pensó. Aquello era algo muy serio y era normal que le afectara por muy precoz que fuera.

Se sentó al lado de ella.

—La verdad es que no. —Recorrió la estancia con la mirada—. Para ti es mejor estar aquí.

—¿O sea que esto es como una cárcel?

—Nada de eso. No estás prisionera. Pero necesitamos mantenerte a salvo.

—¿Me lo prometes?

—Te estoy diciendo la verdad, Julie, nada más y nada menos.

Julie abrió la mochila.

—¿Puedo hacer deberes aquí? Tengo unos problemas de mates por hacer.

—Sí, pero no esperes que te ayude. Solo llegué a las nociones básicas de álgebra.

La puerta se abrió al cabo de cinco minutos y apareció Hombre Azul. El nudo de la corbata bien hecho, los pantalones planchados, la camisa almidonada, los zapatos brillantes. Lucía una expresión impasible pero Robie notaba la irritación del hombre mayor. Llevaba una carpeta de papel manila.

Primero miró a Julie y después a Robie.

—¿Esto te parece buena idea? —preguntó a Robie, señalando a Julie con la mano que tenía libre.

—Una idea mejor que dejarla donde estaba.

—Te dije que la seguridad del lugar no estaba comprometida.

—Ya sé lo que me dijiste.

Hombre Azul suspiró y se sentó frente a Julie, que lo observaba con interés.

Robie intuyó que era necesario realizar algún tipo de presentación.

—Ella es Julie Getty.

Hombre Azul asintió.

—Ya me lo he imaginado.

—¿Cómo te llamas? —preguntó Julie.

Hombre Azul hizo caso omiso de su pregunta y se volvió hacia Robie.

—¿Y qué esperas conseguir con esto?

—Espero que esté a salvo. Espero averiguar la verdad. Espero pillarles a ellos antes de que me pillen a mí.

—¿Te estás volviendo paranoico? —preguntó Hombre Azul.

—Los ataques de paranoia los superé hace diez años por lo menos —repuso Robie.

—¿Trabajáis juntos? —preguntó Julie.

—No —dijo Robie.

—A veces —puntualizó Hombre Azul.

Julie recorrió la estancia con la mirada.

—¿Se supone que me tengo que quedar aquí a vivir? Esto no parece una casa ni nada por el estilo.

Hombre Azul miró a Robie de hito en hito y él apartó la mirada. Hombre Azul se dirigió a Julie.

—Podemos alojarte aquí. Con comodidad. Tenemos unas estancias para... eh... invitados.

—¿Y Will también se quedará aquí?

—Será él quien lo decida —dijo Hombre Azul.

Robie ignoró el comentario y preguntó:

—¿Has averiguado algo de lo que te planteé? —Robie dirigió la mirada a la carpeta que Hombre Azul tenía delante.

—La verdad es que mucho. ¿Quieres saberlo ahora?

Robie lanzó una mirada a Julie y luego dirigió la vista hacia Hombre Azul con expresión inquisidora.

Hombre Azul se aclaró la garganta.

—No veo motivos por los que no pueda oír esto. No es confidencial. —Abrió la carpeta—. Señorita Getty, su padre hizo una carrera muy destacada en el ejército.

Julie se enderezó en el asiento.

—¿En serio?

—Sí. Una Estrella de Bronce al valor, un Corazón Púrpura y otras menciones realmente impresionantes.

—Nunca habló de ello.

—¿Dónde servía cuando recibió la de bronce con honores? —preguntó Robie.

—En la primera guerra del Golfo —respondió Hombre Azul.

Robie intervino.

—¿Lo licenciaron por algún motivo distinto de que no se reenganchara?

—Presentaba ciertos problemas de salud.

—¿Cuáles? —preguntó Julie.

—SEPT —repuso Hombre Azul.

—Eso es el síndrome de estrés postraumático —dijo Julie.

—Eso mismo —corroboró Hombre Azul.

—¿Algo más? —preguntó Robie.

Hombre Azul lanzó una mirada a la carpeta.

—Ciertos problemas cognitivos.

—¿Mi padre estaba mal de la cabeza? —quiso saber Julie.

—Se alegó que había estado expuesto a ciertos materiales que podían haberle afectado de forma negativa.

—¿UE? —preguntó Robie.

Julie le lanzó una mirada.

—¿UE? ¿Qué es eso?

Hombre Azul y Robie intercambiaron una mirada.

Julie lo vio y golpeó la mesa con el puño.

—Mirad, tíos, no os penséis que podéis seguir hablando en esta mierda de código y que me voy a quedar de brazos cruzados.

—Uranio empobrecido —explicó Robie—. UE significa uranio empobrecido. Se emplea en los cartuchos de artillería y en el blindaje de los tanques.

—¿Uranio? ¿Eso no es perjudicial para la salud? Me refiero a si estás expuesto a él —preguntó Julie.

—Nunca se ha publicado ningún estudio concluyente que demostrara la veracidad de esa afirmación en el entorno del campo de batalla —aseveró Hombre Azul con absoluta frialdad.

—¿Entonces a santo de qué mi padre tenía «problemas cognitivos»? ¿Y por qué lo licenciaron si no había problemas?

—Tengo entendido que tenía graves problemas con las drogas.

Julie lanzó una mirada asesina a Robie.

Hombre Azul cogió unas hojas de la carpeta.

—No ha hecho falta. He leído los informes de arresto y condena personalmente. Todos son asuntos menores, insignificantes. Bastante estúpidos.

Julie se levantó y adoptó una actitud desafiante.

—No conociste a mi padre, no tienes derecho a juzgarle.

Hombre Azul lanzó una mirada a Robie.

—¿Siempre es tan tímida y modesta?

Robie no respondió.

—Y nada de eso pasó cuando estaba en el ejército —añadió Julie—. O no lo habría dejado solo por razones médicas. Lo habrían echado o lo habrían detenido. Así que ¿por qué lo licenciaron?

—Como he dicho, problemas cognitivos.

—Pero no relacionados con drogas. Así que tuvo que ser otra cosa —replicó Julie—. Y lo has leído del historial. Decía que había estado expuesto al uranio ese y que le había perjudicado. Eso es lo que tú dices.

—Eso es lo que él adujo. Nunca se demostró. Pero ya veo por dónde vas. Supongo que el ejército pensó que sus afirmaciones debían de tener validez.

—¿Le hicieron alguna prueba? —preguntó Robie—. ¿Para ver de dónde venían los problemas cognitivos?

—No.

—Probablemente no quisieran demostrar que esa mierda de uranio le afectó el cerebro —dijo Julie, mirando enfurecida a Hombre Azul.

—Cuando acabes la universidad, ¿por qué no te presentas a un empleo en el campo de la inteligencia? Por lo que veo, tienes lo que hace falta para ser una agente de campo de primera.

—Me parece que paso de eso. Prefiero dedicarme a algo más productivo en la vida.

Robie extrajo la foto de Rick Wind en la que se veía el tatuaje.

—Es de la autopsia de Rick Wind. Julie confirmó que su padre llevaba un tatuaje igual que este.

Hombre Azul la miró.

—¿Se conocían?

—Nunca he oído hablar de Rick Wind y estoy segura de que nunca le he visto —declaró Julie.

—¿Podemos averiguar si sirvieron juntos en alguna ocasión? —planteó Robie.

Hombre Azul se levantó, se acercó a un teléfono situado en un aparador e hizo una llamada mientras Julie observaba el tatuaje y Robie la miraba.

—¿Estás bien? —preguntó él con voz queda.

—¿Debería estar bien? —espetó ella.

Hombre Azul regresó junto a ellos.

—Pronto recibiremos una respuesta.

—¿Se sabe algo de esta testigo ocular? —preguntó Robie.

—¿Michele Cohen? Todavía no. Lo estamos comprobando. Ahora mismo está bajo la custodia del FBI.

—¿Y si nos identifica a mí y a Julie?

—Eso sería poco menos que catastrófico —reconoció Hombre Azul.

—Tal vez mienta —dijo Julie.

—Puede ser —convino Robie—. Pero si es así tenemos que averiguar cuál es la motivación.

—¿Cómo vas a lidiar con Vance acerca de esto? No puedes seguir evitándola.

—Ya se me ocurrirá algo.

Pero en esos momentos Robie no tenía ni idea de qué.

Le sonó el teléfono y miró la pantalla.

—¿La superagente Vance? —preguntó Julie.

Robie asintió. El SMS era claro.

«Ven ahora mismo o vendré a buscarte donde cojones estés.»

Robie la telefoneó.

—Mira, te dije que estaba en una reunión —se excusó.

—Cohen nos ha dado información suficiente para emitir una orden de búsqueda y captura de las dos personas del autobús.

—Fantástico.

—Podría tratarse de un padre y su hija.

—Vale —dijo Robie—. ¿Has dicho que la hija era adolescente?

—Sí. De piel clara. El tío tenía la piel mucho más oscura, según Cohen.

—¿Cómo dices? —preguntó Robie.

—Afroamericano, Robie. ¿Puedes venir de una puta vez?

—Voy para allá.

62

Robie se sentó frente a Michele Cohen. Tenía poco menos de cuarenta años y un cabello lacio y oscuro que le colgaba alrededor del cuello. Era menuda, un metro sesenta aproximadamente y de complexión delgada. Parecía nerviosa y a Robie le habría extrañado que no lo estuviera.

Vance se sentó al lado de Robie en la pequeña sala de reuniones de la Oficina de Campo en Washington. Ella iba tomando notas en la tableta electrónica mientras Robie miraba directamente a Cohen. Le había contado su historia con todo lujo de detalles. Que salía de un hotel cercano segundos antes de que se produjera la explosión. Que vio al hombre y a la joven bajando del autobús. Que se quedó anonadada y que había ido a parar contra una pared cuando la bomba había detonado. Que había corrido por un callejón hacia su coche. Que había vuelto a su casa en las afueras donde su maridito cornudo la estaba esperando y se había creído la historia de que había perdido la noción del tiempo mientras cenaba con una amiga.

El hotel había confirmado que Cohen había entrado en el hotel a la hora que había dicho. Iba acompañada de un hombre. La versión de él también cuadraba. Llevaba un año en el paro. No había motivos por el que él o Cohen mintieran al respecto.

Sin embargo Robie sabía perfectamente que habían mentido.

La mujer había dado una descripción detallada de dos personas de raza negra que se habían apeado del autobús antes de que explotara y Robie sabía que eso nunca había ocurrido. Pero no podía decírselo a Vance sin revelarle su propio secreto.

«Esa gente está jugando conmigo y Cohen forma parte del

montaje. Me han puesto entre la espada y la pared y no tengo margen de maniobra. Cuentan con eso. Quieren hacerme sudar y lo están consiguiendo.»

Se preguntó si Cohen sabía que él era el hombre que había bajado del autobús. ¿Se lo habrían dicho? ¿O se limitaba a interpretar un papel? Robie se preguntó de dónde la habrían sacado. Quizá fuera una ex actriz que necesitaba dinero rápido y su papel se reducía a eso. Sin embargo, ella sabía que estaba mintiendo a la policía. Al FBI. Eso no se hacía con ligereza. Tenía que estar convencida de que la verdad no saldría a la luz. Y tenía que recibir un incentivo muy grande para hacer aquello.

«Bueno, si quieren jugar conmigo, entonces les devolveré la pelota, a ver qué les parece.»

—¿Ha engañado a su marido otras veces, señora Cohen? —preguntó.

Vance se lo quedó mirando cuando hizo esta pregunta, pero Robie hizo caso omiso de ella.

Cohen se llevó un pañuelo de papel al ojo derecho y dijo:

—Dos veces más. No me siento orgullosa de ello pero no lo puedo cambiar.

—¿Le ha contado la verdad a su esposo?

Esta vez Vance no se limitó a mirarle.

—¿Qué tiene esto que ver con todo lo demás, Robie? —exclamó.

Robie volvió a ignorarla.

—¿Sería capaz de reconocer al hombre y a la adolescente en una rueda de identificación?

—No estoy segura. Pasaron muchas cosas. Y durante un rato los tuve de espaldas.

—¿Pero está segura de que eran afroamericanos? Aunque estuviera oscuro, había distancia entre ellos y usted y, tal como ha dicho, pasaron muchas cosas.

—No me cabe duda de que eran negros —dijo—. Eso lo sé seguro.

—Pero al principio no fue a la policía. Esperó varios días.

—Ya se lo he explicado a la agente Vance. Me preocupaba que me descubrieran.

—¿Se refiere a que se descubriera su aventura? —corrigió Robie.

—Sí, quiero a mi marido.

—Ya. Y estoy seguro de que lamenta ser una adúltera, pero su maridito probablemente no la comprende —dijo Robie.

Este comentario provocó otra mirada dura de Vance.

—No me enorgullezco de lo que hice —replicó Cohen con rigidez—. Pero he dado la cara. Intento ayudar en la investigación.

—Y te lo agradecemos mucho —intervino Vance mientras lanzaba otra mirada incrédula a Robie—. Y a pesar de los comentarios de mi compañero, él también está agradecido.

—¿Ya está? ¿Me puedo marchar? —preguntó Cohen.

—Sí. Uno de mis colaboradores te acompañará a la salida. El agente Robie y yo tenemos unos asuntos de que hablar.

En cuanto Cohen se hubo marchado, Vance se volvió para ponerse de cara a Robie.

—¿A qué coño venía todo eso? —exigió.

—Estaba haciendo preguntas a una testigo.

—Querrás decir que la estabas interrogando.

—Para mí es lo mismo. Y que conste que creo que miente.

—¿Qué motivos iba a tener para mentir? Ha acudido a nosotros. Ni siquiera sabíamos que existía.

—Si lo supiera el caso estaría resuelto.

—¿Por qué estás tan seguro de que miente?

Robie rememoró los pasajeros del autobús 112. Había varios hombres de raza negra. Y por lo menos dos chicas negras. Estaban en el autobús cuando explotó. Pero el autobús se había convertido en un infierno por culpa de llevar el depósito lleno. Todo el mundo había salido disparado del asiento, había ardido y en muchos casos habían quedado reducidos a hueso. Resultaría prácticamente imposible buscar coincidencias entre los restos y la lista de pasajeros.

—Por lo menos había seis hombre negros en el autobús y tres adolescentes negras —dijo Vance—. El empleado de la estación de autobuses los recuerda. La historia de Cohen coincide con los hechos.

—Da igual. Sigo creyendo que miente.

—¿Por qué? ¿Basándote en tu instinto?

—Basándome en lo que sea.

—Bueno, pues yo tengo que llevar a cabo mi investigación basándome en las pruebas recogidas.

—¿Nunca te has fiado del instinto? —preguntó Robie.

—Sí, pero cuando los hechos puros y duros los superan, es otra cosa.

Robie se levantó.

—¿Adónde vas? —preguntó ella.

—A averiguar hechos puros y duros.

63

Robie sabía una manera rápida de salir de la Oficina de Campo en Washington y estaba en el coche y esperando fuera cuando Michele Cohen salió del parking y circuló a toda velocidad calle abajo en su BMW cupé. Se mezcló en el tráfico detrás de ella. La mujer pasó tres semáforos en ámbar y Robie por poco se queda atrás en el último. Al cabo de diez minutos subían por Connecticut Avenue en dirección a Maryland.

Robie tenía la vista clavada en el BMW y por tanto no vio los dos coches de policía que convergían delante de su Volvo. Los policías pusieron las luces y el agente del coche patrulla situado a la izquierda de Robie le hizo una seña para que parara. Robie vio cómo el BMW aceleraba y pasaba otro semáforo en ámbar. Al cabo de unos instantes lo perdía de vista.

Robie redujo la velocidad y paró junto a la acera. Tenía ganas de salir de un salto y empezar a echar la bronca a los agentes de azul, pero sabía que podían acabar disparándole. Se quedó ahí sentado echando humo mientras los cuatro policías se le acercaban con prudencia, dos por cada lado.

—Manos a la vista, señor —dijo uno de ellos.

Robie sacó la mano izquierda por la ventanilla con la placa federal en ella.

—Mierda —oyó mascullar a uno de los policías.

Al cabo de un segundo dos agentes aparecieron junto a su ventanilla.

—Supongo que tenéis una razón de mucho peso para hacerme parar mientras seguía a una persona.

El primer policía se echó la gorra hacia atrás y se quedó mirando las credenciales de Robie.

—Hemos recibido una llamada de la comisaría diciendo que un hombre estaba siguiendo a una mujer en coche. Estaba asustada y ha pedido que actuáramos. Nos ha dado la descripción de su coche y la matrícula.

—Pues es un buen método para que un delincuente huya de la policía —dijo Robie—. Llamar a más policías.

—Lo siento, señor, no lo sabíamos.

—¿Me puedo marchar ya? —preguntó Robie.

—¿Es sospechosa? Podemos ayudarle a localizarla —se ofreció el segundo agente.

—No, ya la atraparé más tarde. Pero, de ahora en adelante, no tengáis tanta prisa por apretar el botón del pánico.

—Sí, señor.

Robie maniobró el Volvo y volvió a internarse en el tráfico. Vio a los policías por el retrovisor haciendo corrillo junto a los coches patrulla, preguntándose sin duda si aquel error les costaría caro a nivel profesional. Robie no tenía ningún interés en desbaratar su carrera. De hecho había sido una jugada muy inteligente por parte de Cohen y que ponía de manifiesto sus agallas. Siempre podía decir que no sabía quién iba en el coche, solo que alguien la seguía. Además podía aprovecharse de la pura verdad diciendo que acababa de salir del FBI y que era una testigo valiosa en un crimen horrible y, por consiguiente, temía por su seguridad.

No, Robie tendría que ir tras ella de otro modo. Por suerte, no resultaría demasiado difícil seguir el rastro de Cohen. Su domicilio constaba en el expediente que Vance le había dejado leer.

Cruzó a Maryland y circuló por una serie de carreteras asfaltadas hasta llegar a la que buscaba.

Michele Cohen no vivía en una mansión pero sí en un barrio acomodado. Sin embargo, según ella estaba en el paro. Su último trabajo había sido en una empresa de planificación financiera que se había ido al carajo. Robie no sabía a qué se dedicaba su marido. Vance no se lo había dicho, si es que lo sabía.

«Probablemente a Cohen le vaya bien el dinero», pensó Robie. No obstante, se preguntó si la mujer estaba metida en algún otro asunto turbio. Pensaba que el dinero no bastaba para que una persona inocente por lo demás se atreviera a mentir al FBI en un posible caso de terrorismo.

«A no ser que no sea inocente por otros motivos.»

Se preguntó si Vance había comprobado los antecedentes penales de Cohen. O de su esposo. O de su supuesto amante. Probablemente no, dado que quedaba claro que Vance no pensaba que mintiera. Vance consideraba que, para mentir, no valía la pena dar la cara. Pero a Robie se le ocurría por lo menos un motivo.

«Para joderme.»

Detuvo el coche junto a la acera y telefoneó a Hombre Azul.

—¿Se sabe algo de Michele Cohen?

—No, pero serás el primero en enterarte.

—También necesito todo lo que puedas averiguar sobre su marido.

—Estamos en ello. ¿O sea que mintió al FBI? ¿Dijo que eran dos personas de raza negra en vez de tú y Julie?

—Sí.

—¿Sus motivos?

—Espero que podamos averiguarlos.

—Es un movimiento arriesgado para el otro bando. Nos han puesto a un títere en bandeja.

—Eso mismo estaba pensando yo. Por eso estoy nervioso.

Robie miró el final de la calle sin salida donde estaba aparcado el BMW de Cohen, en el camino de entrada de una casa de piedra.

—Voy a comprobar algunas cosas. Más tarde te llamaré. ¿Qué tal está Julie?

—Sana y salva y haciendo deberes. El problema de álgebra en el que estaba trabajando parecía demasiado difícil para mi nivel salarial.

—Por eso estamos en el campo del espionaje —dijo Robie—. Las mates se nos dan fatal.

Guardó el teléfono y comprobó la hora. Cohen debía de saber que la había seguido y también que tenía su dirección. Quedándose ahí sentado no iba a conseguir nada.

Pero de todos modos se le ocurrió una idea mejor.

Los títeres no le daban miedo por definición. Pero nadie que supiera lo que tenía entre manos dejaría a uno colgado ahí sin un buen motivo.

«Y ahora necesito descubrir cuál es ese motivo.»

64

Michele Cohen se sirvió un café y lo llevó a la sala de estar donde la tele estaba encendida. Estaba sola. Dejó la taza, cogió el mando a distancia y cambió de canal.

—Prefería el otro programa, la verdad.

Cohen soltó un chillido.

Robie se sentó en la silla que estaba frente a ella.

—¿Qué coño estás haciendo en mi casa? ¿Cómo has entrado en mi casa? —exigió.

—Deberías cerrar las puertas con llave, incluso cuando estás en casa —aconsejó Robie.

—No sé quién te piensas que eres, pero voy a llamar a la policía. Hoy en el FBI has sido muy impertinente conmigo. Y creo que antes me has seguido. No tengo por qué aguantar esto, se llama acoso sencilla y llanamente.

Dejó de hablar cuando Robie sostuvo un artículo en alto.

—¿Sabes qué es esto, Michele?

La mujer observó la caja plana y cuadrada.

—¿Debería saberlo?

—No sé, ¿deberías?

—No pienso quedarme aquí sentada jugando a las adivinanzas contigo.

—Es un DVD. De una cámara de seguridad.

—¿Y?

—Apuntaba justo al lugar donde explotó el autobús.

—En ese caso, ¿por qué la policía no sabe nada de ello?

—Porque es de una webcam que un tío montó en su apartamento enfocando la calle. La encontré porque fui de casa en casa antes que la policía. El tío había tenido algunos problemas con los ladrones. Quería pillarlos con las manos en la masa. Tenía un programa de rotación. Un buen barrido de la calle. Y tiene la hora y la fecha. ¿Quieres que te diga lo que no aparece?

Cohen guardó silencio.

—No te vio a ti, Michele, ni a tu amante, en el lugar donde dijiste que estabais.

—Eso es ridículo. ¿Por qué íbamos a mentir sobre una cosa así? Y el recepcionista del motel corroboró nuestra historia.

—Yo no he dicho que no estuvieras en el motel. Lo que digo es que mientes acerca de lo que viste. En realidad no viste nada.

—¡Te equivocas!

—Has dicho que viste explotar el autobús.

—Sí.

—¿Y también dijiste que viste que la pistola del tío salía disparada y acababa debajo de un coche?

—Eso mismo.

—La explosión del autobús debió de lanzar miles de restos por los aires. Como una especie de tormenta. ¿Y tú, a pesar del susto de ver explotar un autobús en el que murieron muchas personas, viste una pequeña pistola volando por los aires y seguiste su trayectoria mientras pasaba todo esto hasta que fue a parar debajo de un coche? —Hizo una pausa—. No te lo crees ni tú.

Cohen se levantó de un salto y corrió al teléfono que estaba en la mesa al lado de la puerta que conducía a la cocina.

—Quiero que te largues inmediatamente. O llamaré a la policía para que te detengan.

Robie levantó el DVD incluso más alto.

—Y los dos sabemos que no viste a dos personas de color saliendo de ese autobús, Michele. Y el DVD lo confirmará. O sea que mentiste al FBI. Por eso te caerán al menos cinco años en una prisión federal por unos tres delitos graves distintos. Se acabó el trabajo en la industria financiera. Y cuando salgas tendrás más de cuarenta años. Y la cárcel pasa factura al cuerpo y a la mente. Cuando salgas aparentarás casi cincuenta años. O incluso sesenta si son duros contigo. Y no son solo los tíos los que joden ahí dentro, Michele. Las señoras también se sienten solas ahí dentro. Serás una presa fácil. Eres menuda y tierna. Lo tendrás muy crudo.

—Lo único que intentas es asustarme.

—No. Intento que entiendas la gravedad de tu situación.

Robie dejó el DVD en la mesita.

—Del autobús salieron dos personas, pero no eran negras.

—¿Cómo lo sabes?

—Porque lo he visto aquí, Michele. Y ahora ¿por qué no te sientas y hablamos del tema? A lo mejor se me ocurre una forma para que salgas de esta.

—¿Por qué ibas a hacer una cosa así?

—Porque soy buena persona, por eso.

—No me lo creo ni por asomo.

—Créete lo que te dé la gana. Si por un momento pensara que no eres más que una pringada en todo este asunto, ya te habría arrestado. Pero si me sirves para llegar a la gente que de verdad busco, entonces eres valiosa. Con eso podemos negociar, Michele. No rechaces esta oferta porque no tendrás otra oportunidad.

Robie inclinó la cabeza hacia el lugar que ella había ocupado en el sofá.

Cohen se sentó con la cabeza gacha.

—Tómate el café —indicó Robie—. Te ayudará a templar los nervios.

Michele dio un sorbo y dejó la taza con mano temblorosa.

Robie se recostó en el asiento y la observó.

—¿Quién te dijo que mintieras?

—No puedo hablar contigo del tema.

—Tendrás que hablar o conmigo o con el FBI. ¿Qué prefieres?

—No puedo hablar con el FBI.

—¿Por qué?

—¡Porque lo matarán, por eso! —exclamó.

—¿A quién matarán?

—A mi marido.

—¿Qué tiene él que ver con todo esto?

—Deudas de juego. La situación se le escapó de las manos.

Pero alguien lo abordó y nos dijo que había una salida. Todas las deudas saldadas si hacíamos esto.

—¿Mentirle al FBI?

—Sí.

—Un riesgo muy grande.

—¿La cárcel en vez de morir? —dijo ella con incredulidad.

—¿A qué se dedica tu marido?

—Es socio de un bufete de abogados. Es un buen hombre. Un pilar de la comunidad. Pero tiene ciertos problemas con el juego. Y utilizó los fondos fiduciarios de un cliente para compensar un déficit. Si esto sale a la luz será su perdición.

—¿Quiénes son los que os hicieron hacer esto?

—Nunca los conocí. Mi marido sí. Me dijo que lo llevaron a una habitación, se sentó a oscuras y le dieron un ultimátum. Nos dijeron todo lo que teníamos que hacer.

—¿Por qué te eligieron a ti en vez de a tu esposo?

—Supongo que tengo más sangre fría en una situación difícil. No nos pareció que él fuera a ser capaz de mentirle al FBI.

Robie caviló al respecto. Una pareja respetable, testigo creíble. Ninguna motivación para no decir la verdad. Tenía sentido.

—¿Quién era el tipo con el que se supone que tenías una aventura?

—Lo pusieron ellos. Nos quedamos en la cama del motel mirando el suelo. Y luego nos marchamos a la hora indicada. En realidad no vi la explosión del autobús. Me indicaron que dijera que habían sido un hombre y una adolescente de raza negra quienes bajaron del autobús. Y luego el resto es lo que has oído hoy.

—¿Dónde está hoy tu marido?

—Confirmando que sus deudas de juego están saldadas.

—¿De verdad crees que será tan fácil?

—¿A qué te refieres?

—Eres un estorbo para esa gente, Michele. ¿Pensabas que os iban a dejar vivir a ti y a tu marido?

La mujer se sonrojó.

—Pero si no sabemos nada...

—Lo que acabas de decirme indica claramente lo contrario.

—¿Crees que intentarán matarnos?

—¿A qué hora se supone que volverá tu esposo?

Cohen consultó la hora y empalideció.

—Hace veinte minutos.

—Llámale.

Cogió el teléfono y marcó el número. Esperó con el teléfono pegado a la oreja.

—Ha salido el buzón de voz directamente.

—Envíale un mensaje.

La mujer obedeció. Aguardaron unos cinco minutos sin que recibiera respuesta.

—Vuélvelo a llamar.

Ella probó un par de veces más, con igual resultado.

—¿Dónde iba a confirmar que las deudas estaban saldadas?

—En un bar de Bethesda.

Robie pensó con rapidez.

—Vamos.

—¿Adónde?

—Al bar de Bethesda. Quizás estemos a tiempo de salvarle la vida.

65

Robie llamó a Hombre Azul por el camino y le pidió refuerzos. Se reunirían con él en el bar.

Robie aceleró el Volvo y lanzó una mirada a Cohen. Tenía el rostro surcado de lágrimas y respiraba con dificultad, estado que en otras circunstancias habría hecho que Robie se compadeciera de ella.

Ella lo miró con una expresión de profunda tristeza.

—Crees que está muerto, ¿verdad?

—No lo sé, Michele. Pero por eso estamos aquí, para evitarlo si es posible.

—Ahora parece una gran estupidez. Claro que no pensaban dejarlo ir sin más. Pero era la única posibilidad que teníamos. Estábamos desesperados.

—Lo cual os convertía en las personas perfectas a las que recurrir.

Robie giró a la izquierda, luego rápidamente a la derecha y aparcó el coche junto a la acera.

—¿Es aquí? —preguntó, señalando un bar que estaba un poco más abajo con el nombre de «Lucky's» en un rótulo.

Cohen asintió.

—Sí, es aquí.

«Bueno, espero que tengamos suerte.»

Robie buscó los refuerzos a su alrededor. Envió un mensaje a Hombre Azul. Recibió respuesta casi de inmediato.

«Llegan en sesenta segundos.»

—El coche de Mark está ahí —soltó Cohen—. Señaló un turismo Lexus de color gris que estaba aparcado media manzana más abajo.

Al cabo de unos instantes un todoterreno aparcó detrás de Robie. Señaló al conductor. El hombre le devolvió la señal. Robie salió y acompañó a Cohen al todoterreno. En el interior había tres hombres. Cohen se colocó en el asiento trasero.

—No te muevas —le dijo—. Independientemente de lo que veas u oigas, estos hombres se ocuparán de ti, ¿entendido?

—Por favor, devuélveme a mi esposo.

—Haré todo lo posible.

Robie miró al hombre del asiento del pasajero.

—¿Quieres venir conmigo?

El hombre asintió, cogió la pistola y la volvió a poner en la pistolera.

La pareja avanzó calle abajo rotando la cabeza de un lado a otro en busca de alguna amenaza. Cuando llegaron al bar, Robie se dio cuenta de que estaba cerrado.

Consultó la hora y miró al otro hombre.

—Este bar tiene un horario de apertura un tanto curioso.

—Tienes razón. ¿Cómo quieres que lo hagamos? —preguntó el otro hombre.

—En dos minutos llegaré a la parte de atrás. Tú ataca por delante y nos encontramos en el medio.

El hombre asintió y Robie se escurrió por un callejón que conducía a la parte trasera de aquel grupo de edificios.

Encontró rápidamente la entrada posterior del bar. No sabía si había alarma pero le daba igual. Si aparecía la policía, que apareciera. De todos modos tendrían que venir dependiendo de lo que Robie se encontrara en el interior.

Utilizó la ganzúa para forzar la cerradura, sacó la pistola y empujó la puerta lentamente para abrirla. En el exterior estaba anocheciendo y en el interior reinaba una oscuridad absoluta. Robie no pensaba arriesgarse a encender una luz. Ya era suficiente objetivo sin propiciar que alguien le viera con claridad.

Dejó que la vista se adaptara a la falta de luz y avanzó. Aguzó el oído al caminar. Comprobó la hora. Su compañero debía de estar entrando por la puerta delantera en ese mismo instante.

Robie pasó por la cocina y no vio más que cazuelas y sartenes, hileras de vasos limpios y tazas y una fila de fregonas. La estancia contigua tenía que ser la zona de bar. Ahí se reuniría con su hombre.

Pero su hombre no apareció.

Pero había otra persona y la atención de Robie quedó totalmente fija en esa persona. Se agachó detrás de la barra y observó la estancia cuadrícula por cuadrícula, fijándose en todos los ángulos de tiro posibles. Esperó treinta segundos más y entonces salió de su escondrijo. La sala estaba vacía. Aparte de él y del otro tipo.

Robie se acercó al hombre que estaba sentado en un reservado a la izquierda de la puerta delantera. Estaba recostado contra el asiento de cuero.

Por las ventanas delanteras entraba luz suficiente para que Robie viera lo que necesitaba. Marcó 911 en el móvil y habló de forma sucinta.

Colgó y se acercó al hombre.

Una única herida de bala en la cabeza. Robie le tocó la mano. Fría.

Llevaba muerto un rato.

Robie cogió una servilleta de la mesa y se cubrió la mano con ella. La introdujo en el interior de la americana del hombre y extrajo la cartera. La abrió.

Según el carné de conducir se trataba de Mark Cohen. La foto del hombre, sin la herida sangrienta en la cabeza, le devolvió la mirada.

Dejó la cartera donde estaba y miró hacia la puerta de entrada.

«Mierda.»

Corrió hacia la puerta, abrió el cerrojo y salió al exterior. Había gente caminando arriba y abajo a ambos lados de la calle. Robie se fijó en esas personas y luego dirigió la mirada hacia el otro lado.

Su Volvo estaba ahí.

El todoterreno negro, no.

Cruzó la calle corriendo y se introdujo en el Volvo al oír el sonido de las sirenas.

Llamó por teléfono a Hombre Azul.

—Mark Cohen está muerto y tus hombres se han largado con Michele Cohen. ¿Te importaría explicarme de qué va esto?

—No lo entiendo —reconoció Hombre Azul—. Eran dos de mis mejores hombres. Mis hombres de confianza. Se supone que debían obedecer tus órdenes.

—En el todoterreno había tres tíos —dijo Robie.

—Yo solo envié a dos.

—Entonces uno de ellos se ha apuntado a última hora e imagino que ahora sé por qué.

—Esto es inaudito, Robie.

—Llegaré en veinte minutos. Ve inmediatamente a comprobar que Julie está bien. Llévate a un puñado de hombres. No pueden haberlos comprado a todos.

—Robie, ¿insinúas que...?

—¡Muévete!

66

Cuando Robie entró a toda prisa en el edificio seguro, Hombre Azul fue la primera persona a la que vio. La segunda fue Julie.

Robie se relajó y aminoró el paso.

—Seguidme, los dos —indicó Hombre Azul con sequedad.

Recorrieron un pasillo con rapidez. Robie se fijó en que Hombre Azul llevaba una pistola en una pistolera.

Robie miró a Julie, que caminaba con decisión a su lado.

—¿Ocurre algo, Will? ¿Qué pasa? —dijo angustiada.

—Es una medida de precaución. Todo irá bien.

—Me estás mintiendo, ¿verdad?

—Más o menos, sí.

—Gracias por ser sincero acerca de tu falta de sinceridad.

—Parece ser que es a lo máximo que puedo aspirar en estos momentos.

Hombre Azul cerró la puerta con llave detrás de ellos. Indicó a Robie y a Julie que se sentaran.

Robie miró la pistola.

—No sueles llevar arma.

—No solemos tener a traidores en nuestras filas.

—¿Michele Cohen? —preguntó Robie.

—Muerta. Junto con dos de mis hombres. Los que envié oficialmente.

—¿Dónde y cómo?

—Acaban de encontrar los cuerpos en el todoterreno a unas diez manzanas del bar. Heridas de bala, todos ellos.

—¿Quién era el tercer tipo?

—Malcolm Strait. Trabajó aquí durante diez años. Con un historial impecable.

—Pues ya no. Descríbemelo.

Hombre Azul procedió a describirlo.

—Era el tío que se suponía que iba a entrar por la puerta delantera del bar. ¿Hay rastro de él?

—Por ahora no. Queda claro que tenía un plan de huida.

—¿De qué habláis? ¿Quién es esa gente? —preguntó Julie.

Robie miró a Hombre Azul antes de decir:

—Creo que se merece estar informada.

—Adelante, pues.

Robie dedicó unos minutos a informar a Julie.

La joven se quedó perpleja.

—¿Por qué hicieron que esta mujer contara una mentira tan obvia? Seguro que sabían que averiguaríais quién era y descubriríais la verdad. De todos modos habrían tenido que matarla a ella y a su marido para callarles la boca.

—Tienes razón —convino Robie—. ¿Qué ganaron haciendo que Michele Cohen revelara su historia?

—Exacto. ¿Qué ganaron con ello? —se planteó Hombre Azul.

—Además suponía un gran riesgo para ellos —añadió Julie lentamente.

—Michele Cohen no tenía ni idea de quién había abordado a su marido —explicó Robie—. Dijo que él había ido al bar para confirmar que sus deudas de juego estaban saldadas. Pero en cambio se llevó un tiro en la cabeza.

—Igual que su mujer —añadió Hombre Azul.

—¿Con quién trabajaba el tal Malcolm Strait aquí?

—Con mucha gente.

—Tienes que hablar con todos ellos. Como mínimo tenemos que averiguar si dejó a alguien atrás.

—De acuerdo.

—¿O sea que podría ser que ese tío tenga a alguien aquí? —planteó Julie. Miró con fijeza a Hombre Azul—. Pues este sitio no es tan seguro.

Hombre Azul lanzó una mirada a Robie.

—Lo descubriremos lo antes posible. Este tipo de abuso es sumamente inusual —añadió, mirando a Julie.

—Bueno, para mí es uno de uno —espetó Julie.

—No podemos quedarnos aquí —dijo Robie—. Tenemos que marcharnos.

—¿Adónde? —preguntó Hombre Azul.

Robie se levantó.

—Estaré en contacto. Vamos, Julie.

—¿Adónde vais? —insistió Hombre Azul.

—A algún lugar más seguro que este —repuso Robie.

Robie cruzó la puerta al volante del Volvo y giró a la izquierda.

—En este punto es desde donde nos podrían seguir —dijo a Julie—. Estamos en una especie de embudo. Solo hay una vía de entrada y de salida. Así que mantente ojo avizor.

—De acuerdo —dijo Julie. Fue dirigiendo la mirada a un lado y a otro y luego giró la cabeza y comprobó la parte de atrás.

Mientras se incorporaban a la carretera principal y el vehículo aceleraba, dijo:

—No veo los faros de ningún coche.

—¿Qué me dices de un satélite encima de nuestras cabezas? ¿Ves alguno?

—¿Me estás tomando el pelo? ¿Podrían seguirnos con un satélite?

—La verdad es que no lo sé.

—Entonces, ¿qué hacemos?

—Esperar lo mejor y prepararnos para algo mucho peor que eso.

—¿Adónde vamos?

—Al único sitio que me queda. La casa del bosque.

—Está muy aislada si alguien quisiera tendernos una emboscada.

—Pero es mucho más fácil ver si alguien se acerca. Una cosa por la otra. Piensa en los pros y en los contras. En este caso creo que los pros son mayores.

—¿Qué me dices de los satélites?

—Con un satélite no nos pueden hacer daño. Para eso necesitan poner los pies en el suelo.

—Podrían enviar a un montón de tíos.

—Podrían. Pero también podrían no enviar a nadie.

—¿Y por qué no?

—Piénsalo, Julie. ¿Cuándo llega el desenlace? Ese tal Malcolm Strait estaba en el interior de esas instalaciones contigo. Podría haberte matado allí. Y han tenido un par de ocasiones para liquidarme a mí, pero han fallado de forma muy oportuna.

—O sea que quieren mantenernos con vida, como has dicho antes. Por lo del autobús y tal. Pero todavía no sabemos por qué.

—No, todavía no, pero todo llegará.

67

—Will, por aquí no se va a tu casa —dijo Julie.

—Pequeño cambio de planes.

—¿Por qué?

—Para conseguir un poco de ayuda necesaria y hacer una gran confesión.

Robie acababa de tomar una determinación, bastante inusual en él. Había sido un lobo solitario buena parte de su vida. Normalmente no pedía ayuda a nadie y prefería solucionar los problemas por sí mismo. No obstante, al final se había dado cuenta de que no podía hacer aquello solo. Necesitaba ayuda.

A veces el hecho de pedir ayuda era síntoma de fortaleza, no de debilidad.

Robie era incapaz de saber si esa decisión resultaría ser acertada o desastrosa. Pero en esos momentos era lo que había decidido.

Entró en el complejo de apartamentos y salió del Volvo. Julie le siguió al interior del edificio. Cogieron el ascensor, salieron y recorrieron el pasillo.

Robie llamó a la puerta del 701.

Oyó pisadas. Se detuvieron. Robie notó el globo ocular que le observaba por la mirilla.

La puerta se abrió.

Vance vestía unos pantalones de deporte negros cortos, una camiseta de los marines color verde claro y unos calcetines tobilleros blancos. Primero se quedó mirando a Robie y luego posó la vista en Julie.

—¿Vas a hacer que la superagente Vance te cubra las espaldas? —exclamó Julie.

Vance volvió a mirar a Robie.

—¿Superagente Vance? ¿Qué demonios pasa? ¿Quién es la niña?

—Por eso estoy aquí —dijo Robie.

Vance se hizo a un lado y les dejó pasar. Cerró la puerta detrás de ellos.

—¿Tienes café? Esto puede llevarnos un buen rato —dijo Robie.

—Acabo de encender la cafetera.

—A mí me gusta solo —dijo Julie.

—¿Ah sí? —dijo Vance desconcertada.

—Michele Cohen y su marido están muertos —dijo Robie.

—¿Cómo? —exclamó Vance.

Robie se sentó en el sofá e hizo una seña a Julie para que tomara asiento. Vance se colocó delante de él, con los brazos en jarras.

—¿Cohen está muerta? ¿Cómo ha sido?

—Mintió, como yo decía. La verdad salió a relucir.

—¿Y por qué iba a mentir?

—Su marido tenía deudas de juego. La declaración era una solución, o eso pensaron.

—¿Cómo sabes que están muertos?

—A él lo vi con un tiro en la frente en un bar de Bethesda. Ella murió poco después junto con dos agentes federales.

Vance soltó un grito ahogado.

—¿Qué coño está pasando aquí? ¿Qué agentes federales?

—¿Tomamos primero el café? Te irá bien.

Robie entró en la cocina seguido muy de cerca por Vance.

Ella lo agarró por el hombro.

—Más te vale que empieces a hablar y que lo que digas tenga sentido, y más vale que lo hagas ahora mismo, Robie.

—Vale. Para empezar, técnicamente no trabajo para el DCIS.

—Menuda sorpresa. ¿Qué más?

—Esto tiene que quedar entre nosotros.

—Eso ya lo veremos.

—¿Quieres ahora el café?

—Lo que quiero son respuestas claras por tu parte.

Robie sirvió dos tazas de café y le tendió una. Miró por la ventana hacia los monumentos iluminados de Washington D.C. Los señaló.

—¿Qué valor tiene para ti mantener este lugar a salvo? —inquirió, volviéndose hacia Vance.

—¿Que qué valor tiene? Joder, todo el valor del mundo.

Robie dio un sorbo al café.

—¿Qué valor tiene mantener a esa chica de ahí a salvo?

—Ni siquiera me has dicho quién es.

—Julie Getty.

—Vale. ¿Qué tiene que ver con todo esto?

—Estaba en el autobús aquella noche, pero se apeó antes de que explotara.

—¿Cómo demonios lo sabes? —preguntó Vance con brusquedad.

—Porque yo bajé con ella. Por eso sabía que Cohen mentía. Como ves, ni Julie ni yo somos negros.

Robie dio otro sorbo al café y volvió a girarse hacia los monumentos.

Vance se quedó ahí balanceándose adelante y atrás sobre los talones, intentando procesar aquella asombrosa revelación. Al final, dejó de balancearse.

—¿Estabas en ese autobús? —gritó Vance—. ¿Por qué? ¿Y por qué me entero ahora?

—Porque era confidencial y no te hacía falta saberlo. Por lo menos entonces —dijo Julie.

Los dos se volvieron y se encontraron a Julie en el umbral de la puerta.

Vance la miró primero a ella y luego a Robie.

—¿Confidencial? ¿O sea que estás en Inteligencia? Te juro por Dios, Robie, que si esto es una gilipollez de la CIA por la que hemos estado yendo en círculos, me voy a plantear seriamente pegarle un tiro a alguien, empezando por ti.

—Hay algo en este caso que huele muy mal, Vance, y desde un buen comienzo.

—Robie, tienes mucho que contar y ya puedes ir empezando. ¿Qué estabas haciendo en ese autobús? ¿Y qué ocurrió allí? ¿Y quién lo hizo explotar?

—No sé quién lo hizo explotar. Pero tuvo que hacerse a distancia. No con un temporizador.

—¿Por qué?

—Porque no querían matarnos a ninguno de los dos, por eso.

—¿Por qué? Insisto.

—No lo sé. Solo sé que quieren a uno o a ambos de nosotros vivos, por algún motivo.

Vance se dirigió a Julie.

—¿Qué hacías en ese autobús?

—¿Puedo tomarme antes el café?

—Dios mío, toma. —Vance le alcanzó una taza a Julie—. Vamos a ver, ¿qué hacías en ese autobús?

—Un tío mató a mis padres. Mi madre envió un mensaje al instituto, o por lo menos creí que era de mi madre. En el mensaje decía que cogiera ese autobús y me reuniera con ellos en Nueva York. Cuando me subí, el mismo tipo que mató a mis padres se montó y me agredió. Will ayudó a pararle los pies. Nos bajamos del autobús. Y entonces fue cuando explotó. Nos tiró al suelo a los dos.

—La pistola que encontramos cerca del autobús era tuya —espetó Vance—. Estuviste en el apartamento de Jane Wind. Ibas a matarla.

—Escúchale, agente Vance —rogó Julie.

—¿Por qué tengo que escucharle?

—Porque alguien mató a mis padres. Y Will me salvó la vida, más de una vez, en realidad. Es un buen tipo.

Cuando Vance volvió la vista atrás, Robie estaba dando sorbos al café, mirando por la ventana, de espaldas a ella.

Vance se tranquilizó un poco.

—Creo que yo también voy a tomarme un café.

Julie sirvió uno y se lo tendió.

Vance miró a Robie.

—¿Lo que te queda por decirme es igual de malo?

—Probablemente peor —repuso él.

—Me has puesto en una situación comprometida. Debería informar de todo esto.

—Lo sé. Deberías hacerlo. Es lo que hice con mi gente y acabamos descubriendo que teníamos a uno o dos traidores en nuestras filas. Me pregunto qué posibilidades hay de que haya más.

Vance enarcó las cejas.

—¿Te refieres al FBI?

—¿Nunca te has encontrado con manzanas podridas?

—No muchas —dijo ella a la defensiva.

—Basta con una —puntualizó Julie.

—Basta con una —repitió Robie.

Vance exhaló un suspiro y se apoyó contra la encimera.

—¿Qué quieres que haga?

68

Robie devolvió el Volvo en el aeropuerto de Dulles y cogió la lanzadera hasta la terminal principal. Compró un billete para un vuelo de United Airlines con destino a Chicago que salía al cabo de unas dos horas, pasó por el control de seguridad y fue a los servicios junto con otros doce hombres más. Entró en un compartimento con la talega y salió al cabo de un rato con una maleta con ruedas, un chándal, gafas y una gorra de béisbol. Caminó hasta una salida, cogió el autobús para regresar a la zona de las compañías de coches de alquiler, alquiló otro vehículo con una tarjeta de crédito y nombre falsos, un Audi esta vez, y se marchó a toda velocidad en dirección oeste por una autopista de peaje.

Miró por el retrovisor. Si alguien era capaz de seguirle después de eso, se merecía un premio.

Al cabo de una hora entró en su escondrijo del bosque. Introdujo el coche en el granero y cerró las puertas. Utilizando un rastrillo para quitar la paja de en medio del suelo del granero, dejó a la vista una trampilla de metal. Retiró la trampilla y se impulsó hacia abajo por la apertura. Accionó un interruptor y un viejo fluorescente se encendió. Bajó por unos escalones de metal y colocó los pies en el suelo de cemento sólido. Aquel lugar no lo había construido él. El granjero que había construido aquella propiedad se había criado en los años treinta. Cuando llegaron los años cincuenta, decidió construir un refugio antiaéreo bajo el granero con la idea de que un poco de madera, paja y varios centímetros de hormigón le protegerían de los artilugios que la Unión Soviética quizá decidiera lanzar contra América.

Robie recorrió un pequeño pasillo y se paró. Delante de él había un despliegue de potencia de fuego que había ido reuniendo en el pasado para cumplir su propósito. Incluía pistolas, rifles, escopetas e incluso un lanzamisiles tierra-aire. Recordaba a las películas de James Bond, pero en realidad era el típico para quienes se dedicaban a la misma profesión que Robie. Cogió lo que pensaba que necesitaba y lo apiló contra una pared.

Abrió el cajón de un banco de carpintero y se embolsó un par de transmisores electrónicos. Dedicó diez minutos más a coger artículos varios que quizá le vinieran bien y lo guardó todo en una talega grande. Lo subió por las escaleras, cerró la trampilla, esparció la paja por encima y dejó la talega en el maletero del Audi.

Al cabo de cinco minutos circulaba a toda velocidad de vuelta al este. Se registró en un motel para estancias largas y descargó el equipo. Se cambió de ropa y llamó a Julie. Robie la había dejado al cuidado de Vance y del FBI. Lo único que Vance había dicho a sus superiores era que Julie era una posible testigo y necesitaba protección. Se había llamado a dos agentes de fuera de la ciudad para ayudar en la misión de protección. En esos momentos Robie no confiaba en nadie de Washington D.C.

A Julie se la veía emocionada.

—Se me ha ocurrido una idea. He llamado a los Broome con el teléfono que me diste. Y me han enviado un mensaje —dijo—. Quieren que nos veamos.

—Sabes que probablemente no sean los Broome, ¿no? —dijo Robie con tono apaciguador—. Es posible que se quedaran con el teléfono de los Broome y, al recibir tu llamada, se limitaran a enviar un mensaje a tu número. Si hubieran sido los Broome, lo más seguro es que te habrían llamado.

—¿Siempre tienes que ser tan aguafiestas? —dijo Julie.

—¿Dónde y cuándo?

Julie se lo dijo.

—¿Puedes venir a recogerme? —preguntó.

—Julie, a ese sitio no te vas ni a acercar.

Le faltó poco para ver su rostro hundido por entre el éter digital.

—¿Qué?

—Lo más probable es que sea una emboscada. No vas a ir. Yo me encargaré del tema.

—Pero somos un equipo. Tú lo dijiste.

—No voy a colocarte en una situación más peligrosa que en la que ya estás. Me haré cargo del asunto y luego te informaré.

—Pues vaya mierda.

—No me cabe la menor duda de que sea una mierda desde tu punto de vista, pero es lo más inteligente.

—Puedo cuidarme solita, Will.

—En la mayor parte de las circunstancias, no lo pondría en duda. Pero esta no es una de esas circunstancias.

—Gracias por nada.

—De nada.

Pero ella ya había colgado.

Robie se guardó el teléfono en el bolsillo y se preparó mentalmente para la reunión inminente. En algún momento, a quienquiera que estuviera detrás de eso dejaría de interesarle mantenerlo con vida. Se preguntó si aquel momento estaba a punto de llegar.

Se armó y se embolsó otros pocos artículos en el bolsillo de la chaqueta antes de llamar a Vance e informarle de la situación.

—Te acompaño —dijo ella.

—¿Estás segura? —cuestionó él.

—No me lo vuelvas a preguntar, Robie. Porque a lo mejor cambio de respuesta.

69

La inauguración oficial del monumento conmemorativo a Martin Luther King Jr. se había retrasado por culpa de un huracán que había resultado ser muy poco oportuno al azotar la Costa Este. Pero ahora el monumento estaba abierto. La pieza central era la Piedra de la Esperanza, una estatua de casi diez metros de alto del doctor King, compuesta de 159 bloques de granito tallados de forma que parecieran una única pieza de piedra. La dirección oficial era 1964 Independence Avenue, en honor a la ley de Derechos Civiles de 1964. El monumento quedaba más o menos equidistante entre el monumento a Lincoln y el de Jefferson y estaba emplazado a lo largo de la «línea de liderazgo» entre los otros dos monumentos. Quedaba al lado del monumento a FDR y era el único del National Mall dedicado a una persona de color y que no había ocupado la presidencia del país.

Robie sabía todo aquello e incluso había asistido a la ceremonia de inauguración del monumento. Pero esa noche lo único que le interesaba era sobrevivir.

Habló en voz baja por el auricular mientras observaba el monumento.

—¿Estás colocada?

Oyó la voz de Vance directamente al oído.

—Positivo.

—¿Ves a alguien?

—No.

Robie siguió avanzando y mirando. Llevaba puestas unas gafas de visión nocturna pero no captaban lo que no había.

—¿Julie?

Oyó la voz a su izquierda, cerca del monumento.

Era un hombre. Robie sujetó la pistola con más fuerza y volvió a hablar por el auricular.

—¿Has oído eso?

—Sí, pero no tengo visión del origen todavía.

Al cabo de un momento, Robie la tuvo.

El hombre se apartó del monumento. Bajo la luz de la luna y con la ayuda de las gafas especiales Robie vio que efectivamente se trataba de Leo Broome. Lo reconoció por una foto que había visto en el apartamento del hombre.

Recibió entonces la voz de Vance.

—¿Es Broome?

—Sí, quédate quieta y cúbreme las espaldas.

Robie avanzó hasta situarse a tres metros del otro hombre.

—¿Señor Broome?

El hombre se escabulló detrás del monumento otra vez.

—¿Señor Broome? —volvió a decir Robie.

—¿Dónde está Julie? —preguntó Broome.

—No la hemos dejado venir —dijo Robie—. Pensamos que podía ser una emboscada.

—Pues eso es exactamente lo que estoy pensando yo —dijo Broome—. Para que lo sepas, tengo una pistola y sé apuntar y disparar.

Vance habló.

—Señor Broome, soy la agente especial Vance del FBI. Solo queremos hablar con usted.

—Que lo digas no quiere decir que seas del FBI.

Vance se dejó ver con el arma y la placa levantadas.

—Soy del FBI, señor Broome. Solo queremos hablar. Intentar averiguar qué pasa aquí.

—¿Y el otro tipo? —preguntó Broome—. ¿Qué pasa con él?

—Sé que los padres de Julie están muertos, señor Broome —dijo Robie—. He estado intentando ayudarla a encontrar a sus asesinos.

—¿Curtis y Sara están muertos?

—Igual que Rick Wind y su ex mujer. Ambos asesinados.

Broome apareció por el extremo del monumento.

—Tenemos que poner fin a todo esto.

—Totalmente de acuerdo —dijo Vance—. Y con su ayuda quizá podamos. Pero antes necesitamos llevarle a una ubicación segura. Y a su esposa también.

—Eso no va a poder ser.

—¿Han hecho daño a su esposa? —preguntó Robie.

—Sí, está muerta.

—¿Estaba usted con ella cuando ocurrió? —se aprestó a preguntar Robie.

—Sí, apenas conseguí escapar...

Robie se puso a correr a toda velocidad hacia Broome.

—¡Agáchese, rápido! ¡Rápido!

Pero se dio cuenta de que ya era demasiado tarde.

Oyó el crujido del disparo. Broome se dio la vuelta rápidamente y entonces cayó en el mismo sitio donde estaba. Golpeó el suelo con fuerza, se meneó una sola vez cuando el corazón bombeó sangre por última vez y entonces se quedó quieto.

Robie llegó hasta él, se agachó e inspeccionó la zona. El disparo había venido desde la izquierda. Se lo gritó a Vance, que ya estaba al teléfono.

Robie se dio cuenta de que aquello había sido una emboscada desde el principio.

Nunca habría podido sonsacarle información a Leo Broome. Volvían a jugar con él. Le ponían delante un lingote de oro prometedor y luego se lo apartaban cuando se acercaba demasiado. Quienquiera que se estuviera enfrentando a él sabía mucho más acerca de todo que él. Tenían activos en ambos bandos, privilegio del que él carecía.

Vance se arrodilló al lado de Robie.

—¿Está muerto?

—La bala le ha atravesado la cabeza. Ya no volverá a hablar.

Vance exhaló un largo suspiro y se quedó mirando al hombre muerto.

—Por lo que parece siempre van un paso por delante.

—Eso parece —convino Robie.

—Le has dicho que se agachara antes de que se produjera el disparo. ¿Cómo lo has sabido?

—¿Mataron a su mujer pero él consiguió escapar? Me parece que no. Lo mismo que pasó con Julie. No dejan escapar a la gente así como así.

—¿Pero de qué sirvió dejar vivir a Leo Broome? Podría habernos contado algo.

—No iban a darle esa oportunidad, Vance.

—¿Y por qué dejarle venir aquí? Si le estaban siguiendo, lo podían haber matado en cualquier momento.

—Parece que es un juego para ellos.

—¡Un juego! Aquí está muriendo mucha gente, Robie. Menudo juego.

—Menudo juego —convino.

70

Robie se sentó a oscuras en su apartamento.

Vance y un cuarteto de agentes del FBI vigilaban a Julie. Robie le había contado a la chica que los Broome habían sido asesinados. Ella se lo había tomado con estoicismo, no había llorado sino que al parecer se lo había tomado como una realidad insoslayable. Quizá fuera peor, pensó Robie. No parecía correcto que una chica de catorce años estuviera tan curtida que una muerte violenta ya no la conmocionara.

Había vuelto porque necesitaba estar solo en algún sitio. Y, aunque tenía una habitación en el motel para estancias largas, había vuelto a su casa. No le preocupaba que unos asesinos fueran a por él, al menos todavía no.

«Me quieren vivo, por algún motivo. Y luego me querrán muerto.»

Se había estrujado el cerebro repasando misiones que había cumplido en un pasado reciente. Daba la impresión de que en su entorno profesional habría muchas personas que querrían vengarse de él, demasiadas como para investigarlas en serio. Pero nunca había fracasado en una misión, lo cual implicaba que su objetivo siempre había muerto. Y él había salido airoso todas las veces, lo cual significaba que su identidad debería haberse mantenido en secreto. Pero su contacto se había pasado al otro bando y eso suponía que Robie había quedado expuesto ante alguien con posibilidades para pagar.

Se levantó y miró por la ventana. Eran las dos de la madrugada. Había poco tráfico y no se veía a nadie. Pero entonces advirtió a alguien y se acercó más a la ventana para ver mejor.

Annie Lambert detuvo la bicicleta en el exterior del bloque de apartamentos, se bajó y la entró a pie en el vestíbulo.

Cuando salió al rellano, Robie la esperaba. Pareció sorprenderse de verla pero advirtió el dolor que transmitía la expresión de él.

—¿Estás bien? —preguntó ansiosa.

—He tenido días mejores. Para ti es obvio que la jornada ha sido larga, ¿no?

Sonrió e hizo malabarismos para que no se le cayera el bolso. Robie lo cogió por ella y se lo colgó al hombro.

—Gracias —dijo ella—. Hoy la he cagado —reconoció—. He tenido que hacer horas extra para arreglarlo.

—¿Qué ha pasado?

—Me salté el protocolo. Me salté a mi supervisor directo para que me respondieran a una pregunta porque él no estaba disponible. Me han leído la cartilla por eso.

—No parece justo. En realidad parece bastante mezquino.

—Bueno, cuando no te pagan mucho por manejar asuntos importantes, la gente se aferra con más ganas a los cargos y a la jerarquía de lo que debería.

—Creo que estás siendo demasiado generosa.

—A lo mejor es que estoy cansada —dijo con aire fatigoso.

—Mira, te acompaño hasta la puerta y ya podrás acostarte.

Mientras recorrían el pasillo, ella dijo:

—Tú tampoco haces muy buena cara.

—Igual que tú, ha sido un día largo.

—¿Normas mezquinas también?

—Un poco distinto.

—A veces la vida da asco —sentenció Lambert.

—Pues sí.

Al llegar a la puerta, Lambert se volvió hacia él.

—Cuando dije que estaba cansada, no quería decir que necesitara irme a la cama. ¿Quieres entrar a tomar algo?

—¿Seguro que te apetece?

—Los dos tenemos pinta de necesitar una copa. Nada sofisticado como tu vino. Solo me da para cerveza.

—De acuerdo.

Entraron. Lambert dejó la bicicleta a un lado e indicó a Robie dónde estaba la cocina, de donde sacó dos cervezas para llevarlas al salón. Se sintió culpable de conocer la distribución del apartamento por haber mirado por el telescopio.

Encajaba con la imagen de una joven funcionaria cuyo salario no se correspondía ni por asomo con su inteligencia o capacidad. Todo era en plan barato aunque Robie se fijó en el óleo de una escena portuaria y un par de muebles de buena calidad que probablemente procedieran de los padres de Lambert.

Lambert salió de su dormitorio vestida con unos vaqueros holgados y una camiseta de manga larga y con el cabello recogido en una cola de caballo. Iba descalza. Robie le tendió una cerveza y ella se dejó caer en una silla y acurrucó los pies debajo del cuerpo.

Robie se sentó frente a ella en un pequeño tú-y-yo de imitación en cuero.

—Está bien quitarse la armadura profesional —dijo Lambert.

—Hasta mañana por la mañana, que ya casi ha llegado.

—En realidad mañana tengo el día libre —dijo—. U hoy, como acabas de decir. —Dio un sorbo a la cerveza. Robie hizo otro tanto.

—¿Cómo es eso?

—El presidente está fuera de la ciudad con buena parte de su personal. Cuando vuelva se celebrará una gran cena en la Casa Blanca. Tengo que trabajar ese día, así que pienso disfrutar de mi día libre.

—No me extraña.

Ella sonrió con resignación.

—Sobre todo porque he estado trabajando los fines de semana del mes pasado. Y la moral del personal está un poco baja.

—¿Cómo es eso?

—El presidente no sale muy bien parado en las encuestas. La economía va fatal. Todo apunta a que las próximas elecciones no serán fáciles ni agradables.

—El país está dividido por la mitad. Ya no existen las elecciones fáciles.

—Cierto —convino ella—. Nunca podría dedicarme a la política. Duele demasiado, ¿sabes? Estás sometido al juicio de los demás de forma continua. Y no solo por tu postura sobre distintos temas sino por cómo hablas, miras, caminas. Es ridículo.

—¿Has vuelto a pensar en cómo será la vida para ti después de la Casa Blanca?

—Ahora mismo estoy en una fase de mi vida en la que vivo al día.

—No es mala idea, la verdad.

—Algunos dirían que es pereza.

—¿A quién le importa lo que dicen algunos?

—Exacto.

—Los genios siempre compartimos las mismas ideas, de hecho.

Ella se inclinó hacia delante y entrechocó su cerveza con la de él.

—Por los genios.

—Por los genios —convino él con una sonrisa.

—¿O sea que oficialmente esta es nuestra primera cita?

—Yo diría que estrictamente hablando no lo es —repuso Robie—. Ha sido más espontáneo. Pero podemos convertirlo en lo que queramos. Estamos en un país libre.

—Lo cierto es que disfruté mucho cuando quedamos en el W.

—Hacía mucho tiempo que no hacía una cosa así.

—Yo también.

—A tu edad deberías salir mucho.

—A lo mejor soy mayor de lo que aparento —bromeó.

—Lo dudo.

—Me gustas, Will. Me gustas mucho.

—Todavía no me conoces.

—Tengo buen ojo para la gente, siempre lo he tenido. —Hizo una pausa y dio un trago a la cerveza—. Me haces sentir, no sé, bien conmigo misma.

—Tienes muchos motivos que no guardan relación conmigo para sentirte bien contigo misma, Annie.

Dejó la cerveza en la mesa.

—A veces me deprimo.

—Pues vaya, igual que todo el mundo.

Lambert se levantó y se sentó al lado de él. Le tocó la mano.

—He tenido un par de experiencias negativas con hombres.

—Te prometo que conmigo no te pasará. —Robie no tenía

forma de garantizar tal cosa pero mientras lo decía lo creía realmente.

Se inclinaron el uno hacia el otro en el mismo instante. Sus labios se tocaron ligeramente. Luego se separaron.

Cuando Lambert abrió los ojos, él la estaba mirando.

—¿No te ha gustado? —preguntó ella.

—En realidad me ha gustado mucho.

Volvieron a besarse.

—Soy mucho mayor que tú —dijo él mientras se separaban una vez más.

—No pareces mucho mayor.

—Quizá no deberíamos hacer esto.

—Quizá deberíamos hacer lo que está claro que los dos queremos hacer —le musitó ella al oído. Volvieron a besarse. No con suavidad, esta vez, sino con avidez, respirando los dos con fuerza.

Robie deslizó la mano por el muslo de ella y se lo acarició. Ella lo rodeó con los brazos y le apretó la espalda. Le rozó la oreja con la boca.

—En la habitación estaremos más cómodos.

Robie se levantó y la alzó en el aire al hacerlo para llevarla hasta la puerta del dormitorio. Ella golpeó la maneta con el pie y empujó. Robie cerró la puerta de un puntapié detrás de ellos. Se tomaron su tiempo para desvestirse mutuamente.

Lambert contempló los tatuajes y cicatrices y la herida del brazo. La tocó con suavidad.

—¿Te duele?

—Ya no.

—¿Cómo te la hiciste?

—Fue una estupidez. —La atrajo hacia él.

Al cabo de un minuto se deslizaron al interior de la cama con la ropa amontonada de cualquier manera en el suelo.

71

A las seis de la mañana Robie estaba en marcha otra vez. Su coche de alquiler se deslizaba calle abajo en la oscuridad.

En cuanto dejó a Annie Lambert todavía en la cama, se arrepintió de haberse acostado con ella. El sexo había sido maravilloso. Le había dejado tembloroso y cálido y completamente descolocado. Había sido una sensación liberadora.

Pero de todos modos había sido un error.

Básicamente había dejado a un hombre muerto en el National Mall para ir a acostarse con una empleada de la Casa Blanca. Mientras estaba en la cama con ella no había pensado sobre el caso. Bueno, eso iba a cambiar ahora mismo.

Llamó a Vance. A pesar de lo temprano que era, descolgó al segundo ring.

—Estoy en el despacho —respondió—. En realidad no he salido de la oficina. ¿Dónde estás?

—Conduciendo.

—¿Conduciendo adónde?

—No lo sé seguro.

—¿Qué te pasó anoche? Da la impresión de que desapareciste después de que colocáramos a Julie.

Robie no respondió.

—¿Robie?

—Tuve que tomar cierta distancia de la situación, para aclarar ideas.

—¿Y ahora ya lo tienes claro? Porque resulta que tenemos un caso en el que trabajar.

—Sí.

—Ni siquiera cené. Y no he desayunado. Hay un local abierto las veinticuatro horas en la esquina de la Oficina de Campo. ¿Lo conoces?

—Nos vemos ahí en diez minutos —dijo Robie.

Llegó antes que ella y ya había pedido dos tazas de café cuando ella apareció.

—Me ha parecido entender que no habías pasado por casa. Te has cambiado de ropa —dijo él.

—Tengo una muda en la oficina —respondió ella mientras se sentaba y cogía el café para darle un sorbo—. No tienes buena cara —dijo.

—¿Debería tener buena cara? —espetó él. Por un momento se planteó si podía contarle que había estado con otra mujer.

Permanecieron sentados en un silencio incómodo tomándose sendos cafés hasta que Robie dijo:

—¿Qué tal está Julie?

—Inquieta, deprimida. Creo que piensa que la has abandonado.

—¿Cómo le has explicado a tu jefe todo este lío?

—Me he ido por la tangente. Le he contado unas cuantas cosas y he prescindido de otras.

La camarera fue hasta su mesa y les tomó nota. Se marchó después de rellenarles las tazas.

Robie observó a Vance.

—No pretendo desbaratar tu carrera por esto, Vance.

—¿Sabes? Si quieres puedes llamarme Nikki.

Esta propuesta pareció aumentar el sentimiento de culpa de Robie.

—Vale, Nikki, la cuestión es que cuando todo esto acabe tu vida tiene que haber quedado intacta.

—Me parece que no va a poder ser, Robie.

—Lo que quiero decir es que no tienes por qué cubrirme las espaldas. He sido injusto al pedírtelo.

—Y lo que yo quiero decir es que si no te cubro las espaldas, el FBI te echará encima toda su maquinaria. Demasiadas preguntas y un número insuficiente de respuestas.

—Tengo cierta protección a nivel profesional.

—No basta. Además, a decir verdad, no lo hago solo por ti. Si algo de esto sale a la luz, me van a echar de la investigación y se armará un lío tan tremendo que probablemente nunca lleguemos a saber la verdad. Y es obvio que no tengo ningunas ganas de que pase eso.

—Yo quiero que la situación quede clara entre nosotros —insistió Robie.

—No sé si te entiendo realmente, pero esto es un sí pero no. No soy tu psiquiatra. Colaboro contigo para ver si podemos encerrar a unos asesinos.

—Leo Broome —dijo—. ¿Se ha averiguado algo sobre él que resulte de ayuda? ¿Dijo que habían liquidado a su mujer?

—No llevaba nada encima. Estamos intentando averiguar de dónde venía. No había ningún coche aparcado cerca que pudiera ser suyo. A esas horas probablemente también haya que descartar el metro. Estamos interrogando a taxistas para ver si podemos determinar dónde lo cogieron.

—O quizá llegara andando —señaló Robie—. ¿Pero no llevaba la llave magnética de ningún hotel, nada que demostrara dónde se alojaba?

—Nada por el estilo. Pero sí que encontramos una cosa.

—¿De qué se trata?

—Un tatuaje de hoplitas en el antebrazo idéntico al que llevaba Rick Wind en el brazo. Y seguro que se corresponde con el que Julie dijo que su padre también se había hecho.

—O sea que debieron de conocerse en el ejército —dijo Robie.

—¿Y si resulta que todo esto no guarda relación contigo? Estuvieron juntos en el ejército, quizá tuvieran algún secreto que ahora les persigue.

—Eso sigue sin explicar que Julie y yo saliéramos de ese autobús. O que fallaran los tiros contigo y conmigo delante de Donnelly's.

—No, supongo que no. Dices que le dejaron escapar después de que mataran a su esposa. Parte del juego, dijiste. Quizás estén jugando contigo pero todo esto tiene que tener una finalidad.

—Estoy convencido de que hay una finalidad excelente. Lo que pasa es que no sé cuál es.

—Si se trata de una especie de competición entre tú y ellos, debe de haber algo de tu pasado que lo explique. ¿Lo has pensado?

—Un poco, pero tengo que cavilar más al respecto.

—¿En qué trabajabas, Robie? En realidad no trabajas para el DCIS pero sí en alguna agencia del Gobierno federal, eso seguro.

Robie se tomó el café y no dijo nada porque no podía decir nada.

—No debería saberlo, ¿no? ¿Por eso no mueves los labios? —insistió Vance.

—Yo no dicto las normas. A veces las normas son una mierda, como ahora, pero siguen siendo las normas. Lo siento, Nikki.

—De acuerdo. No tienes por qué responder, pero escúchame bien, ¿vale?

Robie asintió.

—Creo que estabas en el apartamento de Jane Wind para matarla como parte de algún golpe autorizado. Solo que por algún motivo no apretaste el gatillo. Pero alguien lo hizo, desde una distancia considerable. Pusiste a buen recaudo al hijo pequeño y saliste de ahí. Entonces te liaron para que investigaras un crimen que tú habías presenciado con la coartada de pertenecer al DCIS. —Hizo una pausa y lo observó—. ¿Qué tal lo estoy haciendo?

—Eres agente del FBI, no me esperaba menos de ti.

—Háblame de la misión contra Wind.

—En realidad no estaba autorizada. Nunca debería haber estado en la lista pero lo estaba. La persona que lo hizo es ahora un montón de huesos enterrados.

—¿Liquidando cabos sueltos?

—A mi entender, sí.

—O sea que alguien está jugando contigo y te quiere bien hundido. Parece ser que el comienzo de todo esto era el hecho de que fueras a por Jane Wind. Su maridito ya estaba muerto. Así que ella también muere. Los Wind quedan fuera de circulación. Primer punto.

Robie se terminó el café y se incorporó con expresión más atenta.

—Continúa.

—Segundo punto. Los padres de Julie son asesinados. Sabemos que eran amigos de los Broome. Y Rick Wind y Curtis Getty llevaban el mismo tatuaje en el brazo. Debieron de hacérselo cuando sirvieron juntos en el ejército. ¿Tu gente ha encontrado ya el nexo de unión?

—Siguen trabajando en ello.

—Tercer punto. Resulta que Getty, Broome y Wind, con esposas incluidas o, en el caso de Wind, ex mujer, están todos muertos.

Robie asintió y retomó el hilo.

—Intenté huir en ese autobús. Sabían que haría eso. Julie acaba siendo dirigida al mismo autobús gracias a un mensaje supuestamente de su madre. Bajamos del autobús y explota.

—¿El tiroteo del exterior de Donnelly's en el que tú y yo deberíamos haber muerto?

—Un juego más.

—Menudo jueguecito. Murió mucha gente inocente, Robie.

—A quienquiera que esté detrás de todo esto le importan un bledo los daños colaterales. Para ellos no son más que piezas del ajedrez.

—Pues no sabes cómo me gustaría ceñirle a la gente que piensa así unas buenas esposas.

—Pero ¿cómo acaba esta partida? ¿Por qué hacer todo esto?

Vance tomó otro sorbo de café.

—Bueno, ¿dónde has pasado la noche?

La imagen de Annie Lambert desnuda y sentada a horcajadas encima de él se le apareció en la mente antes de que Vance tuviera siquiera tiempo de terminar la pregunta.

—No he dormido mucho —reconoció con sinceridad.

Les trajeron los platos con la comida y dedicaron algún tiempo a dar cuenta de los huevos, el beicon, las tostadas y la fritura de patata y cebolla.

Cuando hubieron terminado, Vance apartó el plato y dijo:

—¿Cómo quieres abordar el tema?

—La máxima prioridad es mantener a salvo a Julie. Está claro que había un topo en nuestra operación y tengo que contar con el FBI.

—Haremos todo lo posible para asegurarnos de que no sufre ningún daño, Robie. ¿Cuál es la segunda prioridad?

—Tengo que averiguar quién de mi pasado me desea tanto mal.

—Tienes muchas posibilidades.

—Demasiadas. Pero tengo que ir reduciéndolas y rápido.

—¿Crees que hay una cuenta atrás?

—De hecho creo que el tiempo se ha agotado.

—¿Y qué vas a hacer?

—Irme de viaje, muy lejos de aquí.

Vance se quedó extrañada.

—¿Te marchas?

—No, no me marcho.

72

Robie estaba sentado en la pequeña estancia que había utilizado como despacho en los últimos cinco años. No apareció ningún hombre rechoncho de mediana edad con el traje arrugado para entregarle otro dispositivo USB. No estaba ahí para otra misión. Estaba ahí para ver qué había habido antes.

El viaje que le había mencionado a Vance era mental. Contempló la pantalla de ordenador que tenía delante. Los informes de sus últimas cinco misiones, que le habían ocupado un año entero, le devolvían la mirada.

Por ahora había eliminado tres de ellas. Las dos últimas le habían llamado la atención por un par de motivos: eran los más recientes e implicaban a objetivos con brazos muy largos y muchos amigos.

Pulsó varias teclas del ordenador y en pantalla apareció una imagen del difunto Carlos Rivera. La última vez que Robie había visto al latinoamericano, le estaba gritando unas cuantas obscenidades a Robie en la ruta por el subsuelo de Edimburgo. Robie había matado a Rivera y a sus guardaespaldas, y hecho lo que consideraba una huida no detectada.

Rivera tenía un hermano pequeño, Donato, que había asumido el mando de buena parte del cártel de su hermano. La información sobre Donato apuntaba a que era tan despiadado como su difunto hermano, pero mucho menos ambicioso. Se contentaba con dirigir su imperio de narcotráfico sin implicarse en la situación política de México. Quizás esa actitud tuviera algo que ver con lo que le había sucedido a su hermano mayor. De todos modos, quizá quisiera vengar la muerte de Carlos. Y si había averiguado la identidad de Robie a través de su contacto, tal vez dispusiera de la información necesaria para actuar.

Robie repasó mentalmente los acontecimientos que habían conducido al asesinato de Carlos y compañía. Cuando hubo terminado el repaso, pensó: «¿Voy en avión a México e intento matar a Donato?»

Sin embargo, tenía la corazonada de que a los allegados del hombre les importaba un bledo quién se había cargado a Rivera. El hermano pequeño seguía con vida y le iba muy bien sin el hermano mayor.

Así pues, Robie pasó al siguiente objetivo. Jalid bin Talal, uno de los príncipes saudíes, un fijo de la lista de las 400 fortunas del mundo, más rico incluso que Rivera.

Robie volvió a cerrar los ojos y esta vez evocó la Costa del Sol.

La tercera noche su objetivo había pasado justo por delante de su punto de mira junto con el palestino y el ruso, una pareja curiosa desde el punto de visto geopolítico. Talal había salido de su caravana de coches y subido las escaleras del avión mastodóntico. Robie lo había perdido de vista durante unos segundos. Pero luego Talal se había sentado frente a sus compañeros de conspiración.

El disparo de Robie había alcanzado al hombre en plena cabeza. No había posibilidad de supervivencia. Robie había abatido a dos guardaespaldas, dejado el avión inutilizado, practicado su escapatoria y montado en el ferry lento que iba a Barcelona en el plazo de una hora.

Asesinato limpio, salida limpia. Y lo cierto era que bin Talal no era un personaje querido en el mundo musulmán. Tenía unas ideas demasiado radicales para los moderados. La familia gobernante era perfectamente consciente de que deseaba derrocarla y en gran medida la misión de Robie tenía su origen en una petición de la familia. E incluso los fundamentalistas islámicos tendían a evitar a Talal porque no se fiaban de sus estrechos vínculos comerciales con los capitalistas occidentales.

Se recostó en el asiento y se frotó las sienes. Si todavía fumara, habría encendido un pitillo en ese momento. Necesitaba algo que le ayudara a combatir una profunda sensación de fracaso. Algo lo miraba directamente a la cara. Quizá fuera la verdad, la respuesta que necesitaba. Pero no la veía.

Repasó las tres misiones anteriores a las de Rivera y Bin Talal. Cada paso, al igual que había hecho con el latinoamericano y el musulmán. Todas ellas ejecuciones limpias, salidas limpias.

Pero entonces si no había sido por ninguno de ellos, ¿por quién?

Extrajo la pistola y la colocó en el escritorio que tenía delante con la boca hacia el lado contrario al de él. Se quedó contemplando la Glock. Una buena arma, casi siempre rendía a la perfección. No era una pieza fabricada en serie. Estaba personalizada para que encajara con su mano, con su fuerza de sujeción y su forma de disparar. Cada pieza se fabricaba de forma meticulosa para garantizar el éxito. Pero no se trataba solo de tener puntería. Cada misión constaba de millones de piezas y si una de ellas fallaba, también fallaba la misión. Para Robie la parte más fácil era el asesinato en sí. Se le daba bien y tenía cierto asomo de control sobre los acontecimientos. Las demás partes del enigma solían estar en manos de otros, lo cual quedaba totalmente fuera de su control.

No siempre se había dedicado a matar en nombre del Gobierno de Estados Unidos. Había trabajado para otros, todos aliados de los estadounidenses. Eso es lo que les había llamado la atención. El sueldo era mejor a esta orilla del Atlántico, pero si hubiera sido solo cuestión de dinero, Robie se habría dedicado a otra cosa hacía mucho tiempo.

Existía un motivo por el que seguía aceptando esos encargos, apretando el gatillo frente a un monstruo tras otro. Nunca había hablado con nadie al respecto y dudaba que alguna vez lo hiciera. No era porque los recuerdos resultaran demasiado dolorosos. Se debía a que había bloqueado esa parte en su mente. Era incapaz de articular una sola frase al respecto. Así era como lo quería. Cualquier otra cosa le impediría funcionar.

Se levantó de detrás del escritorio con una sensación de inmenso fracaso.

Su teléfono estaba sonando cuando llegó a la puerta del coche.

Era Hombre Azul.

Había averiguado los vínculos militares que compartían Curtis Getty, Rick Wind y Leo Broome. Habían servido los tres juntos.

—Voy para allá —dijo Robie.

73

—En la misma escuadra —dijo Hombre Azul.

Él y Robie estaban sentados en el despacho de Hombre Azul.

—Lucharon juntos durante toda la campaña y también en otros destinos posteriores a la primera guerra del Golfo.

—No me extraña que Julie no lo supiera —comentó Robie—. Ni siquiera había nacido.

—Y su padre no soltaba prenda sobre su paso por el ejército —dijo Hombre Azul—. A lo mejor ni siquiera su mujer lo sabía.

—Sé que algunos soldados no hablan sobre el tiempo pasado en el campo de batalla pero normalmente no mantienen en secreto el hecho de haber servido en el ejército. ¿Hay algo en su hoja de servicio que justifique tal silencio?

—Tal vez.

Hombre Azul extrajo otra carpeta de papel manila de una pila que tenía en el escritorio.

—Como ya sabes, durante la primera guerra del Golfo las fuerzas aliadas nunca llegaron a entrar en Bagdad. La misión consistía en expulsar a Sadam Hussein de Kuwait y esa misión se cumplió.

—Cien días —dijo Robie—. Lo recuerdo.

—Eso. Sin embargo, según los informes, los iraquíes habían saqueado buena parte de Kuwait, que es uno de los estados más ricos del Golfo. Dinero, oro, joyas muy valiosas, ese tipo de cosas.

—¿Esto apunta a lo que creo que apunta?

—No se pudo demostrar nada, pero Getty, Wind y Broome

quizá se mancharan las manos cuando estuvieron en Kuwait. Los tres fueron dados de baja con honores.

—Le dijiste a Julie que su padre se había marchado del ejército con honores por motivos de salud.

—Eso fue lo que dije.

—Si estaban implicados en los robos, ¿crees que pudieron llevar el botín a Estados Unidos? Ninguno de los tres mostraba signos de riqueza —señaló Robie—. Los Getty tenían unos empleos cutres y vivían en un dúplex cutre. Los Wind no eran ricos. Y vi el apartamento de los Broome, nada del otro mundo.

—Probablemente Curtis Getty se lo metiera todo por la nariz. Las finanzas de Rick Wind pusieron de manifiesto que nunca ganó mucho dinero pero tenía una vivienda de propiedad y el negocio de la casa de empeños. Lo curioso es que no hemos encontrado ningún movimiento que justifique cómo compró el negocio.

—Pero se quedó hasta el final. ¿Cómo es eso posible si se le consideraba un ladrón?

—«Se le consideraba» es la clave. Falta de pruebas, supongo. Pero la baja general que recibió resulta lo bastante elocuente, porque no había nada más en su hoja de servicios que hubiera justificado otra cosa que no fuera darle de baja con honores.

—¿O sea que al final lo pillaron?

—Y al parecer no rebatió la acusación. Lo cual vuelve a resultar harto elocuente. Si robó y aun así recibió todas las prestaciones, la pensión, y no lo condenaron a prisión y se quedó con los artículos robados, Wind probablemente pensara que le había salido redondo.

—Pero si se enriqueció con los robos, ¿por qué quedarse?

—No sabemos hasta qué punto se libraron. Tal vez lo viera como unos ahorrillos y decidiera seguir cobrando el cheque del Gobierno.

—¿Y Leo Broome?

—Ahí sí que hizo su agosto. Su apartamento de Washington D.C. no era gran cosa pero tenían una casa frente al mar en Boca Ratón y hemos descubierto una cartera de valores suya con nombre falso. Tenía unos cuatro millones en ella.

—Bueno, al menos parece que les robó a los kuwaitíes. Entonces ¿crees que alguien va a por ellos después de todo este tiempo? ¿Y por qué me meten a mí en medio?

—Tú eres la parte preocupante, Robie. Los tres ex soldados sí que encajan en un plan, pero tú no. —Hombre Azul cerró la carpeta y le miró desde el otro lado del escritorio—. ¿Has repasado tus últimas misiones?

—Las últimas cinco. Son de libro. No existe ninguna razón clara por la que alguien quisiera ir a por mí. Y ninguna razón clara por la que no quisieran. Así que no he podido reducir la lista de posibles sospechosos. —Caviló durante unos instantes—. Julie me contó que su madre le dijo al asesino que ella, refiriéndose a Julie, no sabía nada.

—¿Sobre qué?

—¿Sobre qué? ¿Sobre la carrera militar de su padre? Puedo decirte sin atisbo de duda que el tipo del autobús que fue a por ella no era de Oriente Medio.

—Eso no quiere decir nada. Tú tampoco eres de Oriente Medio y has trabajado para ellos en el pasado. Es posible que contrataran a alguien de aquí para hacer el trabajo. Es más fácil que intentar meter a uno de los suyos en el país, sobre todo hoy en día.

Robie alzó la vista hacia él.

—¿Y por qué no le contaste a Julie lo de las acusaciones de robo?

—Decidí centrarme en las medallas. Y nunca se llegó a probar nada contra Curtis Getty. Quizá fuera inocente.

—¿Aun así?

—¿De qué habría servido?

—¿Por qué lo dices? —insistió Robie.

—Yo tengo nietas.

—Vale —dijo Robie—. Eso lo entiendo.

—Pero no parece que estemos más cerca de las respuestas correctas —reconoció Hombre Azul.

—No, quizá sí que lo estemos.

—¿En qué sentido?

Robie se puso en pie.

—Quieren que esté implicado en esto, sea lo que sea.

—De acuerdo, pero ¿en qué nos ayuda eso?

—Tengo que conseguir que se esfuercen un poco más para llamarme la atención.

—¿A qué te refieres?

—Voy a hacer que presionen más. Cuando la gente presiona, comete errores.

—Bueno, pues asegúrate de que no les presionas tanto como para acabar muerto.

—No, quiero que se centren en mí. Ya ha habido demasiados daños colaterales.

Robie se volvió y se marchó de la sala.

Iba a ver a Julie. En realidad no tenía nada que decirle. Y tal como había dicho Hombre Azul, no tenía sentido informarle de lo que su padre pudo haber hecho en el pasado. Robie estaba convencido de que independientemente de lo que hubieran hecho los tres soldados hacía más de veinte años, resultaba irrelevante en el presente. No eran más que piezas bien situadas en el tablero.

«Esto gira en torno a mí —pensó Robie—. Empezó conmigo y de alguna manera tiene que acabar conmigo.»

74

—¿O sea que el señor Broome y Rick Wind sirvieron con mi padre en el ejército? —dijo Julie.

Robie estaba sentado con ella en el piso franco del FBI. No sabía cuán seguro era pero le quedaban escasas opciones. Los agentes del FBI que protegían a Julie parecían profesionales y espabilados, pero de todos modos él tenía la mano cerca de la Glock y estaba dispuesto a matarlos a tiros si hacían algo que perjudicara a la joven.

—Lucharon en la primera guerra del Golfo. Después dejaron el ejército en momentos distintos. Al parecer, varios soldados de su escuadra se hicieron el mismo tatuaje en el brazo.

—Todavía me cuesta creer que mi padre fuera una especie de héroe.

—Créetelo, Julie, lo fue.

Julie jugueteaba con la cremallera de la chaqueta.

—¿Has averiguado algo más?

—La verdad es que no —reconoció Robie.

—Mi padre debía de ser joven cuando dejó el ejército. Me pregunto por qué no se quedó.

—No hay forma de saberlo —dijo Robie con voz queda—. Algunas personas sirven durante un tiempo y luego se dedican a otros menesteres.

—Tal vez si se hubiera quedado, no habría... ya sabes...

—Bueno, a lo mejor tampoco habría conocido a tu madre, si se hubiera quedado.

—Es verdad —dijo Julie lentamente. Miró a Robie con fijeza—. ¿Por qué tengo la impresión de que no me lo estás contando todo? —Robie reconoció algo en la mirada de la joven. Era la misma expresión que él ponía cuando se limitaban a decirle lo que sabían que él quería oír.

—Porque eres recelosa por naturaleza, igual que yo.

—¿Me ocultas algo?

—Oculto cosas a mucha gente. Pero siempre por un buen motivo, Julie.

—Menuda respuesta...

Él la miró con fijeza porque imaginó que no mirarla en esos momentos supondría un signo de exclamación en su decepción subyacente.

—Es la única que tengo. Lo siento.

—O sea que todavía no sabes qué está pasando, ¿no?

—La verdad es que no.

—¿Necesitas mi ayuda? Y no digas que tienes que mantenerme a salvo. Eso es imposible, ni siquiera aquí con esos agentes del FBI superguáis por todas partes.

Robie estaba a punto de rechazar su oferta con la excusa de su seguridad, precisamente, pero no lo hizo. Se le acababa de ocurrir una idea.

—Tu madre dijo que no sabías nada, ¿verdad? Cuando habló con el tío que estaba en tu casa.

—Sí, eso es lo que dijo.

—O sea que eso implica que tus padres sabían algo. Que, de hecho, tu madre sabía por qué el hombre estaba allí. Por qué quería matarlos.

—Supongo que sí. Pero ya hemos hablado de este tema, Will.

—Y Leo Broome, justo antes de morir, dio a entender que también sabía algo.

Julie se secó una lágrima del ojo derecho.

—Yo no le conocía tan bien pero parecía un buen tipo. E Ida me caía muy bien. Siempre era amable conmigo.

—Lo sé. Esto es una verdadera tragedia. Veamos, Cheryl Kosmann dijo que el día antes de que tus padres fueran asesinados, cenaron con los Broome en el restaurante. Dijo que daba la impresión de que habían visto un fantasma.

—Eso es.

—¿Cuándo hablaste por última vez con tus padres antes de regresar a tu casa aquella noche?

—Justo antes de que me volvieran a enviar a una familia de acogida. No tuve la oportunidad de escabullirme para ir a ver a mi madre al restaurante.

—¿Y cómo te pareció que estaba tu madre la última vez que la viste?

—Bien. Normal. Hablamos de cosas.

—¿Y más tarde hay un tío en su casa intentando matarles y a tu madre no le sorprende?

Julie parpadeó.

—¿Te refieres a que tuvo que pasar algo entre la última vez que la vi y cuando el tío apareció en nuestra casa?

—No, tuvo que ser entre la última vez que tú la viste y cuando tus padres cenaron con los Broome, que es cuando Cheryl dijo que parecían haber visto un fantasma.

—Pero no sabemos de qué se trata.

—Pero el hecho de acotar el marco temporal ayuda. A mi entender, o les pasó algo a tus padres, descubrieron algo y se lo contaron a los Broome; o los Broome descubrieron algo y se lo contaron a tus padres.

—¿Y qué me dices de los Wind?

—Ellos son como una especie de comodín. No estaban en la cena, pero deben de estar implicados de algún modo, de lo contrario no habrían acabado asesinados.

—¿Crees que tiene algo que ver con su pasado militar?

—El instinto me dice que sí. Pero no todos los hechos apuntan en esa dirección. Por ejemplo, mi implicación en todo esto. Si estoy en lo cierto y yo soy el motivo por el que se ha montado todo este tinglado, ¿por qué implicar a tus padres, a los Broome y a los Wind? No conocía a ninguno de ellos.

—¿O sea que realmente crees que todo esto guarda alguna relación contigo?

Robie intuía la pregunta que Julie no se atrevía a formular.

«¿Fui yo el motivo por el que mataron a sus padres?»

—Sí, creo que sí. De lo contrario hay demasiadas coincidencias.

Julie reflexionó al respecto.

—O sea que o los Wind, o mis padres o los Broome descubrieron algo. Como estuvieron juntos en el ejército, es posible que se lo contaran entre ellos. Los malos se enteraron y se vieron obligados a matarlos.

—Eso tiene sentido.

—Sí, supongo que sí —reconoció Julie, apartando la mirada de él.

Robie dejó que transcurrieran unos minutos tensos antes de volver a hablar.

—Julie, no sé qué está pasando. Si todo esto es por mí y tus padres y los demás se vieron envueltos en ello, lo siento.

—No voy a culparte de lo que les sucedió a mis padres, Will —dijo ella con poco convencimiento.

Robie se levantó y se puso a caminar de un lado a otro.

—Pues a lo mejor deberías —le dijo por encima de su hombro.

—Culpándote no voy a conseguir recuperarlos. Y lo que quiero no ha cambiado. Quiero pescar a quienquiera que lo hizo. A todos.

Robie volvió a sentarse y la miró.

—Creo que no transcurrieron más de veinticuatro horas desde que Wind, Broome y tu padre compartieran la causa por la que mataron a tus padres. Si somos capaces de rastrear una llamada, o un movimiento o cualquier tipo de comunicación entre ese grupo, quizá podamos empezar a entender.

—¿Puedes hacer tal cosa?

—Por lo menos podemos intentarlo con todas nuestras fuerzas. El problema es que, por el momento, no hay nada en su pasado que sugiera que pudieran estar implicados en algo capaz de provocar todo esto.

—Bueno, no eran los únicos miembros de la escuadra, ¿no? Una escuadra está formada por nueve o diez soldados, con un sargento primero al mando.

—¿Cómo sabes todo eso?

—La asignatura de Historia Americana. Estamos estudiando la Segunda Guerra Mundial. Así pues, mi padre, Wind y Broome suman tres. Eso significa que hay seis o siete más que localizar.

Robie negó con la cabeza mientras se preguntaba cómo era posible que algo tan obvio se le pasara por alto. Entonces bajó la mirada hacia el pecho de Julie.

El puntero del láser estaba justo encima de su corazón.

75

Robie no reaccionó de forma visible al puntero del láser. Sabía que era de un rifle de francotirador. No miró hacia la ventana, donde sabía que las persianas debían de estar a media altura. El rifle y el tirador estaban en algún lugar del exterior, probablemente a un máximo de mil metros de la casa que acababa de convertirse en el lugar más inseguro posible.

Se reprendió internamente por no haberse fijado antes en las persianas subidas.

Puso las manos debajo de la mesa que los separaba. Sonrió.

—¿De qué te ríes? —preguntó Julie con aire de duda burlona.

—¿Has jugado alguna vez al escondite?

—Oye, ¿te encuentras bien, Will?

Robie palpó la parte inferior de la mesa. Madera maciza, no conglomerado barato. Eso estaba bien. Unos dos centímetros y medio de grosor. Quizá bastara. Tendría que bastar. Tendría que realizar dos movimientos, uno con cada mano. Tomó aire y ensanchó la sonrisa porque si Julie hacía algún movimiento brusco, sería el fin.

—Estaba pensando en una cosa que me pasó hace mucho tiempo...

Levantó la mesa con una mano de forma que protegiera a Julie del francotirador y sacó la Glock con la otra mano.

Julie gritó cuando Robie disparó y dejó inutilizada la lámpara del techo. El disparo del rifle hizo añicos la ventana, entró en la madera y la atravesó, pero la barrera sirvió para desviar la línea de fuego. Fue a parar a la pared situada a la izquierda de Julie.

—¡Agáchate! —espetó Robie. Julie se puso boca abajo inmediatamente. Robie oyó pasos que corrían por el pasillo.

Robie se colocó detrás de la mesa.

Se volvió hacia Julie, que estaba tumbada en el suelo con las manos sobre la cabeza.

—¿Estás bien?

—Sí —repuso ella con voz temblorosa.

—¿Tú subiste las persianas?

Ella lo miró.

—No, estaban así cuando llegué.

La puerta empezó a abrirse y una voz preguntó:

—Robie, ¿estás bien?

Robie identificó la voz de uno de los guardas que los protegían.

—Deja la pistola en el suelo y deslízala al interior de la sala con el pie.

—¿Qué coño pasa, Robie? —gritó uno de los hombres.

—Es justamente lo que iba a preguntar yo. ¿Quién ha subido las persianas de esta sala?

—¿Las persianas?

—Sí, las persianas. Porque un francotirador acaba de disparar por esa abertura. O sea que a no ser que tengas una respuesta, dispararé a la primera persona que entre por esa puerta. Me da igual quien sea.

—Robie, somos el FBI.

—Sí, y yo soy un tío muy cabreado con una Glock. ¿Adónde nos conduce esto?

—¿Hay un francotirador fuera?

—Eso es lo que he dicho. ¿No has oído el disparo?

—No os mováis.

Volvió a oír pasos que se alejaban corriendo.

Robie bajó la mirada hacia Julie y volvió a dirigir la vista hacia la ventana. No pensaba quedarse quieto. Sacó el teléfono y marcó el número de Vance. Ella respondió.

—Francotirador en el piso franco. Un topo en algún sitio. Necesito refuerzos. Ya mismo —dijo.

Colgó y cogió a Julie de la mano.

—Quédate agachada —le advirtió.

—¿Vamos a morir?

—Mantente agachada y sígueme.

Robie la guio al exterior de la sala, comprobó que el pasillo estaba despejado y echaron a correr, no hacia las puertas delanteras o traseras sino hacia el lado opuesto de la casa desde el que se había realizado el disparo. Se agacharon en la sala mientras Robie atisbaba por la ventana con sumo cuidado. Era imposible hacer un barrido de la zona a simple vista pero no veía el reflejo de una mira, aunque los equipos de última generación que tenían algunos no necesariamente emitían tal señal de luz característica. No tenía ni idea de si el tipo que les había dicho que se quedaran quietos era amigo o enemigo y no le parecía buena idea quedarse a esperar para averiguarlo.

Supondrían que saldrían por la puerta trasera o por la ventana del lado contrario del disparo del francotirador.

Así pues, Robie tenía pensado salir por la puerta delantera.

Pero antes tenían que llegar hasta allí.

Volvieron al pasillo y con Robie en cabeza fueron avanzando lentamente hacia la parte delantera de la casa. La casa estaba en un vecindario con una única vía de entrada y de salida. No había otras casas cerca. Realmente había que tener ganas de ir hasta allí. Quedaba claro que alguien sí tenía esas ganas. Y lo había conseguido con ayuda de alguien del interior.

Cuando Robie miró antes de doblar la esquina en dirección a la estancia delantera, vio el cuerpo de uno de los agentes tumbado en el suelo, con los pies encarados hacia la puerta principal, con sangre alrededor del cuello. Sin herida de bala. Robie habría oído el disparo y solo una escopeta tenía capacidad para abrir un boquete como aquel. Debía de haber sido un cuchillo. Boca tapada con una mano y cuchillada en el cuello, bastante silencioso. La muerte sería rápida.

Boca tapada con la mano. El asesino habría tenido que acercarse muchísimo para hacer eso.

Otro traidor entre sus filas.

—¡Oh, Dios mío!

Miró hacia Julie, que acababa de ver el cadáver.

—Aparta la mirada —dijo Robie.

Volvió a marcar un número con el pulgar. Vance respondió. Robie oía el ruido del motor del coche. Debía de estar conduciendo a más de 140 km por hora.

—Un agente muerto. No sé dónde están los demás. El tipo muerto tiene una herida de cerca. Quienquiera que lo liquidara debía de ser un supuesto amigo.

—¡Mierda! —exclamó Vance.

—¿Cuánto te falta para llegar?

—Tres minutos.

Dejó el teléfono y se volvió hacia Julie.

—Vamos a salir por esa puerta, pero tenemos que llamar la atención en otro sitio.

—De acuerdo —dijo ella, cuya mirada iba alternando entre el cadáver y Robie—. ¿Cómo?

Robie comprobó que no había nadie en la estancia con la pistola por delante, sacó el cargador, extrajo las dos balas superiores e insertó las dos que se había sacado del bolsillo de la chaqueta antes de volver a colocar el cargador en su sitio. Deslizó el pasador para introducir una de las balas nuevas en la recámara.

Fue acercándose lentamente a la puerta y se sirvió del pie para abrirla.

—¿Qué vas a hacer? —preguntó Julie—. ¿Salir de aquí a tiro limpio?

—Tápate las orejas.

—¿Qué?

—Tápate las orejas y no mires hacia la puerta.

Robie esperó mientras le obedecía. Entonces apuntó y disparó.

El primer disparo alcanzó el depósito de gasolina del Bucar aparcado en el camino de entrada. La bala incendiaria prendió el combustible y la explosión hizo levantar el vehículo del asfalto.

Dirigió el segundo disparo al segundo Bucar, aparcado al lado del primero. Al cabo de un segundo se convirtió en otra bola de fuego.

Robie cogió a Julie de la mano y cruzaron el umbral corriendo. Con la esperanza de mantener el muro de fuego y humo entre quien acababa de intentar matar a Julie y ellos, se alejaron de la casa y corrieron calle abajo. Robie se había planteado intentar llegar a su coche pero decidió que eso sería como pintarse una diana en la frente.

Un coche entró en la calle y aceleró. Robie vio las luces azules. Hizo parar a Vance. La agente pisó el freno y el BMW paró derrapando. Robie abrió la puerta rápidamente, empujó a Julie a la parte posterior y se subió al asiento del copiloto.

—¡Vámonos! —dijo a Vance.

Ella puso marcha atrás y dejó la rodadura del neumático marcada en la calle. Giró el coche de golpe y, en cuanto lo tuvo orientado hacia la otra dirección, pisó el acelerador a fondo. Al llegar al final de la calle, giró a la izquierda.

Miró a Robie y luego a Julie, acurrucada en la parte posterior.

—¿Estáis bien? ¿Habéis sufrido algún daño?

—Estamos bien —repuso Robie con sequedad.

—Pues cuéntame qué coño ha pasado.

—Sigue conduciendo —se limitó a decir Robie.

76

Robie ocupaba el asiento del copiloto y no paraba de girar la cabeza para mirar hacia atrás y hacia Vance. Tenía una expresión recelosa y la mano en la culata de la Glock. Había ido por los pelos. Si no hubiera bajado la mirada y visto el puntero, Julie estaría entre los muertos en compañía de sus padres. A Robie le quedaba claro que al otro bando ya no le hacía falta que alguno de los dos, o los dos, siguieran con vida.

Se recostó en el asiento aunque adoptó una postura rígida, tensa. No pensaba que el peligro ya hubiera pasado.

Vance mantuvo la vista fija en la carretera en su mayor parte. De vez en cuando echaba una mirada a la pistola de Robie y luego le miraba la cara. Las pocas veces que sus ojos se encontraron, ella apartó la vista con rapidez.

Habían recorrido unos tres kilómetros cuando ella se decidió por fin a hablar.

—¿Tienes algún motivo para apuntarme con la pistola?

—Tengo aproximadamente una docena de motivos para ello, pero probablemente ya se te hayan ocurrido todos.

—Yo no te he delatado, Robie. No soy quien está detrás de todo esto.

—Me alegra saberlo. Lo tendré en consideración.

—Entiendo que sientas que no puedes confiar en nadie, ni siquiera el FBI.

—También me alegra saberlo. —Hablaba con voz monótona, apagada. Robie ni siquiera la reconocía como propia.

—¿Adónde quieres que vaya?

Robie la miró con expresión inescrutable.

—¿Por qué no eliges tú el sitio? Y vemos qué tal va.

—¿Esto es una prueba?

—¿Por qué no debería serlo?

—¿Queréis parar de una vez? Esto no sirve de nada.

Los dos miraron por el espejo del retrovisor y vieron que Julie les observaba.

—Alguien nos ha tendido una trampa mientras estábamos bajo la protección del FBI —dijo Robie con voz tranquila y pausada—. Elige un sitio, agente Vance —insistió—. Llévanos ahí y ya veremos qué pasa.

—¿Qué te parece la Oficina de Campo en Washington?

—¿Qué me parece?

—¡Robie, estoy de tu parte!

Robie miró por la ventana.

—¿Y los tipos que llamaste de fuera de la ciudad?

—Yo no les llamé. Otras personas del FBI se encargaron de llamarles.

—¿Quiénes?

—No lo sé en concreto. Hice una petición de agentes de fuera de la ciudad. —Le dedicó una mirada severa—. Porque tú insististe. Fueron los que vinieron.

—Uno fue asesinado —dijo Robie—. Dudo que viniera aquí a morir. Así que lo podemos descartar. Pero alguien dejó las persianas subidas en la sala a la que llevaron a Julie. —La miró—. ¿Qué agente te hizo ir allí?

—El que se acercó a la puerta después del disparo. Le reconocí la voz —aclaró Julie.

—El que nunca regresó. El que mató a su compañero —añadió Robie—. El que nos dijo que no nos moviéramos. —Lanzó una mirada a Vance—. Lo mismo que tú me dijiste. Que no nos moviéramos.

Vance paró el coche de golpe en medio de la carretera. Se volvió para mirarlo de cara.

—Vale, pues entonces dispárame. Si no te fías de mí, ya no te sirvo. Así que presióname la pistola contra la cabeza y aprieta el puto gatillo.

—No hace falta que te pongas teatrera porque así no vamos a ningún sitio.

—¿Y qué quieres que haga exactamente?

—Ya te lo he dicho. Por ahora conduce.

—¿Adónde?

—Escoge una dirección y mantenla.

—Mierda —masculló Vance con voz temblorosa. Puso la marcha y apretó el acelerador—. He oído explosiones antes de entrar en la calle. ¿Obra tuya?

—Me he cargado dos coches del FBI. Que no se te olvide pasarme la factura.

—¿Que te los has cargado?

—Necesitábamos una distracción —intervino Julie—. Era la única forma de salir de ahí con vida.

Robie se recostó en el asiento.

—O sea que hay traidores en mi propia organización y traidores en el FBI. Un enigma que no encuentro la manera de resolver. Y el tiempo se está agotando.

—¿Y qué vas a hacer entonces? —preguntó Vance con nerviosismo.

—Reagruparnos y hacer un replanteamiento. Los tres vamos a mantenernos unidos. Pero necesitamos un nuevo medio de transporte.

—¿Qué tiene de malo mi coche?

—Básicamente que la gente sabe que es tu coche.

—¿Piensas robar otro coche, Will? —preguntó Julie.

—¿Otro? —exclamó Vance.

—Se le da muy bien —añadió Julie—. Hace que parezca fácil.

—Y espero que tú seas igual de buena al volante —le dijo Robie a Vance.

—¿Por qué? —preguntó Vance.

Robie alzó la pistola y pulsó el botón para bajar la ventanilla.

—Porque tenemos un todoterreno detrás que se nos acerca a toda velocidad.

77

Vance miró por el retrovisor: un todoterreno negro y grande se les acercaba a todo trapo. Parecía un jet aparatoso circulando a toda mecha por la pista antes del despegue.

Pisó el acelerador y el BMW se impulsó hacia delante.

—Un momento —dijo ella—. ¿Qué crees que son, policías o federales?

El disparo hizo añicos el cristal trasero del BMW. Julie chilló y se agachó cuando la bala pasó entre Vance y Robie y rajó el parabrisas.

—No —repuso Robie con sequedad—. Creo que no son ni policías ni federales.

Vance giró el volante hacia la izquierda e hizo dar un giro de noventa grados al coche para tomar una calle lateral.

—Pues entonces haz algo —espetó ella.

Robie se dio la vuelta y miró a Julie, que estaba agachada en el asiento.

—Desabróchate el cinturón de seguridad y colócate en el suelo del coche —ordenó.

—¿Y si tenemos un accidente y no llevo puesto el cinturón?

—Me parece que esa será la última de tus preocupaciones.

Julie se desabrochó el cinturón y se dejó caer en el espacio que quedaba entre el asiento delantero y trasero.

Robie apuntó con la Glock y disparó una vez por la ventana trasera hecha añicos. El tiro alcanzó la parte delantera del todoterreno. Robie había apuntado al radiador y el tiro había dado en el blanco. Oyó el golpeteo de la bala.

—Blindado —le dijo a Vance.

A continuación disparó al neumático izquierdo de la parte delantera. El caucho debería haberse hecho trizas. No fue así.

—Neumáticos a prueba de balas —dijo Robie—. Qué bonito. Realmente bonito.

—Si el coche está blindado debería resultarnos más fácil sacarle ventaja —afirmó Vance.

—Depende de la potencia del vehículo.

Volvió a disparar. Esta vez al parabrisas. Rajó parte del cristal pero el todoterreno no redujo la velocidad.

—Bueno, al menos no son perfectos —dijo Robie.

Vio aparecer el arma por la ventanilla del lado del pasajero. Robie se dio cuenta enseguida de que no era un arma cualquiera. Si les alcanzaba, todo acabaría.

Le cogió el volante a Vance e hizo girar el coche hacia la derecha de forma tan brusca que lo sacó de la carretera, pasó por encima de la acera y acabó en el jardín delantero de una casa.

Al cabo de una fracción de segundo, el arma que apuntaba desde el todoterreno rugió doce veces de forma automática. Las balas no alcanzaron el BMW pero el coche que estaba aparcado más cerca de la intersección explotó.

El todoterreno no pudo girar y siguió carretera abajo. Entonces se oyó el chirrido de los frenos y el cambio a marcha atrás.

Robie maniobró el vehículo y el BMW atravesó la acera y fue a parar de nuevo a la carretera. Apartó las manos del volante y miró hacia atrás.

—¿Qué coño ha sido eso? —exclamó Vance, temblorosa.

—Yo lo llamaría cañonazos —respondió Robie—. Es una escopeta de asalto. La he reconocido por el tamaño del tambor de munición. Debe de haber incendiado el depósito de combustible de ese coche de ahí. —Señaló hacia delante—. Gira a la izquierda en la siguiente y luego a la derecha y entonces aprieta el acelerador con fuerza. Para cuando vuelvan a seguirnos, ya habremos desaparecido.

Vance siguió sus indicaciones y pronto estuvieron solos en la carretera en dirección oeste lejos de los disparos. Oyeron sirenas que parecían provenir de todas direcciones.

Julie volvió a sentarse y se abrochó el cinturón de seguridad después de sacudir del asiento y del pelo las esquirlas del cristal del coche.

Robie le lanzó una mirada.

—¿Estás bien?

Julie asintió sin decir nada.

Robie miró a su alrededor.

—¿Dejaste la mochila en el piso franco?

Julie volvió a asentir.

—¿Qué ha cambiado, Robie? —preguntó Vance.

Él la miró tras enfundar la pistola.

—¿Cómo dices?

—Antes no querían matarnos, solo asustarnos o intimidarnos o vete a saber qué. Pero ahora parece bastante claro que quieren liquidarnos. ¿Qué ha cambiado?

—Podrían ser un montón de cosas —repuso—. Sin saber de qué va esto es difícil tener idea de la motivación. O del papel que desempeñamos cada uno de nosotros en este asunto.

—O sea que necesitamos saber de qué va esto —reconoció Vance.

—Es más fácil de decir que de hacer —repuso Julie.

—¿Qué ha cambiado? —Esta vez la pregunta la formuló Robie.

Vance y Julie lo miraron.

—Es lo que acabo de decir —comentó Vance.

Robie no respondió. Se limitó a mirar hacia delante.

Le habría gustado sonreír pero no lo hizo porque quizá no condujera a nada.

Pero por fin, por fin, quizá Robie tenía algo.

78

Robie indicó a Vance cómo llegar a su casa de campo clandestina. A petición de él, Vance había desactivado el GPS de su teléfono. Vance había llamado a su supervisor por el camino para informar de lo ocurrido. Un agente del FBI estaba muerto, el hombre que Robie y Julie habían visto. El otro agente había desaparecido. De hecho, el FBI no era capaz de confirmar que fuera el agente que habían enviado a Virginia para proteger a Julie.

Vance dejó caer el teléfono sobre su regazo con una mueca de asco.

—¡Maldita sea! Hay que joderse y aguantarse.

—Tienes que salirte del guion —dijo Robie—. ¿Te importa?

—¿Quiere eso decir que realmente confías en mí?

—A ti también pensaban matarte hace un momento.

—No me importa para nada salirme del guion siempre y cuando haya un plan.

—Estoy en ello. Pero necesito cierta información.

—¿De qué tipo?

Miró a Julie, que estaba sentada en la parte posterior mirándolo fijamente.

—Lo que cambió fue que a Julie se le ocurrió la respuesta correcta.

—¿Qué respuesta? —preguntó Julie.

—Realmente fue una cuestión momentánea. En cuanto lo dijiste, el puntero rojo apareció en tu pecho. En ese instante quizá los dos nos hayamos convertido en prescindibles.

Vance miró a Julie.

—¿Qué dijiste?

—Que mi padre y el señor Broome y Rick Wind formaban parte de una escuadra. Y que una escuadra está formada por nueve o diez soldados —explicó—. Así que quizás hablaran con algún otro componente de la misma. Y ahí empezó todo. Me refiero a que si tres de ellos se mantuvieron en contacto, quizás otros también.

Robie asintió y miró a Vance.

—O sea que el piso franco no solo no era seguro sino que estaba pinchado. Eran capaces de oír todo lo que estábamos diciendo. Y en cuanto Julie dijo eso, apareció el puntero.

—¿De verdad crees que podría ser eso? —cuestionó Vance—. ¿Los demás miembros de la escuadra?

—Creo que tenemos que averiguar si es o no es eso, y tenemos que hacerlo rápido.

—El DCIS puede proporcionarte esa información sin problemas.

—Así es, pero dado que en el DCIS hay un infiltrado, no quiero arriesgarme.

Vance se recostó en el asiento mientras conducía y caviló al respecto.

—Y es posible que en el FBI también haya algún infiltrado.

—¿Es posible? —exclamó Julie—. ¿Qué parte de la noche te has perdido, superagente Vance?

Vance hizo una mueca.

—De acuerdo, hay un infiltrado. —Miró a Robie—. ¿Y qué hacemos entonces?

—Conozco a alguien que podría ayudarnos —dijo—. Un viejo amigo.

—¿Estás seguro de que es una persona de confianza?

—Se la ha ganado.

—Vale.

—Pero os tengo que dejar para ir a verle —matizó Robie.

—¿Te parece buena idea que nos dividamos? —preguntó Vance con nerviosismo.

—No —repuso él—. Pero es la única manera de que esto funcione.

—¿Durante cuánto tiempo te ausentarás? —preguntó Julie angustiada.

—Solo el tiempo imprescindible —respondió.

Robie las dejó instaladas en la casa, enseñó a Vance dónde estaban las cosas, activó la alarma y el perímetro de seguridad y salió en dirección al granero. Se montó en la motocicleta, se enfundó el casco y puso en marcha la moto.

Se dirigió hacia el este y luego en dirección norte. Llegó a la ronda de circunvalación y la siguió hasta el norte. Cruzó el puente Woodrow Wilson a toda velocidad, con el parpadeo de las luces de Washington D.C. a su izquierda y la extensión verde de Virginia que iba hasta Mount Vernon a la derecha.

El pequeño edificio al que llegó al cabo de casi treinta minutos era de ladrillo visto y estaba circundado por una verja. Un guarda uniformado custodiaba la puerta delantera. Robie había llamado con anterioridad. Estaba en la lista. Llevaba las credenciales auténticas. El guarda le dejó pasar tras un registro exhaustivo.

Al cabo de unos instantes recorría el único pasillo del edificio. De esta arteria principal salían puertas a derecha e izquierda, todas cerradas. Era tarde. No debía de haber mucha gente.

Pero por lo menos sí que había una persona. La que le hacía falta. El hombre que había ocupado el puesto de Robie antes que él.

Se detuvo ante una puerta y llamó.

Oyó unos pasos que se acercaban. La puerta se abrió.

Un hombre de unos 55 años con el pelo canoso cortado al rape le abrió. Él y Robie tenían una estatura similar. El hombre estaba en forma y lucía una espalda ancha; parecía haber conservado buena parte de la fuerza de su juventud.

Esa fuerza resultó obvia cuando estrechó la mano de Robie. Le hizo pasar y cerró la puerta pero no sin antes echar un vistazo al pasillo para cerciorarse de la falta de amenazas. Incluso ahí, Robie habría hecho lo mismo. A ese nivel formaba parte de la existencia misma.

La sala era pequeña y funcional. No había recuerdos personales. El hombre se sentó tras el escritorio, sobre el que había un pequeño ordenador portátil. Robie se sentó frente a él y apoyó las manos sobre su vientre plano.

—Cuánto tiempo, Will —dijo el hombre.

—He estado muy ocupado, Shane.

—Ya lo sé —dijo Shane Connors—. Buen trabajo.

—Vete a saber.

Connors inclinó la cabeza hacia la izquierda.

—Cuéntame.

Robie dedicó diez minutos a contarle los últimos acontecimientos. Cuando hubo terminado, el otro hombre se recostó en el asiento con la mirada fija en Robie.

—Puedo conseguir la formación de la escuadra ahora mismo, pero una vez que la tengas, ¿qué piensas hacer?

—Un seguimiento. Quedan siete como máximo. Me centraré en los que viven por la zona, por supuesto.

—Entiendo.

Connors se inclinó hacia el portátil, pulsó algunas teclas y luego se recostó.

—En diez minutos lo tendremos. —Siguió mirando a Robie—. Han pasado doce años.

—Lo sé. Yo también los he contado.

En ese preciso instante Robie oyó el tic tac de un reloj procedente de algún punto del despacho.

—¿Has vuelto la vista atrás? —preguntó Connors.

—He estado volviendo la vista atrás desde el primer día.

—¿Y?

—Y existen ciertas posibilidades. Pero nada más que eso.

A Connors pareció decepcionarle la respuesta pero no dijo nada. Dirigió la vista al portátil. Durante los ocho minutos siguientes, ambos clavaron la mirada en él.

Cuando el mensaje de correo electrónico llegó al buzón de entrada, Connors pulsó unas cuantas teclas y una impresora que estaba en el extremo del escritorio empezó a zumbar y a escupir unas cuantas hojas. Las cogió pero no miró las páginas antes de pasárselas a Robie.

—Necesito un coche nuevo. Que sea imposible de rastrear —pidió Robie—. Puedo dejar la moto como garantía.

Connors asintió.

—En dos minutos lo tienes.

—Gracias.

Hizo una llamada. Transcurrieron dos minutos. El ordenador emitió un sonido. Connors volvió a asentir.

—Hecho.

Se levantaron.

—Te estoy muy agradecido, Shane —dijo Robie.

—Lo sé. —Robie le estrechó la mano. Mientras se giraba para marcharse, Connors dijo—: ¿Will?

Robie se volvió.

—¿Sí?

—La próxima vez que vuelvas la vista atrás, mira más atrás que un lugar como este.

Robie echó un vistazo alrededor de la oficina, volvió a posar la mirada en el hombre y le dedicó un pequeño asentimiento. Acto seguido se marchó pasillo abajo, papeles en mano.

79

Antes de poner el coche en marcha, un Chevy marrón claro en perfecto estado, Robie miró las hojas. Solo había tres nombres en ellas porque de los restantes siete componentes de la misma escuadra que Wind, Getty y Broome, cuatro habían muerto, todos ellos hacía años. Aquello facilitaba un poco más la labor de Robie. Por lo menos en teoría. Había algo más que también facilitaba las cosas. Todos vivían en la zona. Ahí constaba su dirección actual y un breve historial militar de cada uno de ellos. El ejército llevaba un registro impecable.

Se guardó las hojas en el bolsillo, puso el coche en marcha y pasó a toda prisa por el lado del guarda al salir del pequeño complejo gubernamental. Mientras volvía sobre sus pasos en dirección a Virginia, pensó en Connors metido en esa pequeña jaula. Podía decirse que Connors le había enseñado prácticamente todo lo que sabía. El hombre era una leyenda en el mundo de los asesinatos autorizados. Cuando se había retirado oficialmente y Robie había ido a por todas y trabajado por todo el mundo, habían perdido el contacto. No obstante, Robie recordaba con claridad la primera misión en la que habían participado juntos. Después de cometer el asesinato, Connors había besado el cañón de su rifle. Cuando Robie le había preguntado el porqué de ese gesto, Connors se había limitado a responder:

—Porque es lo único que me separa de estar aquí o dejar de estarlo.

Había pocos hombres a los que no se podía comprar bajo ningún concepto. Shane Connors era uno de ellos.

Robie se cercioró de que no le seguían y zigzagueó a lo largo de los últimos quince kilómetros del trayecto para asegurarse.

Llegó a la casa de campo de madrugada. Vance estaba despierta pistola en mano y una expresión seria en el rostro. Julie estaba dormida en un sofá de la salita de la primera planta.

Vance había visto entrar el coche.

—¿De dónde lo has sacado? —preguntó en cuanto él entró en la casa.

Robie mostró los papeles.

—Del mismo sitio donde he conseguido esto.

Mientras observaban desde el umbral de la puerta a Julie, que dormía hecha un ovillo en el sofá, Vance dijo:

—No ha querido subir. Creo que no quería estar tan lejos de mí.

Robie entró en la cocina seguido de Vance.

Se sentaron y repasaron los nombres y las direcciones actuales.

—Tres individuos. Dos hombres y una mujer —dijo Vance—. ¿Cómo quieres que lo hagamos? ¿Nos dividimos otra vez?

—Mejor que no. El comentario de Julie les ha servido de advertencia. Probablemente sepan qué vamos a hacer.

—¿O sea que anticiparán que vamos a ir tras estos tipos y nos esperarán?

—Tal vez algo un poco más eficaz.

—¿Como por ejemplo?

—Como que a lo mejor los hacen desaparecer a los tres.

—¿Te refieres a matarlos?

—Si matan a dos, entonces nos habrán hecho el trabajo. Habrán dejado al que de verdad importa. Si se los cargan a los tres, estaremos en la misma situación que antes.

Vance dejó la pistola sobre la mesa y se frotó los ojos.

—Necesitas dormir un poco —dijo Robie.

—Mira quién fue a hablar —espetó ella.

—Yo haré la primera guardia. Puedes dormir unas cuantas horas.

—Serán las ocho de la mañana. Entonces no te irás a dormir.

—La verdad es que me siento bastante descansado.

Ella le apretó el brazo.

—¿A qué viene eso? —preguntó Robie.

—Estaba comprobando si de verdad eres humano. A pesar de que seas capaz de sangrar.

—Iremos tras esta gente de uno en uno, sabiendo que nos esperan.

—O sea que realmente nos llevan ventaja. Como has dicho, podrían limitarse a hacerlos desaparecer.

—Podrían salvo por un motivo.

—¿Cuál?

—Que necesitarán a alguno de ellos para hacer algo.

—¿Como qué?

—Si lo supiera no estaría aquí sentado intentando averiguarlo.

—¿Qué hacemos con Julie? No podemos dejarla aquí. Y sería una verdadera estupidez llevarla en algo como esto.

—Aunque sea una estupidez, pienso venir de todos modos.

Desviaron la mirada y vieron a Julie en el umbral de la puerta, mirándoles con unos ojos somnolientos que aun así lograban transmitir ira e incluso la sensación de haber sido traicionada.

—Cielos, mira que se te da bien escuchar las conversaciones ajenas —dijo Vance.

—Con vosotros dos es la única forma que tengo de enterarme de algo —replicó.

—Es peligroso —dijo Robie.

—¿Qué otra novedad hay? —repuso Julie con un tono mesurado. Se sentó a la mesa—. Me han disparado, casi salgo por los aires, he visto cómo mataban a mis padres. Me han perseguido a pie, en coche. Así que, sinceramente, la excusa del peligro no sirve.

Vance miró a Robie con un atisbo de sonrisa.

—En ciertos momentos, su lógica resulta aplastante.

—O sea que la lógica que tú sigues es que, como han estado a punto de matarte unas cuantas veces, lo más sabio es colocarte en otra situación en la que puedan matarte. ¿Es eso? —preguntó Robie.

—No te sientas responsable de mí, Will, porque no lo eres —repuso Julie—. Se recogió el pelo detrás de las orejas y le lanzó una mirada iracunda.

La sonrisa de Vance se esfumó.

—Bueno, chicos, lo último que nos hace falta es enfrentarnos entre nosotros.

—Soy responsable de ti. Me he responsabilizado de ti desde que nos bajamos de ese autobús.

—Lo has decidido tú, no yo. Soy una víctima de las circunstancias.

—Pero una víctima de todos modos.

—Quiero descubrir quién mató a mis padres. Eso es todo. Todo lo demás me importa un bledo. —Miró primero a Vance y luego a Robie—. Así que no sientas que tienes que preocuparte por lo que me pueda pasar, porque no hace falta.

—Solo intentamos ayudarte, Julie —exclamó Vance.

—No soy vuestra «buena obra», ¿entendido? La niña de acogida encontrada en la calle con la que queréis hacer el bien. Olvidaos. Esto no va de eso.

—Estás con nosotros lo quieras o no, Julie. Y de no ser por nosotros estarías muerta —añadió Robie.

—Ya me siento muerta.

—Lo entiendo. Pero sentirte muerta y estar muerta son dos cosas totalmente distintas.

—¿Por qué iba a fiarme de alguien? —replicó.

—Pienso que nos hemos ganado tu confianza —espetó Robie.

—Pues vuélvetelo a pensar —soltó Julie. Se levantó y se marchó.

—¿No te parece alucinante? —preguntó Robie a Vance.

Vance lo miró desde el otro lado de la mesa.

—No es más que una niña, Robie. Ha perdido a sus padres y está asustada.

Robie se tranquilizó de inmediato y adoptó una expresión de culpa.

—Ya lo sé.

—Tenemos que estar unidos para superar esto.

—Parece más fácil de decir que de hacer.

—¿Por qué?

—Los acontecimientos quizá conspiren para separarnos.

—¿Acontecimientos?

—Tú deberías serle leal al FBI, Vance. No a mí.

—¿Por qué no dejas que yo solita decida? —Puso una mano encima de la de Robie—. Y el hecho de que esté aquí deja claro a quién le soy leal, Robie.

Robie se la quedó mirando durante unos instantes y luego se levantó y se marchó. Vance le observó mientras lo hacía con expresión sorprendida.

80

Robie se dirigió al granero, destapó una caja del banco de carpintero y sacó una cajetilla de cigarrillos Winston. Extrajo un pitillo, lo encendió y se llevó el filtro a la boca. Inhaló las sustancias cancerígenas y luego las exhaló.

«Cáncer de pulmón lento o bala rápida. ¿Cuál es la verdadera diferencia? ¿El tiempo? ¿Qué coño importa?»

Dio otra calada y estiró el cuello. Dio una última chupada, apagó el cigarrillo en el banco de trabajo y salió del granero cerrando la puerta detrás de él.

Alzó la vista hacia la pequeña casa de campo. Había dos luces en el interior.

Una era la habitación donde estaba Julie.

Otra era la habitación donde estaba Vance.

Les separaban unos quince metros.

En realidad les separaban unos cincuenta años luz.

«Soy un asesino. Aprieto gatillos. Liquido a personas. No hago más que eso.»

Se volvió y sacó la pistola tan rápido que ella levantó las manos para protegerse la cara.

Vance bajó los brazos lentamente y se lo quedó mirando.

Robie bajó la pistola.

—Pensaba que estabas en la casa.

—Estaba en la casa. Pero he decidido venir a ver cómo estabas.

—Estoy bien.

Vance miró la pistola.

—¿Bien pero un poco tenso?

—Yo prefiero llamarle profesionalidad.

Vance cruzó los brazos sobre el pecho, tomó aire, exhaló y observó cómo se convertía en vapor en el aire frío.

—Estamos juntos en esto, ¿sabes?

Robie enfundó el arma pero no dijo nada.

Ella se le acercó.

—¿Sabes? Entiendo a los hombres que se lo guardan todo. El guerrero silencioso y estoico. En el FBI abundan. Pero acaban cansando y en momentos como este me resultan especialmente crispantes.

Robie apartó la mirada.

—No me parezco a nadie del FBI, Vance. Mato a personas. Me ordenan que lo haga y yo obedezco esas órdenes. Sin remordimientos ni nada por el estilo.

—¿Entonces por qué no mataste a Jane Wind y a su hijo? ¿Por qué te molestaste en poner a salvo al otro niño? Y lo hiciste mientras te intentaban matar. Explícamelo.

—A lo mejor debería haberlos matado.

—Si pensara que de verdad te crees eso, te pegaría un tiro ahora mismo.

Se volvió y se encontró con que Vance le apuntaba en el pecho con su pistola.

—¿O sea que no eres más que un asesino, Robie? ¿Te importan un carajo los demás o cualquier otra cosa?

—¿A ti qué más te da?

—No sé. Lo único que parece es que me importa. A lo mejor es que soy una imbécil. Te acabo de jurar lealtad hace un momento. Pero da la impresión de que no te has enterado. No esperaba que te pusieras a dar saltos de alegría cuando te he puesto por delante del FBI y de mi carrera, pero esperaba algún tipo de reacción positiva. Sin embargo, te has largado.

Robie se volvió y se dispuso a regresar a la casa.

—¿Siempre te largas cuando una situación te incomoda? —espetó—. ¿Es esa tu manera de enfrentarte a las situaciones cuando se ponen feas? Si es así, vaya mierda. Esperaba más de ti.

Robie volvió a girarse, introdujo las manos en los bolsillos y se balanceó adelante y atrás apoyado en los talones. Inspiró varias veces de forma superficial y clavó la mirada en un punto situado directamente por encima del hombro de Vance.

Ella se le acercó al tiempo que deslizaba la pistola en la funda.

—Pensaba que había venido aquí para formar parte de algo. Por favor, no me digas que me he equivocado.

Robie lanzó una mirada a la casa.

—No es más que una niña. Esta situación es demasiado para ella. No debería estar implicada en todo esto.

—Lo sé. Pero también es fuerte. Y lista. Y resuelta.

Robie hizo una mueca.

—Esto no es un juego de niños. Ni un examen de Química que se aprueba o se suspende. Es probable que uno o ambos no lleguemos al final de todo esto. Así que, ¿qué posibilidades tiene?

—Pero tú no eres más que un asesino, Robie. Has dicho que eso es lo que eras. Así que ¿qué más te da lo que me ocurra a mí o a ella? No es más que otro trabajo. Si morimos, morimos.

—Pero ella no debería morir. Se merece vivir la vida.

—Vaya afirmación más curiosa para un asesino a sangre fría como tú.

—De acuerdo, Vance, ya veo por dónde vas.

Vance señaló hacia la casa.

—Vamos a urdir un plan. Todos juntos.

Robie no dijo nada pero se dispuso a caminar hacia la casa. Vance le pisaba los talones.

—Pase lo que pase, Julie sobrevivirá a esto —declaró Robie.

—Y que conste en acta que haré todo lo posible para asegurarme de que tú también sobrevives —dijo Vance.

81

Jerome Cassidy.

Elizabeth Claire van Beuren. Su nombre de soltera era Elizabeth Claire y lo había añadido a su nombre de casada, Van Beuren.

Gabriel Siegel.

Esos eran los tres nombres de la lista.

Robie bajó la mirada hacia ellos mientras se tomaba un café sentado a la mesa de la cocina de la casa de campo.

Eran las ocho y media. El sol ya había ascendido. Oyó el agua de la ducha en la planta de arriba y se imaginó que Vance acababa de entrar en ella. Julie ya se había levantado. Estaba en la salita, sin duda cavilando acerca de su último encuentro.

Quince minutos más tarde Vance estaba sentada frente a él con el pelo todavía húmedo y los pantalones y la camisa arrugados pero presentables.

—Si vamos a estar ilocalizables durante mucho más tiempo —dijo ella—, tendré que ir a buscar unas cuantas cosas.

Robie asintió, se levantó y le sirvió una taza de café.

Vance le dio la vuelta a las hojas y observó la lista de nombres.

—¿Por quién empezamos? —preguntó.

Robie le tendió la taza de café en el preciso instante en que Julie entraba por la puerta. Tenía los ojos hinchados y la ropa incluso más arrugada que la de Vance. Resultaba obvio que no se había molestado en desvestirse antes de acostarse.

Robie le mostró la taza.

—¿Quieres café?

—Ya me lo sirvo yo —dijo con irritación.

Cogió una taza y se sirvió el café. Se sentaron a la mesa evitando mirarse a la cara.

Robie deslizó los papeles hacia Julie.

—¿Reconoces alguno de estos nombres? —preguntó.

Se tomó su tiempo para mirar la lista.

—No. Mis padres nunca me mencionaron ninguno de estos nombres. ¿Tenéis fotos de esta gente?

—Todavía no —repuso Robie—. Pero ¿estás segura? ¿Ninguno de ellos te suena?

—No.

Robie cogió la lista y la miró.

—Gabriel Siegel es quien vive más cerca. En Manassas. Primero iremos allí y averiguaremos lo que podamos.

—Si lo hacemos por proximidad geográfica, Van Beuren será la siguiente y Cassidy, el último. Pero quizás estén en el trabajo. Supongo que esta es su dirección particular.

—Yo también me lo he planteado. Pero si no están en casa y hay alguien, podemos enseñar las credenciales y averiguar dónde trabajan.

—En cuanto lleguemos a una de estas direcciones podrían empezar a seguirnos, Robie —apuntó Vance—. Y podrían seguirnos hasta aquí.

—Pues tendremos que asegurarnos de que tal cosa no ocurra.

—¿Qué os parece si llamamos antes a la gente de la lista? —propuso Julie—. Así no tendremos que exponernos.

—¿O qué os parece si llamo al FBI y digo que les interroguen? —sugirió Vance—. No habrán comprado a todo el FBI.

—Eso es lo que pensé la última vez —observó Robie—. No salió demasiado bien.

—Venga ya, ya sabes a qué me refiero.

—Preferiría que lo hiciéramos solos —dijo Robie.

—Vale, pues empezamos por este tal Siegel —dijo Vance—. He visto su hoja de servicio en el ejército. ¿Qué nos dice sobre él?

—Era el sargento primero. El líder de la escuadra. Ahora tiene cincuenta años. Hace años que dejó el ejército. No sé a qué se dedica en la actualidad. Mi fuente no disponía de esa información.

Julie extrajo el teléfono que Robie le había dado.

—Voy a introducir su nombre y su pasado militar en Google a ver qué sale.

Consultó la hoja de Robie y luego tecleó en el minúsculo teclado. Esperó a que se cargaran los datos.

—El señor Siegel tiene una página en Facebook. —Giró el teléfono para que pudieran verla. La imagen de un hombre con pelo entrecano les devolvía la mirada.

—¿Sabemos si es el tipo correcto? —preguntó Vance.

—En su página de Facebook dice que estuvo en el ejército durante la primera guerra del Golfo e incluso menciona el nombre de la escuadra a la que perteneció.

Le enseñó la pantalla a Robie, que asintió.

—Es el Siegel que buscamos.

—Según su perfil, trabaja en el SunTrust Bank como director de sucursal —continuó Julie.

—Hay muchas sucursales del SunTrust por aquí —dijo Vance—. ¿Dice en cuál?

—No, pero lo que le gusta son las pistolas, el fútbol americano y los concursos de cocina con chile. Tiene veintinueve amigos, lo cual no es mucho, pero tampoco sé cuánto tiempo lleva en Facebook. Y es un viejo.

—Solo tiene cincuenta años —apuntó Vance.

Julie se encogió de hombros.

—Insisto, es un viejo. Y no veo nada en su página que explique por qué está muerta toda esta gente.

—¿Qué me dices de Cassidy? —preguntó Robie.

Julie pulsó algunas teclas y la página se cargó.

—Hay varios Jerome Cassidy. —Recorrió la página con la mirada y pulsó la tecla de desplazamiento—. Ahora mismo no veo que ninguno mencione haber estado en el ejército o la dirección que me diste, por lo menos en la página de Google. Puedo indagar más en cada uno de ellos.

—Prueba Van Beuren. No es un nombre tan común —sugirió Vance.

Julie hizo la búsqueda y la página se cargó.

—Muchos más de los que cabría imaginar —declaró—. Tardaremos un rato en repasarlos todos.

—Vamos justos de tiempo —dijo Robie—. Tenemos que averiguar la información enseguida.

Había aparcado el coche en el granero. Con anterioridad había cargado el vehículo con material del búnker que le pareció que podrían necesitar. Enseñó a Vance la potencia de fuego que llevaba en el asiento trasero. Ella tocó un MP-5 y lanzó una mirada al rifle Barrett capaz de agujerear un Hummer blindado.

—¿De dónde has sacado este tipo de armamento? —preguntó—. Da igual, prefiero no saberlo —se apresuró a añadir.

Robie extrajo tres chalecos antibalas del maletero y le puso uno a Julie mientras Vance se enfundaba el suyo, ciñéndoselo con velcro en el torso y poniéndose la chaqueta por encima.

—¿Es imprescindible que nos pongamos esto? —preguntó Julie.

—Solo si quieres sobrevivir —dijo Robie.

—Pesa —reconoció.

—Mejor eso que llevarte el disparo que repelerá —repuso Vance.

Robie se colocó al volante, Vance iba de copiloto y Julie en el asiento trasero. Robie había entrado en el granero marcha atrás, así que salió hacia delante. Bajó del coche y cerró con llave la puerta del granero.

—Quizá sea la última vez que volvamos aquí —declaró Vance en cuanto Robie regresó al coche.

—Que sea lo que Dios quiera —repuso Robie—. Ahora vamos a ver qué nos cuenta el señor Siegel.

Puso en marcha el vehículo y condujo hacia la carretera.

82

Era una calle tranquila flanqueada de árboles con casas de tamaño modesto y un garaje adyacente, casas cuyo precio sería el doble o el triple del que costarían en muchas otras zonas del país. Las parcelas eran pequeñas y poco ajardinadas, los arbustos que rodeaban las casas anodinas habían crecido lo suficiente para ocultar una buena porción de la parte delantera. Los coches estaban aparcados junto a la acera y en algunos jardines había niños pequeños jugando bajo la atenta mirada de sus madres o niñeras.

Robie aminoró la velocidad y comprobó las direcciones. Vance la vio primero.

—La tercera a la derecha —dijo—. Hay una furgoneta en el camino de entrada. Con un poco de suerte habrá alguien en casa.

Robie se situó junto a la acera y apagó el motor. Se quitó las gafas de sol, cogió unos prismáticos del asiento delantero e inspeccionó la zona. Había numerosos puntos de ataque, demasiados para ser capaces de cubrirlos de la forma adecuada.

—Aquí estamos demasiado expuestos —reconoció.

—No me extraña —repuso Vance—. Iré a llamar a la puerta, tú cúbreme desde aquí.

—¿Y si lo hacemos al revés? —propuso Robie.

—Tengo las credenciales del FBI, Robie. Son mejores que las tuyas.

—Una placa federal intimida a cualquiera.

Vance ya había abierto la puerta.

—Si alguien empieza a disparar, asegúrate de responder disparando —dijo—. ¡Y afina la puntería!

Robie y Julie observaron a Vance mientras subía hasta el porche delantero y llamaba al timbre.

Robie sacó la pistola de la funda, pulsó el botón para bajar la ventanilla del lado del pasajero y fue barriendo la zona con la mirada describiendo arcos largos pero volviendo siempre a un recuadro imaginario de un metro cuadrado alrededor de Vance.

—Tiene agallas para presentarse ahí —comentó Julie.

—Es una superagente especial del FBI; no se espera menos de ella.

—No intentes hacerte el gracioso conmigo, Robie.

—¿Ahora soy Robie? ¿Qué ha pasado con Will?

Julie no respondió.

La puerta delantera se abrió y Robie clavó la mirada en la mujer que la había abierto. Vance mostró la placa y dedicó entonces unos minutos a explicar a la mujer lo que quería. La mujer, que Robie supuso que era la esposa de Siegel, adoptó una expresión de sorpresa. Las dos mujeres continuaron hablando un poco más y entonces la puerta se cerró y Vance regresó rápidamente al coche.

Robie vio que la cortina de la ventana delantera de la casa se movía hacia un lado y que la mujer atisbaba al exterior.

Vance entró en el coche y Robie lo puso en marcha.

—Gabriel Siegel trabaja en una sucursal del SunTrust a unos diez minutos de aquí. Su mujer me ha dado la dirección.

—Parecía sorprendida —dijo Robie.

—Estaba sorprendida. Creo que ha pensado que tenía que ver con algún problema en el banco.

—A lo mejor su marido está robando dinero —intervino Julie—. A lo mejor lo blanquea para los terroristas. Y mis padres y los demás se enteraron.

—Puede ser —dijo Robie. Miró a Vance—. La mujer te estaba mirando mientras regresabas al coche.

—Ya me lo imagino. Probablemente ahora mismo esté llamando a su marido, así que vámonos.

—Yo me reuniré con él —dijo Robie—. Tú quédate en el coche con Julie.

—¿Y a mí cuándo me toca hacer algo que no sea quedarme en el coche? —preguntó la muchacha.

—Ya te llegará el momento —dijo Robie—. Antes de que esto acabe, a todos nos llegará nuestra oportunidad.

Llegaron a la sucursal bancaria en menos de diez minutos. Robie las dejó en el coche y entró en el pequeño edificio de ladrillo visto situado en la travesía de una calle concurrida de Manassas. Preguntó por Gabriel Siegel y lo llevaron a un cubículo de cristal de un metro cuadrado.

Siegel medía aproximadamente 1,75 m y era robusto y de piel clara. A Robie le pareció que presentaba un aspecto mucho mejor en la foto de Facebook.

Siegel se levantó del asiento tras el escritorio y dijo:

—¿De qué va esto?

Resultaba obvio que su mujer le había llamado.

Robie le enseñó la placa.

—¿Estuvo en una escuadra del ejército durante la primera guerra del Golfo?

—Sí, ¿y qué? ¿Acaso el ejército quiere que me reincorpore? Ni por asomo. Ya cumplí. Y no estoy en forma para cargar un rifle por el desierto.

Volvió a sentarse mientras Robie permanecía de pie.

—Me interesa más la gente con la que sirvió. ¿Se ha mantenido en contacto con alguno de ellos?

—Con algunos, sí.

—¿Con quién exactamente?

—¿De qué va esto exactamente?

«Menudas agallas tiene el empleado de banca», pensó Robie.

—Se trata de un asunto de seguridad nacional. Pero puedo decirle que podría estar relacionado con la explosión del autobús y la muerte de unas cuantas personas en el restaurante de Capitol Hill.

Siegel empalideció todavía más.

—Cielos. ¿Alguien de mi vieja escuadra está implicado en esto?

—O sea que los conoce a todos, ¿bien, no? —preguntó Robie con toda la intención.

—No. Me refiero a que... bueno... todos luchamos por nuestro país. Y volverse contra él... —Fue apagando la voz y se quedó ahí sentado, con las manos regordetas encima del escritorio barato, con el aspecto de un niño al que acaban de decir que un coche ha atropellado a su cachorrito.

—¿Con quiénes se ha mantenido en contacto?

Siegel salió del estado de trance y contestó lentamente.

—Doug Biddle, Fred Alvarez, Bill Thompson y Ricky Jones murieron. Hace años.

—Ya lo sé. Pero no vivían en esta zona. Estaban todos desperdigados.

—Sí, pero nos llamábamos. Nos escribíamos por correo electrónico. Doug vino aquí en una ocasión y le llevé a visitar unos cuantos monumentos. Fred murió en un accidente de coche. Billy se metió una pistola en la boca y apretó el gatillo. Tanto Doug como Rick tenían cáncer. Eran más jóvenes que yo. Creo que fue por toda la mierda a la que estuvimos expuestos en esa época. Ya sabe, el síndrome de la guerra del Golfo. A lo mejor me estoy muriendo y ni siquiera lo sé. Cada vez que tengo migraña, pienso que es el fin.

Se hundió en el asiento.

Robie se sentó frente a él.

—¿Queda con alguno de los viejos compañeros que viven por la zona?

—He visto a Leo Broome unas cuantas veces. Pero fue hace tiempo.

—¿Cuánto tiempo?

—Hace más de diez años. Me lo encontré por casualidad en un bar de Seattle, ya ve. Estaba allí en viaje de negocios y yo acababa de cambiar de trabajo y había ido a un seminario. Me dio la impresión de que le iba bien. Creo que trabajaba para el Gobierno o algo así. No lo recuerdo con exactitud.

—¿Alguien más?

—En Oriente Medio Curtis Getty era con quien mejor me llevaba. Pero no le he visto desde que volvimos a Estados Unidos. Ni siquiera sé dónde está.

«Pues resulta que muerto», pensó Robie.

—¿Leo Broome mencionó a Getty en alguna ocasión?

—No me acuerdo. Me dio la impresión de que no habían mantenido el contacto. Pero ya le he dicho que nos vimos hace más de una década.

«Hace diez años, podría ser», pensó Robie.

—¿Alguien más? ¿Rick Wind, por ejemplo?

—Leí que lo habían asesinado. ¿Esta visita está relacionada con eso?

—¿Había mantenido el contacto con Wind?

—No. Lo perdimos hace años. Solía verle. Pero se había vuelto muy raro. Compró la casa de empeños en ese barrio cutre. No sé. Era distinto.

—¿Qué me dice de Jerome Cassidy?

—No. No he sabido nada de él desde que dejamos el ejército.

—Vive en la zona. No muy lejos de aquí.

—No lo sabía.

—¿Y Elizabeth Van Beuren? Es su nombre de casada. Su nombre de soltera era...

—Elizabeth Claire. Lo sé.

—Era poco habitual tener a una mujer en la tropa por aquel entonces, ¿no?

—Sí. Ahora las cosas han cambiado. Pero siempre pensé que la norma de excluir a las mujeres como combatientes era una estupidez. Son capaces de luchar tan bien como los hombres. Y en una unidad realmente hacen que su fuerza luzca. Los tíos son más machos. Las mujeres tienen una visión de equipo. Y tengo que decirle que aunque las mujeres se desplegaron en posiciones de apoyo al combate, y oficialmente se supone que no debían responder a los disparos, ¡por supuesto que lo hacían! Por lo menos en la primera guerra del Golfo. Y Lizzie era una de las mejores. No me cuesta reconocer que era mejor soldado que yo.

—Pero ya no está en el ejército —dijo Robie.

—Bueno, tiene motivos de peso para ello —repuso Siegel.

—¿Ha seguido en contacto con ella?

—Sí.

—¿Y por qué ya no está en el ejército?

—Cáncer. Le empezó en el pecho y luego se extendió. Ahora

lo tiene en el cerebro, los pulmones y el hígado. Está en fase terminal, claro está. En cuanto aparece la metástasis, se acabó. No existen balas mágicas para eso. Está en un hospital para enfermos terminales en Gainesville.

—¿La ha visitado?

—He estado yendo con regularidad hasta hace un mes. No siempre estaba consciente. Más bien casi nunca. Morfina. Ni siquiera estoy seguro de que siga viva. Debería haber seguido visitándola pero supongo que me resultaba demasiado duro verla en ese estado.

—¿Cómo se llama el sitio?

—Central Hospice Care. En una salida de la Ruta 29.

—De acuerdo.

—Le digo que es toda la mierda que respiramos ahí —exclamó Siegel. Uranio empobrecido, cócteles tóxicos de todas las ráfagas de artillería. Hogueras por todas partes que ennegrecían el cielo, porquerías que ardían y que no sabíamos qué coño eran. Y ahí estábamos todos, absorbiéndolo. Podría ser yo quien se consume en una cama esperando el fin.

Robie tendió una tarjeta a Siegel.

—Si se le ocurre algo, llámeme.

—Pero ¿de qué va todo esto realmente? ¿Cómo es posible que alguien de mi vieja escuadra esté implicado en este asunto?

—Eso es lo que intentamos averiguar. —Robie hizo una pausa—. ¿Su mujer le informó de que íbamos a venir?

—Sí —reconoció Siegel.

—¿Está preocupada por algo?

—Le preocupa que pierda mi empleo.

Robie recordó la teoría de Julie acerca del blanqueo de dinero para terroristas.

—¿Por qué? ¿Hay problemas aquí?

—No he hecho nada malo, si es eso lo que insinúa. Pero ¿quién viene a los bancos a hacer trámites? Todo se hace por Internet. Hoy me pasaré aquí ocho horas y recibiré a dos personas, quizá. ¿Cuánto tiempo cree que van a seguir pagándome por eso? Por algo están forrados los bancos. Son de lo más mezquino. Tengo los días contados. El mundo ha cambiado y supongo que yo no he cambiado lo suficiente. A lo mejor acabo cargando un rifle en el desierto. ¿Qué otra opción queda para un hombre de mi edad? Puedo ser un mercenario gordo. Pero moriré a las primeras de cambio.

—Bueno, gracias por su ayuda.

—Sí —dijo Siegel con aire distraído.

Robie lo dejó allí con una expresión como si acabara de recibir una sentencia de muerte.

83

Entraron en el aparcamiento del Central Hospice Care al cabo de veinte minutos. Había unos quince coches más en el parking. Mientras lo recorrían, Robie fue examinando los vehículos para ver si había alguien en su interior. Ocupó una plaza y miró a Vance.

—¿Quieres encargarte tú de este o voy yo?

—Quiero entrar —dijo Julie.

—¿Por qué? —preguntó Robie.

—Ella luchó con mi padre, quizá sepa algo de él.

—Probablemente no esté en condiciones de hablar —dijo Vance.

—Entonces ¿para qué hemos venido? —planteó Julie.

—Entraré con ella. Tú vigila.

—¿Estás seguro? —preguntó Vance.

—No, pero lo haremos así de todos modos.

Él y Julie entraron en el hospital para enfermos terminales, un edificio de dos plantas de ladrillo visto con muchas ventanas y un interior alegre. No parecía un lugar en el que la gente fuera a ver el fin de sus días. Quizá precisamente aquel fuera el objetivo.

En cuanto Robie enseñó las credenciales, le acompañaron a la habitación de Elizabeth van Beuren. Era tan alegre como el resto del lugar, con flores agrupadas en las mesas y en el alféizar. La luz del exterior entraba a raudales. Una enfermera comprobaba el estado de Van Beuren. Cuando se apartó, la esperanza que Robie tenía de obtener algo de información personal de la mujer gravemente enferma se esfumó.

Estaba esquelética y con respiración asistida, la máquina le hinchaba los pulmones a través de un tubo insertado por la garganta, mientras que otro tubo salía de este para eliminar el anhídrido carbónico tóxico. También llevaba una sonda gástrica en el abdomen y múltiples vías intravenosas conectadas al cuerpo. Unas bolsas de medicación colgaban del soporte para el suero.

La enfermera se dirigió a ellos.

—¿Desean algo?

—Hemos venido a hacerle unas preguntas a la señora Van Beuren —dijo Robie—, pero no parece que sea posible.

—Le pusimos respiración asistida hace seis días —explicó la enfermera—. No está siempre consciente. Toma unos analgésicos muy potentes. —La enfermera dio una palmadita a la paciente en la mano—. Es un encanto de mujer. Estuvo en el ejército. Es horrible que haya acabado así. —Hizo una pausa—. ¿Qué tipo de preguntas querían hacerle?

Robie sacó sus credenciales.

—Pertenezco al Departamento de Defensa. Estábamos llevando a cabo ciertas investigaciones sobre un asunto militar y su nombre apareció como posible fuente de información.

—Entiendo. No creo que pueda resultarles de gran ayuda. Se encuentra en la fase terminal de la enfermedad.

Robie observó el respirador y los sistemas de monitorización conectados a la mujer marchita que yacía en la cama.

—¿Entonces el respirador la ayuda a mantenerse con vida?

—Sí.

Miró a Julie, que observaba a Van Beuren.

—Pero está desahuciada —dijo Robie.

La enfermera adoptó una expresión incómoda.

—Hay muchos niveles de desahucio. Todo depende de lo que el paciente o su familia deseen. —Volvió a mirar a la mujer—. Pero no aguantará mucho, con respirador o sin él.

—¿Entonces la familia ha querido la respiración asistida? —preguntó Robie.

—No puedo revelarlo. Y no entiendo qué puede tener esto que ver con una investigación militar —añadió con cierto fastidio.

Julie se había acercado al alféizar y había cogido una foto.

—¿Es su familia?

La enfermera miró a Julie con curiosidad y luego a Robie.

—Ha dicho que pertenecía al Departamento de Defensa, pero ¿qué hace ella con usted?

—No puedo revelarlo —respondió Robie, lo cual hizo que la enfermera frunciera los labios.

Julie fue a enseñarle la foto a Robie.

—Mi padre estuvo en la misma escuadra del ejército que la señora Van Beuren. Esperaba que ella me contara más cosas sobre el pasado de mi padre —explicó Julie.

La enfermera adoptó una expresión más dulce.

—Oh, entiendo, cielo. No me había dado cuenta. Sí, es ella y su familia. Antes había más fotos en la habitación. Pero su hija y su marido se las han ido llevando. Saben que el fin está próximo.

Robie cogió la foto. Mostraba a Van Beuren en una época en la que gozaba de mejor salud. Vestía el uniforme del ejército y del pecho le colgaban infinidad de medallas. A su lado había un hombre, supuestamente su esposo. Y una chica de una edad parecida a la de Julie.

—¿Este es su esposo? —preguntó Robie.

—Sí. George van Beuren. Y ella es su hija, Brooke Alexandra. Ahora es mayor, por supuesto. Esa foto es de hace unos años. Ahora va a la universidad.

—¿La conoce?

—Ha visitado a su madre bastante a menudo. Por eso la conozco. Brooke es una chica encantadora. Está muy afectada por el estado de su madre.

—¿Y su marido?

—Viene con regularidad. Sé que también está destrozado. Apenas tienen cincuenta años y tienen que enfrentarse a esto. Cómo va a pensar la gente que la vida es justa.

—¿Ha venido alguien más a verla?

—Varias personas. Por lo menos que yo sepa. No siempre trabajo en esta ala.

—¿Llevan un registro de las visitas?

—Está en la recepción. Pero no todo el mundo firma.

—¿Por qué no?

—Esto no es un centro de alta seguridad —saltó la enfermera—. La gente que viene aquí a visitar a amigos o parientes suele estar muy angustiada. A veces se olvidan de firmar. O una persona firma en nombre de todo el grupo. Como puede imaginar, somos flexibles con eso. Vienen aquí a poner de manifiesto su amor, respeto y apoyo. Pero no es el tipo de sitio al que la gente venga a gusto.

—Entiendo. ¿Cuánto tiempo lleva aquí?

—Cuatro meses.

—¿No es mucho tiempo para un enfermo terminal?

—Aquí tenemos a pacientes que pasan más o menos tiempo. No es que haya un periodo de tiempo preestablecido. Y hasta hace un par de semanas más o menos la señora Van Beuren no estaba en este estado. El empeoramiento se ha producido de forma relativamente rápida.

—Pero el respirador la mantendrá con vida mientras esté conectada al mismo, ¿verdad? Incluso aunque ella no sea capaz de respirar por sí sola, ¿no?

—De verdad que no puedo hablar con usted de este asunto. Las leyes federales y estatales me lo prohíben.

—Mi única intención es entender la situación.

Dio la impresión de que la enfermera volvía a sentirse incómoda.

—Mire, normalmente el uso de la respiración asistida descalifica a una persona para recibir cuidados en un hospital para enfermos terminales. El objetivo de este tipo de centros es permitir que el paciente muera con dignidad. No es un lugar al que se venga para curarse de una enfermedad ni para mantener la vida de forma artificial.

—¿Entonces el uso de la respiración asistida en una situación como esta es poco habitual?

—Podría ser motivo de descalificación y provocar el traspaso del paciente a un hospital u otro centro sanitario.

—Entonces ¿por qué está conectada al respirador? —preguntó Robie—. ¿Tiene posibilidades de recuperarse?

—Insisto, aunque lo supiera, no podría decírselo. Lo que sí puedo decirle es que a veces las familias llegan a un punto en el que albergan falsas esperanzas. O cuando toman la decisión de venir al hospital para enfermos terminales y luego se lo replantean.

—Ya veo —dijo Robie.

—Es duro ver morir a un ser querido —dijo Julie.

—Por supuesto que lo es, muy duro —convino la enfermera—. Bueno, si no tienen más preguntas, tengo que atender a mi paciente.

—¿Dice que su marido la visita con regularidad?

—Sí, pero a horas imprevistas. Brooke va a la universidad en otro estado por lo que no viene tan a menudo.

—¿Tiene alguna idea de dónde trabaja su marido?

—No, no lo sé.

—Probablemente no me cueste averiguarlo.

La enfermera miró a Julie, que observaba a Van Beuren.

—Siento que no haya podido contarte nada sobre tu padre.

—Sí, yo también.

Julie alargó el brazo y tocó la mano de Van Beuren.

—Lo siento —dijo a la mujer moribunda.

Entonces se volvió y se marchó. Robie le tendió su tarjeta a la enfermera.

—Si su marido viene, ¿puede decirle que me llame?

Robie lanzó otra mirada a la ex soldado en fase terminal, se volvió y siguió a Julie al exterior.

84

Robie le abrió la puerta a Julie y luego subió al coche detrás de ella. Se ciñó el cinturón y miró a Vance.

—Creo que Elizabeth van Beuren no puede sernos de utilidad. No puede hablar. Y no le queda mucho tiempo de vida.

—¿Y qué me dices de Siegel? No me has contado gran cosa después de salir del banco.

—Me ha dicho que había hablado con Leo Broome, pero hace más de una década. Que no sabía que Curtis Getty o Jerome Cassidy vivieran en la zona. Da la impresión de estar esperando a ver si tiene cáncer también o si se queda sin trabajo. A no ser que oculte algo realmente bien, no veo cómo podría encajar en todo esto.

—O sea que eso nos deja con Jerome Cassidy —dijo Vance.

—Está en Arlington, ¿no?

—Es lo que dice el papel.

—¿Has notado algo sospechoso ahí?

—Nada de nada.

—Vamos.

Tardaron más de una hora en llegar a Arlington porque había mucho tráfico o, mejor dicho, el tráfico era el normal en dirección a Washington D.C. Ya era casi la hora de comer cuando Robie encontró una plaza de aparcamiento donde dejar el coche. Se volvió hacia Vance.

—¿Seguro que es aquí?

Vance alzó la página y leyó.

Los tres se volvieron para observar el edificio.

—Es un bar y asador —dijo Julie.

Robie alzó la vista.

—Pero parece que arriba también tiene habitaciones. A lo mejor Cassidy vive en una de ellas.

Vance se desabrochó el cinturón.

—Me toca a mí.

Robie miró hacia el otro lado de la calle y luego volvió a mirar a Vance. Estaban en una zona congestionada, igual que buena parte de Arlington. Había demasiadas casas y negocios sin tierra suficiente donde ubicarlos, lo cual provocaba que las calles estuvieran apretujadas sin espacio para aparcar y hubiera muchos puntos ocultos desde los que les podían observar.

—Vamos todos juntos esta vez —sugirió Robie.

Vance negó con la cabeza.

—¿Qué pasa con el coche? No podemos dejarlo desatendido. No me apetece volver aquí y encontrarme una bomba debajo del bastidor.

—He obtenido este coche de una fuente especial, lo cual significa que dispone de dispositivos de defensa especiales.

—¿Como por ejemplo?

—Como que si alguien intenta forzar la cerradura o colocar una bomba trampa, no lo pasará bien y sin duda nos enteraremos.

Se apearon todos del coche. Robie iba oscilando la mirada en todas direcciones.

—¿Qué pasa? —preguntó Vance nerviosa—. ¿Ves algo?

—No, pero eso no significa que no estén ahí fuera.

—No te he visto tan tenso en los demás sitios.

—Es porque este es el último sitio.

Vance inspiró con rapidez y asintió.

—Es verdad, ya te entiendo.

El establecimiento se llamaba Texas Hold 'Em Saloon. Cuando faltaban diez minutos para las doce, ya había una veintena de clientes. Estaba decorado al estilo del Oeste, con muchas sillas de montar, bridas, botas y sombreros vaqueros, además de murales de jinetes, ganado y las llanuras de Tejas. Al fondo del local había una barra enorme que ocupaba todo el ancho del interior.

Delante había unos taburetes con cuernos de toro falsos como respaldos. En la pared de detrás de la barra había una bandera enorme de Tejas. Alrededor de la bandera había cientos de bebidas destinadas a mojar el gaznate, aligerar la cartera y embotar los sentidos.

—Alguien se ha gastado un montón de pasta en este sitio —comentó Robie.

Una joven vestida de riguroso negro salvo por el sombrero vaquero blanco y las botas blancas se les acercó carta en mano.

—¿Son tres? —preguntó.

—Quizá —dijo Robie—. Nos han dado esta dirección de un amigo nuestro. Jerome Cassidy. ¿Lo conoces?

—El señor Cassidy es el dueño.

Robie y Vance intercambiaron una mirada rápida.

—¿Está aquí?

—¿Puedo saber quién pregunta por él? —dijo la camarera educadamente.

Vance enseñó sus credenciales.

—FBI. ¿Puedes llevarnos donde está?

La mujer vaciló.

—¿Me permiten comprobar si está aquí?

—Siempre y cuando lo compruebes de forma que te veamos y oigamos —dijo Robie.

La expresión educada de la mujer se esfumó. Los miró con nerviosismo.

—¿El señor Cassidy se ha metido en algún lío? Es un buen jefe.

—Solo queremos hablar con él —dijo Robie—. ¿Está aquí?

—En el despacho.

—Condúcenos hasta allí —indicó Robie.

La mujer se volvió y empezó a caminar con vacilación. Dejó atrás la barra y fue por un pasillo corto hasta girar a la derecha. Pasó junto a una puerta en la que ponía SOLO PERSONAL AUTORIZADO y siguió adelante. Había otro pasillo corto con dos puertas a cada lado. Se paró ante una marcada como OFICINA y llamó con suavidad.

Oyeron ruidos procedentes del interior de la estancia.

Robie se llevó la mano a la pistola. Vance advirtió el gesto e hizo lo mismo.

—¿Sí? —dijo una voz desde el interior.

—¿Señor Cassidy? Soy Tina. Hay aquí unas personas que quieren hablar con usted. Son del FBI.

—¿Tienen una cita?

—No.

—Entonces diles que la concierten.

Robie se colocó por delante de Tina e intentó abrir la puerta. Estaba cerrada con llave.

—¡Eh! —exclamó Cassidy—. ¿Qué coño pasa aquí? He dicho que concierten una cita.

Robie golpeó la puerta.

—Cassidy, somos del FBI. ¡Abra la puerta inmediatamente!

Robie oyó más ruidos, pies que se arrastraban y un cajón que se cerraba con estrépito. Retrocedió y dio un buen empujón a la maneta con el pie derecho. La puerta se derrumbó hacia dentro mientras Tina gritaba y daba un respingo.

Robie y Vance habían sacado las pistolas. Vance apartó a Julie a un lado.

—Quédate aquí —le ordenó.

Robie fue el primero en entrar en el despacho mientras Vance le cubría.

Cassidy estaba de pie tras el escritorio mirándolo fijamente. Tenía una estatura parecida a la de Robie pero era más delgado, con espaldas anchas y caderas estrechas. Llevaba el pelo más bien largo y lo tenía entrecano. Tenía un rostro fino y bien parecido en el que lucía una barba de varios días. Vestía unos vaqueros descoloridos y una camisa blanca por fuera.

—¿Te importaría decirme por qué acabas de derribar esa puerta y me apuntas con una pistola? —preguntó Cassidy.

—¿Te importaría decirme por qué no has abierto la puerta cuando te lo hemos pedido?

Cassidy lanzó una mirada al arma de Robie. Luego se quedó mirando a Vance en cuanto entró en la habitación.

—Enseñadme las credenciales ahora mismo.

Robie y Vance se las mostraron.

Cassidy las leyó atentamente y cogió un boli para anotar sus nombres y números de placa en el papel secante que tenía en el escritorio.

—Quiero anotar bien la información para cuando mis abogados os pongan una denuncia del carajo.

—No ha abierto la puerta, señor Cassidy —señaló Vance.

—Tenía intención de hacerlo cuando la habéis hecho pedazos. Y no sabía si erais realmente del FBI.

—Su empleada le dijo que éramos del FBI.

—Le pago diez dólares la hora para que esté mona y acomode a la gente. No confío en que distinga a un agente del FBI de un empleado de Correos o de algún tipo que quiera robarme. —Miró a Tina por el vano de la puerta—. Tina, ya está. Vuelve al trabajo. —Ella se marchó rápidamente y Cassidy miró a Robie, que había enfundado la pistola.

—Y tú no eres del FBI. Eres del DCIS.

—¿Conoce el DCIS?

—Estuve en el ejército. ¿Y qué? —Se sentó detrás del escritorio, se sacó un puro fino del bolsillo de la camisa y lo encendió.

—En los restaurantes o bares de Virginia no se puede fumar —dijo Vance.

—Si bien es cierto que el Estado de Virginia ha considerado oportuno privar a sus ciudadanos del derecho a fumar en un establecimiento como este, aunque el Departamento de Sanidad, que vela por el cumplimiento de dicha ley, carece de poderes reales para hacerla cumplir y en muchos locales se sigue fumando hasta hartarse, este es mi espacio privado y dispone de un sistema de ventilación especial, así que, si me da la gana, puedo fumar hasta tener cáncer de pulmón en estado terminal. ¿Os apetece sentaros a mirar?

—Tenemos unas cuantas preguntas que hacerle —anunció Robie.

—Y mis abogados no tendrán ninguna respuesta a vuestras preguntas. —Sacó una tarjeta de un Rolodex anticuado y se la tendió a Robie—. Tu información de contacto está ahí mismo, señor DCIS.

—¿Siempre tiene tanta prisa por llamar a los abogados de éxito? —preguntó Robie.

—He llegado a la conclusión de que valen cada penique de sus escandalosos honorarios.

—¿O sea que es un gran consumidor de servicios legales? —inquirió Vance.

—Señora, esto es América. Si un hombre de negocios quiere limpiarse el culo, más le vale que tenga contratado a un abogado.

Robie echó un vistazo al despacho. Estaba decorado sin escatimar gastos. Y había un estante lleno de premios en el ámbito de los negocios apoyado en una pared.

—Da la impresión de que ha triunfado en el mundo de los negocios. El bar debe de funcionar bien.

—Este bar es uno de los veinte negocios que tengo. Y todos ellos son muy rentables y no debo ni un centavo. ¿Cuántos de los capullos que aparecen en la lista de Fortune 500 pueden decir lo mismo? Incluso tengo un jet privado.

—Felicidades —dijo Robie. Dejó la tarjeta del bufete de abogados de Cassidy otra vez sobre el escritorio.

—Hemos venido a preguntarle por su vieja escuadra del ejército.

Entonces la sorpresa de Cassidy sí que pareció sincera. Se sacó el puro de la boca.

—¿Para qué coño?

—¿Ha seguido en contacto con alguno de ellos?

Cassidy miró más allá de él y vio a Julie atisbando por el marco de la puerta.

Cassidy se levantó lentamente.

—Ven aquí, chica —instó Cassidy.

Julie miró a Robie, que asintió. Julie entró en el despacho.

—Acércate más —indicó Cassidy.

Julie se aproximó más al escritorio.

Cassidy apagó el puro en un cenicero y se frotó el mentón.

—Maldita sea.

—¿Qué ocurre? —preguntó Vance.

—Eres Julie, ¿verdad? —dijo Cassidy.

—Sí, pero yo no te conozco.

—Conocí muy bien a tus padres. ¿Qué tal están?

—¿De qué los conoce? —dijo Robie.

—Lo que has dicho, la escuadra. Curtis Getty y yo servimos juntos. Me salvó el pellejo un par de veces en la primera guerra del Golfo.

—No he sabido hasta hace poco que mi padre había estado en el ejército —reconoció Julie.

Cassidy asintió pero no pareció sorprendido.

—No era muy hablador.

—¿Cómo has sabido que yo era Julie? Me parece que no nos conocemos.

—Porque eres clavada a tu madre. Los mismos ojos, el mismo hoyuelo, todo. Y sí que nos conocemos. Lo que pasa es que eras un bebé. Incluso te cambié el pañal un par de veces. Probablemente lo hiciera mal, lo mío no son los niños pequeños.

—¿Entonces se mantuvo en contacto con ellos? —preguntó Robie.

—No mucho tiempo. No les he visto desde el primer cumpleaños de Julie.

—¿Qué ocurrió?

Cassidy apartó la mirada y se encogió de hombros.

—La gente se dedica a otras cosas. Se va alejando. —Miró a Julie—. ¿Tu madre está bien?

—No, está muerta.

—¿Cómo? —dijo Cassidy enseguida—. ¿Qué demonios ha pasado? —Apoyó una mano en el escritorio para serenarse.

—Ella y Curtis fueron asesinados —dijo Robie.

—¡Asesinados! —Cassidy se desplomó en el asiento. Soltó una retahíla de preguntas—. ¿Por qué? ¿Cómo? ¿Quién fue?

—Confiábamos en que nos ayudara a resolver esos interrogantes —dijo Robie.

—¿Yo?

—Sí, usted.

—Tal como he dicho, hace mucho tiempo que no he visto a los Getty.

—¿No sabía que vivían en Washington D.C.? —preguntó Robie.

—No. Antes no vivían por aquí. La última vez que les vi estaban en Pensilvania.

—¿Pensilvania? —exclamó Julie—. No lo sabía. Creía que eran de California.

—Curtis quizá. Pero cuando regresamos a Estados Unidos vivían cerca de Pittsburgh. Fue la última vez que los vi, ¿sabes? Ni siquiera sabía que se habían mudado a esta zona.

—¿Entonces usted también vivía en Pensilvania en aquella época? —preguntó Vance.

—Sí, de hecho viví con ellos durante una temporada. Hace mucho tiempo. Mientras intentaba recuperarme. De hecho conocí a tu madre antes de que ella y tu padre se conocieran. Se casaron cuando él todavía estaba en el ejército. Asistí a la boda.

Robie lanzó una mirada a Julie y se fijó en que había abierto unos ojos como platos al conocer toda esa información sobre sus padres.

Cassidy continuó:

—Bueno, después de la primera guerra del Golfo no me fue demasiado bien. Me metí en líos chungos. Ellos me ayudaron a salir del pozo.

—¿Drogas? —preguntó Robie.

—No fui yo el que se metió en drogas —dijo Cassidy con voz queda, apartando la mirada de Julie.

—Sé que mis padres tenían problemas con las drogas —reconoció Julie—. Sobre todo mi padre.

—Era un buen hombre, Julie —dijo Cassidy—. Como he dicho, me salvó la vida en el desierto. Lo condecoraron con la de Bronce con honores. Y también un Corazón Púrpura. Mientras estábamos en el ejército no probaba el alcohol. Pero cuando volvimos, todos cambiamos. La guerra no fue tan larga. No como Vietnam ni la Segunda Guerra Mundial. Pero ahí vimos cosas muy graves. Muchas muertes, la mayoría de civiles, mujeres, niños. Y muchos hombres volvieron trastocados o enfermos. Bueno, tu padre empezó a consumir: maría, coca, anfetas. Tu madre intentó que lo dejara, pero nunca lo consiguió. Y entonces ella también cayó en esa trampa. Es superdifícil salir de ese pozo una vez que se ha caído en él.

—¿Y cuál era su vicio? —preguntó Vance.

—Yo era alcohólico —reconoció Cassidy con franqueza.

—¿Y aun así es dueño de un bar? —inquirió Robie.

—Es la mejor manera de ponerse a prueba a diario. Estoy rodeado de lo mejor y no he probado ni gota desde hace más de una década.

—Julie tiene catorce años. ¿O sea que vio a los Getty hace unos trece años? —preguntó Vance.

—Eso mismo.

Robie recorrió el espacioso despacho con la mirada.

—Los Getty no estuvieron de suerte. No habría estado mal que les hubiera devuelto el favor ayudándoles.

—Habría estado encantado de hacerlo —dijo Cassidy—, si hubiera podido encontrarles. —Abrió el cajón del escritorio y pulsó un botón situado en el interior. El retrato de una mujer a caballo en la pared de detrás del escritorio se movió y dejó ver una caja fuerte.

Abrió la caja, extrajo una pila de cartas y las sostuvo.

—Cartas que escribí a tus padres, Julie, a lo largo de los años. Todas me fueron devueltas sin abrir, «destinatario desconocido». Gasté mucho tiempo y dinero intentando encontraros. Nunca se me ocurrió mirar a dos puertas de mi casa.

Dejó caer las cartas en el escritorio y se recostó en el asiento.

—Me cuesta creer que estén muertos —reconoció con voz temblorosa. Se secó los ojos y negó con la cabeza.

Robie miró las cartas.

—Veo que dedicó un gran esfuerzo.

—Como he dicho, eran mis amigos. Curtis me salvó la vida. Me ayudaron cuando lo necesitaba. —Miró a Julie—. Si tus padres están muertos, ¿con quién vives? ¿Quién se ocupa de ti?

—Ellos, por ahora —dijo Julie, señalando a Robie y Vance.

—¿Está en custodia protectora o algo así? —inquirió Cassidy.

—O algo así —repuso Robie.

Cassidy miró a Julie.

—Puedo ayudarte. Me gustaría ayudarte, igual que quise ayudar a tus padres.

—Podemos hablar de eso más adelante —dijo Robie—. ¿No puede contarnos nada más acerca de Getty o del resto de los miembros de la escuadra?

—Como he dicho, perdimos el contacto.

—¿Se acuerda de Gabriel Siegel y de Elizabeth Claire?

—Claro. ¿Qué tal están?

—No demasiado bien, la verdad. ¿Qué me dice de Rick Wind?

—Sí. Era un buen tipo. Un buen soldado.

—También está muerto. Igual que Leo Broome.

Cassidy se levantó y golpeó la parte superior del escritorio con la palma.

—¿Toda esa gente de mi vieja escuadra ha sido asesinada?

—No todos. Pero la tasa de mortalidad es más elevada de lo que cabría desear —dijo Vance lacónicamente.

—¿Debería preocuparme? —preguntó Cassidy.

—Creo que todos deberíamos preocuparnos —respondió Robie.

85

—Los hemos visitado a los tres y no ha pasado nada —dijo Robie mientras regresaban al coche.

—Es decir, que no han movido ficha para que sepamos quién es importante —concluyó Vance.

—Lo cual, en realidad, es una jugada inteligente.

—A lo mejor daba igual. Siegel no sabía nada aparte de que Van Beuren estaba en el hospital de enfermos terminales. Van Beuren no podía decirnos nada porque está moribunda. De todos modos, Cassidy es un poco raro.

—Me ha caído bien —dijo Julie—. Me recordaba un poco a mi padre.

—Está claro que intentó localizar a tu familia —dijo Robie—. Pero es extraño que nunca se enterara de que los demás estaban en la zona. Si el tío podía permitirse el lujo de buscar a los Getty, ¿por qué no a alguno de los demás?

—Mi familia le ayudó, tal como ha dicho —repuso Julie—. Y mi padre le salvó la vida. Los demás no eran más que soldados de su misma escuadra.

—Puede ser —dijo Robie—. Pero no me acaba de convencer.

Vance miró el coche.

—¿Crees que podemos subirnos sin problema?

—Ya te conté lo de las prestaciones especiales. Pero si te hace sentir mejor, yo subo primero y lo pongo en marcha.

—Robie, no hace falta. Somos un equipo.

—Y como somos un equipo, por eso tengo que hacerlo. No tiene sentido que muramos todos en la misma bola de fuego.

Vance y Julie esperaron en la esquina mientras él abría la puerta del coche y entraba. Cuando Robie puso el motor en marcha, las dos mujeres se pusieron visiblemente tensas. Al ver que no ocurría nada, las dos exhalaron un largo suspiro al unísono.

Robie condujo hasta la esquina y ellas se subieron.

—¿Adónde vamos ahora? —preguntó Vance.

—De vuelta a nuestra pequeña central, comparamos notas, cavilamos sobre el tema y pensamos en nuevas pistas.

—No veo que haya nada que cavilar —se quejó Julie.

—Te sorprenderías —repuso Robie.

—Bueno, esperemos llevarnos una sorpresa —dijo Vance—. Porque yo tampoco lo veo nada claro.

El tráfico era igual de intenso en dirección oeste y tardaron más de una hora y media en volver a estar sentados a la mesa de la cocina de la casa de campo.

Por el camino pararon a comprar unas hamburguesas y patatas, que se comieron en el coche. Pero aunque se llenaron la barriga, seguían teniendo la cabeza vacía de pistas prometedoras.

—Bueno, repasémoslo otra vez —indicó Robie.

—¿Es imprescindible? —dijo Julie—. Me parece una pérdida de tiempo.

—Buena parte de la labor de investigación puede ser una pérdida de tiempo. Pero hay que llevarla a cabo para llegar a las partes que son realmente significativas —espetó Vance.

Robie miró a Vance.

—Te toca.

—Bueno, hemos repasado algunas posibilidades que se han agotado. Vamos a replanteárnoslo y empezaremos a descartar a ciertas personas. Por lo que has dicho de Van Beuren, no veo cómo podría estar implicada en todo esto. Hace meses que está en el hospital de enfermos terminales. Respira a través de una máquina. Básicamente, su marido e hija observan cómo muere lentamente.

Robie asintió.

—Y Siegel parece igual de ajeno a todo esto. Le preocupa más si se queda sin trabajo. Y pareció sorprenderse de verdad cuando le dije por qué quería hablar con él.

—Pues a lo mejor te equivocaste, Robie —apuntó Vance—. Dijiste que el intento de asesinar a Julie se produjo cuando mencionó al resto de los miembros de la escuadra. Pues no parece que fuera por eso.

—Pero ¿qué me dices de Cassidy? —dijo Robie.

—¿Qué pasa con él?

—Conocía a los Getty. Personalmente, no me trago lo de que no fue capaz de localizarlos. Ni que tampoco supiera que ninguno de los demás miembros de la escuadra vivían en la zona. El tío tiene pasta y la pasta sirve para obtener resultados. Y aunque parecía realmente sorprendido de que Curtis y Sara estuvieran muertos, me resulta todo bastante raro.

—Mis padres nunca hablaron de él —apuntó Julie—. Eso también es muy raro teniendo en cuenta lo unidos que dice que estaban. Me pregunto por qué no contestaron a sus cartas.

—No tiene sentido —convino Robie.

Vance estaba a punto de decir algo cuando le sonó el teléfono. Miró el número.

—No lo reconozco. Pero el prefijo es el del norte de Virginia.

—Mejor que respondas —dijo Robie.

—¿Diga? —preguntó Vance por el teléfono. La persona que estaba al otro lado de la línea empezó a hablar rápido.

—Un momento, más despacio. —Vance sostenía el teléfono contra la oreja ayudándose del hombro, sacó una libreta y un boli y empezó a garabatear.

—Vale, vale, ahora mismo voy.

Colgó y miró a Robie.

—¿Quién era? —inquirió él.

—A lo mejor resulta que tenías razón —reconoció Vance.

—¿Sobre qué?

—Era la mujer de Gabriel Siegel. Le dejé mis datos de contacto.

—¿Por qué te llamaba?

—Su marido recibió una llamada justo después de que le dejases. Salió del banco poco después y no ha regresado. No ha acudido a la cita que tenía con un cliente ni a un almuerzo que organizaba el banco. Ha desaparecido.

86

No fueron al banco sino directamente a casa de Gabriel Siegel. Su esposa les aguardaba en la puerta cuando aparecieron por el camino de entrada. Robie los condujo hasta el porche delantero. La mujer lo miró con cara de extrañada hasta que vio a Vance detrás de él.

—Somos compañeros —aclaró Vance con sequedad—. Robie, te presento a Alice Siegel.

—Señora Siegel, estamos aquí para ayudarla a encontrar a su esposo.

Alice Siegel asintió pero tenía los ojos anegados de lágrimas. Cuando vio a Julie, volvió a mostrar cara de sorpresa.

—¿Quién es?

—No es un tema que toque tratar ahora, señora. ¿Podemos entrar?

Alice dio un paso atrás para dejarlos entrar en la casa. Tomaron asiento en la sala de estar.

Robie miró en derredor. La decoración interior era más bien barata. Pero estaba ordenado, limpio y era funcional. Quedaba claro que los Siegel eran frugales. Probablemente el sueldo del banco no fuera gran cosa. Pero era obvio que los Siegel estiraban cada dólar al máximo, al igual que millones de otras familias en el momento actual.

Vance inició la conversación.

—Entonces dice que recibió una llamada de teléfono y salió. ¿Tiene alguna idea de quién le llamó?

—Nadie del banco lo sabe. Confiaba en que la llamada pudiera rastrearse.

—¿La recibió al número del banco o al móvil?

—Al teléfono de la sucursal. Por eso saben que recibió una llamada.

—Pero si llegó a la oficina, ¿nadie del banco preguntó quién llamaba a su esposo?

—Creo que se limitan a pasar la llamada. Al fin y al cabo es un negocio. Supongo que la persona que respondió supuso que Gabe querría contestar. No cuentan con una recepcionista ni nada por el estilo. Eso ya no es habitual en los bancos, han recortado gastos.

—Eso me contó su esposo —dijo Robie—. ¿La persona del banco que respondió dijo si era hombre o mujer?

—Un hombre. ¿No piensan ir allí? Me refiero a que ¿no va a enfriarse el rastro?

—Nos ocuparemos de eso, señora Siegel —dijo Vance—. Pero no se ha cometido ningún crimen. Y su marido no está oficialmente desaparecido. Por lo que parece, se marchó por iniciativa propia.

—Pero no ha regresado. Salió y ya está. Eso no es normal.

—¿Podría haber tenido un accidente?

—Su coche sigue en el aparcamiento.

—O sea que a lo mejor se ha ido a dar un paseo —dijo Robie—. O quienquiera que le llamó le ha llevado en coche a algún sitio. ¿Ha intentado llamarle al móvil?

—Veinte veces. También le he enviado mensajes de texto. No he recibido respuesta. Estoy muy preocupada.

Robie la observó fijamente.

—¿Existe algún motivo que justifique que se marchara así?

—La llamada de teléfono, a la fuerza.

—Pero no sabemos a ciencia cierta que los dos acontecimientos guarden relación —añadió Vance—. Quizá tuviera planeado marcharse de todos modos. El momento de la llamada quizá sea una coincidencia.

—Pero ¿por qué?

—Me mencionó que ustedes dos estaban preocupados por si se quedaba sin trabajo —dijo Robie.

—Pues marcharse de ese modo es una forma bastante buena de asegurarse que se quedará sin trabajo —espetó Alice.

—¿Y está segura de que no ha intentado ponerse en contacto con usted? ¿Por el móvil? ¿O quizá llamando al fijo?

—No tenemos teléfono fijo. Eliminamos ese gasto cuando a Gabe le bajaron el sueldo el año pasado.

—¿Se le ocurre algún motivo por el que su marido se levantara y se marchara de ese modo?

Ella lo miró con suspicacia.

—Bueno, usted fue a hablar con él y entonces desapareció. A lo mejor sabe cuál es el motivo.

La pregunta era justa, pensó Robie.

—Su marido estuvo en el ejército durante la primera guerra del Golfo —empezó a decir Robie.

—¿De eso va todo esto? Pero hace muchos años que dejó el ejército.

—Perteneció a una escuadra —continuó Robie—. Nos interesaba esa escuadra.

—¿Por qué?

Robie vaciló y lanzó una mirada a Vance.

—Nos interesaba, señora Siegel. Queríamos preguntarle a su marido si había mantenido el contacto con alguno de sus viejos compañeros de escuadra.

—Sé que conocía a Elizabeth Claire van Beuren. Mantuvieron el contacto.

—Ya lo sabemos.

—Se está muriendo —dijo Vance—. ¿Solía mencionar a alguien más?

—Unos cuantos nombres de vez en cuando. Me cuesta recordarlos.

—¿Leo Broome? ¿Rick Wind? ¿Curtis Getty? ¿Jerome Cassidy? —sugirió Robie.

—Getty, sí, recuerdo ese apellido. Gabe dijo que habían estado muy unidos pero que no le había visto desde que habían vuelto. Rick Wind me suena. Lo cierto es que Gabe no solía hablar mucho de su pasado militar. Le aterraba pensar que iba a morir por culpa de las condiciones tóxicas en las que lucharon ahí. Los soldados mueren como moscas y el ejército ni siquiera reconoce la existencia del síndrome de la guerra del Golfo. Cuando Elizabeth enfermó, se sumió en una profunda depresión. Pensaba mucho en ella. Estaba convencido de que él sería el próximo.

—Ha mencionado que él y Curtis Getty eran amigos. ¿Tenía alguna foto de los dos juntos? —preguntó Julie.

Robie y Vance miraron a Julie. Robie se sintió culpable de inmediato. No se había parado a pensar en el efecto que todo aquello tenía en la adolescente.

Alice se aturulló durante unos instantes pero la expresión seria de Julie instó a la mujer a levantarse.

—Creo que sí. Un momento.

Salió de la estancia y regresó al cabo de un par de minutos con un sobre en la mano. Se sentó al lado de Julie, abrió el sobre y extrajo las fotos.

—Gabe las trajo del extranjero. Pueden mirarlas si quieren.

Vance y Robie se arremolinaron en torno a ella y miraron las fotos.

—¡Ahí está mi padre! —exclamó Julie.

Alice miró primero a Robie y luego a Vance.

—¿Su padre?

—Es una larga historia —dijo Robie.

Le cogió la foto a Julie y la observó.

El grupo estaba delante de un tanque iraquí quemado. Alguien había pintado las siguientes palabras a lo largo del armazón chamuscado del vehículo blindado con un espray: SADAM KEBAB.

Curtis Getty estaba en el extremo derecho vestido con el traje de combate y la camisa desabotonada, y sosteniendo una pistola con la mano derecha. Se le veía muy joven y muy feliz, probablemente de estar vivo. A su lado se encontraba Jerome Cassidy. Tenía el pelo castaño y cortado al estilo militar. Iba sin camisa y se le veía moreno, delgado y fibroso. Elizabeth Claire se encontraba a su lado. Era más baja que los demás pero parecía más dura que todos ellos. Llevaba el uniforme reluciente con todos los botones en su sitio. Llevaba el arma enfundada y miraba a la cámara con una expresión muy seria.

Mientras Robie contemplaba su imagen pensó que probablemente nunca se le habría ocurrido que al cabo de veinte años estaría internada en un hospital para enfermos terminales aguardando el momento de su muerte.

—Gabe es el del extremo izquierdo —dijo Alice.

Siegel estaba más delgado y tenía más pelo. Se le veía seguro, chulo incluso, mientras miraba a la cámara. En la actualidad era una sombra del hombre que aparecía en la foto, pensó Robie.

Alice señaló a otros dos hombres que estaban de pie juntos en medio del grupo. Eran más altos que el resto.

—No sé quiénes son.

—Rick Wind y Leo Broome —dijo Robie—. Sabemos de su existencia.

—¿Creen que podrían tener algo que ver con la desaparición de mi marido?

—Podría ser —respondió Robie, aunque por dentro pensaba: «No vamos a tener la suerte de poderles preguntar.»

Vance, que obviamente le había leído el pensamiento a Robie, añadió:

—Comprobaremos esa posibilidad.

—No entiendo por qué el servicio militar de mi esposo aparece ahora, después de tantos años.

—¿Su esposo tiene algo más relacionado con su paso por el ejército?

—No, que yo sepa. Trajo algunas cosas: el casco, las botas y otros objetos. Pero se desembarazó de ellos.

—¿Por qué? —preguntó Vance.

A Alice Siegel pareció sorprenderle la pregunta.

—Pensó que eran tóxicos, por supuesto.

87

Cuando regresaron a la casa de campo, Vance llamó al FBI y recibió una buena bronca de su superior por saltarse las normas sin autorización. Cuando el hombre hubo terminado su diatriba, Vance fue capaz de pedirle que rastreara la llamada que Gabriel Siegel había recibido en el banco.

El jefe la llamó al cabo de veinte minutos para darle la información.

Teléfono de usar y tirar, callejón sin salida. Ordenó a Vance que fuera a la oficina inmediatamente.

Robie escuchó esa parte de la conversación. Cuando Vance se dispuso a negarse, la tomó del brazo y le dijo:

—Ve y llévate a Julie contigo.

Robie alzó la vista hacia donde Julie había subido para ir al baño.

—¿Qué? —dijo Vance.

—La cosa se va a poner muy fea dentro de nada.

Vance tapó el teléfono con la mano.

—¿Cómo lo sabes?

—Lo sé.

—Razón de más para que nos mantengamos unidos.

—Pero no con Julie. No podemos meterla en medio de esto. Llévala a la central de Washington y rodéala de armamento. Luego vuelve a reunirte conmigo.

Vance lo observó con recelo y desconfianza en la mirada.

La voz chillaba por el teléfono.

—Sí, señor —dijo Vance por el teléfono—. Ahora mismo voy.

Y traeré a Julie Getty. Espero que seamos capaces de protegerla mejor que la última vez.

Colgó y miró a Robie con expresión inquisidora.

—Si me la estás jugando...

—¿Por qué iba a hacer una cosa así?

—Porque pareces tener cierta propensión a ello. Como si tuvieras la noble idea de que eres la única persona del mundo capaz de enfrentarte a esta situación. O que en cierto modo me proteges del peligro...

—Eres agente del FBI. Te metiste en esto por voluntad propia. No albergo ideas nobles. Solo he intentado hacer mi trabajo y sobrevivir en el intento. Si me permito el lujo de fantasear es para seguir creyendo que esos dos objetivos no se excluyen mutuamente.

—No intentes confundir la cuestión.

—Coge tu coche y llévate a Julie. Déjala en buenas manos y regresa.

—¿Y tú te quedarás aquí esperándome? —preguntó con escepticismo.

—Si no estoy aquí, tienes mi número de teléfono.

—No me creo esto, Robie. Me dejas fuera en el preciso instante en que...

Robie se volvió y se marchó.

—¿Así es como respondes? ¿Ignorándome? ¿Marchándote otra vez? —gritó ella.

—¿Qué pasa aquí? —Julie atisbó por la barandilla de la escalera.

Vance miró a Robie y luego exhaló un suspiro.

—Vamos, Julie. Tenemos que salir de aquí.

—¿Adónde vamos?

—A seguir una pista.

—¿Qué va a hacer Will?

—Seguir otra pista.

—¿Por qué nos dividimos?

—Porque nuestro valiente líder así lo quiere, ¿verdad, Robie? —añadió en voz más alta.

Robie estaba en el cuarto de al lado y no respondió. Observó cómo el BMW con el parabrisas rajado y la ventana posterior hecha añicos salía de la finca marcha atrás. Vance puso la primera y dibujó un dónut en la tierra antes de alejarse a toda velocidad.

Robie inspiró profundamente y con intención purificadora. Nunca se le había dado bien el trabajo en equipo. Durante los últimos doce años había trabajado prácticamente aislado. Lo prefería así. Se sentía mejor solo que en un equipo. Era su idiosincrasia.

Sintió una liberación. Una descarga de responsabilidad.

Apartó de su mente la promesa hecha a Julie de que la dejaría que le ayudase a descubrir qué les había pasado a sus padres. De todos modos era una falsa promesa. No tenía ningún derecho a hacérsela. Se dijo que cumplirla no provocaría otra consecuencia que hacer que asesinaran a la chica.

De todos modos a Robie le daba igual. No hacía más que recordarse que estaba preparado para acabar lo que había empezado.

Seguía albergando la misma convicción: aquello guardaba relación con él. A pesar del desvío por la escuadra a la que Curtis Getty había pertenecido.

«Esto va conmigo. Y también va de algo de mayor envergadura.»

Ahora tenía que averiguar de qué se trataba.

Volvía a ser como una partida de ajedrez. El otro bando acababa de mover ficha.

Robie tenía que decidir si se trataba de un movimiento legítimo o no.

Se armó hasta los dientes y se dispuso a hacer precisamente eso.

88

El banco fue la primera parada. Robie habló con los empleados pero no le proporcionaron información útil. Gabriel Siegel
había dejado su maletín pero no había nada de provecho en su interior. No obstante, el hecho de que lo hubiera dejado inducía a
pensar que no había planeado su salida apresurada y que el motivo de su ausencia no guardaba relación con su trabajo en el banco. Robie ya lo había supuesto de antemano pero ahora lo daba
por confirmado.

Tal como había indicado Alice Siegel, el coche de su marido
seguía en el aparcamiento. Era un Honda Civic de hacía diez años.
Robie forzó la cerradura y lo registró pero no encontró nada relevante. Se marchó en su coche preguntándose qué había impul-
sado a Siegel a marcharse del trabajo de ese modo.

La siguiente parada fue el hospital para enfermos terminales.
Había olvidado algo en su anterior visita.

El libro de visitas.

La recepcionista le permitió echarle un vistazo. Mientras ella
se dedicaba a otros menesteres, Robie hizo fotos de las páginas
correspondientes al último mes más o menos. Luego se dirigió a
la habitación de Elizabeth van Beuren.

No había cambiado prácticamente nada. Seguía tumbada en
la cama con un tubo enorme que le bajaba por la garganta. El sol
seguía entrando por las ventanas. Había flores. La foto de la familia.

Y ella seguía moribunda. Aferrándose a la vida, probablemente, porque era militar y eso formaba parte de su idiosincrasia.

Y el respirador no sobraba. Tarde o temprano la familia tendría que tomar una decisión al respecto.

Tal como había dicho la enfermera, el lugar no estaba pensado para curar ni alargar la vida. Su función era procurar una muerte digna, cómoda y serena a las personas.

Mientras observaba a Van Beuren, Robie llegó a la conclusión de que no se la veía muy serena.

Deberían dejarla marchar. Dejar que pasara a un lugar mejor que el actual.

Cogió la foto y la miró. Una familia agradable. Alexandra van Beuren era guapa, con el cabello castaño y lacio y una sonrisa picarona. A Robie le gustó el modo en que la cámara había captado la energía de sus ojos, la vida que contenían. Al padre se le veía recio, pero fatigado y atormentado, como si hubiera predicho el destino que aguardaba a su esposa en un futuro no tan lejano.

En algún momento de su vida Robie había supuesto que podía tener una familia como esa. Pero ya hacía tiempo que lo tenía superado. Aunque a veces pensara en ello. En ese preciso instante, el rostro de Annie Lambert apareció en sus pensamientos. La desterró de su mente. No acababa de ver cómo algo así podía ser posible.

Salió al exterior, bajo el sol que ya se ponía por el horizonte y se dirigió a Arlington.

Al bar que Jerome Cassidy había construido.

Circuló con rapidez y paró delante del bar a eso de las cinco de la tarde.

Entró, pidió una cerveza y preguntó por Cassidy. El hombre apareció al cabo de unos minutos y se acercó a Robie con expresión vacilante. Miró la cerveza como si fuera un cartucho de dinamita a punto de explotar.

—Me gustaría hablar contigo —dijo Robie.

—¿Sobre qué?

—Julie.

—¿Qué pasa con ella?

—¿Piensas decirle que eres su padre?

—Vamos a sentarnos.

Cassidy lo condujo al reservado de una esquina y se acomodaron. Había unos quince clientes en el local.

—Los clientes que empiezan a beber temprano vienen a eso de las cinco y media. A las siete ya estará lleno. Cuando llegan las ocho ya no queda sitio donde sentarse. Se vacía hacia las once y media. En Washington D.C. se juega duro y se trabaja duro. La gente se levanta temprano. Sobre todo si llevan uniforme.

Robie sujetaba la cerveza con ambas manos pero no bebía. Esperaba que Cassidy se decidiera a responder a su pregunta.

Al final el hombre se recostó, pasó las palmas de la mano por la parte superior de la mesa y miró a Robie.

—Para empezar, ¿cómo coño lo sabes?

—La gente no escribe montones de cartas a «amigos». Sobre todo a amigos del mismo sexo. No es normal dedicar tiempo y dinero a averiguar su paradero. Y vi cómo se te iluminó la expresión cuando Julie entró. No la habías visto desde que era un bebé pero enseguida la reconociste. No es tan difícil llegar a esa conclusión, la verdad. Además, hace poco vi una foto tuya vestido de uniforme de hace veinte años. Es posible que Julie se parezca mucho a su madre, pero también guarda parecido contigo.

Cassidy exhaló un largo suspiro y asintió.

—¿Crees que lo sabe?

—No, no creo. ¿Te importa?

—Probablemente.

—¿Estás pensando en decírselo?

—¿Crees que debería?

—¿Por qué no me cuentas qué ocurrió?

—No hay gran cosa que contar, la verdad. Y no tengo nada de qué avergonzarme. Yo quería a Sara. Esto ocurrió antes de que se casara con Curtis. Ella me quería. Pero entonces apareció Curtis. Se cayeron bien desde el primer momento. Amor a primera vista. Más fuerte que lo que había entre nosotros dos. No me amargué por ello. No amaba a Sara tanto como Curtis. Y, como he dicho, me salvó la vida. Era un buen tipo. ¿Por qué iba a impedirle ser feliz?

—Pero ¿y Julie?

—Fue el último revolcón, una estupidez. Curtis pensaba que

Julie era hija suya. Sara sabía que no. Yo sabía que no. Pero nunca dije ni una palabra.

—Pareces ser una persona exageradamente buena en ese sentido —comentó Robie.

—No soy ningún santo ni nunca he pretendido serlo. He hecho daño a muchas personas en esta vida, sobre todo cuando bebía. Pero Sara y Curtis, en fin, estaban hechos el uno para el otro. Y yo de ninguna manera podía hacerme cargo de una niña. Me busqué una excusa fácil, ya ves. No tiene nada de noble.

—¿Ahora no es tan fácil?

Cassidy observó la cerveza intacta.

—¿La quieres?

Cassidy se frotó las palmas de las manos.

—No, no. No quiero. Me la tomaría, pero no.

Robie dio un sorbo a la cerveza y la dejó en la mesa.

—¿Ahora no es tan fácil? —repitió.

—Con el paso de los años, el arrepentimiento se multiplica. Nunca tuve ninguna intención de llevarme a Julie. ¡Nunca! Solo quería verla. Ver en qué tipo de persona se había convertido. Pero para entonces me marché de Pensilvania. Para cuando intenté localizarlos, ellos también se habían ido. Miré por todas partes excepto por aquí. —Hizo una pausa y miró a Robie—. ¿Qué está pasando aquí? El FBI investiga. Asesinatos. Julie en medio de todo esto.

—No puedo decírtelo. Lo que sí puedo decir es que Julie necesitará un amigo cuando todo esto pase.

—Quiero ayudarla.

—Tendremos que ver cómo acaba todo. No prometo nada.

—Soy su padre.

—Su padre biológico, en todo caso.

—¿No me crees?

—Ya no me creo a nadie.

Cassidy empezó a decir algo pero se calló y sonrió.

—Joder, yo tampoco, Robie. —Miró por la ventana—. Ya te he contado mi parte. ¿Crees que debería decírselo a Julie?

—No sé si soy la persona más indicada para aconsejarte al respecto. Nunca me he casado. Nunca he tenido hijos.

—Bueno, supongamos que eres la persona indicada. ¿Qué me aconsejas?

—Quería a sus padres. Quería que tuvieran una vida mejor de la que tenían. Quiere averiguar por qué los mataron. Quiere vengarse.

—¿Me estás diciendo que no se lo diga?

—Estoy diciendo que mañana mi respuesta puede ser distinta a la de hoy. Pero realmente tú eres el único que puede hacer la llamada.

Robie se levantó y miró la cerveza.

—La harás.

Cassidy alzó la mirada hacia él.

—¿Por qué?

—Si rechazas una buena cerveza en estas circunstancias, puedes rechazarla en cualquier otra. Me mantendré en contacto.

89

Robie no sabía por qué había vuelto allí.

Era el apartamento del otro lado de la calle. Abrió la puerta, desactivó la alarma y se quedó mirando lo que le rodeaba. Tenía esa vivienda. Tenía el apartamento de enfrente y la casa de campo. Se suponía que todos y cada uno de esos lugares eran seguros pero sin embargo no lo eran. Por tanto Robie se sentía como un sintecho. Casi imaginaba que en algún momento aparecería alguien que le preguntaría qué estaba haciendo allí.

Consultó la hora. Eran casi las siete.

Había llamado a Vance pero le había salido directamente el buzón de voz. Lo más probable era que lo estuviera pasando mal por la bronca que su jefe le estaría echando por saltarse las normas establecidas. Dudaba que le devolviera la llamada en un futuro inmediato. Y en realidad para él era un alivio. Había enviado un SMS a Julie y recibido una respuesta seca. Sin duda estaba furiosa porque había empleado un subterfugio para volverla a colocar en custodia protectora. Por lo menos crecería y haría algo maravilloso con ese gran cerebro que poseía.

Después de dejar a Cassidy, se había dedicado a conducir sin rumbo fijo. Había vuelto a la escena de la explosión del autobús y luego a Donnelly's, que seguía cerrado. Lo cierto es que Robie dudaba que volviera a abrir. ¿Quién iba a querer tomar una copa o comer algo en un lugar en que tanta gente había perdido la vida?

Pero ahora estaba aquí y no estaba muy seguro de por qué.

Miró el telescopio, se acercó al mismo y al final se inclinó ligeramente y miró por él. Enseguida tuvo su bloque de apartamentos enfocado. Cambió ligeramente al ángulo de visión y observó la hilera de ventanas que correspondía a su vivienda. Estaba a oscuras. Así es como tenía que estar. Movió el telescopio hacia la izquierda y recorrió con la vista el pasillo iluminado al que daban todos los apartamentos de esa planta.

Como era inevitable, dirigió la vista al apartamento de Annie Lambert. Sus ventanas también estaban a oscuras. Probablemente todavía estuviera en el trabajo. Se preguntó si le habría ido bien el día libre. Esperaba que sí. Se lo merecía.

Mientras observaba, la vio bajando la calle en bicicleta. Siguió mirando mientras entraba la bicicleta en el edificio. Contando los segundos mentalmente, colocó el telescopio de modo que estuviera justo en el hueco del ascensor de su planta. Las puertas se abrieron al cabo de unos segundos y Lambert bajó, acompañando la bicicleta. Abrió la puerta de su apartamento con la llave y entró.

Robie desplazó el telescopio y observó mientras aparcaba la bicicleta contra una pared, se quitaba la chaqueta y las zapatillas de deporte y recorría el pasillo en calcetines. Hizo una parada en el baño. Al salir continuó por el pasillo. Robie la perdió pero la recuperó al cabo de un minuto. Se había quitado la blusa y se había enfundado una camiseta. Una parte de él deseaba visitarla. Entonces vio que alzaba una percha con un vestido largo y negro protegido con un plástico. Lo había dejado colgado de una silla. Retiró el plástico y sostuvo el vestido frente a ella. Robie se dio cuenta de que era un vestido sin tirantes. Levantó otra prenda, era una chaqueta a juego. Los últimos artículos que cogió fueron unos zapatos negros con un tacón de diez centímetros.

Por lo que parecía, Annie Lambert iba a salir. ¿Y por qué no?, pensó Robie. Sin embargo, una parte de él se sentía celoso. Era un sentimiento extraño para él. No le sentaba bien.

Se sentó, puso los pies en una otomana de cuero y observó el techo. Estaba tan cansado que ni siquiera recordaba la última vez que había dormido de verdad. Se adormeció y se despertó sobresaltado al cabo de un rato. Desde la nebulosa de su mente, recordó algo y sacó el teléfono. Recuperó las fotos que había hecho del libro de visitas del hospital de enfermos terminales.

Pasó una pantalla tras otra sin esperar encontrar nada interesante. Y así fue. El único nombre que reconoció fue el de Gabriel Siegel hacía aproximadamente un mes. Tenía sentido puesto que Siegel había reconocido haber visitado a Van Beuren en esa época.

Pasó a otra página. No había nada.

Recuperó otra página. Nada.

Pero entonces algo le llamó la atención.

No era un nombre.

Era una fecha.

En el libro de visitas faltaba un día entero. Amplió la imagen al máximo. La observó atentamente. Lo vio en el extremo inferior izquierdo del fotograma.

Un triángulo de papel. Le habría pasado desapercibido a cualquiera. Era demasiado pequeño. Pero con los píxeles ampliados hasta un tamaño exagerado en el teléfono, Robie se dio cuenta de lo que era. Los restos de la página del libro que alguien había arrancado. Probablemente mientras la recepcionista estaba ocupada.

¿Por qué arrancar la página del libro de visitas de un hospital para enfermos terminales?

Solo podía haber una respuesta: para encubrir el nombre de alguien que había estado allí. Querían eliminar la constancia escrita de alguien que había visitado a Elizabeth van Beuren.

«¿Era Broome? ¿Getty? ¿Wind? ¿Dos de ellos? ¿Los tres?»

Siegel le había contado que no había visto a Broome en diez años y que no había visto a Wind ni a Getty desde la primera guerra del Golfo. Cassidy había dicho que no había visto a ninguno de sus ex compañeros desde la guerra aparte de a Getty.

Pero ¿y si Broome o Getty o Wind habían descubierto que Van Beuren estaba ahí y la habían visitado mientras estaba consciente? Siegel había dicho que tenía momentos de lucidez. ¿Acaso había dejado escapar algo? ¿Algo que había conllevado que hubiera que silenciarlos a los tres? Parecía una idea extraña pero no resultaba más estrambótica que cualquiera de las demás teorías que a Robie se le habían pasado por la cabeza últimamente.

Robie miró la fecha anterior y posterior a la página que faltaba. Hacía ocho días. Aquello encajaba con la sucesión de los hechos. No habían ido a por Siegel porque había dejado de ir al hospital hacía un mes. Rick Wind había sido el primero en morir. Remontándose al pasado, existía la posibilidad de que hubieran matado a Wind poco después de que visitara a Van Beuren. Y si resultaba que Curtis Getty no había acudido al hospital de enfermos terminales, eso explicaría la discusión acalorada que Cheryl Kosmann, la camarera del restaurante, había presenciado. Broome se lo había contado a Getty. Él entonces quizá se lo contara a Wind. O quizás había sido al revés. Robie no lo sabía a ciencia cierta sin ver quién de ellos había visitado a la mujer. Getty no tenía coche, así que era poco probable que se hubiera desplazado hasta Manassas.

No se correrían riesgos. Había que liquidar a maridos, esposas y una ex mujer, que además suponía un peligro añadido por ser abogada del Gobierno.

Los Broome habían conseguido escapar. Durante un tiempo. Pero con la ayuda involuntaria de Robie también los habían matado.

Acto seguido, Robie pensó en el momento en que le habían insertado el respirador.

Mantenía viva a una enferma terminal.

Pero también servía para otra cosa.

Evitaba que dijera algo durante sus momentos de lucidez.

«¡Que dijera algo más!»

Le habían enchufado el tubo para callarle la boca a la pobre mujer.

Pero lo que había contado a uno o más de sus ex compañeros de escuadra había sido el motivo por el que los habían matado.

Robie salió corriendo del apartamento y bajó en el ascensor.

Tenía que visitar el hospital de enfermos terminales.

90

Las horas de visita ya se habían acabado. Pero los golpecitos insistentes de Robie en el cristal de la puerta delantera llamaron la atención de una vigilante. Enseñó la placa y le permitió entrar.

—Necesito ver a Elizabeth van Beuren —anunció—. Y tiene que ser ahora mismo.

—No puede ser —dijo la vigilante, una mujer de unos treinta años con el pelo rubio y corto.

—No la han trasladado a otro centro sanitario, ¿verdad? —preguntó Robie.

—No.

—¿Entonces por qué no?

La vigilante estaba a punto de decir algo cuando apareció la enfermera con la que Robie había hablado antes.

—¿Ha vuelto? —preguntó con desagrado.

—¿Dónde está Elizabeth van Beuren? Necesito verla.

—No puede ser.

—Es lo que ha dicho ella. Pero ¿por qué? —insistió Robie, clavando la mirada en las facciones de la enfermera.

—Porque la señora Van Beuren ha fallecido hace unas tres horas.

—¿Cómo ha sido?

—Se le ha retirado el tubo del respirador. Ha tenido una muerte serena una hora después.

—¿Quién ordenó la retirada del tubo?

—Su médico.

—Pero ¿por qué? ¿No tenía que recibir la autorización de su familia?

—No puedo responder a esa pregunta.

—¿Y quién puede responderla?

—Su médico, supongo.

—Necesito su nombre y número inmediatamente.

Robie llamó al doctor y habló con él. El médico se resistía a hablar del asunto con Robie hasta que Robie dijo:

—Soy agente federal. Aquí pasa algo que estamos intentando averiguar. El único denominador común es Elizabeth van Beuren. ¿Puede decirme algo? Resulta esencial, de lo contrario no preguntaría.

—No habría retirado el tubo sin que la familia lo pidiese —respondió el doctor.

—¿Quién lo pidió?

El doctor hizo una pausa antes de contestar:

—El señor Van Beuren tenía el poder notarial para este tipo de situaciones.

—O sea que él le dijo que lo retirara. ¿Por qué cambió de opinión?

—No tengo ni idea. Me he limitado a hacer lo que nos ha pedido.

—¿Fue por teléfono o vino en persona?

—Por teléfono.

—Es un poco raro que no quisiera estar aquí cuando su mujer murió —apuntó Robie.

—Si le soy sincero, agente Robie, yo he pensado lo mismo. A lo mejor tenía algo más importante que hacer aunque me cuesta imaginar de qué podría tratarse.

—¿Sabe dónde trabaja?

—No.

—¿Lo ha visto alguna vez en persona?

—Sí, muchas veces. Parecía una persona totalmente normal. Estaba dedicado a su esposa. Se implicaba de forma notable en sus cuidados. Me caía bien.

—¿Pero no lo bastante dedicado para estar con ella hasta el final?

—Insisto en que desconozco los motivos.

Robie colgó y miró a la enfermera.

—¿El cadáver sigue aquí?

—No, los de la funeraria ya se lo han llevado.

—¿Y su marido no ha venido? ¿Sabe si su hija ha sido informada?

—No tengo ni idea. Yo supongo que el señor Van Beuren se habrá puesto en contacto con ella. No nos pidió que lo hiciéramos y por tanto nosotros no podemos comunicarlo.

Robie llamó a Vance pero siguió encontrándose con el buzón de voz. A continuación llamó a Hombre Azul pero tampoco obtuvo respuesta.

Robie cruzó el vestíbulo rápidamente hasta llegar a la habitación de Van Beuren. Abrió la puerta de un empujón y vio la cama vacía. Se acercó más, cogió la foto y miró a George van Beuren. Pelo corto, cuerpo musculoso. Robie se preguntó si era militar o lo había sido.

La enfermera lo había seguido por el vestíbulo y estaba de pie en el pasillo.

—¿Es realmente necesario? —inquirió.

—Sí, la verdad es que sí. —Robie se dio la vuelta—. George van Beuren. Ha dicho que lo había visto. ¿Alguna vez vino de uniforme?

—¿De uniforme?

—Sí, de militar o algo así.

—No, no que yo sepa. Vestía normal. —Dio un paso adelante—. Tenemos que recoger las pertenencias de la señora Van Beuren y enviarlas a su casa.

—Necesito saber la dirección de su casa.

—No podemos revelar ese tipo de información.

Robie dio una zancada hasta colocarse a cinco centímetros de la enfermera.

—No me gusta ir de capullo por la vida pero en esta situación voy a tener que hacerlo. Es un caso de seguridad nacional y si dispone de información que podría resultar útil para evitar un atentado contra este país y no la revela a un agente federal que se la solicita, va a pasar mucho tiempo en chirona.

La mujer se quedó boquiabierta antes de decir:

—Acompáñeme.

Al cabo de un minuto, Robie conducía su coche a la velocidad del rayo.

91

Los Van Beuren vivían a unos veinte minutos del centro hospitalario. Robie llegó en quince.

Las casas eran las típicas de clase media. Aros de baloncesto. Furgonetas y coches de fabricación americana en caminos de entrada cortos y asfaltados. Paisajismo casero. Ningún mayordomo ni Rolls-Royce a la vista.

Robie apuntó a la casa de los Van Beuren, situada al final de la calle. La casa estaba a oscuras pero había un vehículo estacionado en el camino de entrada.

Robie detuvo el coche junto a la acera, sacó la pistola y se acercó sigilosamente a la vivienda. No llamó a la puerta de entrada. Atisbó al interior por una ventana. No veía nada.

Se dirigió rápidamente a la parte de atrás. Introduciendo el codo a través del cristal de la puerta trasera, alcanzó el interior y giró la cerradura. Sacó una linterna y recorrió la casa. No tardó demasiado tiempo. Acabó en la habitación delantera después de mirar en todas las demás.

Fue apuntando el interior con la linterna. Enfocó distintos objetos de las paredes y estanterías. Iluminó un objeto y volvió hacia él. Se acercó enseguida y lo cogió.

Era una foto de los Van Beuren.

Madre, hija y padre.

Mamá vestía el uniforme militar.

Robie centró la mirada en papá.

George van Beuren también llevaba uniforme, uno muy característico. Camisa blanca, pantalones oscuros. Gorra oscura.

Era el uniforme de la división uniformada del servicio secreto de Estados Unidos.

George van Beuren ayudaba a proteger al presidente de Estados Unidos. De repente Robie por fin estableció la conexión.

Estaba observando a Annie Lambert mientras caminaba por el pasillo. La había perdido durante unos treinta segundos. Pero entonces la recuperó. En ese tiempo se había cambiado de ropa.

Y entonces Robie se olvidó por completo de Annie Lambert y regresó en su mente al hangar de Marruecos. Por la mira había observado a Jalid bin Talal subiendo las escaleras del jet. Luego había perdido de vista al príncipe durante un breve intervalo de tiempo. Y lo había recuperado mientras el saudí caminaba por el pasillo del avión y ocupaba su asiento delante del ruso y del palestino.

Era entonces cuando Robie se había fijado en las correas que el príncipe llevaba en la cintura. Había supuesto que se trataba de las correas que sujetaban el chaleco antibalas. Pero el príncipe no llevaba chaleco antibalas antes de subir al avión. Robie lo había estado observando con detenimiento. Habría notado el contorno del chaleco bajo la ropa. Y se tardaba más que unos instantes en poner, sobre todo si se vestía una túnica larga y se tenía una barriga prominente.

Ahora le quedaba claro lo que había sucedido.

Talal había sido advertido de la posibilidad de un golpe. Había hecho que alguien, un doble quizá que tenía contratado de forma habitual, se hiciera pasar por él en la reunión. Quizá pensara que el ruso y el palestino intentarían matarle. Quizá sospechara de la existencia de un traidor en su círculo más próximo o que un francotirador como Robie estaría a la espera de pegarle un tiro. Había demostrado ser más listo que todos ellos. Había hecho que un doble muriera en su lugar.

Robie recordó la conversación que había oído a hurtadillas aquella noche. Ahora adquirió una importancia trascendental.

«Algo que todo el mundo suponía que era inútil intentar. El eslabón más débil. Una persona dispuesta a morir.»

Solo podía tratarse de un objetivo: el presidente de Estados Unidos.

Ahora el robo del todoterreno del servicio secreto tenía sentido. Tenían a alguien dentro. Tenían a George van Beuren.

Y el hecho de que hubieran dejado morir a Elizabeth van Beuren indicaba a Robie que el momento de hacer el intento era inmediato.

Y los miles de millones de Talal le habían permitido comprar a gente del país para ejecutar sus órdenes.

Entonces recordó algo que Annie Lambert le había dicho. Cuando el presidente regresara a Washington D.C., iba a celebrarse un gran evento en la Casa Blanca.

Extrajo su teléfono e hizo una búsqueda rápida por Internet.

Obtuvo los resultados y salió corriendo de la casa.

Esta noche el presidente ofrecía una recepción al príncipe heredero de Arabia Saudí.

Talal tenía una noche ajetreada.

El hijo de perra iba a por los dos hombres.

92

Robie estaba a medio camino de Washington D.C. cuando por fin consiguió contactar con Hombre Azul. Le contó sus últimas deducciones de forma escueta.

La respuesta de Hombre Azul fue igual de escueta. Se reuniría con Robie en la Casa Blanca con refuerzos. Y avisaría a las partes implicadas.

Al cabo de veinte minutos, Robie detenía el coche junto a la acera, bajaba del vehículo y echaba a correr.

Estaba en Pensilvania Avenue en dirección a la verja de entrada a la Casa Blanca. Consultó la hora. Eran casi las once. Imaginó que a estas horas la fiesta ya estaría tocando a su fin. Y si el atentado no se había producido todavía, poco debía de faltar.

Espió a Hombre Azul y a un grupo de hombres apiñados en el exterior de la verja de entrada a la Casa Blanca. Robie vio que se trataba de una mezcla de agentes del FBI, el servicio secreto y el Departamento de Seguridad Nacional. No vio a ningún agente uniformado del servicio secreto. Supuso que habían llegado a la conclusión de que no sabían el alcance de la conspiración, por lo que era mejor dejar a los uniformados fuera de aquello.

Robie se acercó a ellos rápidamente.

—¿Saben dónde está Van Beuren? —preguntó.

—Está de servicio —respondió Hombre Azul. Hemos hablado con los agentes del servicio secreto del interior. Lo están buscando. El problema es que no queremos poner de manifiesto que sospechamos de algo. Van Beuren podría no ser el único activo que tienen ahí dentro.

Un hombre trajeado lanzó una mirada a Robie. Medía aproximadamente un metro noventa, tenía el pelo entrecano y un rostro que parecía lucir una arruga de preocupación por cada crisis nacional que había sobrellevado. Era el director del servicio secreto y Robie lo reconoció. Recordó que el padre de aquel hombre había sido agente veterano en la época en que habían disparado a Reagan. Se decía que el director actual se había hecho agente a instancias de su padre. Y había jurado que ningún presidente moriría bajo su tutela.

—¿Tú eres quien ha montado todo esto?

—Sí —repuso Robie.

—Más te vale que tengas razón. Porque si no...

—Si me equivoco, no pasa nada malo. Si tengo razón...

El director miró a Hombre Azul.

—Entraremos por la entrada de visitantes. Así llamaremos menos la atención. Esperemos que enganchen a Van Beuren antes de que lleguemos al interior.

—¿Y el presidente? —preguntó Robie.

—Normalmente, en el caso de una amenaza como esta, ya lo habríamos trasladado a sus aposentos o al búnker situado bajo la Casa Blanca. Pero si Van Beuren está implicado, sabrá que ese es el protocolo estándar y quizás haya tendido una especie de emboscada. Así pues, hemos decidido aislar al presidente en un lugar atípico, el comedor de Familia, junto con el príncipe heredero, parte del personal del presidente y algunos VIP elegidos que sabemos que no suponen ninguna amenaza. No hay ningún agente uniformado en el equipo de seguridad. Todos van con traje. Van Beuren no puede acercársele. Lo hemos hecho sutilmente. Ahora solo nos falta encontrar a Van Beuren —repitió—. Pero más te vale que te hayas equivocado.

—El hecho de que todavía no se haya localizado a Van Beuren pone de manifiesto que estoy en lo cierto —repuso Robie.

Fueron rápidamente a la entrada de visitantes y pasaron discretamente por el puesto de seguridad. Todos los agentes uniformados del servicio secreto se habían retirado de los puestos de guardia del interior y estaban concentrados en un pasillo. No se les había dado explicaciones. Todos habían sido interrogados.

Ninguno de ellos sabía dónde estaba Van Beuren. Le habían asignado un perímetro de seguridad de la planta inferior, cerca de la biblioteca.

Pero no estaba en su sitio.

Habían inspeccionado todas las estancias de la planta inferior.

Robie y los demás cruzaron el vestíbulo y subieron las escaleras que conducían a la planta principal de la Casa Blanca. Mientras recorrían a paso ligero el Cross Hall en dirección al comedor de Estado, adyacente al comedor de Familia, uno de los agentes que los acompañaba recibió un mensaje por el pinganillo.

—Han encontrado a Van Beuren —anunció.

—¿Dónde? —preguntó inmediatamente el director del servicio secreto.

—En un almacén del Ala Oeste.

Cambiaron de dirección y llegaron enseguida al Ala Oeste. Entonces les condujeron a la sala donde habían encontrado a Van Beuren.

El agente que iba en cabeza abrió la puerta con brusquedad. Van Beuren estaba en el interior. Yacía inconsciente y atado en el suelo. Tenía una parte del pelo ensangrentada.

Uno de los agentes se arrodilló a su lado y le tomó el pulso.

—Está vivo, pero le han dado un buen golpe.

—No lo entiendo. ¿Por qué atacar y atar a tu asesino? —planteó Hombre Azul.

Robie fue el primero en darse cuenta.

—Le falta la pistola.

Todas las miradas se posaron en la pistolera del hombre. El arma de 9 mm que debía alojar no estaba.

—No era el asesino, solo necesitaban su arma —apuntó Robie—. Así no tenían que intentar pasar una de forma subrepticia por los controles de seguridad. Él entró con ella, parte del plan.

Entonces Robie recordó la última parte de la conversación que había escuchado a hurtadillas en el hangar de Marruecos.

«Acceso a armas.

No un occidental.

Décadas de preparación.

Dispuesto a morir.»

—El tirador tiene su arma. Deben de estar dentro con el presidente y el príncipe heredero.

El director empalideció.

—¿Quieres decir que forma parte del séquito? ¿O que es uno de los invitados?

Robie no respondió. Ya estaba corriendo por el pasillo a toda velocidad.

93

El comedor de Familia era una de las estancias más discretas de la planta principal de la Casa Blanca. Por un lado estaba flanqueada por la Oficina de Invitados, a la que también se podía acceder por el mucho mayor y adyacente comedor de Estado. El presidente y el vicepresidente a menudo almorzaban cara a cara ahí. No presentaba una decoración tan fastuosa como el mucho mayor Cuarto Este o los ornamentados Cuarto Verde, Azul y Rojo respectivamente.

Sin embargo, si Robie y compañía fracasaban esta noche, pasaría a la historia como el cuarto en el que un presidente de Estados Unidos había perdido la vida.

El grupo se congregó en el exterior de la puerta que conducía al comedor de Estado.

—Vamos a avisar a los agentes del interior de que es probable que el tirador esté en el interior —anunció el director—. Ya han formado un muro alrededor del presidente y esperan mis órdenes para sacarlo de la sala.

—Si hacen eso o empiezan a registrar a la gente, el asesino disparará —dijo Hombre Azul—. Desde tan cerca y a pesar del muro que rodea al presidente, la bala podría dar en el blanco.

—No podemos quedarnos a esperar si la persona actúa o no —replicó el director—. De acuerdo con el protocolo, hay que moverse y rápido. Ya debería haber dado la orden.

—¿Cuánta gente en total hay en la sala? —preguntó Robie.

—Unas cincuenta personas —respondió uno de los agentes.

—Esto podría convertirse en un baño de sangre —dijo Hombre Azul.

—Nadie desea tal cosa —dijo el director con sequedad—. Pero yo me centro en el presidente. Tenemos planeado sacarlo por la Oficina de Visitantes y de ahí al vestíbulo principal.

—Y cuanto más esperemos, menos posibilidades de sacarlo de ahí sano y salvo —añadió otro agente.

—¿Y si hay más de un tirador? —aventuró Hombre Azul—. Podríamos estar llevándolo directamente a una emboscada.

—El tirador debe de ser alguien que trabaja aquí.

—Eso es imposible —dijo el director.

—La persona se implicó en una conspiración con alguien que sabemos que trabajaba aquí. Eso es indiscutible. No puede ser alguien externo. Y muchas de las personas que están ahí dentro con el presidente y el príncipe heredero son empleados, ¿me equivoco?

El director se sobresaltó.

—Podría tratarse de alguien del séquito del príncipe. Ponerlos en la misma sala ha sido un error garrafal, ¡mierda!

Robie negó con la cabeza.

—Van Beuren fue encontrado en el Ala Oeste. ¿Alguno de los empleados del príncipe ha tenido acceso al Ala Oeste esta noche? Porque la herida que Van Beuren tenía en la cabeza era reciente.

El director miró a uno de sus hombres.

—¿Tienes una respuesta para esto?

—Esta noche ninguno de los empleados del príncipe se ha acercado al Ala Oeste.

—¡Hijo de puta! —exclamó el director.

—Han untado a gente por arriba y por abajo para este golpe, señor. La persona que está detrás de todo esto tiene mucho dinero. No se arredra ante nadie. No sería de extrañar que haya sobornado a uno de los agentes del servicio secreto que está ahí dentro.

—No me lo puedo creer —reconoció el director—. Nunca ha habido un agente traidor.

—Lo mismo podría decirse de la división uniformada —apuntó Hombre Azul—. Pero es obvio que ha ocurrido. Uno de los hombres que está formando el muro alrededor del presidente ahora mismo podría ser el tirador de refuerzo, mientras el principal utiliza la pistola de Van Beuren.

—Pero si tienen a un agente del servicio secreto en plantilla, ¿por qué molestarse en quitarle la pistola a Van Beuren?

—Para un atentado como este, se cuenta con un plan B, señor —indicó Robie—. Hay muchísimo en juego. No estoy diciendo que ahí dentro haya dos tiradores sino que no podemos descartar esa posibilidad.

—Entonces ¿qué hacemos? —preguntó el director.

—Dejadme entrar a mí. El personal conoce a los agentes de seguridad del interior pero a mí no. Entraré vestido de camarero. Puedo entrar con la excusa de llevar algo, café por ejemplo.

—¿Y entonces qué? —inquirió el director.

—Identifico al tirador o tiradores y los liquido.

—¿Cómo vas a identificar al asesino de entre todas las personas de la sala? —espetó el director.

Hombre Azul intervino.

—El agente Robie es experto en encontrar asesinos, director. —Se le acercó y le susurró al oído—: Resulta que lo es para este país. De hecho, es nuestro mejor asesino. Si necesita un hombre capaz de disparar bajo presión en un cuarto lleno de gente, él es el más indicado.

El director observó a Robie con severidad.

—Esto va en contra de todos los protocolos y procedimientos del servicio.

—Sí, señor, así es —convino Robie.

—Si fallas, el presidente muere.

—Sí, señor. Pero estoy dispuesto a morir para asegurarme de que él sobrevive.

—Si no puedo alertar de tu plan a los agentes del interior y sacas la pistola, te dispararán.

—La clave está en controlar los tiempos, señor.

El director y Robie se miraron de hito en hito durante un largo instante. Y entonces el director dijo:

—Conseguidle un uniforme de camarero y un carrito con el puto café.

94

Robie intentó ceñirse más la americana. El uniforme de camarero que le habían dado era para un hombre más corpulento. Robie había insistido en ello. No podía permitir que el bulto de una pistola llamara la atención. Llevaba dos pistolas, una en la pistolera y otra escondida bajo la tela que cubría el carrito del café. También llevaba un chaleco antibalas, aunque seguro que algunos agentes le dispararían en la cabeza si lo consideraban una amenaza para el presidente.

A los agentes del interior les habían dicho que el peligro había pasado pero que siguieran manteniendo el muro alrededor del presidente. El príncipe heredero y su séquito se encontraban en un rincón en el lado contrario al que estaba el presidente, rodeados de otros agentes. Los treinta y pico empleados de la Casa Blanca y otros invitados estaban en el centro de la sala entre el príncipe y el presidente.

La puerta se abrió y Robie empujó el carrito al interior de la sala. No llevaba pinganillo. No tenía forma de comunicarse con nadie. La fuerza congregada justo al otro lado de la puerta esperaba para entrar en tropel tras él. El director tenía el walkie-talkie preparado para ordenar a sus agentes que no dispararan a Robie si sacaba la pistola. No obstante, sabía que aquella orden era imposible de cumplir. En opinión del director, Robie era hombre muerto desde el momento en que había entrado en la sala.

La puerta se cerró detrás de Robie y él siguió empujando el carrito. Escudriñó la sala con disimulo.

James Madison había instaurado el comedor de Familia y era

el salón en el que muchas de las familias presidenciales comían hasta que Jackie Kennedy creó un comedor en la planta de arriba, en los aposentos privados. La sala tenía unos ocho metros de largo por seis de ancho. Una alfombra oriental cubría buena parte del suelo. Había una chimenea de mármol azul y blanco flanqueada por sendos candelabros de pared. Encima había el retrato de una mujer ataviada según los usos del siglo XIX. La larga mesa de comedor que solía ocupar el centro de la sala estaba apartada a un lado, y las sillas correspondientes alineadas frente a ella. Un aparador bloqueaba una puerta. Por encima de una cómoda de estilo Chippendale colgaba un espejo. Una lámpara de araña de cristal presidía el centro del techo. Las paredes estaban pintadas de color amarillo.

Aunque a los VIP y empleados no se les había advertido de ninguna amenaza, a tenor de sus expresiones ansiosas daba la impresión de que algunos de ellos eran conscientes de que el traslado a aquella sala era algo fuera de lo habitual.

Robie volvió a rememorar la conversación que había oído en el hangar.

«No un occidental. Décadas de preparación.»

Resultaba obvio que no podía tratarse de George van Beuren. Él tenía que haberse dado cuenta de que tenía que haber una segunda persona.

Robie vio al príncipe heredero con aspecto nervioso en un rincón. Él y su séquito estaban rodeados de un muro de protección. Robie enseguida caló a quienes trabajaban para él. Algunos, como él, iban ataviados al modo tradicional. Otros llevaban traje. El príncipe heredero se parecía físicamente a la oveja negra de su primo, Talal. Ambos gordos y demasiado ricos. Robie pensó en el daño que se podía llegar a hacer con tanto dinero. El mundo sería un lugar más seguro si no existieran personas que acumulaban tantísima riqueza.

A continuación dirigió la mirada hacia la otra parte de la sala.

Veía al presidente en medio del muro de agentes. Cuando había ocupado su cargo en la Casa Blanca tenía el cabello oscuro. Ahora, tras tres años en el puesto, buena parte del mismo se le había encanecido. A lo mejor aquel era el motivo por el que el lugar se llamaba Casa Blanca, pensó Robie. Hacía envejecer rápidamente a sus ocupantes.

El núcleo del muro que rodeaba al presidente estaba formado por seis agentes. Pero aun así existían claras líneas de tiro directas al hombre si uno se acercaba lo suficiente. Cada uno de los agentes miraba hacia fuera a fin de captar posibles amenazas. Robie buscó a algún agente que no lo estuviera haciendo, que mirara al presidente o a otros agentes. Aunque creyeran que la amenaza había pasado, nunca debían bajar la guardia porque lo cierto era que el peligro nunca desaparecía.

Todos los agentes miraban hacia fuera. Tal vez hubiera solo un tirador. A Robie no le iría nada mal un poco de suerte en esos momentos y tener que enfrentarse a una sola persona supondría una gran suerte.

Empujó el carrito más hacia el centro de la sala. Volvió a mirar hacia el rincón del príncipe heredero. Si la amenaza procedía de allí, el tiro contra el presidente no sería fácil.

Dirigió la atención al último grupo. Los empleados y otros miembros del grupo allí aislados ocupaban el centro de la sala. Todos iban vestidos de gala. Robie vio muchos trajes negros. Muchas mujeres llevaban chales, chaquetas o estolas para cubrirse los hombros desnudos. Algunas llevaban bolsos diminutos, demasiado pequeños para ocultar el arma de Van Beuren.

Los hombres estaban apiñados. La mayoría parecían occidentales pero Robie no podía saberlo a ciencia cierta. Pero había una docena más o menos que podían ser de lugares lejanos.

Robie prestó mayor atención a este grupo del medio. Guardaba una distancia equidistante entre los grupos de ambos líderes nacionales y aquella ubicación tenía todo el sentido del mundo si el objetivo consistía en matar a ambos hombres. Habría que efectuar unos tiros milagrosos, pero no eran imposibles para quien supiera qué se llevaba entre manos. Las distancias eran cortas.

«Yo podría hacerlo», pensó Robie.

El primer disparo sembraría el pánico. Si alcanzaba su objetivo, toda la atención se centraría inmediatamente en la víctima. Mientras la persona caía al suelo, quienes le rodearan gritarían, correrían, se agacharían.

Pero era difícil disparar de cerca y pasar desapercibido. Alguien identificaría al tirador. Los agentes se abalanzarían sobre él. La gente agarraría a esa persona. Pero el tirador quizá pudiera volver a disparar. No era descabellado.

Y con ese pensamiento, Robie acertó a comprender el orden de prioridades.

«El presidente primero. El príncipe después.»

Uno no llegaba hasta allí para matar primero al segundón. El presidente sería el blanco prioritario. Si el tirador conseguía disparar una segunda vez, iría a por el príncipe.

A medida que la gente se le acercaba para pedir café, Robie volvió a barrer la sala con la mirada para identificar posibles posiciones ventajosas para el tirador.

Un grupo de invitados y empleados se quedó atrás, arremolinados alrededor de la mesa. Algunos habían dado la vuelta a las sillas y estaban apoyados en los respaldos.

Robie se fijó en que la mayoría eran mujeres.

El síndrome del tacón de diez centímetros. Probablemente los pies las estuvieran matando tras la larga velada.

Robie observó a las personas una por una hasta llegar a la mujer.

Y entonces dejó de mirar.

Annie Lambert le devolvía la mirada.

Iba vestida de negro. Llevaba una chaqueta sobre el vestido sin tirantes.

No llevaba bolso.

Tenía las manos cruzadas sobre el pecho y por dentro de la chaqueta.

Llevaba el pelo recogido y algunos mechones le caían en cascada alrededor del largo cuello.

Estaba hermosa.

O sea que ese era el motivo del vestido negro y los tacones que Robie había visto por el telescopio. Le había dicho a Robie que trabajaba en esa gala oficial, pero por algún motivo él no había relacionado los dos hechos.

Se prometió, que pasara lo que pasara, él evitaría que sufriera algún daño. Lambert no moriría esa noche.

Sus labios femeninos formaban una línea recta. Era obvio que reconocía a Robie. Pero no sonrió. Probablemente estuviera asustada, pensó Robie. Durante un horrible segundo, se preguntó si ella daría la voz de alarma acerca de él. Que ella supiera, Robie era un banquero de inversiones. ¿Por qué iba a estar ahí vestido de camarero? Tal vez pensara que estaba allí para matar al presidente. Se planteó hacerle una señal pero no se le ocurrió la manera. No tenía más remedio que confiar en que no le entrara el pánico al verle.

No obstante, Lambert irradiaba una serenidad envidiable dadas las circunstancias. El respeto que sentía hacia ella aumentó todavía más. Sus ojos parecían incluso mayores y dieron la impresión de captar toda su esencia con una sola mirada.

Entonces vio que ella también tenía las pupilas dilatadas. Y que le sonreía de una forma desconocida para él hasta el momento. Y en ese preciso instante Robie vio una faceta de Annie Lambert que nunca había sospechado que existiera.

Durante una fracción de segundo la mente de Robie se cerró, como si le hubiera alcanzado un rayo. Entonces la mente se le volvió a encender.

—¡Arma! —gritó. Sacó la pistola.

Pero con una velocidad inusitada, Annie Lambert sacó la pistola de su escondrijo en el interior de la chaqueta, apuntó y disparó en lo que pareció un único movimiento fluido.

El presidente estaba a escasos metros de distancia. El disparo le alcanzó en el brazo en vez de en el pecho. Un agente le había agarrado al oír el grito de Robie. Si el presidente no se hubiera movido, habría acabado con un orificio en el corazón en vez de en la extremidad.

Lambert se dispuso a apuntar al príncipe. Nunca lo consiguió.

El disparo de Robie alcanzó a Lambert en plena cabeza y le reventó la parte posterior, la bala penetró en la pared detrás de ella junto con parte de su cerebro y cráneo. La pintura amarilla se tornó roja.

Lambert cayó hacia atrás, golpeó la mesa y se deslizó hacia el suelo.

El servicio secreto se llevó al presidente con tal rapidez que la sangre apenas tuvo tiempo de llegar al suelo.

Robie oyó gritos, notó gente entrando y saliendo en tropel, pero él se quedó ahí parado apuntando hacia abajo con la pistola.

Lo único que era capaz de hacer era observar en silencio el cadáver de Annie Lambert.

95

Robie estaba en una sala de la Casa Blanca. No sabía en cuál pero le daba igual. Le habían conducido hasta allí y le habían dicho que esperara.

Se sentó en una silla y se puso a mirar al suelo. Había una luz tenue. Oía ruidos procedentes del exterior. Gente hablando en los pasillos. De vez en cuando le llegaba el sonido de alguna sirena.

Nada de todo aquello le causaba impresión alguna.

No veía más que el rostro de Annie Lambert. Sus ojos, para ser exactos. Las pupilas grandes y protuberantes, aparentemente demasiado grandes para un espacio tan limitado.

Veía la bala de su Glock alcanzándole la cabeza, haciéndole explotar los sesos y acabando con su vida.

Lo vio cien veces. Era incapaz de quitarse esa imagen de la cabeza. Se repetía una y otra vez como el rollo de una película. Una parte de él tenía ganas de presionarse la pistola contra la cabeza y acabar con eso de una vez por todas.

Pero le habían quitado la pistola, así que no era una opción viable.

En esos momentos, probablemente fuera bueno, pensó. En esos momentos Robie no estaba seguro de querer seguir viviendo. Ya no le encontraba sentido a nada.

La puerta se abrió y Robie alzó la vista.

—¿Agente Robie?

Vio al director del servicio secreto. Detrás de él estaba Hombre Azul.

—¿Sí? —dijo Robie.

—Al presidente le gustaría darte las gracias en persona.

—¿Qué tal está?

—Bien. Le han dado el alta. Menos mal que la bala le atravesó el brazo de forma limpia. Más sangre que daño. Se recuperará enseguida.

—Me alegro —dijo Robie—. Pero no hay necesidad de darme las gracias. Hice mi trabajo. Puede decírselo de mi parte. —Volvió a clavar la vista en el suelo.

—Robie —dijo Hombre Azul, acercándose—. Es el presidente. Está en el Despacho Oval. Te está esperando.

Robie lanzó una mirada a su interlocutor. Siempre de punta en blanco. A las doce del mediodía o a las doce de la noche. Daba igual.

Hombre Azul adoptó una expresión confundida. Si bien sabía que Annie Lambert vivía en el mismo edificio que Robie, no estaba al corriente de su relación. Y a Robie no le apetecía contárselo.

—De acuerdo, vamos —accedió Robie.

Tardaron unos minutos en llegar al Despacho Oval y tuvieron que salir al exterior y pasar junto al jardín de rosas. Antes de que Teddy Roosevelt hiciera construir el Ala Oeste, una serie de habitaciones acristaladas ocupaban ese espacio. Mientras caminaban fatigosamente, Robie recordó que Roosevelt había sido víctima de un atentado durante la campaña electoral para ocupar la presidencia. Lo que le había salvado la vida había sido el grosor del discurso que llevaba doblado en el bolsillo del pecho. La bala había impactado contra la masa de papel, que la había despojado de la suficiente energía cinética como para permitir que Roosevelt pronunciara el discurso, aunque la herida que tenía en el pecho le sangrara con profusión. No consintió que lo llevaran al hospital hasta concluir el discurso.

Ya no se hacían presidentes de esa pasta, pensó Robie.

Y Roosevelt había sobrevivido, al igual que el presidente actual.

Había sobrevivido gracias a cierta habilidad por parte de Robie.

Y una buena dosis de suerte.

Igual que el discurso doblado.

El presidente estaba sentado tras el escritorio, con el brazo izquierdo inmovilizado en un cabestrillo. Se levantó al ver a Robie. Se había cambiado de ropa. Se había quitado el frac y se había puesto una camisa de vestir blanca y unos pantalones negros anchos. Todavía se le veía afectado pero Robie notó una gran firmeza cuando le estrechó la mano.

—Esta noche me has salvado la vida, agente Robie. Quería darte las gracias personalmente.

—Me alegro de que esté bien, señor presidente.

—Me cuesta creer que una de mis empleadas estuviera implicada, la señorita Lambert, creo. Me han dicho que no había nada en su biografía que pudiera haber conducido a esto.

—Estoy convencido de que ha sido una sorpresa para todos —repuso Robie, que no sabía qué decir.

«Sobre todo para mí.»

—¿Cómo te has dado cuenta tan rápido de que era ella?

—Había tomado alguna sustancia para templar los nervios. Los terroristas suicidas suelen hacerlo antes de hacer detonar la carga explosiva que llevan. Tenía las pupilas dilatadas por efecto de la acción de la sustancia en su organismo.

—¿Estaba drogada y aun así podía disparar con precisión?

—Existen sustancias químicas que templan los nervios, señor, sin embotar los demás sentidos. Y en realidad permiten disparar mejor. Los nervios afectan a la puntería más que cualquier otra cosa. Y yo diría que hasta el asesino mejor preparado habría estado nervioso esta noche.

—Porque sabría que no tendría escapatoria. Que moriría —dijo el presidente.

—Sí, señor. Y estaba cerca de usted, a apenas unos pocos metros. La puntería, por supuesto, era importante pero no tanto como la rapidez.

«De hecho, ha sido más rápida que yo», pensó Robie. Su pistola había aparecido en un destello de movimiento. Había apuntado, disparado y pasado a un segundo objetivo antes de que él siquiera disparara una vez. El grito había sido lo que había hecho reaccionar al agente más cercano al presidente con la rapidez suficiente para moverlo, de forma que una herida mortal acabara siendo mucho más leve.

—Me han dicho que si no me hubieran movido, estaría muerto —declaró el presidente, como si le hubiera leído el pensamiento a Robie—. Y no me habrían movido de no ser por tu advertencia.

—Ojalá hubiera podido impedirle disparar.

El presidente sonrió y alzó el brazo herido.

—Prefiero esto un millón de veces a estar muerto, agente Robie.

—Sí, señor.

Robie ya tenía ganas de marcharse. Le apetecía estar solo. Quería meterse en su coche y conducir hasta quedarse sin combustible.

—En otro momento te rendiremos los honores que te mereces. Pero insisto en que quería asegurarme de transmitirte mi agradecimiento en persona lo antes posible.

—Insisto, yo también, señor, en que no era necesario, pero gracias de todos modos.

—La Primera Dama también desea darte las gracias.

En ese preciso instante, la esposa del presidente entró con la cara pálida y con el terror pasado esa noche reflejado todavía en la mirada. A diferencia de su esposo, no se había molestado en cambiarse de ropa. Se acercó a Robie y tomó su mano entre las de ella.

—Gracias, agente Robie. Ninguno de nosotros podrá jamás recompensarte por lo que has hecho esta noche.

—No me debe nada, señora. Les deseo lo mejor a ambos.

Al cabo de un minuto, Robie caminaba rápidamente por el pasillo. Era como si le faltara la respiración, como si estuviera bajo el agua.

Había llegado al vestíbulo de la entrada delantera cuando Hombre Azul le alcanzó a una velocidad que Robie nunca se habría esperado.

—¿Adónde vas? —preguntó.

—A cualquier otro sitio que no sea aquí —repuso Robie.

—Bueno, por lo menos ya ha terminado —declaró Hombre Azul.

—¿Eso crees?

—¿Tú no?

—No ha terminado —dijo Robie—. De hecho, en cierto sentido acaba de empezar.

—¿De qué estás hablando?

—Figurará en mi siguiente informe.

—El príncipe heredero también desea darte las gracias.

—Discúlpate por mí.

—Pero está esperando expresamente para hablar contigo.

—No lo dudo. Dile que me envíe un mensaje de correo electrónico.

—¡Robie!

Robie salió por la puerta delantera de la Casa Blanca sin volver la vista atrás.

«Todavía no ha terminado.»

96

Todavía era temprano.

Robie estaba en el otro apartamento. Observó por el telescopio el lugar donde había vivido Annie Lambert. El lugar pronto estaría repleto de agentes federales. Repasarían cada milímetro de su existencia. Descubrirían por qué había intentado matar al presidente. Averiguarían por qué había ejecutado las órdenes de un fanático del desierto que poseía una cantidad ilimitada de petrodólares.

Robie rememoró lo que ella le había contado acerca de su pasado.

Era adoptada. Hija única. Sus padres vivían en Inglaterra. Pero ¿eran ingleses? ¿Cómo había sido su educación?

Las palabras del palestino volvieron a sonar en su mente.

«Somos dueños de esa persona. Décadas de preparación.»

«¿Eran tus dueños, Annie Lambert? ¿Tardaron décadas en prepararte? Y ahora estás muerta. En una mesa de amortajamiento a unos cuantos kilómetros de aquí. Muerta por la bala que te he disparado a la cabeza.» «Y me acosté con ella justo al otro lado de la calle. Tomé copas con ella.» «Me gustaba. Me compadecí de ella. Quizás hubiera acabado amándola.»

Robie sabía que el hecho de que Annie Lambert viviera en el mismo edificio que él no era una casualidad.

«Esto sigue teniendo que ver conmigo. Ella fue a vivir ahí por mí.»

«El príncipe Talal quiere vengarse. Quiso volverme loco, arruinarme la vida de todas las maneras posibles. Y ahora lo querrá todavía más dado que le he fastidiado el plan.»

Sonó el teléfono.

Miró la pantalla.

Era el número de Nicole Vance.

Pulsó el botón de respuesta.

Sabía lo que le esperaba.

—¿Diga?

—Dentro de treinta segundos recibirás el paquete en la puerta.

—De acuerdo —respondió Robie con tranquilidad.

—Harás lo que se te dice que hagas.

—Entendido.

—Seguirás las instrucciones al pie de la letra.

—Ajá.

La línea enmudeció.

Dejó el teléfono.

Hombre Azul ya se lo había dicho, aunque Robie se lo había imaginado con anterioridad.

Vance y Julie no habían llegado a la Oficina de Campo del FBI en Washington.

Las habían secuestrado. Aquella era la garantía de Talal. Los realmente buenos siempre tenían un plan B.

Contó los segundos mentalmente. Al llegar a treinta, el sobre de papel manila se deslizó por debajo de su puerta. No se abalanzó a recogerlo. No intentaría atrapar al mensajero. Esa persona no estaría al corriente de nada.

Se acercó despacio a la puerta, se agachó y recogió el sobre.

Abrió el cierre con el dedo y extrajo las páginas.

Las primeras diez eran fotos en papel satinado.

Él tomando copas con Annie Lambert. Él recibiendo un beso de Annie Lambert en el exterior de la Casa Blanca.

Por último, él manteniendo relaciones sexuales con Annie Lambert en la cama de ella. Se preguntó durante unos breves instantes dónde estaba la cámara con la que se había hecho esa foto.

Robie dejó caer las fotos sobre la mesita de centro y miró el resto de las páginas.

Las fue repasando. No había nada sorprendente. Había previsto la mayoría de las cosas pero no todas.

«Todo esto sigue girando en gran medida en torno a mí.»

«Y Talal va a por mí. Quiere que vuelva al origen de todo.»

La oferta estaba perfectamente clara.

Él a cambio de Julie y Vance.

Lo consideraba un intercambio justo. Si Talal fuera de fiar. Pero no lo era, claro está.

De todos modos Robie tendría que aceptar el trato. Había una ventaja: así evitaba tener que buscar a Talal por todo el mundo. El príncipe lo convocaba allá donde él se encontraba.

Robie ya había matado al doble. Dudaba que Talal tuviera a otro en la reserva. Y por mucho que Talal quisiera acabar con su vida, Robie tenía más ganas aún de acabar con la de Talal.

Utilizando a Annie Lambert como cruel herramienta, Talal había arrebatado algo a Robie, algo valioso, tal vez quizás inviolado.

«Me ha arrebatado la posibilidad de volver a confiar en mí mismo.»

Acercó las fotos a un lugar en que había más luz y volvió a contemplarlas, una por una. Annie Lambert aparecía como lo que habría podido ser en circunstancias totalmente distintas: una mujer hermosa con un futuro brillante por delante. Una buena persona con ganas de hacer algo por el mundo.

No había nacido siendo una asesina. La habían criado para que se convirtiera en eso. En una asesina extraordinaria de la que él nunca había sospechado, hasta que le había visto las pupilas dilatadas.

«Yo tampoco nací siendo un asesino —pensó Robie—. Pero ahora lo soy.»

Sacó un mechero de un cajón, llevó las fotos a la cocina y las redujo a cenizas en el fregadero. Dejó correr el agua y permitió que el humo se elevara y le inundara el rostro. Observó a Annie Lambert desintegrándose en los intestinos del fregadero. Luego enjuagó los restos.

Annie Lambert se había esfumado.

Como si nunca hubiera existido.

Y la Annie Lambert que él creía haber conocido no había existido.

Robie salió de la cocina y empezó a hacer la maleta.

Las instrucciones eran claras. Tenía intención de seguirlas. Por lo menos en su mayoría. Para ciertos elementos clave pensaba crear sus propias reglas.

Suponía que Talal se esperaría algo así.

Había vencido a Robie en Marruecos.

Robie lo había superado en Washington.

Los siguientes dos días determinarían quién resultaría vencedor del tercer y último asalto.

97

En la Costa del Sol no hacía tanto calor como la última vez que Robie había estado en ella. Soplaba un viento fresco. El cielo estaba gris y presagiaba lluvia.

La travesía en el ferry de alta velocidad fue movida, el barco cabeceó y se balanceó hasta que alcanzó la velocidad máxima. Pero incluso entonces el fuerte oleaje siguió azotando el casco doble del catamarán.

Robie llevaba una chaqueta de cuero, pantalones de peto y botas militares. Si iba a entrar en combate, imaginó que necesitaba el calzado adecuado. No llevaba armas encima. Como siempre, tendría que confiar en que lo que necesitaba estaría esperándole. Tomó asiento junto a la ventana y observó a las gaviotas intentando vencer los remolinos de viento por encima del mar picado. El gris Mediterráneo azotaba el casco del ferry y el roción salpicaba las ventanas. Robie ni siquiera parpadeaba cuando ocurría, a diferencia de otros pasajeros que estaban a su alrededor.

No reaccionaba ante aquello que no era capaz de hacerle daño.

Debido a la mala mar, la travesía duró más de lo normal. Cuando entraron en Tánger estaba oscureciendo. Robie bajó por la pasarela del ferry y se mezcló entre la multitud que buscaba transporte para ir al centro.

A diferencia de la última vez, Robie subió a uno de los autobuses turísticos junto con un grupo de pasajeros. Cuando el autobús llegó a los tres cuartos de su capacidad, las puertas se cerraron con un silbido y el conductor viró el vehículo hacia la carretera que salía del puerto. Robie miró hacia el ferry una vez y se preguntó si sobreviviría para volver a tomarlo y cruzar el estrecho.

En esos momentos, no se atrevía a hacer ninguna apuesta al respecto.

El trayecto en autobús duró unos veinte minutos y para cuando el vehículo paró y las puertas volvieron a abrirse con un silbido, había empezado a llover. Mientras el guía turístico se hacía cargo del grupo, Robie se marchó en la dirección contraria. Había planificado su destino con mucha antelación. Se suponía que alguien le esperaba.

Y así era.

El hombre era joven pero sus facciones transmitían el cansancio de una persona mucho mayor. Vestía una túnica blanca y un turbante y lucía una cicatriz irregular en el lado derecho del cuello.

Robie sabía que era de un cuchillo. Él también tenía una cicatriz, pero en el brazo. Las heridas de arma blanca nunca cicatrizaban por completo. Las hojas dentadas destrozaban la piel pues desgarraban los bordes de la carne de tal manera que ni siquiera el mejor de los cirujanos plásticos era capaz de arreglar el desaguisado.

—¿Robie? —preguntó el joven.

Robie asintió.

—Vienes aquí a morir —dijo el hombre como si nada.

—Más o menos —repuso Robie.

—Por aquí —indicó.

Robie le siguió. Entraron en un callejón en el que había una furgoneta con cinco hombres en el interior. Todos eran más corpulentos que Robie y se veían tan en forma y fuertes como él. Dos llevaban túnica y tres no. Iban armados.

Dos hombres registraron hasta el último milímetro del cuerpo de Robie.

—Has venido desarmado —declaró el joven con incredulidad.

—¿De qué me habría servido? —repuso Robie.

—Pensaba que habías venido a luchar —dijo el joven.

Robie no respondió.

Lo empujaron al interior del vehículo y salieron otra vez de la ciudad.

Llovía con más fuerza pero a Robie no le importaba. Lo que sí le molestaba era el viento pero había amainado. Las gotas caían en línea recta, pero rápido. La tormenta avanzaba con rapidez, pensó.

La furgoneta seguía circulando.

Al cabo de unos treinta minutos se paró y pasó por un control de seguridad.

No era el mismo aeropuerto privado. Aquello habría resultado demasiado fácil.

Las puertas del hangar se abrieron y la furgoneta entró directamente.

Había otro jet estacionado allí. De menor tamaño que el 767 de Talal. A Robie le pareció un Airbus A320. El hombre tenía dos aviones que las compañías aéreas convencionales utilizaban para transportar a cientos de personas de una vez.

A Robie lo sacaron de la furgoneta a empujones. Cuanto más se habían alejado de miradas indiscretas, peor le habían tratado. Ahora estaba totalmente a su merced, por lo que la patada en la espalda que lo tiró al suelo de cemento no le resultó del todo inesperada.

El joven dijo algo en farsi al hombre que había propinado la patada a Robie.

Robie se levantó por sus propios medios.

—Dile que pega tan fuerte como mi hermana pequeña. Y que si quiere que le dé una patada en el culo, dile que vuelva a probarlo pero de cara.

—No le diré eso a Abdulá —repuso el joven—. Porque entonces te mataría.

—Ni mucho menos. Porque si le quita la diversión a Talal, él también morirá.

—¿Eso es lo que te crees que es? ¿Diversión?

—Para él, a lo mejor. Para mí no tanto.

—Has arruinado un gran plan.

—Impedí que un fanático jorobara el mundo.

—Puedo rebatírtelo punto por punto.

—Me da igual lo que te veas capaz de hacer. ¿Dónde están la agente especial Vance y Julie Getty?

—Podrían estar muertas.

—Podrían pero no lo están.

—¿Cómo puedes estar tan seguro?

—Igual que antes, el factor de la diversión. Ahora mismo es lo que Talal necesita.

—Es verdad.

Robie se volvió y vio al príncipe Jalid bin Talal bajando las escaleras de su jet.

98

Talal estaba de cara a Robie. Las luces del interior se habían encendido de repente porque en el exterior había oscurecido. Robie oía la lluvia golpeteando en el tejado metálico del hangar. Por los ventanales laterales de las plantas superiores se veían nubes de tormenta.

Talal se paró a unos tres metros de Robie. No vestía una túnica sino un elegante traje de tres piezas que le estilizaba la figura.

—Estás más delgado que tu doble, Talal —dijo Robie—. No tan gordo, por lo menos.

—Dirígete a mí como príncipe Talal.

—¿Dónde están Vance y Julie, «príncipe Talal»?

Talal asintió y las dos mujeres salieron de una de las esquinas del hangar. Vance tenía la cara morada y negra. Caminaba con rigidez, como si le doliera horrores cada paso que daba. Julie tenía los dos ojos hinchados, el brazo derecho le formaba un ángulo extraño y arrastraba un poco la pierna izquierda. Verlas en ese estado aumentó la ira de Robie pero se esforzó al máximo por mantener la calma. La necesitaría para lo que estaba por venir.

Cuando estuvieron cerca de Talal, este chasqueó los dedos como si nada y los hombres que acompañaban a las dos mujeres las hicieron parar.

—Siento todo esto —dijo Robie, que primero miró a Vance y luego a Julie.

Ellas le devolvieron la mirada sin decir nada.

Robie se volvió hacia Talal.

—Pero al menos la única persona que murió era la tuya. El presidente está a salvo.

—La única que ha muerto por el momento —puntualizó Talal. Sonrió—. Pero tú la conocías, ¿verdad? La conocías de forma íntima a juzgar por las fotos.

—¿Qué fotos? —espetó Vance.

—Ya sé que para ti era un juego, Talal —dijo Robie—. Pero para mí nunca lo fue.

Talal blandió un dedo hacia Robie.

—Podría incluso excusarte por intentar matarme. Podría excusarte por frustrar mis planes de asesinar a hombres que conducirán al mundo al desastre. Pero no te perdono que me faltes al respeto. Me llamo príncipe Talal.

El golpe alcanzó a Robie desde atrás y lo tumbó al suelo. Se levantó lentamente con las costillas doloridas. Miró al hombre que acababa de golpearle. Abdulá era el más corpulento de todos ellos y el de expresión más feroz.

—A mi amigo Abdulá, aquí presente, tampoco le gusta tu falta de respeto.

Abdulá hizo una leve reverencia en dirección a Talal y luego escupió a Robie.

—Sí —dijo Robie—. Se nota. —Miró a Vance y a Julie—. Pero ahora ya me tienes a mí y puedes soltarlas.

—En cuanto viniste aquí, en cuanto pisaste el suelo de Tánger, supiste que eso no era posible.

—Yo he venido por eso. Espero que cumplas nuestro acuerdo. Yo a cambio de ellas.

—Entonces es que eres un imbécil.

—¿No cumples tu palabra? —Robie miró a los demás—. Entonces ¿cómo van a confiar en ti, Talal? Les dices una cosa y haces otra. Si un líder no cumple su palabra, ¿qué valía tiene? Nada. No vale nada.

Talal se mantuvo impasible ante sus palabras. Y dio la impresión de que sus hombres ni siquiera entendían lo que Robie decía.

—Podrías intentar explicárselo en farsi, dari o pastún, o en el antiguo y fiable árabe, pero dudo que cambien la opinión que tienen de mí. Hacen lo que hacen porque les pago mucho más de lo que ganarían en cualquier otro sitio.

—Voy a brindarte la oportunidad de rendirte —dijo Robie—. Solo voy a ofrecértela una vez. Después la retiraré y no volveré a ofrecértela.

Talal sonrió.

—¿Quieres que todos nosotros nos rindamos ante ti?

—No solo a mí.

—¿A quién, entonces? No te han seguido. Lo sabemos a ciencia cierta.

—Tienes razón. No me han seguido.

Talal parpadeó y miró a su alrededor.

—Hablas de un modo ininteligible. Esperaba más de ti. Queda claro que estás paralizado de miedo.

—Créeme, hace falta bastante más que tu culo gordo para asustarme. —Antes de que Talal tuviera tiempo de responder, Robie preguntó—: Yo hago la oferta. Tú decides si la aceptas o no. ¿La rechazas?

—Lo que me parece que voy a hacer es ver cómo morís vosotros tres, ahora mismo.

—Lo tomo como un «no» —dijo Robie.

—Abdulá, mátale —ordenó Talal.

Abdulá sacó dos pistolas. Solo tardó un momento, pero lanzó una pistola a Robie, quien la utilizó para disparar a tres de los hombres que tenía más cerca, incluido el joven que lo había recibido. La herida de bala se juntó con la herida de cuchillo que tenía en el cuello y su vida se apagó.

Abdulá disparó dos veces y mató a otros dos guardas.

Cuando los demás hombres sacaron sus armas, Robie vació el cartucho con ellos, cogió a Vance y a Julie y las colocó detrás del tren de aterrizaje delantero del jet.

—Tapaos las orejas —ordenó Robie.

—¿Qué? —preguntó Vance.

—Que os tapéis las orejas. Inmediatamente —gritó «¡Abdulá!» y el hombretón se lanzó a un lado y se deslizó detrás de la furgoneta.

Al cabo de un instante la ventana del lado derecho del hangar se abrió de golpe, hecha añicos por unas balas enormes de un cañón de cadena de treinta milímetros. A continuación, las balas de rifle disparadas por esa abertura alcanzaron a los guardas que quedaban. Los disparos fueron tan rápidos y tan precisos que los hombres ni siquiera tuvieron la posibilidad de disparar para defenderse. Fueron cayendo uno a uno hasta que solo quedó Talal. Cuando aparecieron dos hombres más en la puerta del jet, los dispararon de inmediato. Se desplomaron en el suelo y emitieron un fuerte sonido sordo sobre el cemento.

Al otro lado de la ventana el helicóptero seguía inmóvil en el aire mientras que el cañón de cadena de 30 mm montado entre los trenes de aterrizaje delanteros guardaba silencio. Era una aeronave sigilosa. Y la lluvia había tapado todos los sonidos que había producido. Hasta que el cañón de cadena había empezado a disparar, claro. Había pocas cosas en la Tierra capaces de tapar el ruido de un cañón de cadena de 30 mm.

Shane Connors desencajó su propio rifle de francotirador automático del soporte metálico y besó el cañón caliente, su ritual de toda la vida. Saludó a Robie desde el helicóptero y entonces hizo una señal al piloto. El helicóptero se alejó lentamente.

Robie apareció desde detrás del tren de aterrizaje y se acercó a Talal. Abdulá se levantó de detrás de la furgoneta y se situó junto a él.

Talal miró a Abdulá con descrédito.

—¡Me has traicionado!

—¿Cómo piensas que llegamos a ti la primera vez, Talal? —dijo Robie—. ¡Y si tú eres capaz de comprar a los nuestros, nosotros también podemos comprar a los tuyos!

Robie alzó la pistola. Talal lo miraba fijamente.

—¿Ahora vas a matarme?

—No. No está en mi mano. Lo siento.

—¿Te disculpas por no matarme? —dijo Talal lentamente.

La puerta del hangar se abrió y entró un todoterreno dorado. En el interior iban cinco hombres, todos ataviados con túnicas. Todos armados. Salieron del coche, levantaron a Talal y lo llevaron hasta el vehículo. Él gritó e intentó zafarse de ellos pero era un hombre poco musculoso y enseguida se dio por vencido.

—Vuelves a Arabia Saudí, Talal —dijo Robie—. Los americanos te han entregado oficialmente a tus compatriotas. Creo que habrías preferido la bala.

El todoterreno se marchó y Robie hizo una seña a Vance y a Julie.

—Hay un helicóptero ahí fuera que nos llevará hasta el medio de transporte con el que volveremos a casa —dijo con voz queda—. Dispone de equipo médico a bordo.

Vance y Julie salieron con sigilo de detrás del tren de aterrizaje.

Vance le dio un abrazo y dijo:

—No sé cómo te lo has montado, Robie, pero ni te imaginas lo contenta que estoy de que lo hayas conseguido.

Julie miró hacia el vehículo que se marchaba.

—¿Qué le van a hacer?

—No vale la pena que dediques ni un solo segundo de tu vida a pensar en ello.

—¿Por qué mató a mi padre y a mi madre?

—Te prometo que en cuanto nos aseguremos de que tú y la agente Vance estáis bien y pongamos unos cuantos kilómetros entre nosotros y este lugar, además de daros de comer a las dos, responderé a todas tus preguntas. ¿De acuerdo?

—De acuerdo, Will —dijo Julie.

Robie rodeó con un brazo a Vance para ofrecerle un apoyo y le tendió el otro a Julie, que lo aceptó. Caminaron hasta el helicóptero que los aguardaba, que había aterrizado delante del hangar. En una hora emprenderían la vuelta a casa.

Después de eso, Robie no tenía ni idea. Ya no le interesaba anticiparse tanto a los acontecimientos.

99

Hombre Azul y Shane Connors estaban sentados a la pequeña mesa de la sala de reuniones cuando Robie entró.

Connors y Robie intercambiaron una mirada, asintieron brevemente y entonces Robie se sentó a su lado.

—Acabo de felicitar al agente Connors por el buen trabajo realizado —dijo Hombre Azul.

—Así salí de detrás de un escritorio —dijo Connors—. Ya fue suficiente recompensa.

Robie miró a Hombre Azul.

—¿Qué nos contó Van Beuren?

—Prácticamente todo.

—¿Por qué se volvió contra su país?

—Básicamente dinero y principios.

—Lo del dinero lo entiendo, cuéntame lo de los principios.

—Bueno, el dinero no es lo que habría cabido imaginar. Quería pagar las facturas médicas y que le quedara dinero más que suficiente para jubilarse. Aunque tenía un seguro médico del Gobierno, no cubría algunos tratamientos experimentales a los que recurrieron para intentar salvar a Elizabeth. Sin ese dinero, iban a tener que declararse en bancarrota. Y sin el dinero, ella no habría recibido los tratamientos. Por desgracia, no funcionaron.

—¿Y los principios?

—George van Beuren culpó al Gobierno de Estados Unidos del cáncer de su esposa. Dijo que la exposición a las sustancias tóxicas en el campo de batalla le había provocado la enfermedad y la muerte. Quería vengarse. Y el presidente y uno de los líderes de Arabia Saudí eran unos blancos excelentes para su rabia.

—Debe de haber hablado con Gabriel Siegel —dijo Robie—. Opina exactamente lo mismo.

—Eso no justifica la traición —comentó Connors.

—No, no lo justifica —convino Hombre Azul.

—¿Y la hija de Van Beuren?

—Según su padre no sabía nada de todo esto. Y le creemos. A ella no le pasará nada.

—Pero ahora se ha quedado huérfana —dijo Robie.

—Cierto.

—¿Por qué dejaron a Van Beuren fuera de circulación?

—El plan original había sido que pareciera totalmente inocente. Lo que tú descubriste hizo que esa posibilidad quedara descartada, por supuesto, pero ellos no lo sabían. O sea que Lambert lo deja KO y le roba la pistola. Van Beuren pensaba ocupar su cargo un poco más de tiempo y luego jubilarse e irse a vivir a otro país.

—¿Y todas las muertes que condujeron a eso? —inquirió Robie—. George van Beuren la cagó. Le contó a su esposa lo que estaba planeando. Tal vez ni siquiera pensara que le escuchaba ni que estuviera lúcida. Tal vez solo quisiera desahogarse. Pero ella le oyó y, como patriota que era, se cabreó. Cuando Broome, Wind o Getty la visitaron, se lo contó. Van Beuren se enteró y tuvo que tomar medidas. Política de tierra quemada. Matarlos a todos.

—Has captado básicamente lo que ocurrió —dijo Hombre Azul—. En realidad fue Leo Broome quien la visitó. Luego Broome plantó cara a Van Beuren diciéndole lo que su mujer había contado. Van Beuren intentó convencerle de que su mujer tenía alucinaciones. Pero los hombres de Talal pusieron a Broome bajo vigilancia. Broome se lo contó a Rick Wind y a los Getty. Eso fue como si firmaran su sentencia de muerte. Intentaron que mataras a Jane Wind porque les aterraba que su ex le hubiera contado algo. Y también fue el catalizador para que siguieras el camino que Talal había trazado para ti.

—Y le pusieron el tubo en la garganta a la mujer para que no pudiera volver a hablar —apuntó Robie.

—En realidad la querían matar, pero Van Beuren dijo que no colaboraría con ellos si la mataban. Cuando el plan estuvo hecho y a punto de ponerse en práctica, él la desconectó del ventilador y murió de forma natural.

—¿Qué me dices de Gabriel Siegel? —preguntó Robie.

—Querían que pensáramos que estaba implicado. Lo llamaron al trabajo y le dijeron que matarían a su esposa si no se reunía con ellos. No sé si algún día llegaremos a encontrar sus restos. No tenían motivos para mantenerlo con vida.

—¿Y el atentado en Donnelly's?

—Los saudíes interrogaron a Talal. Él quería que sufrieras. Quería que te sintieras culpable de lo ocurrido. Estaba convencido de que pensarías que eras el verdadero objetivo de todo ese asunto. Utilizaron un vehículo del servicio secreto que Van Beuren les proporcionó. Fue una estupidez por parte de Talal porque fue una manera de levantar sospechas en ese sentido. Pero supongo que pensaba que él era más listo que los demás.

—¿Y el dinero de Broome?

—Investigamos un poco más. Al parecer procedía del robo de antigüedades kuwaitíes. Él y Rick Wind estaban implicados. Broome invirtió bien pero Wind no. Curtis Getty estaba limpio.

Hombre Azul hizo una pausa y observó a Robie de hito en hito.

—Pero aunque el presidente y el príncipe heredero eran los objetivos reales, tú estabas en el centro de todo este asunto, Robie.

—No maté a Talal y él decidió averiguar quién era e ir a por mí. Cuando Elizabeth van Beuren habló, Talal encontró la manera de implicarme en todo aquello. Mi contacto ordenó el golpe contra Jane Wind y yo me vi huyendo de un evento orquestado a otro.

—Era una situación ventajosa para ellos pasara lo que pasara —intervino Connors—. Si matabas a Wind y a su hijo y luego te enterabas de que era inocente, probablemente pensaran que eso te afectaría. Y si no apretabas el gatillo contra una madre y su hijo, entonces tenían al francotirador de repuesto. Estaban al corriente de tu plan de huida en autobús. Y se aseguraron de que Julie también estuviera ahí.

—Y probablemente imaginaron que independientemente de que apretara el gatillo, era muy probable que subiera al autobús con Julie después de que me enterara de quién era Jane Wind realmente.

—Pero cuando se enteraron de que a Julie se le había ocurrido la idea de interrogar a otros miembros de la escuadra, de repente el juego se volvió demasiado peligroso —añadió Hombre Azul—. Porque aquello podía conducir a Van Beuren. Estaban dispuestos a matar a Julie y a ti en caso necesario. Nada iba a poner en peligro el intento de asesinato.

—Supongo que tiene sentido —dijo Robie lentamente.

—Y Annie Lambert era un topo incluso anterior. Después de que Talal evitara el atentado en Tánger y averiguara que tú eras el tirador, la hizo trasladarse a tu edificio. Aquello fue antes de que los ex compañeros de escuadra de Elizabeth van Beuren descubrieran qué tramaba su esposo. Está claro que Talal tenía planes para vosotros dos —añadió Hombre Azul con voz queda.

Robie se miró las manos. No había vuelto a pensar en Lambert desde la noche en que la había matado.

—Ella era mejor que yo —dijo al final—. Más rápida y serena. Nunca he visto a nadie tan tranquilo en una situación como esa.

—Es que iba drogada —señaló Hombre Azul—. ¿Te has drogado alguna vez para llevar a cabo una misión?

—No, pero tampoco he participado en una misión en la que estuviera completamente seguro de que iba a morir —replicó Robie.

Se produjo un silencio incómodo hasta que Connors preguntó:

—¿Cómo es posible que una mujer joven de Connecticut que ha estudiado en una de las universidades más prestigiosas de Estados Unidos acabe convirtiéndose en una traidora dispuesta a morir?

—Hemos investigado mucho al respecto y los saudíes consiguieron sonsacarle información a Talal. Su padre adoptivo era inglés y la madre, iraní. Emigraron a Irán cuando el sah todavía gobernaba. Al parecer recibieron un trato brutal por parte de miembros del régimen del sah e incluso perdieron a varios familiares. Pidieron ayuda a su Gobierno natal y a nuestro Gobierno, pero, según parece, su petición cayó en saco roto. Por aquel entonces, no se aceptaba que el sah fuera un tirano. Como ya sabes, le ayudamos a mantenerse en el poder. Tras la revolución de finales de la década de los setenta, el sah fue depuesto y perdimos toda influencia en ese país. Como es de imaginar, los Lambert odiaban a Occidente, y a América en particular. Regresaron a Inglaterra, adoptaron a Annie, se trasladaron a Estados Unidos y la criaron como hija suya.

—Pero ¿le lavaron el cerebro y la programaron durante todo ese tiempo? —preguntó Connors—. ¿Por una cosa así?

—Al parecer durante toda la vida. Por supuesto, no había ninguna garantía de que ocupara un cargo en la Casa Blanca. Pero se puede intentar matar al presidente también en otros lugares. Sus padres eran ricos y políticamente activos. Ella fue una alumna brillante y está claro que era una actriz extraordinaria. No hemos entrevistado a nadie que tuviera siquiera la menor sospecha de que fuera una bomba de relojería. Ni una sola. Llevaba la vida perfecta. Era capaz de interactuar en sociedad, rendir en el trabajo de forma excepcional. No tenía ningún defecto, no hubo ninguna señal de advertencia. Era como dos personas distintas que residían en el mismo cuerpo.

«Desde luego —pensó Robie—. Debía de ser eso.»

Hombre Azul hizo una pausa y miró hacia Robie.

—Engañó a nuestros mejores hombres —continuó—. Ha sido el mejor topo que he visto en mi vida. Una especie de mensajero del miedo, pero mejorada.

—¿Y dónde están ahora sus padres? —preguntó Robie.

—Talal no lo sabía. Tal vez de vuelta en Irán. Si es así, son intocables.

—No hay ningún lugar intocable —aseveró Robie—. Y por ahí hay un ruso y un palestino con los que tenemos que hacer algo. Ellos fueron quienes presentaron este asunto a Talal.

—Lo sé. Estamos trabajando en ello.

Los tres hombres se quedaron callados mientras Robie cavilaba, Hombre Azul estaba igual de pensativo y Connors solo parecía curioso.

—Hay muchas maneras de hacer daño a la gente, Robie —declaró Hombre Azul al final—. Sé que lo sabes.

—Sí —repuso Robie con brusquedad.

—La prepararon para esto toda la vida. Y estamos todos aterrados porque no encajaba con ninguno de los perfiles que tenemos. ¿Qué pasa si hay más Annies Lamberts ahí fuera?

—Tenemos que encontrarlas e impedir que actúen —dijo Connors.

Robie golpeó la mesa con la palma de la mano.

—Ella era un títere, sus padres le arrebataron la vida. Ella está muerta y ellos viven. ¿No creéis que aquí falla algo?

—Era una asesina a sangre fría —dijo Hombre Azul.

—¡Y una mierda! ¡Era lo que hicieron de ella! No tuvo ninguna posibilidad.

—No eres la persona más indicada para emitir tal juicio.

—¿Y quién lo es? ¿Algún analista que nunca la conoció? ¿Tienes un algoritmo para ello?

Hombre Azul guardó silencio durante unos instantes.

—Quizá te haga sentir mejor saber que Jalid bin Talal ya no pertenece al mundo de los vivos.

Robie no dijo nada porque le daba exactamente igual.

—Luego está la cuestión de Julie —dijo Hombre Azul.

—Eso lo tengo solucionado —declaró Robie de repente antes de levantarse.

—¿Cómo?

—Lo tengo solucionado. —Miró a Connors—. Te debo una, Shane. Pero nunca tendré suficiente en el banco para pagarte.

—Estamos en paz. Como dije, así he salido de detrás del escritorio.

Robie miró a Hombre Azul.

—Existen unos cinco hombres capaces de disparar como hizo Shane aquella noche. Y dos de ellos están en esta sala. Valdría la pena que lo tuvieras presente.

—Las normas son las normas —dijo Hombre Azul.

—No, las normas, tal como hemos visto, están para saltárselas.

Se volvió para marcharse por la puerta.

—¿Robie?

Se volvió para mirar a Hombre Azul, que sostenía una carpeta de papel manila.

—Nos lo ha entregado un mensajero. Creo que tú también recibiste lo mismo. Creo que deberías cogerlo y hacer lo que quieras con ello. A nosotros ni nos sirve ni nos concierne.

Robie cogió el paquete, lo abrió y observó las fotos del interior. La primera era de él y Lambert en el bar de la azotea. La siguiente era ella besándole delante de la Casa Blanca. No miró las demás. Volvió a cerrar el paquete.

—Gracias.

Se marchó por la puerta.

100

Robie iba al volante.

En esta ocasión Julie ocupaba el asiento del copiloto.

Vance iba en el asiento trasero.

Ya estaban prácticamente recuperadas de las heridas, aunque Julie cojeaba un poco y Vance todavía tenía la cara hinchada.

—¿Adónde vamos? —preguntó Julie.

—A un lugar en el que ya has estado —repuso él.

Le había explicado lo que había podido acerca de la muerte de sus padres. La había visto sollozar y le había dado pañuelos de papel. Había hablado con ella con voz queda a medida que su ira iba en aumento, alcanzaba un tope y luego volvía a fundirse en lágrimas. La muchacha de catorce años curtida en la calle por fin había dado rienda suelta a un sufrimiento y dolor abrumadores. Pero por lo menos había una especie de desenlace satisfactorio.

Estacionó el coche, bajaron del vehículo y entraron en el bar.

Jerome Cassidy les estaba esperando.

Lucía un rostro impecable y vestía lo que parecía un traje nuevo con unos zapatos negros brillantes. Se había cortado el pelo y lo llevaba bien arreglado. A Robie le pareció oler la laca que el hombre se había puesto para mantener unos cuantos mechones rebeldes en su sitio.

—¿Qué estamos haciendo aquí, Will? —preguntó Julie, mientras Cassidy se acercaba a recibirles.

Robie y Cassidy habían preparado el momento de antemano.

—Te ha traído aquí para que sepas la verdad —dijo Cassidy.

—¿La verdad? ¿Qué verdad? —preguntó Julie desconcertada.

—Fui algo más que amigo de tus padres. —Hizo una pausa y miró a Robie, que le dedicó un asentimiento de cabeza apenas imperceptible.

—Era el hermanastro de tu madre. Lo cual significa que soy una especie de tío para ti. Bueno, estrictamente hablando soy tu tío.

—¿Somos parientes? —preguntó Julie.

—Sí, eso es. Y parece ser que soy el único pariente que te queda. Ya sé que no me conoces ni nada por el estilo, pero tengo una propuesta que hacerte.

Julie se cruzó de brazos y lo miró con recelo.

—¿Qué propuesta?

—Pues que dediquemos un tiempo a conocernos. ¿Sabes? El motivo por el que intenté localizaros era que tu padre y mi hermana me ayudaron muchísimo cuando estuve mal. Les debía mucho. Nunca tuve la ocasión de saldar esa deuda.

—Ya veo por dónde vas —dijo Julie—. No me debes nada.

—No, Julie, es una deuda real. Me prestaron dinero. Firmé un pagaré. Aquel pagaré podía convertirse en acciones de una empresa que fundé con el préstamo. La compañía es ahora la propietaria de todos mis negocios, incluido este bar. Si el pagaré no se saldaba antes de una fecha determinada, el importe del préstamo más los intereses acumulados se convertían en acciones. El préstamo nunca se devolvió y se emitieron las acciones. Eres la propietaria del cuarenta por ciento de mi negocio, Julie. Tengo los documentos que lo certifican, si quieres verlos. Tenía que habértelo dicho la primera vez que nos vimos, pero me sorprendió tanto verte que no te lo dije. Pero soy un hombre de palabra. Y lo que tus padres hicieron por mí me cambió la vida. Se ganaron el derecho a compartir los beneficios. Como ellos ya no pueden, pues son para ti. Porque todo lo que tenían te pertenece. Soy un hombre de palabra y esta es la situación.

Dejó de hablar y la miró con expresión incómoda.

Julie parecía menos recelosa. Miró a Robie.

—¿Esto es legal?

—Hemos comprobado la historia. Es verdad. Podrás ir a la universidad que quieras. Podrás hacer lo que quieras.

Julie miró a Cassidy.

—¿Y eso qué implica para nosotros dos?

—Pues implica que puedes vivir conmigo. Incluso puedo adoptarte legalmente. O, si lo prefieres, dispones de los medios económicos para nombrar a un tutor hasta que cumplas dieciocho años y vivir en tu propia casa. Tú decides.

—¿Vivir contigo?

—Bueno, sería algo flexible. Yo estoy muy ocupado pero tengo una asistenta que lleva mucho tiempo conmigo. Tiene una hija de una edad similar a la tuya. Creo que podría funcionar. Pero, insisto, tú decides.

—Necesito pensarlo —reconoció Julie.

—Por supuesto. Tómate el tiempo que necesites —dijo Cassidy enseguida.

—¿Por qué no empezáis a conoceros mejor ahora mismo? —sugirió Robie—. No creo que el señor Cassidy se haya arreglado tanto para hablar contigo apenas unos minutos. ¿Te parece bien, Julie? Puedo venir a recogerte más tarde.

—Supongo que sí.

Robie miró a Cassidy y sonrió.

—Pasadlo bien.

—Gracias, agente Robie. Desde lo más profundo de mi corazón.

Robie y Vance se volvieron y se marcharon.

Julie los alcanzó antes siquiera de que llegaran al coche.

—Bueno —dijo—. Esa historia no se la traga nadie. ¿Qué está pasando aquí realmente?

—Te he dicho la verdad —dijo Robie—. Sois parientes. Quería mucho a tus padres. Y te querrá mucho a ti. Es rico. La vida no será una mierda.

Una sonrisa asomó al rostro de Julie.

—Recógeme dentro de dos horas.

—Vale.

Julie enseñó un objeto. Era un pequeño bote.

—Es el espray paralizador que me diste. Por si resulta ser un tipo raro.

Julie regresó al bar.

—Me compadezco de quien la haga cabrear.

—Yo no. Se tendrá merecido lo que ella le haga.

Vance lo miró mientras entraban en el coche.

—¿Vas a contarme algún día la verdadera historia de Cassidy?

—No.

—Vale.

Robie puso el coche en marcha y se alejó de la acera.

Vance le dio un golpecito en el hombro.

—¿Estás bien?

—Estoy bien.

—Odio sacar el tema, pero ¿qué insinuaba Talal cuando dijo...?

Robie aminoró la velocidad y la miró. Ella apartó la mirada y dijo:

—Déjalo. O sea que tenemos dos horas. ¿Te apetece que vayamos a comer?

—Sí.

Comieron y hablaron de cosas que podían hacer juntos pero una parte de Robie ni siquiera escuchaba. Se despidieron.

Cuando Vance bajaba del coche, le dijo:

—Si sigues salvándome la vida, voy a empezar a tener complejo de inferioridad.

—Tú no tienes nada de inferior, Nikki. Eres de primera para mí.

—No te acabo de entender, Robie, pero quiero entenderte. ¿Tiene sentido lo que digo?

Robie la miró con una sonrisa en los labios.

—Creo que tendrás la oportunidad.

—Te tomo la palabra.

Recogió a Julie a la hora acordada y la condujo a un apartamento que los federales habían habilitado de forma temporal para ella. Incluía una asistenta que llevaba pistola y era capaz de dejar inmovilizado a cualquier intruso que se presentara.

Antes de salir del coche, Julie miró a Robie.

—¿Esto es un adiós para siempre?

—¿Es lo que quieres?

—¿Es lo que tú quieres?

—No, la verdad es que no.

—Pero no lo sabes seguro.

—No quiero que vuelvas a sufrir ningún daño por mi culpa.

—La vida es como es, Will. Uno se adapta a lo que se encuentra.

—Esa ha sido siempre mi filosofía.

—¿De quién te crees que la he aprendido? —Le dio un puñetazo simpático en el hombro—. Gracias. De verdad, por todo.

—Creo que te debo más de lo que tú me debes a mí.

—¿Qué te parece si lo dejamos en mitad y mitad?

Julie se le acercó y lo abrazó. Al comienzo él se mostró vacilante, pero al final le devolvió el abrazo.

Julie salió del coche y caminó lentamente hacia su apartamento. Se volvió, se despidió con la mano y entonces, a pesar de que seguía teniendo una ligera cojera, Julie subió de dos en dos los últimos escalones.

«Como una niña.»

Robie sonrió y se la quedó mirando hasta que desapareció de su vista.

Las heridas se le curarían por completo. Por lo menos las físicas. Y las emocionales quizá también, teniendo en cuenta la edad que tenía.

Robie no podía decir lo mismo de su propia persona.

La imagen de Annie Lambert se le apareció súbitamente en los pensamientos, como lanzada por un lanzacohetes. Todos los momentos que habían pasado juntos. Todo lo que se habían dicho. Todas las posibilidades que él había contemplado sobre lo que podía haber pasado entre ellos.

Y resulta que era una asesina.

Igual que él era un asesino.

Él, por iniciativa propia.

Ella no había tenido voz en el asunto.

Así pues, ¿quién era el más culpable?

Era lo que había dicho Julie, había que adaptarse a las circunstancias de la vida. No daba tregua, no ahorraba sufrimientos. La falta de dolor tenía un límite. No ofrecía resguardo a la felicidad.

Aquel era su mundo.

Él era quien era.

No lo podía cambiar.

No era inocente.

Y las personas tras la pista de quienes iba tampoco eran inocentes.

Tal vez lo mejor que Robie podía hacer era proteger a quienes realmente lo eran.

Agradecimientos

A Michelle, tu extraordinario entusiasmo por este libro ha significado mucho para mí.

A David Young, Jamie Raab, Emi Battaglia, Jennifer Romanello, Tom Maciag, Martha Otis, Chris Barba, Karen Torres, Anthony Goff, Lindsey Rose, Bob Castillo, Michele McGonigle y a todos los de Grand Central Publishing que me apoyan día a día.

A Aaron y Arleen Priest, Lucy Childs Baker, Lisa Erbach Vance, Nicole James, Frances Jalet-Miller y John Richmond, por formar el mejor equipo que puede esperar un escritor.

A Maja Thomas, que sigue liderando el camino en el terreno de los libros electrónicos.

A Anthony Forbes Watson, Jeremy Trevathan, Maria Rejt, Trisha Jackson, Katie James, Aimee Roche, Becky Ikin, Lee Dibble, Sophie Portas, Stuart Dwyer, Anna Bond y Matthew Hayes de Pan Macmillan, por catapultarme a la cima en el Reino Unido.

A Ron McLarty y Orlagh Cassidy, por unas grabaciones en audio fabulosas.

A Steven Maat de Bruna, por llevarme a la cima en Holanda.

A Bob Schule, por tu amistad, entusiasmo y talento editorial.

A los ganadores de la subasta benéfica: Jane Wind, Gabriel Siegel, Elizabeth y Brooke van Beuren, Diana Jordison, Cheryl Kosmann y Michele Cohen. Espero que disfrutarais con vuestros personajes.

A David y Catherine Broome, por el uso de vuestro apellido, aunque seáis mucho mejores que los Broome de la novela.

A Kristen, Natasha y Erin, porque estaría perdido sin vosotras.

Y por último pero no por ello menos importante, a Roland Ottewell por otra gran labor de corrección de estilo.

OTROS TÍTULOS
DE ESTA COLECCIÓN

DÍA CERO

DAVID BALDACCI

John Puller es un combatiente veterano y el miembro más experto del Departamento de Investigación Criminal del ejército estadounidense. Su padre, militar como él, fue toda una leyenda, pero su hermano cumple cadena perpetua por traición y Puller está empeñado en averiguar la verdad.

A Puller se le asigna un caso en una zona rural y aislada de la región minera de Virginia Occidental. Una familia ha sido asesinada, y la escena del crimen es espeluznante. La inspectora de homicidios local, una mujer obstinada que arrastra con sus propios demonios personales, se alía con Puller para emprender la investigación. Mientras este se lleva una decepción tras otra, se da cuenta de que absolutamente nada ni nadie en esta pequeña localidad es lo que parece. Enfrentado a una posible conspiración que va mucho más allá de las colinas de Virginia, se convertirá en un hombre que busca hacer justicia pero debe enfrentarse a una fuerza abrumadora.

Día cero es la primera novela protagonizada por John Puller y ha sido recibida con entusiasmo por la crítica y los numerosos fans de David Baldacci, uno de los autores más populares de Estados Unidos.

CUANDO ME HAYA IDO

Laura Lippman

En 1959, cuando Felix Brewer conoce a Bernadette *Bambi* Gottschalk en un baile de San Valentín, ella aún no ha cumplido los veinte. Felix la seduce con promesas, de las que sólo cumplirá algunas. Se casan y, gracias a los lucrativos negocios de él —no del todo legales en ocasiones— Bambi y sus tres pequeñas hijas viven en medio del lujo. Pero el 4 de julio de 1976 ese mundo confortable se derrumba cuando Felix, amenazado con ir a la cárcel, desaparece.

Aunque Bambi ignora el paradero de su marido y también el de su dinero, sospecha que existe una mujer que conoce ambos: Julie, la joven amante de Felix. Cuando diez años más tarde Julie también desaparece, todos suponen que se ha reunido con su antiguo amante..., hasta que descubren su cadáver en un solitario parque.

Ahora, veintiséis años después, Roberto *Sandy* Sánchez, un detective retirado de Baltimore que trabaja en antiguos casos sin resolver, investiga el asesinato de Julie. Lo que descubre es una oscura trama, una mezcla de amargura, celos, resentimiento, codicia y anhelos que se extiende a lo largo de cinco décadas, en cuyo centro se encuentra el hombre que, pese a haber desaparecido tiempo atrás, nunca ha sido olvidado por las cinco mujeres que lo amaban: el enigmático Felix Brewer.

La autora de *Lo que los muertos saben* vuelve a sorprender a los lectores con una novela inteligente, de ritmo impecable y plena de suspense.